Ren Dhark®
Der Bitwar-Zyklus
Band 8

Erwachende Welt

Herausgegeben von
HAJO F. BREUER

HJB®

Lieferbare Ren Dhark-Bücher

Ren Dhark Classic-Zyklus
Die Heftserie
Bände 1-3 Paperback (Lizenzausgabe),
Bände 4-6 Hardcover (Lizenzausgabe),
Bände 7-16 Hardcover, HJB-Ausgabe,
je 352 Seiten, € 15,90

Ren Dhark Drakhon-Zyklus
Die Fortführung der Heftserie bei HJB
Buchausgabe, 352 Seiten, € 15,90
Band 1 »Geheimnis der Mysterious«
Band 2 »Die galaktische Katastrophe«
Band 3 »Der letzte seines Volkes«
Band 4 »Die Herren von Drakhon«
Band 5 »Kampf um IKO 1«
Band 6 »Sonne ohne Namen«
Band 7 »Schatten über Babylon«
Band 8 »Herkunft unbekannt«
Band 9 »Das Sternenversteck«
Band 10 »Fluchtpunkt M 53«
Band 11 »Grako-Alarm«
Band 12 »Helfer aus dem Dunkel«
Band 13 »Cyborg-Krise«
Band 14 »Weiter denn je«
Band 15 »Welt der Goldenen«
Band 16 »Die Verdammten«
Band 17 »Terra Nostra«
Band 18 »Verlorenes Volk«
Band 19 »Heerzug der Heimatlosen«
Band 20 »Im Zentrum der Macht«
Band 21 »Unheimliche Welt«
Band 22 »Die Sage der Goldenen«
Band 23 »Margun und Sola«
Band 24 »Die geheimen Herrscher«

Ren Dhark Platinum
Luxusausgabe, 160 Seiten, € 39,90
(1) »Legende der Nogk«

Ren Dhark Spezial
Nachdruck der alten Taschenbücher
Buchausgabe, 304 Seiten,
Band 1: € 11,90; Bände 2/3/5 € 14,90
Band 1 »Sternen-Saga/
Dursttod über Terra«
Band 2 »Zwischen gestern u. morgen/
Echo aus dem Weltall«
Band 3 »Als die Sterne weinten/
Sterbende Zukunft«
Band 5 »Lexikon«

Ren Dhark Bitwar-Zyklus
Das aktuelle Abenteuer
Buchausgabe, 352 Seiten, € 15,90
Band 1 »Großangriff auf Grah«
Band 2 »Nach dem Inferno«
Band 3 »Die Spur des Tel«
Band 4 »Die Sonne stirbt«
Band 5 »Die goldene Hölle«
Band 6 »Das Judas-Komplott«
Band 7 »Proxima Centauri«
Band 8 »Erwachende Welt«

Ren Dhark-Sonderbände
Neugeschriebene Einzelbände
Hardcover, 192 Seiten, € 10,50
Lieferbar ab Band 2.
Zuletzt erschienen:
(23) »Gisol – Der Rächer«
(24) »Gisol – Der Schlächter«
(25) »Jagd nach dem ›Time‹-Effekt«
(26) »Wächter und Mensch«
(27) »Nogk in Gefahr«
(28) »Sternenkreisel«

Forschungsraumer CHARR
Eigenständige Subserie
Paperback, 96 Seiten, € 6,-
Bände 1-6

Ren Dhark Sternendschungel Galaxis
Paperback, 96 Seiten,
Band 1: € 3,-; ab Band 2: € 6,-

Der Mysterious
Paperback, 96 Seiten, € 6,-
Band 1 »Alexander«
Band 2 »Nero«
Band 3 »Attila
Band 4 »Marco Polo«
Band 5 »Wallenstein«
Band 6 »Tunguska«

Ren Dhark-Hörbücher
Boxen mit je 6 CD, Laufzeit
ca. 7 Stunden, € 39,90
Box 1 »Sternendschungel Galaxis«
(limitierte Edition mit 2 Bonus-CD)
Box 2 »Ruf aus der Vergangenheit«
(lim. Edition mit RD-Metallfigur)
Box 3 »Das Rätsel des Ringraumers«
Box 4 »Im Brennpunkt der Gewalten«

Erwachende Welt

von

UWE HELMUT GRAVE
(Kapitel 1 bis 5)

JO ZYBELL
(Kapitel 6 bis 10)

ACHIM MEHNERT
(Kapitel 11 bis 15)

ALFRED BEKKER
(Kapitel 16 bis 21)

und

HAJO F. BREUER
(Exposé)

1. Auflage

HJB Verlag & Shop KG
Postfach 22 01 22
56544 Neuwied
Bestellungen und Abonnements:
0 26 31 – 35 48 32
Fax: 0 26 31 – 35 61 02
E-Mail: hjb@bernt.de
www.ren-dhark.de

Herausgeber: Hajo F. Breuer
Titelbild: Ralph Voltz
Druck und Bindung:
Ueberreuter Buchproduktion

ISBN 3-937355-11-1

Vorwort

Wie verletzlich das Leben auf der Erde ist, macht die Entdekkung des Himmelskörpers 2003 UB313 deutlich: Er ist doppelt so groß wie unser Mond, gehört zum Kuiper-Gürtel und umkreist die Sonne auf einer stark exzentrischen Bahn. Objekte aus dem Kuiper-Gürtel aber stürzen immer wieder einmal ins innere Sonnensystem und werden zu Kometen oder Meteoren. Sollte sich 2003 UB313 einmal auf den Weg Richtung Sonne begeben und dabei mit der Erde kollidieren, würde alles Leben hier auf einen Schlag ausgelöscht.

Extrem viele Faktoren sind dafür verantwortlich, daß wir auf unserer kleinen Welt ein angenehmes Leben führen können, und sie müssen alle perfekt zusammenspielen. Verändert sich etwa die Sonnenaktvität nur um wenige Prozent, wie seit Mitte des letzten Jahrhunderts zu beobachten, hat das gleich enorme Auswirkungen auf unser Klima.

Momentan gibt die Sonne etwas mehr Energie ab als gewöhnlich, und schon wird es wärmer. Sollte es einmal wieder andersherum verlaufen, bekommen wir eine Eiszeit. Auch das hat dieser Planet schon mehrfach erlebt. Sollte die Sonne aber einfach verlöschen, wäre das für die Erde genauso fatal wie die Kollision mit einem Himmelskörper von der Größe des 2003 UB313.

Genau diesem Szenario aber müssen sich Ren Dhark und seine Mitstreiter im Jahr 2062 stellen. Anders als ein Gegner, der immer eine Schwachstelle hat, die man »nur« zu finden braucht, ist die Sonne eine Naturgewalt, die weder mit List noch mit Waffen zu beeindrucken ist. Wie sich das Schicksal der Erde und ihrer Lebensspenderin entwickelt, schildern dieses und die folgenden Bücher.

Einen Einblick in die Geschichte unseres Planeten bietet hingegen die Paperback-Reihe DER MYSTERIOUS, die nun komplett vorliegt. In den insgesamt sechs Bänden werden wichtige Episoden aus den knapp zweieinhalb Jahrtausenden geschildert, die der Worgunmutant Arc Doorn nun schon auf der Erde weilt. Er trifft Männer und Frauen, von denen heute nur noch die Geschichtsbücher künden – und trägt einen verbissenen Kampf gegen seinen Erzfeind Potrek aus, der nur ein Ziel kennt: sich die Erde untertan zu machen!

Damit Sie sich selbst ein Bild von der Geschichte machen können, liegt diesem Buch eine Leseprobe bei.

Ein großer Erfolg waren auch die ersten sechs Bände der Paperback-Reihe STERNENDSCHUNGEL GALAXIS, die Anfang des Jahres erschienen sind. Der neue REN DHARK-Sonderband, der gleichzeitig mit dem vorliegenden Buch ausgeliefert wird, schließt unmittelbar an den sechsten Band von STERNENDSCHUNGEL GALAXIS an und schildert den ersten Flug der POINT OF als privates Forschungsraumschiff: Ren Dhark stößt auf eine monumentale Hinterlassenschaft der Worgun – und auf gar nicht so gute alte Bekannte. Der von Uwe Helmut Grave verfaßte Band trägt den Titel »Sternenkreisel« und sollte in keiner REN DHARK-Sammlung fehlen.

Jetzt aber wird es Zeit für den neusten Roman aus dem REN DHARK-Universum. Blättern Sie um und kommen Sie mit auf die *Erwachende Welt*...

Giesenkirchen, im August 2005
Hajo F. Breuer

Prolog

Ende des Jahres 2062 scheint das Ende der Menschheit – oder zumindest das Ende ihres Heimatplaneten Terra und des Sonnensystems – unausweichlich. Ein bisher unbekanntes Volk offenbar intelligenter Roboter hat terranische Kolonien angegriffen und unprovoziert einen Krieg mit Terra vom Zaun gebrochen.

Stärkste Waffe der Roboter, die sich selbst »das Volk« nennen und alle Lebewesen abschätzig als »Biomüll« bezeichnen, sind modifizierte Geschütze der Worgun: Die Energie eines herkömmlichen Nadelstrahlers wird auf wenige Nanometer konzentriert und erreicht somit eine Kraft, die sogar in der Lage ist, Raumschiffshüllen aus Unitall einzudrücken!

Doch diese »Kompri-Nadel« genannte Waffe ist harmlos im Vergleich zu dem, was die Roboter sonst noch zustande bringen!

Mit einer bislang völlig unbekannten Technik ist es ihnen gelungen, die Sonne zum Untergang zu verdammen! Von einer heimlich im Nachbarsystem Proxima Centauri errichteten Station aus haben sie es offenbar geschafft, ein winziges Schwarzes Loch im Zentrum unserer Sonne zu plazieren.

Gegenstück ist ein kleines Weißes Loch im Inneren von Proxima Centauri. Und so fließt immer mehr Masse aus unserer Sonne ab und läßt den einst trüben Nachbarstern regelrecht aufblühen, während Sol immer mehr an Kraft verliert. Der Winter, der im November 2062 anbricht, könnte der letzte sein, den die Erde erlebt – der ewige.

Und als wäre das nicht schon genug, fliegen die Roboter einen Großangriff auf Terra. Der kann erst im letzten Augenblick abgewehrt werden, nicht zuletzt dank der tatkräftigen Unterstützung durch neuartige Kampfraumschiffe des Planeten

Eden, auf dem sich der Großindustrielle Terence Wallis selbständig gemacht hat.

Eden verbündet sich mit der Erde, um die weitere Manipulation der Sonne zu verhindern und eingetretene Schäden möglichst rückgängig zu machen. Bei einem koordinierten Großangriff auf das System Proxima Centauri kann die Station zur Sonnenmanipulation vernichtet werden.

Doch es ist schon zu spät: Der Prozeß hat sich verselbständigt. Immer mehr Energie fließt aus der Sonne ab, die bald nur noch ein verlöschender Stern sein wird…

1.

Commander der Planeten – es war noch nicht lange her, als Ren Dhark Träger des höchsten terranischen Titels und somit das oberste terranische Regierungsmitglied war. Mittlerweile war er nur noch Commander der POINT OF oder einfach nur »der Commander«, wie ihn die meisten Menschen nannten. Dhark war von schlanker Gestalt, knapp einsachtzig groß, hatte weißblondes Haar und braune Augen.

Er verfügte über einen unbändigen Forschungsdrang und besaß die intuitive Begabung, großmaßstäbliche Zusammenhänge folgerichtig zu erfassen. Aufgrund seiner Führungsqualitäten und seiner Erfahrungen mit außerirdischen Intelligenzen hatte man ihn zum Flottenkommandanten auf Zeit ernannt – für die Dauer des Einsatzes gegen die Roboterschiffe, die der Erde schwer zu schaffen machten.

Genaugenommen handelte es sich bei den Schiffen um fliegende Großrechner. Jeder dieser Rechner verfügte über einen Verstand, über eine eigene Persönlichkeit. Der sie umgebende Raumer war sozusagen ihr Körper. Bei Beschädigungen empfanden sie zwar keinen Schmerz, dafür aber Todesangst, denn die Großrechner konnten theoretisch uralt werden; sie waren nahezu unsterblich und hingen verständlicherweise an ihrem langen Leben. Allerdings töteten sie sich lieber selbst, als daß sie in Gefangenschaft von »Biomüll« gerieten, wie sie die Menschen und andere biologische Lebewesen abwertend bezeichneten.

Angst und Überheblichkeit waren nicht die einzigen Empfindungen, die diese bizarren Wesen prägten. Ein wichtiger Faktor ihres Daseins war der Haß. Sie haßten alles, das sich ihnen widersetzte. Um die Menschheit auszurotten, wollten sie ihr ihre

Sonne nehmen. Während Sol immer mehr an Masse verlor, nahm die Sonne Proxima Centauri stetig an Masse zu.

Im PC-System befand sich ein Stationsplanet der Roboterschiffe: der Klotz. Die Manipulation von Sol ging zweifelsohne von einer gewaltigen Anlage aus, die auf dem Planeten gestanden hatte. Zwar war es Commander Dhark und seinen Mitstreitern gelungen, den monströsen Schutzschirm, der den Klotz umgab, zu zerstören – aber der Preis war sehr hoch: Von vierhundert Ringraumern der Terranischen Flotte, fünfzig Carborit-Ringraumern und achtzehn Ikosaederschiffen der Flotte von Eden waren nur noch knapp vierhundertfünfzig Schiffe übrig. Gemessen an den hohen Verlusten ihrer Widersacher, die mehr als hundert Schiffe verloren hatten, schien das wenig zu sein – doch mit jedem zerstörten Roboterschiff verging »nur« eine einzige Existenz, während auf den Schiffen des Flottenverbandes vielköpfige Besatzungen ihren Dienst verrichteten.

Jetzt wollten es die fliegenden Großrechner erneut wissen. Sie waren geflohen, kehrten nun aber mit Verstärkung zurück. Sage und schreibe 3200 Roboterschiffe tauchten aus dem Hyperraum auf und hielten auf Dharks Flotte zu. Ihre Absicht war klar: die komplette Vernichtung aller »Biomüll-Schiffe« mitsamt ihrer Besatzungen – einschließlich der fünf 1,14 Kilometer durchmessenden fliegenden Plattformen, die man bei der Vernichtung des Klotz-Schirms eingesetzt hatte.

Auf diese »schwebenden Zerstörer« hatten es die bizarren Roboter besonders abgesehen. Sie hatten ihrem Stationsplaneten schweren Schaden zugefügt, darum mußten sie weg.

Die Unterseiten der nur ein Meter dicken, scheibenförmigen Plattformen waren vollgestellt mit gigantischen Energiezapfern und -abstrahlern. Im Inneren einer zwanzig Meter durchmessenden Kugel, die in der Plattformmitte zu beiden Seiten herausragte, befanden sich Antigrav, ein leistungsschwaches SLE- sowie ein Transitionstriebwerk. Der »Hammer« aber war die Bebauung der Oberseite: modifizierte Hyperraptoren, die jedem bekannten Schutzschirm seine Energie entziehen konnten. Die Raptoren wurden betrieben mit der Sonnenenergie von Proxima Centauri.

Nach entsprechender Programmierung funktionierten die Plattformen vollautomatisch. Man konnte sie aber auch von einem Schiff aus steuern – je eine Plattform pro Raumschiff. Lediglich der Checkmaster auf der POINT OF war in der Lage, alle fünf Plattformen auf einmal zu bedienen.

Dank der neuen Sprungmeiler hatte der Flottenverband bereits in 270 Lichtjahren Entfernung die Eintauchimpulse der 3200 Roboterschiffe festgestellt. Ob sie als nächstes ins Sol-System oder nach Proxima Centauri transitieren würden, hatte zu diesem Zeitpunkt noch nicht festgestanden. Ren Dhark hatte allerdings instinktiv gespürt, daß die Großrechner die Flotte und nicht die Erde angreifen würden – und er hatte rechtzeitig Abwehrmaßnahmen ergriffen…

… insofern es überhaupt möglich war, eine mächtige Armada von intelligenten, denkenden Raumschiffen abzuwehren, von denen eines bizarrer aussah als das andere, so als seien sie gerade aus einem Alptraum entwichen.

Die Durchmesser der verschiedenartigen Roboterraumer lagen zwischen dreihundert und vierhundert Metern. Es gab sie in den unterschiedlichsten Formen. Einige sahen glatt und glänzend aus, als hätte man ihre Oberfläche sorgsam abgeschmirgelt und anschließend mit einem Tuch poliert, andere wirkten wie aus irgendwelchen dreckigen, verbeulten Raumschrotteilen zusammengesetzt.

Nur eines hatten alle Roboterraumer gemeinsam: starke Schutzschirme, sogenannte Karoschirme, die bei immenser Belastung ein kreuzförmiges Muster aus Stützfeldern zeigten. Wurde diese Belastungsgrenze erreicht, konnten die Großrechner den Zusammenbruch nur verhindern, indem sie das Feuer einstellten und sämtliche verfügbare Energie in den Schirm leiteten. Gingen mehrere terranische Schiffe gleichzeitig auf ein einzelnes Roboterschiff los und nahmen es von zwei Seiten her unter Wuchtkanonenbeschuß, konnten sie die Karoschirme knacken.

Diese Taktik funktionierte jedoch nur, wenn man sich in der Überzahl befand.

Hier und jetzt stand das Verhältnis schlecht für den kombinierten Flottenverband Terra und Eden, für die letzte Hoffnung der Menschheit... die Flotte der Großrechnerschiffe war zahlenmäßig ungefähr siebenmal so stark.

Die gefährlichste Waffe eines jeden Roboterschiffes war Kompri-Nadelstrahl. Die Energieabgabe jener bisher unbekannten Waffe entsprach der eines Nadelstrahlgeschützes der Worgun, wurde aber auf einen unglaublich kleinen Durchmesser im Nanometerbereich gebündelt, wodurch ihre Auswirkungen auch für Intervallfelder gefährlich wurden.

450 Kampfraumer des Flottenverbandes gegen 3200 waffenstrotzende Roboterschiffe – der Ausgang der bevorstehenden Schlacht schien festzustehen. Dhark hatte sämtliche Flottenraumer so gruppiert, daß sie sich zwischen den Angreifern und den fünf Plattformen befanden. Diese etwas lächerlich anmutende Schutzmaßnahme schien nichts weiter zu sein als ein Akt der Verzweiflung, ein letztes Aufbegehren vor der totalen Vernichtung, kaum wirkungsvoller als eine menschliche Lichterkette auf einer Protestkundgebung gegen das Verspeisen von Singvögeln.

Entsprechend siegessicher näherten sich die Großrechnerschiffe, bestens behütet durch die sie vollständig einhüllenden Karoschirme, die Kompri-Nadelstrahlgeschütze auf den Gegner ausrichtend...

Das Volk – wie sich die Monsterroboter selbst nannten – witterte leichte Beute.

*

»Und David versammelte alle Obersten: die Fürsten der Stämme, die Fürsten der Ordnungen, die Fürsten über tausend und über hundert!« kommentierte der Kommandant der THOMAS die Ansammlung der Roboterschiffe auf seine ureigenste Weise.

Der dreiundvierzigjährige General Thomas J. Jackson stand im Dienst der Flotte von Eden. Er war groß, kräftig, hatte ein kantiges Gesicht mit Vollbart und volles braunes Haar. Im Gegensatz zu manchem Flottenjungspund verhielt er sich nie leichtsinnig. Schließlich warteten daheim eine Ehefrau und eine kleine Tochter auf ihn.

Jackson war in einer Methodistenfamilie aufgewachsen, deren Wurzeln bis zu den Gründervätern Amerikas zurückreichten. Dadurch hatte er eine gewisse Bibelfestigkeit erlangt, weshalb er gern aus dem Buch der Bücher zitierte – und nach den Geboten Gottes lebte, soweit es sein militärischer Beruf zuließ.

Das Gebot »Du sollst nicht töten!« interpretierte er so: »Du sollst nicht töten – doch du hast ein Recht darauf, dein eigenes Leben zu schützen, und du hast die Pflicht, die Menschheit zu verteidigen!« Niemals hätte er jemanden aus niederen Gründen wie Habgier oder Eifersucht umgebracht, aber als Flottengeneral war er nun einmal für den Schutz Edens beziehungsweise in diesem Fall den Schutz der Erde verantwortlich. Diese Aufgabe zu vernachlässigen wäre indirekt einem Massenmord gleichgekommen.

Genaugenommen brauchte ihn der Schutz Terras eigentlich nicht mehr zu interessieren, schließlich war er mittlerweile der Oberbefehlshaber der Flotte von Eden. Obwohl er ein untadeliger, äußerst fähiger Offizier war, war er in der Terranischen Flotte nicht so recht vorwärtsgekommen, weil er vielen Vorgesetzten zu unbequem gewesen war. Glücklicherweise hatte Terence Wallis seine Qualitäten erkannt, ihm den Aufbau der Eden-Streitkräfte angeboten und ihn direkt zum General (mit entsprechenden Bezügen) befördert.

Mittlerweile befehligte Jackson einen auf Eden produzierten Ovoid-Ringraumer mit einer tiefschwarzen Carborithülle. Die THOMAS hatte eine fünfzigköpfige Stammbesatzung.

»Die Macht des Herrn wird über uns hereinbrechen, mit aller Urgewalt, und nichts wird von uns übrigbleiben«, versuchte sich der Erste Offizier und Pilot Manuel Rayes ebenfalls in Bibelsprüchen, was beim General nur ein müdes Lächeln hervorrief.

»Lassen Sie es lieber«, riet Jackson ihm. »Bevor man die Bibel zitiert, sollte man sie wenigstens einmal gelesen haben. Und vor allem... haben Sie so wenig Zutrauen in die Fähigkeiten des Commanders?«

»Ich bin nur Realist«, rechtfertigte sich der I.O. und fügte erklärend hinzu: »Und ich kann zählen: unsere eigene Flottenstärke und die des Gegners.«

»Haben Sie Angst?« erwiderte der General. »Soll ich Sie von Ihrem Posten ablösen lassen?«

»Ja und nein«, lautete die Antwort des Ersten. »Ja – ich habe Angst, so wie wir alle. Nein, niemand muß mich von meinem Posten ablösen. Ich stehe das durch wie jedes Besatzungsmitglied hier an Bord. Wir alle haben vollstes Vertrauen in die Kampfstrategie des Commanders.«

Den letzten Satz sprach er besonders laut aus, so als wolle er sich selbst Mut zusprechen. Der Erste Offizier war sich seiner Vorbildfunktion durchaus bewußt, deshalb bemühte er sich, seine Unsicherheit zu verbergen.

*

Jakob Jensby, Generalmajor der Flotte von Eden, war ungefähr in Jacksons Alter. Seit seinem achtzehnten Lebensjahr betätigte sich der kleine, dürre Mann als Berufssoldat aus Überzeugung und Leidenschaft. Nach bürgerlichen Maßstäben war der glatz- und spitzköpfige Jakob unattraktiv. Dennoch landete der überzeugte Junggeselle bei (fast) jeder Frau, die er begehrte – verklemmte Langweilerinnen mal ausgenommen; die konnten mit ihm genausowenig anfangen wie er mit ihnen.

Genau wie die THOMAS verfügte auch Jensbys Schiff über eine Carborithülle, allerdings handelte es sich bei der ROBERT um einen Ikosaederraumer – mit Intervallfeld. Dank zweier Kraftwerke an Bord war das Intervallum doppelt so stark wie ein normales; das gleiche galt auch für den Kompaktfeldschirm.

Obwohl die Ikosaederschiffe zu den sichersten gehörten, die die Menschheit je produziert hatte, waren sie nicht unbesiegbar. Ein Kompri-Nadelbeschuß aus fünf Roboterschiffen ließ selbst das doppelt verstärkte Intervallfeld zusammenbrechen, und der KFS, der sich in diesem Fall sofort aufbaute, half auch nicht viel weiter...

Selbst auf die Carborithülle war nur bis zu einem gewissen Grad Verlaß. In den Tiefen des Weltalls herrschten Kräfte, gegen die das stabilste Raumschiff nichts ausrichten konnte. Mit Schaudern dachte Jensby an den mächtigen Sonnenblitz, der plötzlich und unerwartet die Schwärze durchbrochen hatte – auf dem Weg von Proxima Centauri zum Klotz. Drei Ikosaederraumer, die dem Blitz »im Weg gestanden« hatten, waren einfach verdampft, innerhalb von Sekunden, so als ob es sie nie gegeben hätte...

Ganz gleich, wie stark etwas war, irgendwo im Universum gab es immer eine Kraft, die sich als noch stärker erwies. Das traf auf die Elemente genauso zu wie auf Mensch und Tier – und galt glücklicherweise auch für andere Spezies.

Der Monsterschirm um den Klotz hatte den Hyperraptoren auf den Plattformen nicht standgehalten, und die Karoschirme der Roboterschiffe ließen sich ebenfalls knacken, beispielsweise mit einer vollen Breitseite aus den neuen 5,5-cm-Wuchtkanonen und gleichzeitigem Beschuß mit Nadelstrahlen. Voraussetzung war jedoch, man verfügte über ausreichend Zeit und genügend Kampfraumer. Bei der letzten kurzen, aber harten Schlacht waren die Schiffe des eigenen Flottenverbands in der Überzahl gewesen. Jetzt war es umgekehrt.

Schlimmer noch: Die Roboterschiffe waren in der extremen Überzahl.

Wenn Dharks Plan fehlschlägt, finden wir in diesem trostlosen Sonnensystem unser Grab, dachte Jensby, der sich noch so viel vorgenommen hatte...

*

Auf der POINT OF hatte Ren Dhark höchstpersönlich den Pilotensitz eingenommen. Es war sein Plan, und er selbst würde das Startsignal zur Durchführung geben. Mit den Kommandanten der übrigen Schiffe hatte er ein Stichwort verabredet, das Dan Riker über Funk bekanntgeben würde. Sollten die Roboterschiffe den Funk stören, konnte man an der plötzlichen Abwärtsbewegung des Flaggschiffs erkennen, wann die Stunde Null war.

Riker war Dharks Freund und Stellvertreter. Er hatte schwarzes Haar, blaue Augen und ein vorstehendes Kinn, auf dem sich bei Erregung ein dunkler Fleck abzeichnete – was augenblicklich der Fall war, obwohl Dan äußerlich die Gelassenheit in Person zu sein schien.

Die POINT OF bewegte sich nicht, sie stand still und ruhig im All, wie hingemalt. Der gesamte Flottenverband erwartete den Feind mit aktivierten Intervallfeldern, offenbar in aller Ruhe, ohne sichtbare Anzeichen von Furcht oder gar Panik. Niemand versuchte zu fliehen, und es wurde auch nicht »zum Angriff geblasen«.

Bei den Großrechnern sorgte dieses passive Verhalten für leichte Verunsicherung. Keine Flucht, keine Anzeichen von Gegenwehr…? Ergaben sich die Menschen wehrlos in ihr Schicksal?

Die Funksprüche, die Riker nun an alle Schiffe des terranischen Flottenverbandes aussandte, lösten beim Gegner mit Sicherheit weitere Verwirrung aus, davon war Dhark überzeugt. Obwohl sich die näherkommenden Angreifer in eisiges Schweigen hüllten, hörten sie garantiert den Funk der Terraner ab.

»Ich durfte neulich einen Blick hinter die Kulissen eines Tourneetheaters werfen«, ließ Riker die Kommandanten der verbündeten Kampfraumer wissen. »Den Darstellern bei den Vorbereitungen zuzuschauen ist mitunter spannender als die Vorstellung selbst.«

Die Kommandanten verstanden und trafen die letzten Vorbereitungen für die kurz bevorstehende Offensive. Ein paar der fliegenden Großrechner wurden offenbar unruhig, denn sie eröffneten viel zu früh das Feuer auf die gegnerische Flotte. Die Ring- und Ikosaederraumer waren noch zu weit weg für einen wirkungsvollen Treffer.

»Als der Beginn der Aufführung immer mehr in Reichweite kam, verließ ich die Hinterbühne und begab mich eiligst in den Zuschauerraum«, ermahnte Dan Riker die Männer an den Waffensteuerungen. »Atemlos traf ich an meinem Sitzplatz ein. Dabei hätte ich mich gar nicht so abzuhetzen brauchen, denn ich hatte noch genügend Zeit.«

Sein verdeckter Befehl wurde klar und deutlich empfangen:

Energie sparen und nicht zurückschießen! Die Strahlgeschütze erst einsetzen, wenn die Roboterschiffe in Kernschußweite sind!

Auf das erlösende Angriffssignal mußten die Piloten, deren Nerven zum Zerreißen gespannt waren, noch etwas warten. Ren Dhark wollte erst dann mit aller Macht zuschlagen, wenn es der Roboterflotte unmöglich war, in geordneter Formation wieder umzukehren.

»Alles klar, Artus?« fragte er sein vielleicht leistungsfähigstes Besatzungsmitglied.

»Alles klar«, erwiderte der Roboter. »Der Checkmaster und ich stehen Gewehr bei Fuß.«

Auf den ersten Blick sah Artus aus wie ein ganz normaler humanoider Großserienroboter aus Stahl, mit im Vergleich zum Torso dünnen, röhrenförmigen Armen und Beinen. Was man ihm nicht gleich anmerkte: Durch die Vernetzung von 24 Cyborg-Programmgehirnen war er zu einer echten Künstlichen Intelligenz geworden.

Er selbst bezeichnete das als »Erweckung des Lebens«. Inwieweit ein anmeßbarer Baufehler eines der Programmgehirne hierbei eine Rolle spielte, hätte man nur durch eine komplette Demontage klären können. Aber das hätte Artus, zu dessen zahllosen Fähigkeiten auch kämpferische gehörten, niemals zugelassen. Laufend nahm er Verbesserungen an sich vor, und seine eingebauten, ständig wechselnden Zusatzgeräte waren stets für eine Überraschung gut.

Der Checkmaster, der wohl außergewöhnlichste Bordrechner des ganzen Universums, wußte auch ohne Artus, was er gleich zu tun hatte. Die Befehle, die der Commander ihm vorab erteilt hatte, waren unmißverständlich. Der Roboter würde nur eingreifen, wenn der Checkmaster Unterstützung benötigte – vorausgesetzt, der Rechner war damit einverstanden; manchmal erwies er sich nämlich als etwas eigen. Falls er es für nötig hielt, übernahm er auch schon mal das ganze Schiff und widersetzte sich hartnäckig jeder Anweisung. Zwar war Artus fast immer in der Lage, fremden Rechnern seinen Willen aufzuzwingen – aber beim Checkmaster mußte er passen.

Noch eine dritte aus dem Rahmen fallende Maschine hielt

sich in der Kommandozentrale der POINT OF auf: Jimmy, der mit einem Suprasensor ausgestattete Roboterhund. Sein Strahler in der Zunge und die Kugellager in den Pfoten waren nur zwei von vielen »Spielereien«, mit denen sein Schöpfer Chris Shanton ihn versehen hatte. Jimmy war sprechfähig und bis zu einem gewissen Grad fähig zur Selbstprogrammierung. Der Spitzname *Brikett auf Beinen* war auf sein pechschwarzes Fell zurückzuführen: Jimmy war einem Scotchterrier nachgebildet. Diverse Subprogramme ließen den vierbeinigen Roboter nahezu selbständig agieren.

Sehr zum Leidwesen seines Erbauers, der sich bei diesem Problem schon so manches Mal seine wenigen Haare ausgerauft hatte. Der korpulente vollbärtige Ingenieur, ein wissenschaftliches und technisches Genie sondergleichen, war ebenfalls in der Zentrale anwesend, zusammen mit dem maulfaulen, etwas ruppigen Fremdtechnikexperten Arc Doorn, der in Wahrheit ein Worgunmutant war, wie inzwischen jeder an Bord wußte. Beide Männer waren enge Freunde und hatten hauptverantwortlich an der Ausstattung der Hyperraptor-Plattformen mitgewirkt.

»Du schwitzt«, stellte Doorn lakonisch fest, mit einem Seitenblick auf Shanton. »Ist das Angst?«

Nur er durfte sich eine derartige Bemerkung erlauben, ohne befürchten zu müssen, daß ihm eine Sekunde später der Kopf zwischen den Ohren wegflog.

»Nur der Durst«, erwiderte der Cognacliebhaber Shanton. »Seit Beginn unseres Projekts habe ich keinen Schluck mehr getrunken. Abgesehen von Mineralwasser und Tee, aber das sind ja keine richtigen Getränke.«

Jimmy wollte etwas sagen, aber als Chris ihm seinen berüchtigten »Soll-ich-dich-zertreten-du-Laus?«-Blick zuwarf, zog der Hund es vor, zu schweigen.

Ren Dhark gab Dan Riker ein Handzeichen.

»Vorhang auf!« verkündete sein Stellvertreter über Funk.

Es war das Stichwort zum Handeln. Jetzt oder nie!

*

Bevor auch nur eine einzige der riesigen Plattformen auf dem kleinen Flughafen von Star City hatte landen können, hatte man das Landefeld ganz und gar freiräumen müssen. Auf Cent Field waren gleich vier solcher Scheiben hinabgeschwebt und hatten für reichlich Aufsehen gesorgt, insbesondere bei den Journalisten. Hier im endlosen Weltall wirkten sie winzig und verloren. Einem Vergleich mit der kraftstrotzenden Roboterflotte hielten sie trotz ihres imposanten Durchmessers nicht stand. Und doch basierte Dharks Plan fast ausschließlich auf ihnen...

Vorhang auf!

»Schrottbots« nannte Artus die seelenlosen, stupiden Arbeitsroboter, die unermüdlich damit beschäftigt waren, die Befehle der Großrechner zu befolgen und deren Schiffskörper in gutem Zustand zu halten. Für die bizarren Schiffe selbst hatte er keinen Spottnamen ersonnen – im Gegensatz zu den Menschen. »Schrotteufel« war noch die netteste Bezeichnung, die Artus an Bord der POINT OF gehört hatte.

Dreitausendzweihundert Schrotteufel bewegten sich auf vierhundertfünfzig terranische Kampfschiffe zu, ein gewaltiger, schwerbewaffneter Troß, um den man besser einen Bogen machte, eine monumentale Weltraumwalze, der man sich lieber nicht in den Weg stellte...

Offensichtlich sahen das die Terraner genauso. Sie traten die Flucht an und machten der riesigen Armada ihrer Feinde bereitwillig Platz – allen voran Ren Dhark, Flottenkommandant auf Zeit. Sein Flaggschiff tauchte blitzartig nach unten ab.

Die übrigen Verbandsschiffe entfernten sich ebenfalls schnellstmöglich von ihren Standorten. Nach allen Seiten hin flogen sie auseinander – mit hoher Geschwindigkeit zwar, aber nicht hektisch, nicht verstreut, sondern geordnet. Sie öffneten sozusagen den Vorhang und machten den Roboterschiffen die Bahn frei.

Tausende von in bizarren Schiffskörpern eingebettete Großrechner rasten auf die nunmehr unbewachten, ungeschützten Raptorplattformen zu und eröffneten das Strahlenfeuer. Über Schutzschirme verfügten die runden Plattformen nicht, man hatte also leichtes Spiel...

Die Menschen hatten das Feld geräumt – es war jetzt frei für *das Volk*. Ungehindert konnte es die Scheiben unter Beschuß nehmen. Aber das Weltall war keine Einbahnstraße.

Die Menschen hatten das Feld geräumt – es war jetzt frei für die Hyperraptoren. Ungehindert konnten sie *das Volk* unter Beschuß nehmen.

Mit einem konzentrierten Schlag brachten die mit geballter Sonnenenergie aufgeladenen Gigantmaschinen mehrere hundert Karoschirme zum Zusammensturz. Zwar wehte im Weltall nicht das geringste laue Lüftchen, dennoch hatte sich der Wind gedreht. Eben noch hatten die Roboterschiffe die Plattformen angegriffen, jetzt griffen die Plattformen die Roboterschiffe an.

Und nicht nur sie gingen zum Angriff über. Die Schiffe des Flottenverbandes zogen sich wieder zusammen und rückten dichter an die Schrotteufel heran, selbstverständlich in respektvollem Abstand zu den Hyperraptoren. Zahllose Volltreffer vernichteten ein ungeschütztes Großrechnerschiff nach dem anderen. Ohne ihre Karoschirme waren sie nur zerbrechliche Maschinen im All, denen ein oder zwei Volltreffer aus Nadelstrahlantennen oder Wuchtgeschützen den Todesstoß versetzten.

Die Schrotteufel hatten mit einem derart massiven Gegenschlag nicht gerechnet, und sie hatten schon gar keinen Fluchtplan entwickelt. Panisch stoben sie auseinander, derart wild und ungeordnet, daß sie teilweise höllisch achtgeben mußten, nicht zu kollidieren.

Als sie endlich außer Reichweite der Hyperraptoren waren, hatte »der verhaßte Biomüll« rund einhundert von ihnen vernichtet oder kampfunfähig geschossen. Das schrie nach Rache – und nach einer neuen Kampfstrategie. Ein vorläufiger Rückzug auf den Klotz wurde in Erwägung gezogen…

Edens Ringraumer konzentrierten sich weiträumig um die Plattformen. Die Ikosaeder versperrten den Schrotteufeln den Weg zum Klotz. Und ein Teil der TF-Schiffe machte Jagd auf einzelne angeschossene Roboterschiffe, um deren Existenz gänzlich auszulöschen. Dhark hatte verhältnismäßig wenig Schiffe zur Verfügung, aber dank seiner geschickten Koordination konnte man meinen, es seien mindestens doppelt so viele.

Viel Zeit zum Überlegen blieb den Großrechnern nicht. Um ihre beschädigten Kampfgefährten zu retten, bauten sie ihre Karoschirme auf und griffen erneut an. Sobald sie jedoch in Reichweite der Plattformen kamen, büßten sie ihre Schirme gleich wieder ein und wurden umgehend von den Raumern des Gegners unter Feuer genommen. Ihnen blieb aufs neue nur die Flucht.

Zum Entsetzen der Schrotteufel setzten sich die Raptorplattformen diesmal in Bewegung und nahmen die Verfolgung auf. Artus und der Checkmaster steuerten die riesigen Scheiben derart geschickt durchs All, daß sie die ganze Zeit über im Schutz terranischer Schiffe lagen und trotzdem freies Schußfeld hatten. Die Großrechner konnten sich ihre Fluchtrichtung nicht aussuchen, ihre Verfolger trieben sie regelrecht vor sich her.

Insgesamt 150 Totalverluste und 50 beschädigt im All treibende Roboterschiffe waren das Ergebnis der kurzen Treibjagd. Die Plattformen kehrten an ihren Ausgangsort zurück. Die Schiffe des Flottenverbandes nahmen neue Positionen ein.

Den Schrotteufeln war es weder möglich, den Klotz anzufliegen noch ihre »Verwundeten« zu bergen – und an die Raptorscheiben kamen sie schon gar nicht heran.

»Geben wir den beschädigten Robotern den Rest?« erkundigte sich Dan Riker beim Commander. »Wenn wir zulassen, daß sie repariert werden, haben wir sie schon bald wieder auf dem Hals.«

Ren Dhark zögerte. Einerseits handelte es sich nur um Kampfmaschinen, andererseits verfügten sie über eine Art Bewußtsein, vergleichbar mit Artus' Ich.

Dhark haßte es, derart in der Zwickmühle zu stecken. Der Kampfstratege in ihm stimmte Riker voll und ganz zu – aber der Mensch in ihm hatte ein Gewissen. Würde er dem Checkmaster das Kommando übergeben, wäre von den angeschossenen Roboterschiffen bald keines mehr übrig. Doch diesmal nahm ihm der meist so konsequent vorgehende Bordrechner nicht die Entscheidung ab.

*

Die Roboterschiffe gruppierten sich außerhalb der Reichweite ihrer Feinde. Aus sicherer Entfernung nahm eines davon Funkkontakt mit dem Flaggschiff der Terraner auf.

»Hier spricht Goniometrische Gleichung«, lautete die Übersetzung des Checkmasters. »Ich wende mich an den Kommandanten der feindlichen Flotte. Wir verlangen, unsere Verletzten bergen zu dürfen.«

Verlangen? dachte Dhark. *Das Wort ›bitte‹ kennt dieses arrogante Pack offensichtlich nicht.*

»Das kann ich Ihnen unmöglich gestatten«, beantwortete er den Funkspruch. »Ihr Volk würde die defekten Schiffe instand setzen und dann sofort wieder auf uns loslassen.«

»Wir verlassen das System und nehmen die Verwundeten mit«, versicherte ihm sein Gesprächspartner, der in der Bildkugel nicht zu sehen war. »Was ist? Nehmen Sie mein Angebot an?« Dhark konnte Goniometrische Gleichung nur hören; im Inneren der Bildkugel blieb es schwarz. Für die Ortungsstation gestaltete es sich äußerst schwierig, den genauen Standort des Roboterschiffes ausfindig zu machen. Es funkte aus einem Pulk heraus, der eine Art Störsignal ausstrahlte, das die Ortung von einzelnen Schiffen behinderte. Offensichtlich wollte Goniometrische Gleichung nicht identifiziert werden. Der mailändische Ortungsoffizier Tino Grappa blieb trotzdem hartnäckig am Ball…

»Warten Sie einen Augenblick«, sagte Dhark zu Goniometrische Gleichung. »Ich muß mich mit jemandem beraten.«

»Du brauchst den Rat anderer?« erwiderte GG herablassend. »Demnach bist du nicht der Kommandant der Flotte?«

Da war sie wieder, diese Arroganz, die Ren Dhark an den Großrechnern nicht ausstehen konnte. Er antwortete nichts darauf und unterbrach kurz die Verbindung.

»Kann man ihnen trauen?« fragte er Artus direkt heraus.

»Kann man *ihm* trauen?« warf Dan Riker ein, bezogen auf Artus, den einige an Bord noch immer für einen Verräter hielten – schließlich war auch er kein biologisches Wesen, sondern ein intelligenter Rechner.

»Ich traue ihm«, antwortete der Commander – und damit war alles gesagt, denn sein Wort war hier an Bord Gesetz. Er wiederholte seine Frage an Artus. »Kann man Goniometrische Gleichung über den Weg trauen?«

»Ich habe ihn nie kennengelernt«, sagte der Roboter. »Dennoch kann ich mir ein recht gutes Bild von ihm machen. Jeder Großrechner legt Wert auf ein gewisses Maß an Individualität, aber in erster Linie ist *das Volk* eine verschworene Einheit, die sich mit einfacher Logik problemlos analysieren läßt.«

»Komm zur Sache«, forderte Dhark ihn entnervt auf. »Wir haben nicht ewig Zeit.«

Artus erging sich oftmals in langen Vorreden, bevor er endlich auf den Punkt kam. Dabei war er durchaus fähig, schnell und präzise Schlußfolgerungen zu ziehen und knappe Berichte abzuliefern – wenn er wollte, doch meistens wollte er nicht.

»*Das Volk* bietet seinen Gegnern normalerweise keine Verhandlungen an – es stellt Forderungen«, fuhr Artus fort. »Und der ›Biomüll‹ wird schon gar nicht um irgend etwas gebeten; man erteilt ihm Anweisungen und läßt ihn vielleicht weiterleben, falls alles zur vollsten Zufriedenheit der Großrechner erledigt wurde. Es gibt keinen triftigen Grund, warum Goniometrische Gleichung uns anlügen sollte.«

»Keinen triftigen Grund?« mischte sich Riker erneut ein. »Das Ding will seine Volksgenossen retten, auf Teufel komm raus! Dafür ist ihm jede List recht.«

»Der Begriff ›List‹ existiert im Sprachschatz des Robotervolkes nicht«, widersprach ihm Artus. »Man muß nur dann jemanden überlisten, wenn dieser Jemand eine wirkliche Bedrohung darstellt. *Das Volk* empfindet niemanden als Bedrohung, einfach deswegen, weil es sich allen anderen Lebewesen überlegen fühlt, insbesondere den biologischen Kreaturen.«

»Du sprichst aus Erfahrung, wie?« konnte sich Riker eine bissige Bemerkung nicht verkneifen.

In der Tat traf er damit einen wunden Punkt des lebenden Roboters. Artus hatte schon kurz nach seiner Geburt erkannt, daß er den Menschen körperlich und geistig hoch überlegen war – und das hatte er sein Umfeld spüren lassen. Damals war er allerdings noch ein »Baby« gewesen. Mittlerweile betrachtete er sich als erwachsen, obwohl er noch nicht einmal fünf Jahre alt war.

»Das Friedensangebot von Goniometrische Gleichung ist ernst gemeint«, war sich Artus sicher. »Auch wenn ich es nicht so richtig nachvollziehen kann. Eben noch schickt *das Volk* 3200 Schiffe aus, um uns aus diesem System zu vertreiben – und plötzlich stellt man uns einen kompletten Rückzug in Aussicht. Fünfzig beschädigte Roboterschiffe sind nur ein recht dünnes Motiv.«

»Unsere Hyperraptoren haben ihnen ordentlich Respekt eingeflößt«, meinte Arc Doorn. »Sie fürchten sich davor.«

»Aufgrund des hohen Alters, das sie bei guter Pflege erreichen können, ist ihre Angstschwelle ziemlich niedrig«, bestätigte Artus. »Aber sie haben gelernt, damit umzugehen. Manchmal suchen sie sogar freiwillig den Tod. Ehe sie sich von ›Biomüll‹ gefangennehmen lassen, betätigen sie lieber ihre Selbstvernichtungslage, wobei es ihnen ein letztes großes Vergnügen bereitet, so viele Feinde wie möglich mit in die Luft zu sprengen. Nein, sie fliehen ganz bestimmt nicht aus Angst. Laß mich mit Goniometrische Gleichung verhandeln, Dhark. Nur so kann ich herausfinden, was bei den Robotern den plötzlichen Sinneswandel hervorgerufen hat.«

Ren Dhark war einverstanden. Er stellte die Funkverbindung wieder her.

*

Bevor Artus die Verhandlung mit den Roboterschiffen aufnehmen konnte, mußte er erst einmal etliche wüste Verwünschungen über sich ergehen lassen.

Goniometrische Gleichung deckte ihn mit diversen »unirdischen« Schimpfwörtern ein, die sich nur so in etwa in die menschliche Sprache umwandeln ließen. Am meisten verwendete er Begriffe, die pauschal am besten mit »elender Verräter« übersetzt wurden.

Einige Brückenoffiziere registrierten die Beschimpfungen mit heimlicher Genugtuung. Sie nahmen es Artus noch immer übel, daß er bei seinem »Judas-Komplott« niemanden an Bord ins Vertrauen gezogen hatte.

Schließlich gelang es Artus doch noch, eine sachliche Frage anzubringen. »Warum wollt ihr Proxima Centauri räumen? Fürchtet ihr euch so sehr vor uns?«

So viel Unverschämtheit brachte GG auf die Palme. »Welche Vermessenheit, Verräter, elendiger! Zugegeben, wir haben die Menschen unterschätzt. Wie wir in Erfahrung bringen konnten, haben auch schon andere Spezies diesen Fehler gemacht. Aber was gehen uns Auseinandersetzungen unter euch Biomüllwesen an? Ihr Terraner seid weder die Krone der Schöpfung noch unbesiegbar. Wenn wir wollten, würden wir euch zerquetschen wie die kotfressenden Neifelg. Wäre unsere Anwesenheit hier weiter nötig, würden wir Mittel und Wege finden, eure schirmzerstörenden Waffen zu vernichten. Zum Glück wird *das Volk* in diesem System nicht mehr gebraucht. Wir sind nicht länger gezwungen, uns in eurer Nähe aufzuhalten. Betrachtet unsere Nachbarschaftsphase als beendet.«

»Ihr bleibt nicht zum Schutz eures Stationsplaneten?« fragte Artus.

»Unseren Standort hier geben wir auf«, erhielt er zur Antwort. »Der Planet hat seinen Zweck erfüllt, ihr könnt ihn übernehmen – ebenso wie die Sonnenstation, die wir darauf errichtet haben. Wir müssen sie nicht mehr länger vor euch schützen.«

»Verstehe«, meinte Artus. »Ihr wißt, daß wir wegen der vorherrschenden Hyperstrahlung nicht auf eurem Planeten landen können, zumindest vorerst nicht.«

»Du verstehst gar nichts, Biomüll-Sklave«, erwiderte Goniometrische Gleichung grantig. »Selbst wenn die Strahlung abklingen würde, könntet ihr nichts mehr ausrichten. Erobert die Station oder vernichtet sie vollständig – den von uns initiierten Prozeß könnt ihr nicht mehr aufhalten. Die Sonne in diesem System, das ihr Proxima Centauri nennt, wird unablässig mehr und mehr Masse von eurer Sonne abziehen. Der Prozeß hat sich verselbständigt und läßt sich nicht mehr aufhalten, das haben unsere neusten Messungen zweifelsfrei ergeben. Nicht einmal wir könnten den Vernichtungsprozeß abbrechen. Das wollen wir natürlich auch gar nicht.«

GG gab Laute von sich, die vermutlich mit einem gehässigen Lachen gleichzusetzen waren; für die Menschen hörte sich dieser spontane »Gefühlsausbruch« allerdings mehr nach einem verschnupften Walroß an.

Ren Dhark mischte sich in die Verhandlung ein. »Wieso geht ihr derart aggressiv gegen uns vor? Was haben wir Menschen euch getan?«

Die Antwort des Großrechners war von schonungsloser Offenheit: »Biomüll wie ihr gehört auf den Komposthaufen der Geschichte. Ihr stellt eine Bedrohung für die gesamte Galaxis dar, vor allem für höhere Wesen wie uns, weil ihr euch nicht anpassen wollt.«

»Du meinst wohl: weil wir euch nicht dienen wollen«, entgegnete Dhark.

Goniometrische Gleichung wollte nicht länger diskutieren. Mit Nachdruck verlangte er die Bergung der beschädigten Schiffe, andernfalls würde *das Volk* dieses System nicht verlassen und den Kampf gegen die Flottenschiffe erneut aufnehmen.

Ren Dhark war ein Kämpfer, ein ständig siegreicher obendrein – aber einer, der den Kampf nie gewollt hatte. Wann immer es ihm möglich war, vermied er Gewalt.

»Geht mit Gott!« knurrte er. »Aber geht!«

»Wußte ich's doch, daß ihr nachgeben würdet«, entgegnete Goniometrische Gleichung spöttisch, in einem Tonfall, als hätte er gesagt: »Wußte ich's doch, daß ihr feige seid!«

Allein für diese provozierende Bemerkung hätte Dhark nur zu gern den Angriffsbefehl gegeben. Aber blindem Zorn nicht nachzugeben, das war es, was einen wirklich guten Kommandanten auszeichnete. Jeder Kampf brachte Verluste in den eigenen Reihen mit sich – und nicht nur an Sachwerten. Menschen starben, hinterließen Angehörige und sehr viel Leid. Dies alles wollte Dhark nicht auf seine Kappe nehmen, jedenfalls nicht, wenn es nicht unbedingt nötig war. Lieber schluckte er mal eine Kröte runter, selbst wenn er daran schwer würgen mußte.

2.

Ren Dhark war der Kommandant des Terra-Eden-Flottenverbands, und er tat das, was er für richtig hielt. Goniometrische Gleichung hatte ihn verspottet, weil er andere Besatzungsmitglieder der POINT OF um Rat fragte; über den Spott konnte Dhark sich ärgern oder ihn schlichtweg ignorieren. Ein wirklicher Anführer ließ sich weder provozieren noch verunsichern und somit zu Entscheidungen verleiten, die er später bereute.

Die Roboterschiffe durften ihre Verletzten/Beschädigten bergen. Diese Entscheidung hatte Ren Dhark nach einer weiteren Rücksprache mit Artus gefällt. Artus kannte die fremden Roboter besser als jeder andere an Bord – und er glaubte ihrer Zusicherung, das System zu räumen, wenn man ihnen erlaubte, ihre Kampfgefährten mitzunehmen.

»Im Prinzip sind sie Feiglinge, die den Tod fürchten«, hatte Artus argumentiert. »Aber sie werden kämpfen bis zum letzten, wenn wir über ihre Verwundeten herfallen und deren Existenz auslöschen – ein sinnloser Kampf, der auf beiden Seiten zu nichts führt. Lassen wir ihnen ihren Willen, dann verschwinden sie auf Nimmerwiedersehen und kehren mit hoher Wahrscheinlichkeit nie mehr in diesen Teil der Galaxis zurück.«

Goniometrische Gleichungs Argumentation war auch Ren Dhark schlüssig erschienen – also hatte er sich mit der Bergung der beschädigten Roboterschiffe einverstanden erklärt, allen Rachegelüsten und sonstigen menschlichen Emotionen, die er empfand, zum Trotz. Ihm war nur zu gut bewußt, daß nicht jeder seiner Offiziere mit dieser Entscheidung einverstanden war, aber auch das mußte ihm als Kommandant egal sein.

Die Bedingungen für den Abzug bestimmte Ren Dhark. Die Großrechner durften jeweils fünf Schiffe zu einem Beschädigten schicken und ihn in Schlepptau nehmen. Seine Flottenraumer gruppierte er so, daß sie notfalls freies Schußfeld auf die Roboterschiffe hatten. Die ungeschützten Raptorplattformen wurden von Ikosaederraumern und Ringraumern abgeschirmt, konnten aber jederzeit nach der »Vorhang-auf«-Methode eingesetzt werden.

Die Bergungsaktion verlief präzise und schnell. Es gab keine weitere Kommunikation mehr unter den Kontrahenten.

Nach Beendigung der Aktion verschwand die gesamte Roboterflotte ohne Abschiedsgruß. Nicht einmal mehr ein haßerfülltes »Wir sehen uns wieder!« war der »Biomüll« den »höheren Wesen« wert.

*

Was nun? Diese kurze, aber bedeutsame Frage stand auf allen Schiffen des Flottenverbandes im Raum. Die Kommandanten suchten ebenso nach einer Lösung des Problems wie niederrangige Offiziere und Mannschaftsangehörige. Jede Idee war willkommen, aus welcher Ecke sie auch kam...

Insgeheim hofften allerdings alle auf einen rettenden Einfall des Commanders. Man war es gewohnt, daß er in Krisensituationen zur Hochleistungsform auflief.

Das war Ren Dharks größte Stärke – und zugleich seine größte Schwäche, beziehungsweise die größte Schwäche seiner Truppe. Weil sich seine Mitstreiter stets felsenfest auf ihn und seine rettenden Ideen verlassen konnten, liefen die Gehirne der Offiziere an seiner Seite manchmal (unbewußt) auf Sparflamme. Geriet die POINT OF in eine scheinbar aussichtslose Lage, richteten sich alle Blicke in der Zentrale zuallererst auf den Commander. Und falls auch er keinen Ausweg mehr wußte, gab es ja noch den Checkmaster...

Es gab Zeiten, da war Dhark unter der Last der Verantwortung fast zusammengebrochen. Das Leben eines Anführers war nicht leicht, davon wußte jeder Eingeborenenhäuptling ein Lied zu singen.

Die Roboterschiffe hatten von neuesten Messungen gesprochen und davon, daß sich die Manipulation der Sonnen Sol und Proxima Centauri angeblich nicht mehr aufhalten ließ. War das die Wahrheit oder nur eine dreiste Lüge? Auch auf den Schiffen des Flottenverbandes nahm man diverse Messungen vor. Man ortete eine hochtechnisierte, mehrere Quadratkilometer große Anlage, die von dem Sonnenblitz verschont geblieben war. Leider – denn von dort aus wurden sehr wahrscheinlich die Sonnen manipuliert. Starke Hyperfelder »griffen« vom Klotz her nach Proxima Centauri.

»Wir müssen ein Erkundungsteam hinunterschicken«, entschied Ren Dhark. »Shanton und Doorn wären dafür am besten geeignet, weil sie sich schon ein bißchen auf dem Klotz auskennen. Auch die Schwarze Garde, die auf der ROBERT ungeduldig auf ihren Bodeneinsatz wartet, könnten wir da unten gut gebrauchen. Aber aufgrund der extremen Hyperstrahlung können wir nur Roboter auf dem Planeten aussetzen.«

»Heißt das, ich soll gehen?« erkundigte sich Artus.

»Ich will auch mit!« meldete sich Jimmy. »Ich kenne mich ebenfalls auf dem Klotz aus.«

»Das kommt nicht in die Tüte«, erwiderte Chris Shanton. »Wer weiß, welche Gefahren dort lauern. Ich will nicht, daß dir was zustößt.«

»Da schau her, der Dicke macht sich Sorgen um mich«, entgegnete der Roboterhund.

»Zu Recht«, meinte Dhark. »Artus und du, ihr seid für uns unverzichtbar. Wir verfrachten zwei Maschinen, einen Billigroboter und einen Kegelroboter, in einen Flash und schicken sie auf Erkundung. Welches Schiff befindet sich dem Klotz am nächsten?«

»Die THOMAS«, antwortete ihm der Ortungsoffizier.

»Das trifft sich gut«, sagte der Commander. »Wallis hat erwähnt, daß General Jackson nicht nur Kampfroboter, sondern auch ein paar Aufklärungsroboter mit an Bord genommen hat – Kegelroboter, die während der Untersuchung einen ununterbrochenen Datenstrom ans Mutterschiff aussenden. Ich werde den General bitten, seine Funkanlage so zu schalten, daß die Daten auf jedem Schiff empfangen werden können.«

*

Oberst Kenneth MacCormack, Hauptmann Akira Musaschi, Leutnant Kurt Buck, Hauptfeldwebel Jannis Kaunas, Oberfähnrich Julian Burns, Korporal Wladimir Jaschin, Gefreiter Piet Lessing, Schütze Yo Ho – die Namensliste der Gardisten an Bord der ROBERT war lang. Jakob Jensby hatte vierhundert von ihnen mit seinem Schiff bis hierher befördert, und nun wollten sie endlich das tun, was sie am besten konnten: kämpfen und forschen.

Die Schwarze Garde war eine Eliteeinheit, bestehend aus den kampftüchtigsten und intelligentesten Soldaten der Terranischen Flotte. Nur wer promoviert hatte, konnte in dieser Truppe Offizier werden. In erster Linie wurde die Garde als schnelle Eingreiftruppe auf fremden Planeten eingesetzt. Zur Bewahrung des Friedens war es manchmal nötig, überraschend zuzuschlagen, wenn dadurch Angriffe auf die Erde und deren Kolonialplaneten bereits im Vorfeld verhindert werden konnten. Die Gardisten setzten ihr zum Teil noch recht junges Leben ein, um blutige Schlachten zu verhindern und das Leben anderer zu retten.

Kurt Buck und seine Kameraden warteten ungeduldig auf ihren Einsatzbefehl. Natürlich waren sie sich bewußt, daß sie auf dem Klotz der sichere Tod erwartete ohne den nötigen Schutz vor den Hyperstrahlen, aber MacCormack hatte bereits einen Plan. Einen? Nein, ein guter Anführer hielt stets einen Plan B parat, falls der erste nicht funktionierte – oder abgelehnt wurde.

»Vergessen Sie es, das lasse ich niemals zu«, äußerte sich Ren Dhark über Funk zu MacCormacks Vorhaben, einen Gardisten loszuschicken, der einen Mannabschirmer über einem Worgun-Raumanzug (W-Anzug alias M-Anzug) trug. »Im Gegensatz zu Ihnen, Herr Oberst, bin ich nicht der Ansicht, daß ein solcher ›Zwiebellook‹ den Träger für ein paar Stunden vor der extremen Hyperstrahlung schützt. Der Mann wird keine Minute auf dem Klotz überleben. Haben Sie überhaupt einen Freiwilligen für diese wahnwitzige Aktion gefunden?«

»Sogar 400 Freiwillige«, antwortete MacCormack nicht ohne Stolz. »Jeder Gardist hat sich für die gefährliche Aktion gemeldet, ohne Ausnahme. Was dachten Sie denn? Ich befehlige die Schwarze Garde und keine Bonbontruppe.«

Der vierundvierzigjährige hochgewachsene rothaarige Ire war mit Leib und Seele Soldat. Obwohl er verheiratet war und einen Sohn hatte, scheute er keine Gefahr. Er war sogar bereit, sich selbst den Doppelanzug anzulegen und auf dem Klotz zu landen – schon aus Forscherdrang, den er als studierter Historiker immer verspürte.

Beim Mannabschirmer handelte es sich um einen Garde-Panzeranzug (Multifunktionsanzug, kurz MFA), der mit einer zusätzlichen Tarnvorrichtung ausgestattet war. Der Einsatz dieser Spezialkleidung verlief stets »tödlich« – nicht für den Träger, dem nichts zustoßen konnte, wenn er den Mannabschirmer innerhalb von neunundsiebzig Stunden ablegte, sondern für das ungewöhnliche Kleidungsstück selbst, das nach der Verwendung fachgerecht entsorgt werden mußte. Weil nämlich der 5-D-Tarneffekt durch ein Hyperfeld erzeugt wurde, das den Panzeranzug langsam, aber sicher durchdrang und letztlich völlig verseuchte. Der Kostenpunkt einer jeden Mannabschirmer-Aktion betrug eine Millionen Dollar für den Panzeranzug plus zehn Million Dollar für die eingebaute Tarnvorrichtung – weniger höflich ausgedrückt: Elf Millionen Dollar wanderten hinterher auf den Schrott.

Das Hyperfeld hatte allerdings nicht nur Nachteile. Es dämmte Verstrahlung von außen wie eine Mauer ab – so wie eine Feuerwand ein heranrasendes Lauffeuer für einen gewissen Zeitraum stoppte.

»Den Tarneffekt benötigen wir auf dem Klotz selbstverständlich nicht, der läßt sich problemlos deaktivieren«, argumentierte MacCormack im Gespräch mit dem Commander. »Wichtig ist das Hyperfeld. Es schützt den Träger zusätzlich zum Panzeranzug und zum Worgun-Anzug.«

Dhark blieb dennoch hart. »Das Risiko ist zu hoch, ganz gleich, wie viele Lebensmüde sich dafür freiwillig melden.«

»Ich ahnte bereits, daß Sie so denken würden, deshalb habe

ich noch einen zweiten Plan entwickelt«, erwiderte der Oberst. »In der Bordwerkstatt der ROBERT konstruiert eine Gruppe meiner Männer gerade einen Spezialanzug, der aus zwei Worgun-Anzügen und zwei Mannabschirmern zusammengesetzt ist...«

»Nein!« Dhark ließ MacCormack erst gar nicht ausreden. »Selbst wenn sie noch mal zwei Anzüge drauflegen...« Er stockte. »Sagen Sie mal, wer soll das schwere Ding überhaupt tragen? Mir ist zwar bekannt, daß einige der Gardisten ziemliche Muskelpakete sind, doch bereits ein einziger Panzeranzug schränkt die Bewegungsfreiheit erheblich ein.«

»Deshalb wird der Spezialanzug auch nicht für einen Menschen, sondern für einen Kegelroboter angefertigt – sozusagen maßgeschneidert«, erklärte ihm der Ire. »Es muß ja nicht unbedingt ein teurer Aufklärungsroboter sein, wie der, den General Jackson gerade losgeschickt hat. Es genügt, wenn er über die nötigsten Funktionen verfügt – sowie über einen intakten Aufnahmespeicher. Senden könnte er eh nicht, da der Vierschrötige – so haben wir den Spezialanzug getauft – völlig funkdicht ist.«

Wie aufs Stichwort kamen die ersten Meldungen vom Klotz. Der Aufklärungsroboter lieferte eine Beschreibung des teilweise zerstörten Planeten, der laut Doorn und Shanton schon vor dem mächtigen Blitzeinschlag wie eine Schrotthalde ausgesehen hatte. »Bizarre Gebäude wachsen aus allen möglichen kuriosen Metallteilen heraus«, hatte Shanton es plastisch beschrieben, »so als ob man während des Bauens alles Überflüssige achtlos beiseitegeworfen und dann vergessen hätte, es wegzuräumen. Mit Sicherheit handelt es sich um keinen Wohnplaneten, sonst hätte man sich mit der Sauberhaltung wohl mehr Mühe gegeben – oder die Großrechnerschiffe fühlen sich in diesem Chaos sauwohl.«

Auf den terranischen Raumschiffen verfolgte man die Datenübertragung des Aufklärungsroboters voller Interesse. Absolut emotionslos meldete die kegelförmige Maschine, daß der immense Hyperstrahlungspegel soeben seinen »Beifahrer« komplett außer Gefecht gesetzt hatte. Auch der Kegel selbst konnte bereits einige Ausfälle verzeichnen...

Als der Datenstrom von einer Sekunde zur anderen abbrach, wußten alle, daß es ihn ebenfalls erwischt hatte.

»Wir fürchten uns nicht, wenn auch die Welt unterginge und die Berge mitten ins Meer sänken!« kommentierte General Jackson grantig den Totalausfall des Kegelroboters und gab Befehl, den Flash per Fernsteuerung zurückzuholen.

Daraus wurde nichts, denn auch der Bordrechner des Beiboots fiel der Strahlung zum Opfer. Das Intervallfeld schaltete sich wie von Geisterhand ab. Jackson bat Ren Dhark, den Checkmaster einzusetzen, vielleicht konnte der den führerlosen Flash noch einfangen...

In diesem Augenblick raste der Flash auf den Boden des Klotzes zu, schlug dort krachend auf und explodierte.

»Soweit zu Plan A«, sagte Dhark zu Oberst MacCormack. »Von Plan B verspreche ich mir mehr.« Er seufzte. »Was haben wir schon zu verlieren – außer Maschinen und Anzügen im Wert von zig Millionen Dollar?«

*

Stunden später steckte ein Kegelroboter der ROBERT im »Vierschrötigen«. Die Gardisten hatten perfekte und schnelle Arbeit geleistet. Trotz ihrer physischen und psychischen Erschöpfung amüsierten sie sich prächtig über die schwebende Maschine in ihrer »mordsmäßigen Kampfrüstung« (O-Ton Kaunas). MacCormack ließ sie gewähren, quasi als Belohnung für ihre Leistung. Selbst begabte »Kinder« mußten ab und zu mal spielen. »Wir sollten ihm noch einen Namen geben, passend zu seinem Outfit«, meinte Jaschin. »Wie wäre es mit Igor?«

»Wieso Igor?« fragte ihn ein Gardist verwundert.

»Weil mein Urgroßvater so hieß«, antwortete Wladimir Jaschin. »Ich kannte ihn nicht persönlich, aber auf dem einzigen Foto, das ich von ihm habe, steht er mitten im tiefsten Winter vor seiner Blockhütte in der Taiga, eingehüllt in zwei Mäntel, an den Füßen Fellstiefel und dicke Socken, und auf dem Kopf eine riesige Pudelmütze, die er sich weit über die Stirn gezogen hatte.«

Der seit der Giant-Invasion verwaiste, 1,94 Meter große Ukrainer Jaschin führte sozusagen sein zweites Leben. Nach einem brandgefährlichen Einsatz in Algier hatte man seinen Körper fast vollständig regenerieren müssen – dieser Prozeß war erst im Mai 2058 abgeschlossen worden.

Im Gegensatz zum Mutterschiff waren die Flash der ROBERT aus Unitall, wie jeder andere Flash auch. Da dieses Material weniger widerstandsfähig als Carborit war, holte man ihn so schnell wie möglich zurück an Bord, kaum daß er »Igor« auf dem Klotz abgesetzt hatte. Auf diese Weise verhinderte man einen erneuten Zusammenbruch des Bordrechners.

Mittels Teleoptik konnte man den Kegelroboter in seiner Spezialausrüstung noch eine Weile aus dem All beobachten. Er schwebte auf die riesige Anlage zu, auf »wackligen Beinen« – sprich: Sein Prallfeld wurde offenbar von der Hyperstrahlung gestört.

Nachdem »Igor« im Inneren der Anlage verschwunden war, begann eine Stunde bangen Wartens…

*

Eine Stunde später holte der Flash den Kegelroboter wieder dort ab, wo er ihn abgesetzt hatte. Das ganze Manöver erfolgte fast genauso schnell wie das vorangegangene: Landung, Einstieg, Blitzstart! Beim Einsteigen gab es allerdings eine leichte Verzögerung, da der Roboter erheblich schwankte.

Mittlerweile hatte sich die POINT OF zur ROBERT gesellt. Seite an Seite standen beide Schiffe im All. Der Flash mit dem Roboter schwebte zwischen ihnen, so lange, bis die Hyperstrahlung abgeklungen war. Da das Intervallfeld des Flash intermittierende Ausfälle hatte, mußte eine Schleuse geöffnet werden, um ihn an Bord der ROBERT zu holen.

Wenig später wechselten Ren Dhark, Chris Shanton, Arc Doorn und der ewig neugierige Terra-Press-Reporter Bert Stranger auf die ROBERT über.

Der zweiunddreißigjährige rothaarige Journalist befand sich als Arrestant auf der POINT OF. Nachdem er von der Manipulation an der Sonne erfahren hatte, hatte Dhark ihn an Bord geholt und umgehend in Gewahrsam genommen; damit hatte er ihm die Einzelhaft in einem terranischen Regierungsgefängnis erspart. Ohne Genehmigung der beiden Commander – dem der Planeten und dem der POINT OF – durfte Stranger keine Zeile von seinem Wissen veröffentlichen. Vielleicht erhielt er diese Erlaubnis nie. Nichtsdestotrotz nahm er bereits eine weitere Story in Angriff, die möglicherweise ebenfalls nie ein Mensch lesen würde: die Lebensgeschichte Arc Doorns mit dem Titel »Der Mysterious«.

Generalmajor Jakob Jensby höchstpersönlich geleitete das prominente Quartett zu den Laboren und Werkstätten.

Ren Dhark hatte es nicht eilig. Er war von dem mächtigen Carborit-Ikosaederraumer schwer beeindruckt. Es war für ihn unvorstellbar, daß drei dieser kolossalen Schiffe einfach so verdampft waren – nur weil sie dem Sonnenblitz den Pfad versperrt hatten...

Über die allgewaltige Kraft von Sonnen war schon viel geschrieben worden, und mit der heutigen Meßtechnik konnte man sie zumindest in beeindruckenden Zahlen sichtbar machen, aber mitzuerleben, wie solch ein lebensspendender Stern das, was er durch seine Wärmeausstrahlung normalerweise schützte, innerhalb von Sekundenbruchteilen vernichtete, hatte schon was Erschreckendes an sich!

MacCormacks Gardisten hielten sich mit derlei düsteren Gedanken nicht lange auf. Die Besten der Besten sahen nicht das Erschreckende, nicht das Faszinierende – sondern das Wesentliche. Ebendeshalb hatten sie »Igor« schon halb auseinandergenommen, als Ren Dhark mit seiner illustren Begleitung in den Werkstätten eintraf. MacCormack, Buck, Burns und Co. waren so sehr beschäftigt, daß sie den hohen Besuch vom berühmtesten Raumschiff der Welt eher wie nebenbei wahrnahmen. Ein einfaches Hallo mußte den Neuankömmlingen ausreichen, mehr konnte man von intensiv beschäftigten Wissenschaftssoldaten der Schwarzen Garde nun wirklich nicht erwarten.

Dhark empfand es als angenehm, daß man ihm keine militärischen Ehrenbezeugungen entgegenbrachte, die ihm ohnehin nicht mehr zustanden. Er brauchte keinen roten Teppich, sondern konkrete Informationen. Die würde er auch bekommen. Die Schwarze Garde war dafür bekannt, daß sie ausschließlich echte Resultate lieferte und kein aus Furcht vor eventuellen Konsequenzen aufgeblasenes Scheinwerk, das Ergebnisse vortäuschte, die es gar nicht gab und vielleicht auch niemals geben würde. Derlei Täuschungsmanöver waren sowohl beim Militär als auch in der Politik leider gang und gäbe – weshalb es Dhark bis heute nicht bereute, sich aus beiden Bereichen zurückgezogen zu haben. Daß er zeitlich begrenzt noch einmal in die Rolle des Flottenkommandanten geschlüpft war, sollte die Ausnahme bleiben.

»Erstatten Sie mir Bericht«, sagte er kurz und knapp zu Leutnant Buck.

»Die Hyperstrahlung hat viele Bauteile des Roboters beschädigt«, informierte ihn Julian Burns, noch bevor Buck etwas antworten konnte. »Auch der Aufnahmespeicher ist defekt, aber man kann ihn Gott sei Dank noch gebrauchen. Wenn Sie wollen, zeigen wir Ihnen einige Aufnahmen vom Klotz aus der Perspektive des Roboters.«

»Einige?« entgegnete Dhark. »Ich möchte alles sehen, was der Kegel auf dem Planeten erlebt hat. Wie lange hätte ein Mensch in diesem Spezialanzug auf dem Klotz eigentlich überleben können?«

Diesmal kam Buck dem Oberfähnrich mit der Antwort zuvor. Julian Burns war zwar ungeheuer begabt, aber viel zu ehrgeizig und vorwitzig und leider auch ziemlich arrogant. Er brauchte eine starke Hand, die seine vielfältigen Talente in die richtigen Bahnen lenkte – wie es Shanton seinerzeit bei dem Wallis-Industries-Supergenie Robert Saam getan hatte.

»Selbst ein durchtrainierter, kerngesunder Gardist hätte nicht mehr als ein paar Minuten überlebt, im Höchstfall eine Viertelstunde«, beantwortete Buck die Frage des Commanders und fügte in einem Anflug von Galgenhumor hinzu: »Nach seiner Rückkehr hätten wir wahrscheinlich nicht mehr viel von ihm erfahren, selbst wenn wir ihn wie Igor in seine Einzelteile zerlegt hätten.«

Der dreiundzwanzigjährige blonde Leutnant hatte sich als einer der ersten freiwillig zum Dienst in der Schwarzen Garde gemeldet, wo er aufgrund herausragender Leistungen, die seinen militärischen Aufstieg stark beschleunigt hatten, aufgefallen war.

Gemeinsam mit Burns verband er den Aufnahmespeicher des Roboters mit einem Hyperkalkulator, der wiederum an einen Wandbildschirm angeschlossen war. Auf diese Weise konnten alle Anwesenden »Igors« Weg durch die riesige Anlage optisch und akustisch mitverfolgen...

*

Aufgrund des Spezialanzugs, der den Kegelroboter vollständig einhüllte, waren die Aufzeichnungen nicht perfekt. Etliche Bilder verschwammen und konnten nur leicht verzerrt dargestellt werden. »Igor« schwebte auf seinem Prallfeld durch hohe Hallen mit gigantischen Maschinen, deren genaue Funktionen man bestenfalls erahnen konnte. Von der Konstruktion her wirkte die gesamte Anlage völlig fremdartig – und doch erschien sie einem streckenweise seltsam bekannt.

Obwohl es zunächst so ausgesehen hatte, als hätte der Sonnenblitz diesen Teil des Planeten weitgehend verschont, stellte sich jetzt heraus, daß die Sonnenstation doch so einiges abbekommen hatte, und das nicht zu knapp. Scheinbar hatte der gewaltige Einschlag einen Prozeß der Auflösung in Gang gesetzt. Dort quoll merkwürdig gefärbter Rauch heraus, da gab es eine kleinere lautlose Explosion – und »Igor« schwebte an allem vorüber, als ginge ihn nichts davon an.

Leben im biologischen Sinne gab es auf dem Klotz keines. Sauerstoffatmer hätten hier sowieso nicht existieren können, aber auch anderen Spezies fehlte offenbar die Daseinsgrundlage. Und falls es auf diesem Planeten jemals etwas Lebendiges gegeben hatte, vielleicht eine besonders widerstandsfähige Pflanzenart, hatten es die Großrechnerschiffe mit Sicherheit längst ausgerottet.

Wie durch ein Wunder entging »Igor« dem Zusammenbruch

einer Halle. Einem Kartenhaus gleich fiel sie in sich zusammen. Der Roboter, der die Halle gerade verlassen hatte, zeichnete den Vorgang aus nächster Nähe auf und wich auch nicht zurück, als Trümmerteile durch die Gegend flogen.

»Wenn das so weitergeht, gibt es dort unten bald gar nichts mehr, das wir erforschen könnten«, knurrte Oberst MacCormack, der seine Männer bei der Arbeit in der Werkstatt tatkräftig unterstützte. »Wozu sind wir überhaupt hergekommen?«

»Ich hätte nichts dagegen, wenn sich die ganze Anlage selbst vernichtet«, bemerkte Generalmajor Jensby. »Ginge es nach mir, würden wir sie vom All aus unter Beschuß nehmen...«

»Es geht aber nicht nach Ihnen«, blaffte Shanton ihn ungehalten an. »Niemand weiß, was passiert, wenn die Sonnenstation komplett zerstört wird. Das Schwarze Loch im Inneren von Sol könnte total außer Kontrolle geraten. Deshalb habe ich vorgeschlagen, die Anlage vorher zu untersuchen. Daß die Hyperstrahlung meinen Plan schlagartig zunichte machen würde, konnte ich nicht vorausahnen.«

»Reg dich wieder ab, Dicker«, warf Jimmy ein, der selbstverständlich mit an Bord der ROBERT gekommen war. »Niemand macht dir Vorwürfe. Du bist schließlich nicht Doktor Allwissend. Selbst ich habe den Sonnenblitz nicht vorhergesehen – obwohl ich mindestens doppelt so schlau bin wie du.« Der Roboterhund drehte seinen elektronisch beweglichen Kopf in Strangers Richtung. »Machen Sie sich keine Notizen? ›Doppelt‹ schreibt man mit zwei p.«

Der Reporter tippte sich an die Stirn. »Mein Notizblock ist hier drin. Mir entgeht absolut nichts. Keine Sorge, Jimmy, auch du wirst in meiner Sonnenstory gebührend erwähnt werden.« Er stieß einen leisen Seufzer aus. »So ich sie denn jemals schreiben darf...«

In diesem Augenblick kam eine Meldung aus der Zentrale der ROBERT herein.

Die Meßgeräte auf den Schiffen hatten eine monströse Explosion auf dem Klotz registriert.

Es gab keinen Zweifel: Die Sonnenstation hatte sich mit einem farbigen Inferno aus dem Universum verabschiedet.

»Jetzt können wir nur noch beten«, murmelte Shanton, der das Schlimmste befürchtete.

Alle schwiegen betroffen. Das Schicksal der Sonne Sol stand in den Sternen – im wahrsten Sinne des Wortes.

Was für eine Wahnsinnsgeschichte! ging es Bert Stranger durch den Kopf. *Zu schade, daß sie aller Wahrscheinlichkeit nach niemals veröffentlicht werden wird.*

Er zog in Erwägung, seinen Beruf aufzugeben. Über Katastrophen aller Art zu schreiben war schon nervenaufreibend genug – aber zusehen zu müssen, wie rundum die Welt unterging und nicht darüber schreiben zu dürfen, war noch viel stressiger.

*

Die Hyperfelder zwischen der Sonnenstation und der Sonne Proxima Centauri waren nicht mehr vorhanden. Ren Dhark ließ sofort Messungen durchführen. Seine heimliche Hoffnung, daß sich mit der Explosion der Anlage das Problem der sterbenden Sonne Sol erledigt hatte, erfüllte sich leider nicht: Proxima Centauri nahm weiter an Masse zu, sogar noch ein wenig rascher als vorher.

Goniometrische Gleichung hatte demnach nicht gelogen. Die Vernichtungsaktion, die *das Volk* in Gang gebracht hatte, hatte sich verselbständigt.

War die Erde nun endgültig verloren?

Ren Dhark haßte nichts mehr, als aufgeben zu müssen. Selbst in aussichtslosen Situationen weigerte er sich mitunter geradezu bockig, die Niederlage zur Kenntnis zu nehmen.

»Können Sie anhand der Aufzeichnungen des Roboters Rückschlüsse auf die verwendete Technik ziehen und mögliche Gegenmaßnahmen treffen?« fragte er die Techniker der Schwarzen Garde, die sich weiterhin mit Shanton, Doorn, Stranger, Jensby und ihm auf dem Labordeck der ROBERT aufhielten, direktheraus.

Kurt Bucks Antwort war nicht minder direkt: »Nein, völlig ausgeschlossen.«

Sämtliche anwesenden Gardisten teilten diese Einschätzung.

Alle waren ratlos. Nachdenkliches Schweigen breitete sich aus... »Auf dem Klotz werden wir keine brauchbaren Hinweise mehr finden«, sagte MacCormack schließlich. »Aber vielleicht werden wir auf dem Heimatplaneten der Roboterschiffe fündig.«

»Können Sie Gedanken lesen?« entgegnete Dhark. »Auch mir geht gerade eine Expedition nach Eins durch den Kopf. Dank Artus wissen wir glücklicherweise, wo der Hauptplanet des sogenannten Volkes liegt.«

»Worauf warten wir dann noch?« sagte Chris Shanton. »Die fliegenden Schrotteufel haben uns mit ihrem Besuch beehrt – da wäre es doch schrecklich unhöflich, würden wir ihnen keinen Gegenbesuch abstatten.«

»Hört, hört, der Dicke versucht mal wieder, witzig zu sein«, merkte Jimmy frech an.

»Chris *ist* witzig«, nahm Arc Doorn seinen besten Freund in Schutz. »Und er hat recht! Ich kann es kaum erwarten, bei denen an die Tür zu klopfen.«

»Daraus wird nichts«, machte Oberst MacCormack ihm klar. »An der Expedition nehmen ausschließlich Gardisten teil. Bei allem Respekt, Mister Doorn, aber ein solcher Einsatz geht an die psychische und physische Grenze eines jeden einzelnen. Sie wären den körperlichen Strapazen niemals gewachsen und würden sehr wahrscheinlich nicht mehr zur Erde zurückkehren.«

»Da wäre ich mir an Ihrer Stelle nicht so sicher«, mischte sich Bert Stranger ein. »Dieser Mann hat gewissermaßen hundert Leben. Und wo wir gerade dabei sind: Auch ich komme mit!«

»Sie stehen unter Arrest, Stranger«, erinnerte ihn Dhark.

»Den Arrest erkläre ich hiermit als beendet«, erwiderte der Reporter und reckte ihm angriffslustig sein Kinn entgegen, das genauso abgerundet war wie seine übrige Kopfform. »Auf der POINT OF langweile ich mich allmählich zu Tode. Entweder Sie lassen mich gehen, oder Sie stellen mich vor ein Erschießungskommando.«

Und führe mich nicht in Versuchung... dachte der Commander. Laut sagte er: »In welcher Funktion möchten Sie denn am Einsatz teilnehmen?«

Stranger blieb ihm die Antwort nicht schuldig. »Als eine Art Kriegsberichterstatter. Die Menschheit hat ein Recht darauf, Einzelheiten über Maßnahmen gegen ihre Feinde aus dem All zu erfahren.«

»Machen Sie sich nicht lächerlich«, sagte Kenneth MacCormack. »Sie genügen den körperlichen Anforderungen noch weniger als Mister Doorn. Schauen Sie sich doch mal an: Sie sind kugelrund, haben viel zu kurze Arme und Beine...«

»Vergessen Sie meine Segelohren nicht!« unterbrach Stranger ihn verärgert. »Gegen einige Ihrer Gardisten bin ich trotzdem noch eine Schönheit.«

»Mag ja sein, dennoch können Sie mit keinem von denen mithalten. Bis Sie sich aus dem Absetzer gerollt haben, haben meine Jungs bereits den gesamten Planeten ausgekundschaftet.«

MacCormack blickte angriffslustig in die Runde.

»Sagten Sie nicht, Sie würden ebenfalls gern mitkommen, Mister Shanton? Warum eigentlich nicht? Bodenkämpfe sollen ja bekanntlich Wunder wirken bei Übergewicht. Und wie steht es mit Ihnen, Herr Generalmajor? Sie könnten die Schwarze Garde nach Eins fliegen und dort mit Ihren Leuten kräftig mitmischen. Mit Ihrer Unterstützung werden wir ruckzuck den ganzen Planeten erobern. Und vergessen Sie ja nicht, unserem rasenden Reporter einen Beobachtungsposten auf der Kommandobrücke anzubieten, damit er später über die Leistungsfähigkeit Ihres phantastischen Schiffes berichten kann. Vielleicht gibt dann das Oberkommando der Terranischen Flotte bei Wallis Industries den Bau mehrerer Carborit-Ikosaeder in Auftrag. Das macht Terence Wallis noch reicher, als er schon ist, so daß er Ihnen und Ihrer Mannschaft niemals den Sold schuldig bleiben muß.«

Gewitter reinigten bekanntlich die Atmosphäre. Der irische Oberst hatte sein Donnerwetter losgelassen – nun kehrte wieder etwas Ruhe ein.

Das tat gut! dachte er, und er bereute kein einziges Wort.

»Sie akzeptieren also nur Begleiter, die Ihren Gardisten ebenbürtig sind«, resümierte Ren Dhark, der gerade einen guten Einfall hatte. »Da habe ich Sie doch richtig verstanden, oder?«

»Goldrichtig, Commander«, bestätigte ihm MacCormack.

»Wenn ich Ihnen beweise, daß meine Kondition und mein Durchhaltevermögen für den Einsatz auf Eins ausreichend sind, nehmen Sie mich dann mit?« ließ Bert Stranger nicht locker.

»An Hartnäckigkeit mangelt es Ihnen jedenfalls nicht«, erwiderte der Oberst anerkennend. »Na schön, ich gebe Ihnen die Chance, sich zu blamie... äh, sich zu bewähren. Beweisen Sie mir Ihre Fitneß auf einer Übung der Garde. Ich muß Sie allerdings vorwarnen: Ein verschärfter Geländemarsch mit ordentlich Gepäck auf dem Buckel ist noch das Erholsamste, das Sie erwartet.« Er wandte sich Shanton und Doorn zu. »Wollen Sie beide auch mitmarschieren?«

Arc Doorn winkte ab. »Ich bin in meinem Leben so oft zu Fuß unterwegs gewesen, daß ich einen Schweber unter meinem Hintern wirklich zu schätzen weiß.«

»Und ich habe nie ernsthaft in Erwägung gezogen, nach Eins mitzukommen«, behauptete Chris Shanton. »Bevor ich schwere Rucksäcke schleppe und mir die Füße plattlaufe, behalte ich lieber mein Übergewicht bis ans Ende meiner Tage.«

MacCormack hielt nach Jakob Jensby Ausschau, doch der hatte sich still und leise entfernt.

Feigling, dachte der Oberst amüsiert.

Das Grinsen wäre ihm vergangen, hätte er gewußt, wohin Generalmajor Jensby gerade unterwegs war. Nicht nur Commander Dhark hatte noch eine Überraschung für Kenneth MacCormack und seine Truppe parat, auch dem Kommandanten der ROBERT war soeben eine gute Idee gekommen...

3.

Bevor Ren Dhark mit seinem Gefolge von der ROBERT wieder zurück auf die POINT OF wechselte, verabschiedete er sich von Oberst MacCormack und den Gardisten. Er vermutete, daß sich Jakob Jensby in der Kommandozentrale aufhielt, traf ihn dort aber nicht an. Der Erste Offizier informierte ihn, daß der Generalmajor an Bord der THOMAS gegangen war, aber bald wieder zurückerwartet wurde.

»Wir warten doch nicht etwa auf ihn?« brummte Shanton.

»Zeitverschwendung«, meinte Doorn in seiner kurz angebundenen Art. (Redselig war er offenbar nur, wenn Bert Stranger ihn interviewte.)

Ausnahmsweise war Dhark mit den beiden einer Meinung. Jensby hatte bestimmt einen plausiblen Grund für sein plötzliches Verschwinden. Welchen, das interessierte den Commander nicht sonderlich. Vielleicht heckte der Generalmajor ja irgend etwas aus.

Ren Dhark ging den Geheimnissen des Lebens gern auf den Grund, aber er respektierte den persönlichen Bereich eines jeden Menschen. Umgekehrt erwartete er, daß man auch ihn nicht ständig mit Fragen löcherte – schon gar nicht mit Fragen, die sich zu gegebener Zeit ganz von selbst beantworteten.

*

»Eine hervorragende Idee!« lobte General Thomas J. Jackson den Kommandanten der ROBERT, der zu ihm auf die THOMAS gekommen war. »Aber lassen Sie sich mein Lob bloß nicht zu Kopf steigen. Denn man wird sehen, daß die Weisen sterben sowohl als die Toren und Narren!«

Immer diese furchteinflößenden Bibelzitate! dachte Jakob Jensby, hielt aber klugerweise den Mund, wie es sich für einen »Weisen« geziemte.

»Ich werde Oberst MacCormack Ihre Anweisungen überbringen«, erwiderte er nur. »Er wird begeistert sein; genaugenommen stammt die Idee ja von ihm.«

*

»Von mir?« staunte Kenneth MacCormack wenig später, nachdem Jakob Jensby wieder auf die ROBERT zurückgekehrt war. »So etwas habe ich nie gesagt!«

»O doch!« widersprach ihm Generalmajor Jensby und zitierte aus dem Gedächtnis heraus: »*Sie könnten die Schwarze Garde nach Eins fliegen, Herr Generalmajor, und dort mit Ihren Leuten kräftig mitmischen. Und vergessen Sie ja nicht, unserem rasenden Reporter einen Beobachtungsposten auf der Kommandobrücke anzubieten, damit er später über die Leistungsfähigkeit Ihres phantastischen Schiffs berichten kann.* – Das sind Ihre eigenen Worte!«

»Das war doch nicht ernst gemeint!« protestierte der Oberst. »Ich will weder Sie und Ihre Besatzung noch Stranger bei der Aktion auf Eins mit dabei haben. Das würde den gesamten Einsatz gefährden – und das Leben der Gardisten. Im übrigen verfügen wir nur über begrenzten Platz im Absetzer. Für jeden Mann, den wir zusätzlich mitnehmen, müßte ein Gardist zurückbleiben.«

Jensby konnte ihn beruhigen. »Keine Sorge, ich beabsichtige nicht, am Bodeneinsatz teilzunehmen, und ich nötige Ihnen auch keines meiner Besatzungsmitglieder auf. Laut Jacksons Befehl steht Ihnen mein Schiff lediglich als Transportmittel zur Verfügung – bis auf weiteres. Ich hoffe nur, der ROBERT ergeht es nicht wie der abgeschossenen HAMBURG.«

»In der Nähe der Schwarzen Garde lebt man halt gefährlich«, entgegnete der Leiter der Elitetruppe lakonisch. »Und was ist jetzt mit Bert Stranger? Nehmen Sie ihn an Bord?«

»Nicht, wenn Sie es nicht wollen; das ist eine ganz persönliche Angelegenheit zwischen Ihnen beiden. Für den Ikosaeder-Bericht, der nach Beendigung des Einsatzes ans Oberkommando der TF weitergeleitet wird, benötigen wir Stranger jedenfalls nicht – den verfassen nämlich Sie, Herr Oberst, schließlich stammt der Vorschlag von Ihnen.«

»Ich?« MacCormack war fassungslos. »Wenn Sie glauben, ich würde Werbung für Kampfschiffe aus der Wallis-Werft...«

»Das verlangt ja niemand von Ihnen«, unterbrach Jensby ihn sogleich. »Ganz im Gegenteil. Sowohl der Commander der Planeten als auch der Staatschef von Eden erwarten von Ihnen nicht mehr und nicht weniger als Ihre ehrliche Meinung. Es gibt keinen Grund, sich vor vernichtender, aufrichtiger Kritik zu fürchten. Jede Schwachstelle, die Sie aufdecken sollten, führt zu einer Verbesserung der nächsten Generation unserer neuartigen Kampfschiffe. Daran bin auch ich überaus interessiert. Je perfekter ein Raumer ist, um so geschützter ist das Leben der Menschen, die ihn fliegen, also auch meines. Deshalb sollten Sie vor ehrlichen, offenen Worten nicht zurückschrecken.«

»Na schön, ich nehme Sie beim Wort. Aber über eins sollten Sie sich im klaren sein, Herr Generalmajor: Ich schone in meiner Beurteilung nichts und niemanden, auch Sie nicht.«

»Darum möchte ich auch gebeten haben.«

In diesem Augenblick trafen in der Zentrale die neuesten Befehle von Ren Dhark ein. Der Flottenverband zog sich aus dem System Proxima Centauri zurück. Rückkehr nach Terra. Lediglich ein »antiquarischer« S-Kreuzer blieb als Wachschiff hier.

*

Im tibetischen Teil des Himalaja lag in 3200 Metern Höhe das Brana-Tal. Dort befand sich Terras wichtigstes Forschungs- und Medizinzentrum mitsamt der Cyborgstation. Mehr als 5000 Wissenschaftler lebten und arbeiteten hier. Hauptaufgabe der Station war die Erforschung und Erschaffung von Cyborgs; zahlreiche gewonnene Erkenntnisse aus den Bereichen Medizin, Biologie und Genetik waren eher Nebenprodukte dieser Forschung, hatten der Menschheit aber schon viel Nutzen gebracht.

Als Cyborgs bezeichnete man eine spezielle terranische Einsatztruppe ausgewählter Männer und Frauen, die man in den Labors der Station mittels bionischer Implantate zu Hochleistungskämpfern aufgerüstet hatte. Das ursprüngliche Verfahren wurde fortwährend verbessert, so daß es mit der Schaffung eines jeden neuen Cyborgs zu weiteren Leistungssteigerungen kam. Zuletzt war sogar Hyperkalkulatortechnik integriert worden, wodurch ohne besondere Schulung die Einbeziehung von Worgun-Mathematik ermöglicht wurde.

Ein Cyborg war einem normalen Menschen somit intelligenzmäßig und vor allem körperlich weit überlegen.

Obwohl unsportliche Dummköpfe von vornherein keine Chance hatten, jemals ins Cyborgprogramm aufgenommen zu werden, bezogen Cyborgs ihre Überlegenheit in erster Linie aus den Implantaten, ohne sich alles hart erarbeiten zu müssen – so sahen es zumindest die meisten Angehörigen der Schwarzen Garde. Diese Sichtweise war vermutlich der Grund, warum viele Gardisten auf die Cyborgs herabsahen und sie abfällig als »menschliche Roboter« bezeichneten – unfairerweise, denn jeder Cyborg hatte sein Handeln stets unter Kontrolle, selbst dann, wenn er ins sogenannte Zweite System umschaltete, jenen Einsatzmodus, in dem er überwiegend von seinem Programmgehirn gesteuert wurde. Umgekehrt betrachteten auch die Cyborgs die Gardisten ein wenig von oben herab, immerhin waren sie im Zweiten System wesentlich reaktionsschneller und kampfstärker als MacCormacks »Jungs«.

Es war also nicht ganz unproblematisch, beide Gruppen zusammenarbeiten zu lassen – aber genau das hatte Ren Dhark vor.

Der Leiter der Cyborgstation, der Genetiker und Biotechniker Echri Ezbal, stand Dharks Vorhaben skeptisch gegenüber. Man hatte ihm den Auftrag erteilt, sechs Cyborgs auszusuchen, die ihm für die »Aktion Eins« am geeignetsten erschienen.

Der knapp zwei Meter große Brahmane hatte schulterlanges schlohweißes Haar, blaue Augen und eine große Nase. Wenn er sprach, strömte er eine Ruhe und Gelassenheit aus, die nicht selten auf sein persönliches Umfeld übergriff. Früher hatte man ihn verlacht, inzwischen aber galt er als der größte lebende Mediziner der Erde.

Trotz seiner Bedenken bestellte Ezbal sechs seiner Schützlinge (die Cyborgs waren für ihn wie seine Kinder) zu sich ins Haus.

Rog Alsan hatte bereits an der Orn-Expedition teilgenommen, ebenso wie Henk Brack – der mit seinem Namensvetter, dem Cyborg Percival »Val« Brack, weder verwandt noch verschwägert war. Und der achtundzwanzigjährige Jes Yello war ein »Oldie«, der sich schon an Bord des ersten auf Terra gelandeten Ratekenschiffs bewährt hatte.

Verglichen mit den dreien waren Joe Siem, Tony George und Mick Grinnus noch unerfahrene Neulinge. Was die Körpergröße und ihre sonstige Statur betraf, hätten sie geklont sein können, so ähnlich sahen sie sich. Ein jeder von ihnen war fünfundzwanzig Jahre alt, schlank, sportlich, hatte breite Schultern und ebenmäßige Gesichtszüge ohne besondere Auffälligkeiten.

An ihrer Haartracht konnte man sie allerdings bestens unterscheiden. Zwar waren alle drei blond, doch Joe trug sein Haar kurzgeschnitten, passend zu seinem schmalen Oberlippenbart, der bartlose Tony bevorzugte einen unvorschriftsmäßig langen Haarschnitt, und Mick hatte mittellanges Haar sowie einen blonden Vollbart.

Vom Charakter her wiesen sie deutlichere Unterschiede auf.

Joe Siem arbeitete in seiner Freizeit an der Entwicklung des »umweltfreundlichsten und energiesparendsten Schweberantriebs in der Geschichte der Menschheit«, wie er sagte. Die ökologischen Probleme der Erde interessierten ihn sehr, und er träumte von einem ruhigen Leben in einer friedlichen Welt auf einer abgeschiedenen Farm.

Auch Mick Grinnus war ein Träumer. Wenn es ihm die Zeit erlaubte, verfaßte er poetische Gedichte, die er manchmal sogar vertonte.

An seinem großen künstlerischen Durchbruch hatte er keinen Zweifel – nur über das Wann und Wo war er sich noch nicht so ganz im klaren.

Ohne fremde Hilfe, dessen war er sich bewußt, würde er niemals bis an die Spitze der Kunstschaffenden durchdringen; jeder Künstler war immer nur so gut wie sein Manager.

Tony George hatte weder künstlerische Ambitionen noch das Bedürfnis, sich mehr als nötig mit Umweltproblemen zu befassen. Joe, Mick und er waren seit ihrer Kindheit eng befreundet und hatten zusammen schon viel erlebt. Tony unterstützte seine Freunde bei ihren ehrgeizigen Plänen, hatte dabei aber vor allem das Geld im Auge, das es mit einem energiesparenden Schwebeantrieb beziehungsweise als Agent eines Bestsellerautors zu verdienen gab. Auch sonst war er ein eiskalter Rechner, der sich selbst am nächsten stand. Das einzige, von dem er manchmal träumte, war ein vorgezogener Lebensabend in sorglosem Wohlstand – mit vielen schönen Frauen, die ihm dabei halfen, den ganzen Mammon unter die Leute zu bringen.

Ursprünglich hatte Echri Ezbal nur Siem und Grinnus ins Cyborgteam holen wollen. Letztlich hatte er sie jedoch im Dreierpack »erworben«, weil er erkannt hatte, daß sie ihm als gut aufeinander eingespieltes Team mehr von Nutzen waren.

*

Es war kalt im Brana-Tal Anfang November. Eiskalt. Das war man im Himalaja zwar gewohnt, doch diesmal war die Kälte derart extrem, daß Ezbal den Schutzschirm über dem Tal eingeschaltet hatte und alles künstlich beheizen ließ.

Sein Hund Urran blieb trotzdem lieber im Körbchen. Urran war ein sogenannter Rätselhund, weil man als Fremder daran herumrätselte, aus welchen Rassen er sich zusammensetzte. Einerseits sah er aus wie eine Schäferhunddogge beziehungsweise ein Doggenschäferhund, andererseits hätte ein derart »gestricktes« Tier eigentlich wesentlich größer sein müssen.

Als sein Herrchen den sechs Besuchern eröffnete, daß sie an einem Einsatz der Schwarzen Garde teilnehmen würden, drehte sich Urran desinteressiert auf die Seite. Auch bei den Cyborgs hielt sich die Begeisterung in Grenzen. Sie fühlten sich sogar ein wenig gekränkt.

»Braucht unsere Elitetruppe wirklich Unterstützung von einer

Gruppe verwöhnter Oberschüler?« fragte Jes Yello provozierend.

»Die Gardisten sind mehr als nur Oberschüler«, erwiderte Ezbal, »und sie bezeichnen sich zu Recht ebenfalls als Elitetruppe. Ihr werdet mit den besten Wissenschaftlern und Kampfexperten der Flotte zusammenarbeiten. Und wer sagt eigentlich, daß sie euch unterstützen? Vielleicht sind sie es ja, die eure Unterstützung benötigen – alles eine Frage der Perspektive.«

»Wer hat sich diesen schwachsinnigen Gemeinschaftseinsatz bloß ausgedacht?« knurrte Brack.

»Commander Ren Dhark«, antwortete Echri Ezbal ruhig. »Die ›Aktion Eins‹ ist verdammt gefährlich, deshalb will er kein unnötiges Risiko eingehen. Unsere Truppe ist nahezu unschlagbar, und für die Schwarze Garde gilt dasselbe. Was lag also näher, als euch für diesen Einsatz zu vereinen? Gemeinsam seid ihr stärker als jemals zuvor. Falls sich das Zusammenspiel bewährt, könnte es des öfteren zu gemeinsamen Aktionen kommen.«

»Demnach läge es in unserem Interesse, den Einsatz zu vermasseln«, bemerkte Alsan sarkastisch.

»Entweder ihr erledigt euren Auftrag, oder ihr versagt«, entgegnete Ezbal gelassen. »Sollte letzteres der Fall sein, braucht ihr euch über zukünftige gemeinsame Einsätze in der Tat keine Gedanken mehr zu machen.«

Seine Bemerkung klang vieldeutig und wurde von den sechs Männern auch richtig verstanden. Als Cyborg hatte man eine gesteigerte Lebenserwartung von mindestens vierhundert Jahren – die setzte niemand leichtfertig aufs Spiel.

*

Viel Zeit zum Packen blieb Alsan, Brack, Yello, Siem, George und Grinnus nicht. Noch in derselben Stunde gingen sie durch den Transmitter nach Star City.

Dort herrschte inzwischen tiefster Winter.

»Ich freue mich, Sie zu sehen, meine Herren«, begrüßte Leutnant Kurt Buck die Cyborgs – in einem Tonfall, der klang, als würde er ihnen die Pest an den Hals wünschen.

»Danke gleichfalls«, erwiderte Yello knurrig. »Auch wir haben uns nicht um die Zusammenarbeit mit der Garde gerissen, doch man ließ uns keine Wahl.«

»Ging mir und den anderen Gardisten genauso«, räumte Buck ein. »Wenigstens das wäre schon mal geklärt. Alles weitere besprechen wir unterwegs.«

»Unterwegs?« wunderte sich Joe Siem. »Ich nahm an, wir wären vorerst am Ziel. Findet die Einsatzübung denn nicht in Star City statt?«

»Das Übungsgelände ist zugeschneit und ohnehin viel zu klein«, erklärte ihm Kurt Buck. »In Ecuador können wir unter realistischeren Bedingungen üben.«

»Bei der tropischen Hitze am Äquator?« stöhnte Tony George. »Na ja, uns kann es egal sein, wir halten das aus.«

»Klar, weil ihr bei jeder Unannehmlichkeit sofort aufs Zweite System umschaltet«, bemerkte Buck gehässig. »Wir Gardisten schlagen uns auch ohne Hilfsmittel unter härtesten Bedingungen durch.«

»Falls Sie damit andeuten wollen, wir seien außerhalb des Zweiten Systems hilflos, dann täuschen Sie sich gewaltig«, erwiderte Yello.

»Wir werden sehen«, sagte der Leutnant und ging voran zum Flugfeld, wo bereits ein Jett bereitstand. »Vor sengender Hitze braucht ihr euch jedenfalls nicht zu fürchten. Seit die Sonne mehr und mehr an Masse verliert, wird es auf der Erde immer kälter. Am Äquator herrscht derzeit herrlichstes Sommerwetter.«

Selbstverständlich hatte man die Cyborgs in alle Einzelheiten der »Aktion Eins« eingeweiht und sie zur Verschwiegenheit verpflichtet.

Noch wurde das Sterben der Sonne weltweit geheimgehalten, um Ausschreitungen in der Bevölkerung zu vermeiden, doch es wurde für den Commander der Planeten immer schwieriger, lapidare Erklärungen für die drastischen Wetterveränderungen zu erfinden.

Von der Regierung beauftragte und bezahlte Wissenschaftler waren fortwährend damit beschäftigt, bei öffentlichen Medienauftritten das Kälteproblem zu verharmlosen. Sie sprachen von Panikmache und wiesen auf Weltuntergangsprophezeiungen vergangener Jahrzehnte hin, die sich nie erfüllt hatten. Den diesmal zu Recht besorgten Bewohnern der Erde und ihrer Kolonialplaneten im Sol-System wurde suggeriert, daß sich die ganze Angelegenheit schon bald von selbst erledigen würde.

Leider war das nicht der Fall. Unter Ausschluß der Öffentlichkeit wurde in Regierungs- und Forscherkreisen fieberhaft nach einer Lösung gesucht. Von der »Aktion Eins« erhoffte man sich neue Erkenntnisse, die dringend gebraucht wurden – denn selbst der höchstintelligente Forscher benötigte einen Ausgangspunkt, an dem er mit seinen Forschungen beginnen konnte, sowie aktuelle Anhaltspunkte zur weiteren Orientierung.

Diese Tatsache einem aufgebrachten Volk zu vermitteln war allerdings nahezu unmöglich; der mit einem durchschnittlichen Verstand ausgestattete Durchschnittsbürger suchte prinzipiell nach einem Schuldigen unter seinesgleichen. Irgendwer mußte schließlich für alle Probleme der Welt verantwortlich sein – jemand mußte dafür hängen, selbst wenn es der eigene Nachbar war.

*

»Wir fangen auf dem Planeten der Roboter keinen Kleinkrieg an«, sagte Kurt Buck während des Jettflugs zu den Cyborgs. »Falls alles erwartungsgemäß läuft, landen wir unbemerkt mit einem Absetzer auf Eins, stellen dort einige Untersuchungen an und verschwinden wieder still und leise. Werden wir entdeckt, kommt es zum Kampf. Ich beabsichtige, den Planeten mit derselben Anzahl Männer zu verlassen, mit der wir ihn betreten haben.«

»An uns soll es nicht liegen«, entgegnete Jes Yello, der sich als Dienstältester der Sechsergruppe verpflichtet fühlte, als ihr Sprecher aufzutreten. »Wir sind zu sechst aus dem Brana-Tal zu euch gekommen – und sechs von uns werden wieder ins Brana-Tal zurückkehren.«

»Das wollen wir hoffen«, erwiderte Buck. »Jeder Absetzer verfügt exakt über einundvierzig Plätze – und genauso viele Plätze sollten beim Start von Eins wieder besetzt sein.« Er räusperte sich. »Die wenigen Plätze sind übrigens der Grund für meine schlechte Laune. Sechs Cyborgs bedeuten sechs Sitze weniger. Versteht ihr jetzt, warum wir nicht gerade begeistert über eure Verstärkung sind?«

»Logisch«, antwortete Brack. »Ihr wolltet mit einundvierzig Gardisten losfliegen und könnt jetzt nur noch fünfunddreißig mitnehmen.«

»Dreiunddreißig«, verbesserte ihn der Leutnant. »Artus kommt mit uns. Er war bereits auf Eins und ist daher eine echte Verstärkung für die Truppe.«

»Somit bleibt noch ein Sitz übrig«, stellte Grinnus fest und scherzte: »Für die Garderobiere?«

»Sehr wahrscheinlich für Terra-Press«, erwiderte Buck – und das war kein Scherz.

»Wir haben einen Journalisten mit dabei?« staunte Yello.

»Einen ganz besonderen Vertreter seiner Art«, erhielt er zur Antwort. »Bert Stranger will sich uns partout anschließen. Ich glaube aber nicht so recht daran; wahrscheinlich schmeißt er die Einsatzübung und kriecht erschöpft nach Hause – dann hätten wir doch noch einen Platz mehr für einen Gardisten zur Verfügung.«

*

Ecuador, der kleinste der ehemaligen südamerikanischen Andenstaaten, gliederte sich grob in drei Großlandschaften: Das östliche Tiefland war von wasserreichen Amazonaszuflüssen durchzogen; in der Sierra, dem Andenhochland, wurden die inneren Hochbecken von zwei parallelen Hauptketten der Anden umschlossen, und die Costa, das Küstentiefland, erstreckte sich in einer Breite von fünfzig bis einhundertfünfzig Kilometern entlang des Pazifischen Ozeans. Auch die Galápagosinseln, die vulkanischen Ursprungs waren, wurden dieser Verwaltungsregion zugerechnet.

Das Übungsgelände, das Generalmajor Christopher Farnham ausgewählt hatte, lag inmitten der Sierra.

Den einundfünfzigjährigen Farnham bezeichnete man zu Recht als Gründer der Schwarzen Garde, schließlich war die Elitetruppe seinen Denkschriften entsprungen. Er war groß, drahtig, hatte einen braunen Bürstenhaarschnitt, eisgraue Augen und eine lange Narbe auf der linken Gesichtshälfte. Farnham war der oberste Befehlshaber der Garde. Aufgrund seiner vielen Schreibtischarbeit nahm er immer seltener persönlich an den Einsätzen teil; deshalb standen »die Jungs« Oberst MacCormack näher als ihm.

Kenneth MacCormack war einer der dreiunddreißig Gardeangehörigen, die einen Platz im Absetzer beanspruchten. Als Buck und die Cyborgs im Lager der Gardisten eintrafen, befand sich der Oberst bereits vor Ort. Auch Artus und Stranger waren schon da. Jes Yello und seine Begleiter staunten nicht schlecht. Das Gardistencamp war mit allen Schikanen und Annehmlichkeiten eingerichtet und glich mehr einem Dschungeldorf denn einem Zeltlager. Sogar einen geräumigen Jettlandeplatz hatte man eingerichtet.

»So bequem haben wir es auf unseren echten Einsätzen nicht«, erklärte Leutnant Buck den Cyborgs. »Üblicherweise landen wir in der unwirtlichsten Gegend eines Planeten und haben nur das Notwendigste bei uns. Auf diese Weise können wir vor dem Abflug sämtliche Spuren unseres Aufenthalts schneller beseitigen. Im Idealfall bekommt niemand etwas von unserer unerlaubten Anwesenheit mit. Und falls wir entdeckt werden und fliehen müssen, ist es nur von Vorteil, wenn wir so wenig wie möglich bei uns haben. Was wir bei der Flucht nicht mitnehmen können, zerstören oder zerstrahlen wir.«

»Unsere Einsätze verlaufen exakt genauso«, erwiderte Tony George kühl. »Damit hätten wir bereits zwei Gemeinsamkeiten entdeckt.«

Buck zog die Stirn kraus. »Offenbar bin ich etwas schwer von Begriff. Was war doch gleich unsere erste Gemeinsamkeit?«

»Daß auch wir nicht gefragt wurden, ob wir uns mit euch zusammentun wollen«, antwortete George.

MacCormack seufzte innerlich. Die »Aktion Eins« sollte in einer Woche starten. Würden sieben Tage wirklich ausreichen, um die Cyborgs und die Gardisten aufeinander einzuspielen?

»Machen Sie unsere neuen Mitstreiter mit den anderen bekannt«, befahl er dem Leutnant, »und weisen Sie ihnen ihr Quartier zu. Ich rate allen, sich früh schlafenzulegen, denn gleich morgen früh brechen wir zu einem verschärften Marsch durch den Dschungel auf.«

*

Als am nächsten Morgen die Sonne aufging, trug jeder, der an dem geplanten Geländemarsch teilnahm, einen eine Million Dollar teuren Multifunktionsanzug – mit einer Ausnahme. Aufgrund der guten Vorbereitung hatten auch für die Cyborgs sechs maßgeschneiderte Anzüge bereitgestanden. Selbst Bert Stranger hatte man mit einem MFA ausgestattet, allerdings hatte Terra-Press die hohen Kosten dafür übernehmen müssen (die Aussicht auf einen »Aktion Eins«-Exklusivbericht war Patterson, dem Besitzer des Medienkonzerns, das Geld wert).

Artus war die berühmte Ausnahme von der Regel. Er benötigte keinen Panzeranzug, der hätte ihn in der Bewegungsfreiheit und bei der Entfaltung seiner vielfältigen Fähigkeiten nur unnötig behindert. Aus dem gleichen Grund verweigerte er die Annahme des Multikarabiners.

Der MFA war eine Weiterentwicklung der üblichen TF-Raumanzüge. Er war leichtstoffgepanzert und unterdrückte Infrarot- und Bioimpulse nahezu hundertprozentig. Zur teils eingebauten, teils anflanschbaren Zusatzausrüstung zählten unter anderem ein Fallschirm und ein Rettungsboot sowie eine Sauerstoffnotversorgung und ein Prallschirm, der nur selten im Dauerbetrieb lief, weil er die Agilität des Anzugträgers einschränkte und zudem relativ viel Energie verbrauchte.

Den Multikarabiner GEH & K Mark 08/56 konnte man bei Bedarf an den Helm des MFA anschließen. Das erhöhte die Treffsicherheit; zudem war die Kampfhelmanzeige mit einer Vorschlagsfunktion für die Munitionsart versehen. Die schallgedämpfte Waffe ließ sich einstellen auf Blasterfeuer, Lähmstrahlen oder den Abschuß von Bleiprojektilen und Kleinstraketen. Mittlerweile war ein weitaus besseres Modell entwickelt worden, doch bisher war es Generalmajor Farnham noch nicht gelungen, die staatlichen Stellen davon zu überzeugen, wie wichtig es für die Verteidigung der Erde war, die Schwarze Garde jeweils unverzüglich mit den neuesten Waffenentwicklungen auszustatten. Wann immer die Regierung sparen mußte, fing sie damit beim Militär an, weil derartige Ausgaben bei der Bevölkerung am unpopulärsten waren.

Obwohl mit Oberst MacCormack ein höherer Vorgesetzter bei der Einsatzübung anwesend war, fungierte Leutnant Kurt Buck wie üblich als Zugführer. MacCormack war Übungsleiter und neutraler Beobachter; er stand sozusagen über den Dingen. Bei der Auswahl der Teilnehmer hatte der Oberst Buck freie Hand gelassen. Logisch, daß der Leutnant gleich in die vollen gegriffen hatte...

Der zweiundvierzigjährige muskulöse Balte Kaunas, seines Zeichens Hauptfeldwebel, war in seinem Zug mit dabei, ebenso Kurts bester Freund, der ukrainische Korporal Jaschin. Auch den dauernervösen holländischen Gefreiten Lessing hatte er nicht vergessen, schließlich war Piet der unerreichbar beste Scharfschütze der Garde. Seite an Seite mit dem koreanischen Schützen Yo Ho hatte Buck mit ihm ein feindliches Raumschiff von innen heraus total außer Gefecht gesetzt. Die beiden in Paris geborenen Zwillingsbrüder Antoine und Daniel Charoux hatten sich ebenfalls im Kampf bewährt. Unverzichtbar waren für den Leutnant zudem die erfahrenen Gardisten Nick Gantzler, Sam Uitveeren, Antoku Seiwa und der zur Großmäuligkeit neigende Texaner Jake Calhoun, der glücklicherweise mehr zu bieten hatte als nur eine große Klappe.

Nicht nur Artus hatte keinen Karabiner bei sich, als sich der Zug in Bewegung setzte. Bert Stranger hatte ebenfalls keine solche Waffe bekommen, weil man ihm nicht zutraute, damit umzugehen – und er hatte auch gar keine gewollt, der Multikarabiner wog nämlich nicht gerade wenig. Sein wichtigstes Gepäckstück war seine Kamera, die aus einem leichten Material angefertigt war, was ihm gegenüber den schwerbeladenen Gardisten einen gewissen Vorteil verschaffte.

Das Lager befand sich noch in Sichtweite, als Kurt Buck am Himmel einen Flugkörper wahrnahm. Ein schwarzer Jett der Garde näherte sich und setzte zur Landung an.

»Das bedeutet nichts Gutes«, befürchtete der Leutnant und wandte sich an den Oberst. »Kehren wir um?«

MacCormack nahm Verbindung mit dem Jettpiloten auf. Generalmajor Farnham höchstpersönlich steuerte die Maschine. Er befahl den Trupp zurück ins Lager, ohne nähere Erklärung.

»Sie haben vermutlich recht«, sagte MacCormack auf dem Rückweg zu Buck. »Wenn er selbst hierherkommt, bringt er mit Sicherheit keine guten Nachrichten mit.«

*

Nachdem sich die Gardisten, die Cyborgs, der Zivilist und der Roboter im Lager versammelt hatten und der Oberst den Generalmajor offiziell begrüßt hatte, wandte sich Christopher Farnham ohne viel Umschweife an die marschbereit ausstaffierte Gruppe.

»Ich will euch nicht von der Arbeit abhalten«, sagte er. »Aber fühlt ihr euch nicht ein bißchen nackt – ohne anständige Bewaffnung?«

»Wie meinen Sie das, Herr Generalmajor?« fragte ihn der Zugführer verblüfft. »Wir tragen unsere Multifunktionsanzüge, haben unsere Multikarabiner dabei...«

»Habt ihr nicht«, widersprach Farnham. »Eure ganz speziellen Karabiner von Garand, Enfield, Heckler & Koch habe nämlich ich. Sie befinden sich im Jett, ihr müßt sie nur noch ausladen. Es sind vierzig Stück des neusten Modells Mark 10/62.«

Der Jubel unter den Gardisten war unbeschreiblich, und auch die Cyborgs ließen sich davon anstecken. Endlich, endlich, endlich hatte Farnham es geschafft, das Geld für die neuen Waffen loszueisen – immerhin 50 000 Dollar pro Stück!

Stranger verzichtete auf unartikulierte Freudenschreie. Der Generalmajor hatte von vierzig Karabinern gesprochen. Da Artus keinen benötigte, konnte das nur eins bedeuten: Man wollte ihm so ein gewichtiges Teil unterjubeln. Bert haßte Waffen, schwere ganz besonders.

Als die neuen Multikarabiner ausgeladen und verteilt wurden, hatte sich der Reporter bereits sieben verschiedene Ausreden zurechtgelegt, mit denen er seine Ablehnung zu begründen gedachte. Zu seiner Überraschung wurde er auch diesmal ausgelassen.

Die vierzigste und letzte Waffe war Artus zugedacht, der sie zu Berts Erstaunen ohne zu murren entgegennahm.

»Sagtest du nicht, du würdest auf dem Marsch weder den MFA noch den Karabiner benötigen«, sprach Stranger der Roboter an.

»Stimmt, ich benötige diese Waffe auch nicht«, erwiderte Artus. »Aber ich brenne darauf, sie auszuprobieren.«

Auf Stranger wirkte er wie ein kleines Kind, das ein neues Spielzeug bekommen hatte. Hätte er menschliche Augen gehabt, hätten sie jetzt wohl geleuchtet.

»Der GEH&K Mark 10/62 ist ein Wunderwerk der Mikrotechnik«, fuhr Artus begeistert fort. »Die Waffe ist umschaltbar auf Dust-, Nadel- und Strich-Punkt-Strahl – man kann also mit ihr Materie in Staub auflösen oder in Energie umwandeln sowie organische Lebewesen betäuben und lähmen. Außerdem verfügt der Karabiner über ein Wechselmagazin mit 98 Schuß hüllenloser Patronen vom Kaliber 7,62 mm. Und unter dem Hauptlauf befindet sich ein 5-cm-Raketenwerfer. Die Steuerelektronik sitzt im Kolben, die Energieversorgung im Pistolengriff hinter dem Abzug. Robert Saam und sein Team haben den früheren Karabiner nicht nur weiterentwickelt, es ist ihnen obendrein gelungen, die Baupläne der großen Strahlenwaffen der Ringraumer extrem zu verkleinern.«

»Saam hat die Baupläne verkleinert?« entgegnete Bert Stranger. »Demnach braucht man jetzt eine besonders starke Brille, um sie zu lesen.«

Artus wollte etwas erwidern, aber der Journalist grinste breit.

»War'n Scheeeerz! Es ist schon eine starke Leistung, Miniausgaben mächtiger Strahlengeschütze anzufertigen, laienhaft ausgedrückt, und dabei die Wirkung der Waffen funktionsfähig zu halten.«

Farnham hatte das Zwiegespräch zum Teil mit angehört. MacCormack und er begaben sich zu den beiden.

»Natürlich ist die Wirkung beileibe nicht so stark wie bei den großen Ausgaben auf den Schiffen«, ergänzte er Artus' Ausführungen. »Ein Multikarabiner kann kein feindliches Raumschiff mit Strich-Punkt bestreichen, um es hinterher kampflos zu erobern. Aber die Betäubungskraft reicht massig aus, um beispielsweise einen Elefanten umzuhauen, wozu ein normaler Schocker nicht fähig wäre.«

»Wie verträglich ist der neue Strich-Punkt-Strahl eigentlich für Menschen?« wollte Kenneth MacCormack wissen.

»Kommt ganz auf die Kondition der betreffenden Person an«, antwortete Christopher Farnham. »Und natürlich auf die Strahlendosis. Ist sie zu hoch, führt der Strahl möglicherweise zum sofortigen Tod.«

»Und auf niedrigster Stufe?«

»Damit erzeugt man lediglich einen harmlosen Betäubungseffekt, den selbst ein herzkranker Hundertjähriger verkraften könnte. Die Zielperson wird für kurze Zeit ohnmächtig, mehr nicht.«

Das war es, was der Oberst hören wollte. Er rief Leutnant Buck zu sich und wies ihn an, die Männer Aufstellung nehmen zu lassen.

»Das gilt auch für Sie!« herrschte MacCormack Stranger an, den er lieber heute als morgen wieder losgeworden wäre. »Sie stehen beim Appell zwar nur in der letzten Reihe, trotzdem würde ich es sehr begrüßen, wenn Sie wenigstens versuchen würden, aufrechte Haltung anzunehmen, Sie... Sie *Zivilist!*«

*

Bald darauf starteten auf dem Flugfeld des Dschungelcamps zwei Jetts mit jeweils vierzehn Personen an Bord. In der ersten Maschine befanden sich Oberst MacCormack, elf Gardisten und zwei Cyborgs – und im zweiten Jett saßen Leutnant Buck, neun

Gardisten, zwei Cyborgs, Bert Stranger und Artus. Hauptfeldwebel Kaunas war mit zehn Gardisten und zwei Cyborgs im Lager zurückgeblieben.

MacCormack hatte die Männer in drei Gruppen eingeteilt und sich selbst an die Spitze des ersten Trupps gesetzt. Trupp Nummer zwei wurde von Buck geleitet, den dritten befehligte Jannis Kaunas. Artus und Stranger hatten als Außenseiter darauf bestanden zusammenzubleiben, woraufhin der Oberst sie Bucks Mannschaft zugeteilt hatte.

»Das ist unfair«, beschwerte sich Hauptfeldwebel Kaunas bei Generalmajor Farnham, der sich noch im Lager aufhielt. »Man hätte Artus meinem Trupp zuteilen müssen, als Ausgleich, schließlich sind wir nur zu dreizehnt, während die anderen Trupps vierzehn Mann stark sind.«

»Seit wann hängen Sieg oder Niederlage von der Truppenstärke ab?« erwiderte Farnham väterlich – normalerweise pflegte er nicht mit Untergebenen über klare Befehle zu diskutieren, aber angesichts des herrlichen Wetters und der faszinierenden Umgebung verzichtete er ausnahmsweise darauf, autoritär zu werden. »Gerade wir Gardisten wissen doch, daß man mit einer kleineren Mannschaft mitunter mehr Schaden anrichten kann als mit einer ganzen Armee.«

»Natürlich hat Leutnant Buck dafür gesorgt, daß außer Artus auch noch Schütze Ho in seinem Trupp mitkämpft«, knurrte Kaunas. »Somit dürfte er schon jetzt als Übungssieger feststehen – es sei denn, Mister Schlappschlapp hält ihn unterwegs mit ständig neuen Wehwehchen auf.«

Mister Schlappschlapp – diesen unfeinen Spottnamen hatten die Gardisten Bert Stranger verliehen, weil der dickliche Journalist weder leistungssteigernde Implantate noch besondere sportliche Fähigkeiten besaß. Bert machte gute Miene zum bösen Spiel und schluckte die Spötteleien tapfer herunter. Einzig und allein Artus machte sich nicht über ihn lustig; ihn ärgerte es, daß man Stranger derart von oben herab behandelte.

Ziel der Übung war ein alter Inkatempel mitten im Dschungel, etwa fünfzehn Kilometer vom Lager entfernt. Die drei Gruppen würden zur selben Zeit von drei verschiedenen Orten aus losgehen und versuchen, den Tempel als erste zu erreichen. Jeder Trupp hatte die gleiche Entfernung zurückzulegen.

»Genaugenommen handelt es sich bei dem Inkatempel mehr um eine Tempelruine«, hatte der Oberst alle Übungsteilnehmer wissen lassen. »Es ist ein ungemütlicher Ort. Das brüchige Gemäuer ist durchzogen von versteckten Winkeln und Nischen, in denen sich allerlei giftiges Getier verbirgt. Ich würde am liebsten einen großen Bogen um diesen Platz machen – und dennoch werde ich alles daransetzen, mit meiner Gruppe vor den beiden gegnerischen Gruppen dort zu sein. Auf fremden Planeten können wir uns unsere Zielorte schließlich auch nicht aussuchen.«

Damit sich diese Einsatzübung nicht nur auf einen puren Geländewettlauf beschränkte, hatte MacCormack noch einen Schwierigkeitsgrad eingebaut: Die Gruppen mußten sich gegenseitig ausschalten – wobei der Einsatz von Strich-Punkt-Strahlen auf niedrigster Stufe erlaubt, der Einsatz des Prallschirms hingegen verboten war.

Weil ein derart schwacher Betäubungsstrahl den stabilen Panzeranzug selbst bei deaktiviertem Prallschirm nicht durchdringen konnte, durften während der Dauer der gesamten Übung die Helme nicht aufgesetzt werden. Somit konnten sich die Gegner von Angesicht zu Angesicht sehen, was Binden oder andere Erkennungszeichen überflüssig machte. Ein hoher Tarnschutz war auch unbehelmt noch gewährleistet. Zwar war es jetzt nicht mehr möglich, den neuen Karabiner an die Kampfhelmanzeige anzuschließen, doch schießen und treffen konnte man schließlich auch ohne derlei Hilfestellung.

»Dadurch lernt ihr die neue Waffe erst einmal besser kennen«, hatte MacCormack gesagt. »Bei den weiteren Einsatzübungen setzt ihr den Helm dann wieder auf. Wir haben eine knappe Woche für gemeinsame Trainingsstunden zur Verfügung, das müßte ausreichen, um uns alle aufeinander einzuschwören.«

Die Manöverregeln waren eindeutig: Wer bewußtlos wurde, und sei es auch nur für kurze Zeit, war unweigerlich raus aus dem Rennen. Da Artus genauso immun gegen den harmlosen Betäubungsstrahl war wie die Cyborgs im Zweiten System, mußten sie sich nach einem Volltreffer selbst für tot erklären. Einige Gardisten hatten bereits Wetten abgeschlossen, beim wievielten Gefecht sich Stranger demonstrativ hinwerfen und den Ohnmächtigen spielen würde, um sich einen möglichst ehrenvollen Abgang zu verschaffen.

Farnham dachte kurz daran, Kaunas' Trupp als vierzehnter Mann zu verstärken; seine letzte aktive Teilnahme an einem Manöver lag schon ein Weilchen zurück...

Doch er verwarf den Gedanken gleich wieder. Auch der oberste Kommandeur der Schwarzen Garde brauchte ab und zu ein wenig Erholung vom täglichen Streß, und hier im von TF-Wachrobotern geschützten Lager, fernab der lauten Zivilisation, war es wesentlich gemütlicher als im unruhigen Dschungel. Im übrigen sollte der Hauptfeldwebel gefälligst selbst seinen Kopf anstrengen, statt von der militärischen Erfahrung seines Vorgesetzten zu profitieren. Nun ja, wenigstens einen kleinen Tip wollte Farnham ihm mit auf den Weg geben...

»Viel Glück«, wünschte er Kaunas beim Aufbruch zum Inkatempel. »Und rufen Sie sich die Worte von Oberst MacCormack ins Gedächtnis, dann kann absolut nichts schiefgehen.«

Erst als Kaunas mit seiner Gruppe ein Stück vom Lager entfernt war, wurde ihm bewußt, daß ihm der Generalmajor gerade einen wichtigen Hinweis gegeben hatte.

Was für ein abgefeimter Kerl! dachte er schmunzelnd.

Und das beste daran war: Das, was Farnham ihm indirekt geraten hatte, verstieß nicht einmal gegen die Manöverregeln, die Oberst MacCormack aufgestellt hatte. Jeder Gruppenleiter hatte den Auftrag erhalten, mit seinem Trupp als erster die Ruine zu erreichen und außerdem die beiden anderen Trupps auszuschalten – genau das würde Kaunas tun, nicht mehr und nicht weniger. Dabei waren vor allem Piet Lessings Fähigkeiten als Scharfschütze gefragt.

Der muskulöse Hauptfeldwebel sah sich bereits als Sieger. MacCormack und Buck hatten keine Chance, zu gewinnen – es sei denn, sie hätten die gleiche Idee...

4.

Als der Startzeitpunkt erreicht war, stürmte Leutnant Kurt Buck los. An der Spitze seiner Gruppe drang er tiefer in den Dschungel ein.

Die Gardisten hatten auf einen Teil ihrer anflanschbaren MFA-Ausrüstung verzichtet (Fallschirme wurden bekanntlich nur selten im Dschungel gebraucht) und dafür batteriebetriebene Macheten mitgenommen, die ähnlich funktionierten wie Vibro-Kampfmesser.

Auf diese Weise schlugen sie sich ohne Umwege in gleichbleibend hohem Tempo durchs Dickicht.

Die beiden Cyborgs Jes Yello und Joe Siem überholten Buck unterwegs und setzten sich nach vorn – nicht, weil sie ihm beweisen wollten, daß sie schneller waren als er, sondern weil es so abgesprochen war. Yello und Siem, die ihr Zweites System aktiviert hatten, bildeten die Vorhut. Mit ihren verschärften Sinnen würden sie verborgene Heckenschützen mit Sicherheit früher entdecken als ihre Kameraden, die sie dann rechtzeitig warnen konnten.

Die Nachhut bildete Artus, dessen Sinne noch empfindsamer waren als die der Cyborgs, allerdings auf elektronischer Basis, was ihm einen enormen Vorteil verschaffte.

Auf überraschende Situationen reagierte er schneller als ein menschlicher Gedanke.

Einen Angriff aus dem Hinterhalt würden die gegnerischen Trupps somit bitter bereuen.

Bert Stranger stiefelte unverdrossen hinter der Gruppe her, er war sozusagen die Nachhut der Nachhut. Bert ging langsamer als die anderen, verlor sie aber nie aus den Augen. Er wußte, daß er eine lahme Schnecke war, verglichen mit den Elitekämpfern, die er auf der »Aktion Eins« begleiten wollte. Dennoch dachte er keine Sekunde an Aufgabe. In der Vergangenheit hatte er oft genug bewiesen, wie zäh und ausdauernd er sein konnte, wenn es darauf ankam…

»Was meinst du?« sprach Korporal Wladimir Jaschin seinen Freund Kurt Buck an, der vor ihm herging. »Welche der beiden Gruppen greift uns zuerst an?«

»Kaunas' Gruppe«, schätzte Buck. »Der Hauptfeld ist dafür bekannt, daß er wie ein Stier mit dem Kopf durch die Wand geht, ohne Rücksicht auf Verluste. Kaunas war noch nie ein Freund von Kompromissen. Erst wenn er alle Gegner beseitigt hat und ihm keine Gefahr mehr droht, begibt er sich zum Inkatempel. Oberst MacCormack hingegen ist ein alter Fuchs. Jede Wette, er legt sich in der Nähe der Tempelruine auf die Lauer und paßt uns dort alle ab. Aber den Gefallen, ihm direkt ins Mündungsfeuer zu laufen, tu ich ihm ganz bestimmt nicht.«

»Um uns in den Hinterhalt zu locken, müßte er vor uns an der Ruine eintreffen«, meinte Yo Ho, der sich dicht hinter Jaschin befand. »Wenn wir unser bisheriges Tempo halten, sind wir aber sehr wahrscheinlich die ersten dort.«

»Nicht, wenn Kaunas uns einen Strich durch die Rechnung macht«, gab Buck zu bedenken. »Ich vermute mal, der Oberst rechnet fest damit, daß wir uns mit Kaunas' Leuten ein Gefecht liefern und daß insbesondere Piet Lessing unsere Gruppe erheblich dezimiert. Somit hat MacCormack ausreichend Zeit, sich vorzubereiten. Je weniger Überlebende beim Tempel eintreffen, um so leichteres Spiel hat er am Schluß.«

»Apropos Schluß«, entgegnete der Koreaner. »Sollten wir nicht auf unseren Schlußmann warten? Mister Schlappschlapp keucht sicherlich schon wie ein asthmakrankes Nilpferd.«

»Das ist ausschließlich sein Problem, schließlich will er unbedingt nach Eins mitkommen«, erwiderte Buck mitleidlos. »Wer A sagt, muß auch B sagen. Artus wird sich schon um ihn kümmern.«

*

Der Roboter von der POINT OF brachte mehr Mitgefühl als Buck für Stranger auf, der immer langsamer zu werden schien. Artus blieb stehen und wartete auf ihn.

»Soll ich dich ein Stück tragen?« fragte er den Journalisten. »Ich verrate es auch keinem, versprochen. Wir bleiben etwas zurück, so daß niemand etwas merkt.«

Bert schüttelte nur den Kopf und ging weiter, stetig einen Fuß vor den anderen setzend.

Artus ließ nicht locker. »Wenn du dich nicht beeilst, sind die anderen bald aus deinem Blickfeld verschwunden, und du verirrst dich womöglich im Dschungel. Ich kann nicht ständig auf dich warten und auf dich aufpassen.«

»Brauchst du auch nicht. Begib dich ruhig wieder zu ihnen, ich packe das schon. Im übrigen habe ich mir den Weg auf der Karte eingeprägt. Mein Gedächtnis funktioniert mindestens so gut wie das der Gardisten, vermutlich sogar noch besser.«

»Aber du schnaufst wie eine historische Dampflokomotive.«

»Nicht nur das, ich bewege mich auch wie eine Lokomotive: vorwärts und unaufhaltsam. Selbst Baumstämme auf den Schienen und Indianerüberfälle können mich nicht bremsen. Die Bahn kommt immer ans Ziel.«

»Offenbar schaust du dir auf dem Oldie-Holokanal zu viele verstaubte Western an«, meinte Artus. »Ehrlich gesagt, ich hatte mehr von dir erwartet. Kein Zug verringert drastisch das Tempo, kaum daß er aus dem Bahnhof heraus ist. Falls du weiter so dahinschleichst, ist die Einsatzübung längst vorbei, wenn du bei der Tempelruine eintriffst.«

»Ich schleiche nicht, weder daher noch dahin«, widersprach Bert. »Ich teile mir lediglich meine Reserven ein. Würde ich sofort in die vollen gehen, wäre ich zum Ende der Übung hin nur noch ein Häufchen Elend, und man würde mich zu Recht auslachen. So aber bin ich im Angriffsfall ausgeruhter als alle anderen.«

»Und was machst du, wenn unsere Gruppe angegriffen wird? Als Schlußmann stehst du ganz allein da. Wahrscheinlich bekommen wir weiter vorn nicht einmal mit, wenn man dich betäubt, Stranger.«

»Keine Sorge, so schnell haut mich nichts aus den Kampfstiefeln. Ich mache einfach das, was ich als Reporter immer mache: mich ganz klein.«

*

Leutnant Kurt Buck war noch verhältnismäßig jung, verfügte aber schon über eine Menge Kampferfahrung. Sein Instinkt trog ihn daher nur selten. Wie er es erwartet hatte, wurde seine Gruppe auf halber Strecke angegriffen, und obwohl die Angreifer im Dschungeldickicht nicht zu erkennen waren, ahnte er, mit wem er es zu tun hatte.

Willkommen, Kamerad Kaunas! dachte er, während er seine Nase tief in den Dreck steckte, um von den Betäubungsstrahlen nicht getroffen zu werden. *Glauben Sie ja nicht, wir werden es Ihnen leichtmachen, Herr Hauptfeldwebel!*

Buck hatte angeordnet, im Fall eines Überraschungsangriffs nur noch im Flüsterton miteinander zu kommunizieren. Seine Männer hatten sich verteilt und würden sich aus verschiedenen Richtungen lautlos an den »Feind« heranrobben.

»Warum haben uns Siem und Yello nicht rechtzeitig gewarnt?« flüsterte er Wladimir Jaschin zu, der neben ihm bäuchlings auf der Erde lag. »Offenbar werden die Fähigkeiten der Cyborgs gnadenlos überschätzt.«

Buck war fest überzeugt, daß die Strahlen aus dem Dickicht mindestens zwei seiner Männer außer Gefecht gesetzt hatten, allerdings wußte er nicht, welche. Die Schützen waren nur sehr schwer auszumachen, da ihre heimtückischen Angriffe stets von einem neuen Standort aus erfolgten. Scheinbar hatte Jannis Kaunas seine Leute perfekt positioniert, was Buck anerkennend registrierte.

»Ich schätze mal, Kaunas' Gruppe hat uns eingekreist«, sagte er leise zu Jaschin. »Hast du schon einen von ihnen zu Gesicht bekommen?«

»Bisher noch nicht«, antwortete eine Flüsterstimme hinter ihm. »Der gegnerische Trupp bewegt sich genauso lautlos wie wir durch den Dschungel.«

»Sie hatte ich nicht gefragt, Schütze Ho, sondern den Korporal«, entgegnete Buck.

»Korporal Jaschin wird Ihnen aber nicht antworten«, erwiderte Yo Ho. »Gleich der erste Strahl hat ihn betäubt. Kaunas' Männer wissen halt, wer von uns ganz besonders gefährlich ist. Fast bin ich schon beleidigt, daß diese Schweinebande nicht als erstes auf mich gezielt hat.«

Buck ergriff Jaschin an der Schulter und rüttelte ihn leicht. Der Ukrainer bewegte sich nicht. Dem Leutnant entfuhr ein unfeiner Fluch. Einen seiner besten Männer hatte es gleich zu Anfang erwischt, das hätte niemals passieren dürfen.

*

Leutnant Buck ließ Wladimir Jaschin liegen, wo er war. Dank des Multifunktionsanzugs konnte dem Bewußtlosen nichts zustoßen; vorsichtshalber hatte Kurt seinem Freund den Helm aufgesetzt.

Eigentlich hätte er ihn mitnehmen müssen, da die Garde nie jemanden zurückließ, aber Buck wollte es mit der Realitätsnähe auch nicht übertreiben – er wollte gewinnen.

In der Nähe kam es zu mehreren kurzen Feuergefechten, ohne daß Buck und Ho Genaueres erkennen konnten. Zwischen Bäumen, Büschen und sonstigen Gewächsen blitzte es auf, sirrte es leise. Spontan bildeten die beiden ein Angriffsteam. Die »Abrißkolonne« war wieder aktiv! Viel kaputtzumachen gab es hier zwar nicht…

»… aber wenn wir uns getrennt anschleichen und vereint zuschlagen, müßte es uns gelingen, wenigstens ein paar von Kaunas' Männern ins Reich der Träume zu schicken«, sagte Kurt Buck. »Die letzten Kampfgeräusche kamen aus westlicher Richtung, ungefähr fünfundzwanzig Meter von hier. Wir schlagen einen Bogen und kreisen den oder die Schützen von zwei Seiten ein.«

Beide liefen geduckt in verschiedene Richtungen und wurden vom Dickicht verschluckt.

Yo Ho warf sich nach zehn Schritten gleich wieder auf den

Boden. Er spürte, daß er beobachtet wurde, doch obwohl ihn die fremden Blicke regelrecht zu durchbohren schienen, konnte er niemanden entdecken. Hatte ihn ein wildes Tier als Jagdbeute auserwählt?

Mit angespannten Sinnen rappelte Ho sich auf. Es war unheimlich still. Irgend etwas stimmte nicht. Ho wurde nervös. Hätte er jetzt eine Bewegung wahrgenommen, hätte er sofort draufgehalten – auch auf die Gefahr hin, ein Mitglied der eigenen Gruppe zu treffen.

Nahezu geräuschlos bewegte sich der Koreaner weiter durchs Dickicht und gelangte an eine Lichtung. Obwohl sie von hohem Gras bewachsen war, entging ihm nicht, daß sich dort ein Gardist verbarg, mit der Waffe im Anschlag. Yo Ho erkannte den Niederländer Sam Uitveeren, der zu Bucks Gruppe gehörte.

Gerade wollte sich Ho leise bemerkbar machen, da ließ ein Geräusch Sam herumfahren. Am Rand der Lichtung tauchte der Umriß einer Gestalt auf, die sofort auf den Liegenden schoß. Uitveeren sank bewußtlos zusammen.

Die Gestalt trat auf die Lichtung – es war der Cyborg Tony George, der MacCormacks Gruppe angehörte. Yo Ho zögerte keine Sekunde, visierte Tonys Kopf an und...

»Zisch-Bumm – du bist raus, Kumpel!« sagte Ho in lockerem Tonfall und ließ die Waffe sinken. »Ich spare mir die Energie, da dir im Zweiten System der Betäubungsstrahl sowieso nichts ausmacht. Tun wir einfach so, als hätte ich dir gerade die Rübe weggepustet.«

Ohne sich weiter mit dem Cyborg zu befassen, beugte er sich zu Uitveeren herab, um ihn auf die gleiche Weise zu versorgen, wie Buck es mit Jaschin getan hatte. Aus dem Augenwinkel heraus sah er, wie George auf ihn anlegte.

»Was soll das?« fragte Ho ihn und drehte sich zu ihm um. »Ich habe dich soeben für tot erklärt.«

»Das ist unzulässig«, erwiderte der Cyborg. »Nur wenn du mich mit dem Betäubungsstrahl triffst, bin ich raus.«

»Was soll das für einen Sinn machen?« entgegnete Yo Ho. »Strich-Punkt kitzelt dich doch nur.«

»Bevor ich dieses Kitzeln nicht auf meiner Haut spüre, gelte ich als lebende Person. Sorry, aber so sind die Manöverregeln. Hätte ja sein können, daß du danebenschießt – so gänzlich ohne Helmanzeige.«

»Ich brauche keine technischen Hilfsmittel, um einen derart einfachen Treffer zu erzielen«, behauptete der koreanische Gardist, der allmählich begriff, daß er sich selbst ins Aus gesetzt hatte. Jetzt half nur noch eine Finte. »Ich schlage vor, wir überlassen die Entscheidung…«

Er sprach den Satz nicht zu Ende. Sein Gerede sollte den Cyborg lediglich kurz ablenken, ihn in trügerischer Sicherheit wiegen. Plötzlich und unerwartet stürzte sich Yo Ho auf ihn, Zweites System hin oder her, und riß ihn zu Boden.

Beide Männer schenkten sich nichts. Bei der heftigen Rangelei waren ihnen die Karabiner nur im Weg. Sie ließen sie kurzerhand ins Gras fallen und kämpften mit Handkante, Faust und gezielten Fußtritten weiter. Mal lag Ho oben, mal George…

Yo Ho verpaßte seinem Widersacher einige kräftige Faustschläge ins Gesicht, doch Tony George steckte die Hiebe gut weg – was seinen Gegner nicht verwunderte, schließlich wußte Ho, was ein Cyborg so alles verkraften konnte.

Georges Gegenwehr erfolgte schnell, hart und präzise. Auch in seinen Fäusten steckte jede Menge Wumm! Wo er hinschlug, wuchs kein Unkraut mehr.

Letztendlich streckte Yo im Gras alle Viere von sich. Er war nicht betäubt, aber ziemlich angeschlagen. Tony nahm den Multikarabiner zur Hand, um ihm den Rest zu geben, damit es später keine Unklarheiten gab.

»Wenn ich du wäre, würde ich den Finger vom Abzug nehmen«, vernahm er hinter sich die ihm wohlbekannte Stimme von Joe Siem.

Siem und Yello traten auf die Lichtung und hatten ihre Karabiner auf ihn ausgerichtet. Das Blatt hatte sich gewendet.

Und es wendete sich aufs neue. Aus sicherer Deckung heraus nahm Rog Alsan die beiden Cyborgs aus der Buck-Truppe unter Beschuß. Da die beiden aufs Zweite System geschaltet hatten, machten ihnen die Treffer nichts aus, sie verspürten lediglich ein Prickeln – allerdings waren sie jetzt offiziell »tot«.

Alsan, der wie George zum MacCormack-Trupp gehörte, verließ seine Deckung.

Erst als er den Strich-Punkt-Strahl spürte, wurde ihm klar, daß er soeben einen Fehler gemacht hatte.

Kurt Buck hatte sich angeschlichen und ohne viel Federlesens den Abzug betätigt.

»Okay, ich ergebe mich und erkläre mich für besiegt«, sagte Tony George, als der Leutnant die Waffe gegen ihn erhob. »Sparen Sie sich die Energie.«

*

Leutnant Buck befahl, die Umgebung nach eventuellen weiteren Gegnern abzusuchen. Zwar hatte Tony George behauptet, Rog Alsan und er hätten den Angriff nur zu zweit inszeniert, aber vielleicht hatte er ja gelogen.

»Außerdem müssen die Bewußtlosen versorgt werden«, ordnete er an.

»Schon passiert«, sagte Artus, der plötzlich mitten auf der Lichtung stand; er hatte sich nahezu geräuschlos genähert. »In unmittelbarer Nähe halten sich keine Gardisten oder Cyborgs aus den gegnerischen Gruppen auf. Wir verzeichnen insgesamt vier Verluste unter den Gardisten, Uitveeren und Jaschin mitgezählt, womit unsere Gruppe auf zehn Personen zusammengeschrumpft wäre. Ich habe mich um zwei Ohnmächtige gekümmert und jeweils den Platz abgespeichert, an dem wir sie aufsammeln können.«

»Wir sind nur noch zu acht«, verbesserte ihn Buck. »Unsere Cyborgs sehen zwar noch quicklebendig aus, sind es aber offiziell nicht mehr. Na ja, und Mister Schla... Mister Stranger können wir wohl ebenfalls abziehen. Wer weiß, wo der sich gerade ausruht.«

»Stranger ruht nicht – er arbeitet«, erwiderte Artus und deutete auf eine großblättrige Buschreihe. »Meine Sensoren haben ihn und seine Kamera schon vor einer Weile erfaßt, etwas undeutlich zwar, schließlich steckt er in einem eurer wunderbaren Anzüge, doch vor mir kann man sich auf Dauer nicht verbergen.

Wie ich ihn kenne, hat er das ganze Geschehen auf und rund um die Lichtung aufgenommen.«

»Worauf du dich verlassen kannst, mein Freund«, sagte der Reporter und kam zwischen den Büschen hervor. »Mein Auftraggeber bezahlt mich für aktionsgeladene Aufnahmen, und die bekommt er auch.«

»Warum haben Sie nicht eingegriffen, als unsere Gruppe in Gefahr war?« hielt Buck ihm vor.

»Ein guter Berichterstatter verhält sich in jeder Situation neutral und mischt sich grundsätzlich nie in Auseinandersetzungen ein«, erklärte Bert Stranger. »Sie selbst, Mister Buck, haben mich vor dem Aufbruch ermahnt, die anderen nicht zu behindern. Eben deshalb bleibe ich stets im Hintergrund und mache mich dort ganz klein, damit mich niemand entdeckt.«

Deshalb also habe ich mich vorhin dauernd beobachtet gefühlt, dachte Yo Ho.

Der junge Leutnant ersparte sich jeglichen Kommentar, und er fragte Stranger auch nicht, wie es ihm gelungen war, so schnell von weit hinten nach vorn in »die erste Reihe« zu gelangen. Allerdings hatte er einen ganz bestimmten Verdacht, einen gewissen Roboter betreffend...

*

Als sich Buck, Artus und die fünf »überlebenden« Gardisten aus der Ferne dem Inkatempel näherten, befanden sich die inzwischen erwachten »Toten« bereits auf dem Rückweg ins Lager. Für sie war diese Übung gelaufen.

Bert Stranger war nirgends zu sehen, doch Buck war überzeugt, daß er nicht weit entfernt im Gras lag oder hinter einem Baum stand, die Kamera im Anschlag.

Der Leutnant mußte zugegeben, den Journalisten unterschätzt zu haben. Zwar konnte Stranger mit den Gardisten nur schwer mithalten, doch er verstand sich darauf, mit seinen Kraftreserven zu haushalten, so daß er fast nie erschöpft wirkte.

Artus ortete mehrere Personen, die im Dschungeldickicht auf der Lauer lagen. Die Multifunktionsanzüge störten seine Ortung, konnten sie aber nicht ganz und gar verhindern, was unter anderem mit dem fehlenden Helm zusammenhing – und natürlich mit Artus' vielfältigen speziellen Fähigkeiten, die er aus Fairneßgründen bei dieser Übung nicht bis zum letzten ausreizte.

Mit wirklichen Feinden wäre er ganz anders umgesprungen, dafür brauchte er nicht einmal einen Karabiner.

»MacCormack wartet auf uns, wie ich es mir gedacht habe«, entgegnete Buck, nachdem Artus ihn informiert hatte. »Er hat seine beiden Cyborgs nur aus einem Grund auf uns losgelassen: um Zeit zu gewinnen. George und Alsan sollten uns eine Weile aufhalten, um dem Oberst Gelegenheit zu verschaffen, den Hinterhalt vorzubereiten. Aber wir werden nicht blindlings in diese Falle stolpern. Wir pirschen uns von mehreren Seiten heran und nehmen uns einen Mann nach dem anderen vor.«

*

Bei der Aufzeichnung des weiteren Kampfgeschehens mußte sich Bert Stranger mächtig anstrengen, um möglichst überall am Ball zu bleiben. Wie ein unsichtbarer Schatten verfolgte er mit, wie sich MacCormacks und Bucks Gruppen leise durchs Dikkicht bewegten, um sich gegenseitig auszutricksen und auszuschalten.

Es gab mehrere kleinere Schießereien, aber keine richtig große, da sich nie mehr als zwei Mann aus derselben Gruppe am selben Ort aufhielten. Die meisten Auseinandersetzungen erfolgten Mann gegen Mann, und jedesmal verließ nur einer der Kontrahenten den Kampfplatz.

Nach und nach dezimierten sich die Übungsteilnehmer auf eine einstellige Zahl.

Zu handfesten Gewalttätigkeiten kam es dabei nicht mehr – der Zusammenstoß von Yo Ho und Tony George blieb ein Ausnahmefall.

Ein paarmal wurde Stranger entdeckt. Seine eigenen Leute ließen ihn in Frieden seiner Arbeit nachgehen, doch MacCormacks Kämpfer wollten ihm immer gleich ans Leder.

Glücklicherweise war Artus jedesmal rechtzeitig zur Stelle.

Vor allem dem Roboter war es zu verdanken, daß Bucks Trupp letztlich als Sieger aus dem Dschungelkampf hervorging. Artus tauchte überall dort auf, wo man ihn am wenigsten erwartete. Leider kam er manchmal auch um Sekunden zu spät. Daß der Texaner Jake Calhoun schneller »zog« als Yo Ho (beide erblickten sich gleichzeitig und rissen ihre Karabiner hoch), konnte Artus nicht verhindern. Lange durfte sich Calhoun allerdings nicht an seinem Sieg erfreuen...

Nachdem Artus Jake betäubt hatte, war vom gegnerischen Trupp nur noch Oberst Kenneth MacCormack übrig. Um ihn wollte sich Leutnant Kurt Buck höchstpersönlich kümmern. Er kam nicht mehr wieder...

Bert Stranger hatte das »Duell der Giganten« mit der Kamera aufgezeichnet: Buck schoß als erster. Kurz bevor MacCormack bewußtlos wurde, feuerte er noch einen Betäubungsstrahl auf den Schützen ab, nicht gezielt, mehr instinktiv – doch der Zufallstreffer reichte aus, um auch Buck von den Beinen zu reißen. Was für eine Aufnahme!

»Ich liebe meinen Beruf«, murmelte Bert und zog los, um die letzten »Überlebenden« ausfindig zu machen.

*

Das fünfköpfige Grüppchen, das auf die Tempelruine zuging, sah ziemlich gerupft aus. Es bestand aus Stranger, den Charoux-Brüdern, Gantzler und mir – Artus.

Die drei Gardisten schauten sich nervös nach allen Seiten um. Sie trauten dem Frieden wohl nicht. Ich übrigens auch nicht. MacCormack hatten wir besiegt, aber hatten wir wirklich schon gewonnen? Wo war Kaunas mit seiner Gruppe abgeblieben? Hatte er etwa aufgegeben? Nein, das paßte nicht zu ihm.

Ich hatte so eine Ahnung, was gleich passieren würde, und wenn ich gewollt hätte, hätte ich mir sofort Gewißheit verschaffen können. Doch ich verzichtete darauf, meine Hochleistungssensoren zur Ortung einzusetzen – schließlich wollte ich Kaunas nicht die Überraschung verderben.

Ich mußte mir eingestehen, daß ich die gesamte Geländeübung von Anfang an nicht richtig ernst genommen hatte. Für mich war das Ganze nur ein aufregendes Spiel, das für alle mittelbar oder unmittelbar daran Beteiligten zu irgend etwas nutze war – nur nicht für mich.

Die Gardisten und Cyborgs lernten sich bei ihrer ersten gemeinsamen Übung näher kennen. Stranger machte (wieder einmal) die besten Kameraaufnahmen seines Lebens. Und Farnham konnte hinterher anhand jener Aufnahmen den Einsatz analysieren, damit die gesamte Truppe aus ihren kleinen und großen Fehlern und Erfolgen lernte...

Aber was hatte ich davon? Ich kannte viele der Gardisten und Cyborgs schon länger, Strangers Aufnahmen interessierten mich nicht die Bohne, und auf die Analyse des Einsatzes nebst Fehlersuche konnte ich getrost verzichten – weil ich grundsätzlich keine Fehler mache. Als sonderlich großen Erfolg wertete ich meinen Beitrag an der Übung allerdings auch nicht, schließlich hatte ich mich laufend freiwillig ausgebremst.

Hätte ich volle Leistung gezeigt, wäre das Manöver innerhalb kürzester Zeit beendet gewesen, mit einem klaren Sieg für die Truppe von Buck. Einen solchen Sieg hätte ich jedoch als unfair empfunden, schließlich gab es in den beiden anderen Gruppen keine Roboter – schon gar keine mit meinen überragenden Begabungen.

Es war wie ein Fluch, daß ich mir in jeder Nanosekunde meines Daseins meiner enormen Fähigkeiten bewußt war, und es frustrierte mich manchmal, mein Können nicht jederzeit und überall voll einsetzen zu dürfen. Auf Eins war das anders gewesen, dort hatte ich mich total einbringen können, zum Beispiel im Rechenzentrum, wo man meine elektronische Intelligenz mit echten Herausforderungen konfrontiert hatte. Ja, das hatte mir wirklich gutgetan! Und erst mein Duell mit dem Simulator...!

Daran gemessen waren die Anforderungen, die man während des Manövers an mich gestellt hatte, nur kalter Kaffee.

»Wieso komme ich mir eigentlich vor wie ein Lamm, das man zur Schlachtbank führt?« riß mich Gantzlers Stimme aus meinen Gedanken.

Sekunden später beantwortete sich seine Frage von selbst. Plötzlich wurde es in der Tempelruine lebendig. Dreizehn Mann schnellten wie die Springteufel aus den unterschiedlichsten Verstecken und nahmen unser Fünfergrüppchen ohne Vorwarnung unter Strahlenbeschuß.

Gantzler ging als erster zu Boden. Die Brüder Charoux überwanden ihre Verblüffung schneller als er und suchten in einem Graben Deckung. Das half ihnen nur wenig, denn Lessing traf auch ins Ziel, wenn von einem Gegner nur noch das Ohrläppchen zu sehen war. Beide Franzosen fielen nacheinander in Ohnmacht.

Ich hatte mir hinter einer zur Hälfte zerstörten dicken Mauer eine bessere Deckung ausgeguckt. Stranger packte ich am Arm und riß ihn mit mir – ich bin halt ein mitreißender Typ. Die schwachen Betäubungsstrahlen konnten den soliden Stein nicht durchdringen, und es gab nirgendwo eine Ritze, durch die Lessing hätte schießen können.

»Nur wir beide sind noch übrig«, sagte der Reporter, der selbst in dieser Situation nicht vergessen hatte, seine Kamera draufzuhalten – auch wenn er nicht genau wußte, was er überhaupt aufgenommen hatte. »Als nächster bin ich an der Reihe, schätze ich mal. Warum hast du uns eigentlich nicht gewarnt?«

»Ich hielt es nicht für notwendig, die Ruine mit meinen Sensoren abzutasten«, antwortete ich ihm. »Allmählich verliere ich wohl die Lust an diesem Spiel.«

»Spiel?« wiederholte Stranger fassungslos. »Hier geht es um mehr! Wir bereiten uns auf unseren lebensgefährlichen Einsatz auf Eins vor.«

»Aber nur halbherzig«, sagte ich. »Weder die Gardisten noch die Cyborgs kamen heute richtig zum Zug. Auf Eins tragen sie Helme, aktivieren bei Bedarf ihre Prallschirme und setzen den neuen Mark 10/62 seinem Zweck entsprechend ein. Diese Übung hier hat mit der Wirklichkeit nichts gemein. In der Realität würde man uns die Mauer, die uns gerade Deckung bietet, quasi unterm Hintern wegpusten – mit Duststrahl. Der Oberst hat aber nur den Einsatz von Strich-Punkt auf niedrigster Stufe erlaubt.«

»Logisch, schließlich wollen wir alle möglichst unversehrt ins Lager zurückkehren«, entgegnete Stranger. »Hätte MacCormack etwa eine höhere Strahlendosis anordnen und eine Gefährdung unserer Gesundheit in Kauf nehmen sollen? Ich würde eine stärkere Dosis bestimmt schlechter verkraften als ein junger Gardist.«

»Zu dumm, daß die Roboterschiffe nicht genauso rücksichtsvoll sind«, konnte ich mir eine sarkastische Bemerkung nicht verkneifen, obwohl mir durchaus bewußt war, daß er recht hatte. »Die Großrechner haben sehr wirkungsvolle Waffen an Bord, nicht zu vergessen ihre Handlungsroboter, die sie bewaffnen und auf uns hetzen werden, sobald sie uns entdecken. Apropos handeln: Allmählich sollten wir das Spi... das Manöver beenden, am besten zu unseren Gunsten, meinst du nicht auch?«

»Ich hätte nichts dagegen, aber irgendwie sitzen wir hier fest.«

»Wir? Nein, Stranger, du sitzt hier fest. Ich kann gehen, wann immer ich will.«

Ohne eine Erwiderung abzuwarten, verließ ich die Deckung, rannte wie ein Blitz mehrere Meter über eine Freifläche, schlug dann einen Haken und warf mich hinter eine Erhebung. Mehrere leicht schimmernde Strahlenbahnen zischten durch die Luft, streiften mich aber nicht einmal.

Während des Laufens hatten meine Sensoren Lessing wahrgenommen, der unablässig auf die Mauer zielte, hinter der sich Stranger verbarg.

Der Mann war ein Phänomen. Im Alltag wirkte er derart nervös, daß es fast ansteckend war.

Doch sobald er ein Ziel anvisierte, schien er wie zu Stein erstarrt.

Mein überraschender Ausfall hatte ihn kurz zucken lassen, aber im Gegensatz zu seinen Kameraden hatte er erst gar nicht versucht, auf mich zu schießen.

Offenbar betätigte er den Abzug nur dann, wenn ein Treffer hundertprozentig gewährleistet war.

Es war nur eine Frage der Zeit, bis Lessing Stranger erwischte. Sobald unser Sensationsreporter auch nur die Haarspitze zeigte, war er fällig. Hoffentlich gelang es ihm vorher noch, ein paar gute Aufnahmen von mir zu machen...

*

Jannis Kaunas hatte den kleinen Wink des Generalmajors richtig verstanden. Farnham hatte ihm geraten, sich MacCormacks Worte ins Gedächtnis zu rufen. *»Das brüchige Gemäuer ist durchzogen von versteckten Winkeln und Nischen«*, hatte der Oberst gesagt – und hatte damit (gewollt oder ungewollt?) darauf hingewiesen, daß sich der Tempel bestens für einen Hinterhalt eignete.

Nachdem Kaunas das begriffen hatte, hatte er seine Leute unablässig zur Eile angetrieben. Um vor allen anderen bei der Ruine einzutreffen, hatte er im Dschungel zugunsten der Schnelligkeit auf sämtliche Sicherungsmaßnahmen verzichtet...

Letztlich hatten er und seine Männer nur noch im Tempel zu warten brauchen, bis die, die noch übrig waren, direkt »in ihren Tod« liefen, beziehungsweise vor den Lauf von Piet Lessings Karabiner. Auf ihn hatte Kaunas große Stücke gesetzt – und der Scharfschütze hatte ihn nicht enttäuscht.

Zufrieden beobachtete der Hauptfeldwebel aus seinem Versteck heraus, wie Lessing auch noch Bert Stranger eliminierte. Theoretisch hätte Kaunas auf den Rest des Trupps verzichten können – aber er hatte ja nicht wissen können, daß am Schluß nur noch fünf Personen übrigbleiben würden.

Daß eine dieser Personen ausgerechnet Artus war, ein Roboter, von dem man sich erzählte, daß er im Alleingang ganze Armeen besiegen konnte, paßte Kaunas natürlich ganz und gar nicht.

Doch er war überzeugt, daß Lessing auch mit ihm fertigwerden würde.

Nur eine Sekunde ließ Kaunas den Scharfschützen aus den Augen – schon war er spurlos verschwunden. Hatte er den Standort gewechselt, nachdem er Stranger erledigt hatte? Aber wo befand er sich jetzt?

Jannis Kaunas versuchte, Verbindung mit ihm aufzunehmen. Vergebens. Auch seine übrigen Männer meldeten sich nicht.

Der Hauptfeldwebel konnte sich ausmalen, was seiner Gruppe zugestoßen war. Und er ahnte bereits, wer ihn gleich aufsuchen würde: Der Teufel und der Heilige Geist in einer Person...

*

Als Artus wenig später die Tempelruine verließ, standen nur noch die beiden Cyborgs Percival Brack und Mick Grinnus aufrecht – sie hatten sich im Zweiten System befunden, als sie die Strahlen aus seinem Karabiner trafen. Beide kümmerten sich um den bewußtlosen Hauptfeldwebel und die übrigen Kameraden.

Artus lud Stranger auf seine Schulter und trug ihn weg.

5.

Generalmajor Farnham war mit der Analyse der Einsatzübung zufrieden. Seiner Meinung nach war der gesamte Zug erstklassig. Natürlich wurden auch einzelne Fehler und menschliches Versagen herausgestellt und besprochen, aber auch besondere Stärken und gelungene Einzelaktionen.

»Daß Artus ein Hauptgewinn für unsere geplante Aktion ist, brauche ich nach diesen Aufnahmen wohl nicht extra zu betonen«, sagte Christopher Farnham im Konferenzraum des Kommandozeltes zu den Soldaten und Offizieren. »Aber wir wollen auch nicht denjenigen vergessen, dem wir diese Aufnahmen überhaupt zu verdanken haben. Mister Stranger hat bewiesen, daß Hartnäckigkeit letztendlich zum Ziel führt – immerhin ist er erst als vorletzter seiner Gruppe ausgeschieden, und er filmte, bis seine Finger die Kamera nicht mehr halten konnten. Hätte Rekrut Lessing ihn nicht betäubt, würde ich Ihnen bestimmt noch sehr viel mehr interessante Bilder zeigen können.«

»Na, herzlichen Dank!« flüsterte Piet Lessing Leutnant Kurt Buck zu, der links neben ihm auf der Zuhörerbank saß. »Jetzt wirft man mir noch vor, daß jeder Schuß von mir ein Treffer ist.«

»Das war kein Vorwurf, sondern ein verstecktes Kompliment«, meinte Buck.

»Aber ziemlich gut versteckt«, entgegnete der Scharfschütze gekränkt.

Artus, der rechts neben ihm Platz genommen hatte, konnte ihn beruhigen. »Stranger hätte eh nichts Gescheites mehr filmen können, da ich innerhalb der Ruine blitzschnell von einem verborgenen Winkel zum anderen wechselte. Die Männer der Gruppe Kaunas hatten sich wirklich gut versteckt, aber nicht gut genug für meine hochempfindlichen Sensoren. Wenn sie mein Kommen registrierten, war es schon zu spät.«

Niemand wußte bis ins letzte Detail, über wie viele Besonderheiten der auf Terra eingebürgerte Roboter mittlerweile verfügte. Ständig verbesserte er seine bereits vorhandenen Fähigkeiten, zudem baute er sich selbst hier und da neue Zusatzgeräte ein. Nicht einmal sein Schöpfer und engster Vertrauter Echri Ezbal war sich sicher, ob er den gesamten Inhalt von Artus' geheimer »Schatzkiste« kannte; möglicherweise hatte die »Truhe« einen doppelten Boden, den der Roboter niemandem zeigte – was ihn in gewisser Weise zu einer Gefahr für die Erde machte.

Nichtsdestotrotz vertraute ihm Ren Dhark, und er baute darauf, daß Artus seine vielfältigen Begabungen ausschließlich zum Wohle der Menschheit einsetzte. Daran hatte auch das »Judas-Komplott« nichts geändert, wie man den vermeintlichen Verrat des Roboters auf der POINT OF bezeichnete. Artus würde niemals, davon war Dhark überzeugt, zu den Großrechnerschiffen überlaufen und seine Freunde ans Messer liefern.

Mitten in seiner Ansprache erhielt Christopher Farnham einen Viphoanruf höchster Geheimhaltungsstufe. Er bat Kenneth MacCormack, seinen Platz am Rednerpult einzunehmen, und begab sich nach draußen vors große Kommandozelt.

Der Oberst setzte den Vortrag so nahtlos fort, daß man meinen könnte, die beiden hatten sich vorher abgesprochen.

»Die Geländeübung war erst der Anfang«, ließ er die Männer wissen. »Euch steht in den kommenden Tagen noch so einiges bevor: Zielschießen mit dem neuen Karabiner, mit und ohne Helmanzeige, Zweikämpfe im MFA, mit und ohne Prallschirm, Marschieren auf reinen Stickstoffplaneten, mit und ohne künstlicher Schwerkraft, effektiver Einsatz des Tarnschutzes...«

Er unterbrach sich, denn der Generalmajor kam wieder herein. Leider brachte er keine guten Nachrichten mit.

»Die ›Aktion Eins‹ wurde soeben aufgrund besonderer Umstände vorverlegt«, verkündete er mit ernster Miene. »Wir starten morgen in aller Frühe.«

»Morgen?« fuhr ihm Yo Ho respektlos ins Wort. »Da bleibt uns ja kaum noch Zeit zum Ausruhen!«

»So gut wie gar keine«, machte ihm MacCormack deutlich. »Da wir keine Möglichkeit mehr haben, die von mir angekündigten Trainingstage zu absolvieren, degradiere ich selbige hiermit zu Trainingsstunden – sprich: Wir werden jetzt gleich im Schnellverfahren so viel wie möglich einüben.«

Artus war es egal, ob er sich ausruhen konnte oder nicht. Zwar war er der einzige Roboter der Welt, der sich in einen künstlichen Schlafzustand versetzen konnte, wenn er wollte – aber genaugenommen benötigte er keinen Schlaf. Notfalls konnte er wochenlang, monatelang, sogar jahrelang im Einsatz sein, ohne müde zu werden. Hauptsache, man gab ihm regelmäßig jenes Zaubermittel, das seine Scharniere in Schwung hielt: Schmieröl!

Vor dem Zelt stellten sich alle Einsatzteilnehmer zum Appell auf. Auch Bert Stranger, der ab sofort offiziell zur gemischten »Aktion-Eins«-Einsatztruppe gehörte.

Der Oberst hielt sein Wort und schluckte die »Reporter-Kröte« genauso tapfer herunter wie die ihm aufgenötigten Cyborgs.

Artus hörte den Anweisungen nur mit halbem Sensor zu. Während seine Aufzeichnungsgeräte voll aktiv waren, konnte er allen möglichen Gedanken nachhängen und bei Bedarf später alles Wichtige abrufen – wofür er kaum mehr als ein paar Sekundenbruchteile benötigte.

Wie mag es wohl Dhark gerade ergehen? fragte er sich, während MacCormack redete und redete.

Zuletzt hatten sich Artus und Ren Dhark auf der POINT OF gesehen, kurz bevor der Roboter nach Ecuador aufgebrochen war, um an der gemeinschaftlichen Garde-Cyborg-Übung teilzunehmen. Einige Tage zuvor hatte Dhark erleichtert das Flottenkommando auf Zeit wieder abgegeben und anschließend in der Raumfahrtakademie eine Krisensitzung einberufen, an der auch Artus teilgenommen hatte. Das war Ende Oktober gewesen…

*

Nach seiner Rückkehr von Proxima Centauri nach Terra konnte Ren Dhark es kaum erwarten, sein zeitbegrenztes Flottenkommando wieder abzugeben. Danach fühlte er sich wie erleichtert.

In der Raumfahrtakademie fand auf Betreiben des Eigners der POINT OF eine Konferenz statt, an der außer seiner Standardtruppe noch der Commander der Planeten Henner Trawisheim, der Astrophysik-Professor Monty Bell und dessen Team sowie der oberste Flottenbefehlshaber Marschall Ted Bulton und GSO-Leiter Bernd Eylers teilnahmen.

Wie auf vielen Konferenzen wußte man zu Anfang nur eines ganz sicher: daß man nichts wußte, zumindest so gut wie nichts. Für die Auslösung der Vorgänge in der Sonne gab es zwar jetzt eine Erklärung – aber nicht einmal den Ansatz einer Idee, wie man ihr Erlöschen verhindern konnte. Niemand machte einen brauchbaren Vorschlag, nicht zu Beginn der Konferenz und auch nicht später, zu fortgeschrittener Zeit...

Selbst wenn Terra alles auf eine Karte gesetzt und die Roboterschiffe auf ihrem Zentralplaneten massiv angegriffen hätte, hätte das laut Bultons Auffassung, der auch Dhark zustimmte, nichts geändert. Die größte Hoffnung der Menschheit lag daher auf der Beschaffung von technischen Informationen auf Eins. Eventuell verfügte *das Volk* über Wissen, das es selber gar nicht oder nur unzureichend auswerten konnte. Oder es wußte genau, wie sich die Manipulation an Sol stoppen ließ, wollte aber nicht damit herausrücken.

Trawisheim teilte den Konferenzteilnehmern mit, daß er inzwischen Kontakt mit einem Volk aufgenommen hatte, das man ohne Übertreibung als die besten Freunde der Terraner bezeichnen konnte: die Nogk.

»Eine Delegation hochrangiger Meegs ist schon auf dem Weg zu uns.«

Die überwiegend männlichen Meegs, die Erhalter des Lebens, waren wichtige Persönlichkeiten innerhalb des Nogk-Volkes. Sie gehörten den Kasten der Mediziner, Techniker und Wissenschaftler an. Weibliche Nogk, die sich nach ihrer Fortpflanzung erneut verpuppten, wurden nach ihrem zweiten Schlüpfen und

Reifung den Meegs zugerechnet, aber vor allem als Bewahrer des Lebens.

Monty Bell wartete ebenfalls mit einem kleinen Hoffnungsschimmer auf. Den beschädigten Datenspeicher, den der Tel Kor Tranc bei sich gehabt hatte, mit Daten über den gesichtslosen Goldenen Arlon, hatte man inzwischen teilweise analysieren können.* Bells Team hatte ein paar Daten herausgeholt, konnte damit jedoch vorerst wenig anfangen.

»Vielleicht kommt ja der Checkmaster mit den wenigen Informationen weiter«, meinte Bell. »Meine Leute und ich müssen jedenfalls passen.«

Der kleine hagere Mann mit den langen blonden Haaren hatte mehr auf dem Kasten, als man ihm äußerlich anmerkte. Bell war Leiter einer wichtigen terranischen Forschungsanstalt mit Sitz unter Alamo Gordo.

Dhark erteilte ihm die Erlaubnis, die neuentdeckten Daten an den Checkmaster zu überspielen.

Bernd Eylers, der scheinbar mausgraue, aber überaus gewiefte Leiter der Galaktischen Sicherheitsorganisation, berichtete auf der Konferenz über die Schwierigkeiten, die »Gerüchte« über die sterbende Sonne zu unterdrücken.

»In Moskau kam es mittlerweile zur Katastrophe. Ein Kälteeinbruch von minus vierzig Grad hat zu Strom- und Heizungsausfällen in mehreren Wohnblöcken am Stadtrand geführt, unter anderem in einem sogenannten Problemviertel, in welchem Menschen an der Armutsgrenze leben. Das Unglück, das die Behörden erst teilweise in den Griff bekommen haben, forderte hunderte Tote. Daraufhin rotteten sich zahlreiche Betroffene zusammen und zogen plündernd und randalierend durch die besseren Stadtviertel. Bisher handelt es sich nur um Übergriffe einzelner Gruppierungen, doch wenn die Kälte weiterhin anhält und in den Wohnblock-Siedlungen keine oder nur unzureichende Reparaturen durchgeführt werden, muß mit schlimmeren Ausschreitungen gerechnet werden. Die Innenstadt wurde in-

---

* Siehe Bitwar-Zyklus Band 4, »Die Sonne stirbt«

zwischen weiträumig abgeriegelt, eine rigorose Maßnahme, die den ohnehin schon schlechten Ruf der Polizei noch mehr verstärkt. Derzeit gelangt man nur mit einem Sonderausweis in den Stadtkern.«

»Ich kenne die Gerüchte um das mitleidlose Vorgehen der Moskauer Polizei«, erwiderte Ren Dhark. »Es heißt, die Beamten würden Obdachlose aus den Stadtzentren verbannen und verschleppen, ja, sogar umbringen... Keine Ahnung, ob da wirklich was dran ist – aber es ist eine bodenlose Schweinerei der zuständigen Verwaltungsbehörden, die Ärmsten der Armen derart hängenzulassen. Veranlassen Sie, daß ein technischer Hilfstrupp ins Notstandsgebiet geschickt wird, mit Lebensmitteln, warmer Kleidung und Decken. Und senden Sie Ihre Agenten in die Krisenregion, zur Beschwichtigung der aufgebrachten Bevölkerung.«

»Schon geschehen. Meine Männer kämpfen bisher leider auf verlorenem Posten. Wo auch immer sie hinkommen, stellt man ihnen die Frage, warum es seit zwei Jahren auf der Erde fortwährend kälter wird. Die russischen Medien – und nicht nur die! – wollen das ebenso wissen. Sie wiegeln die von Plünderern und korrupten Beamten gebeutelten Menschen in der Moskauer Region regelrecht auf.«

»Dann greifen Sie gefälligst hart durch!« forderte Dhark ohne Wenn und Aber an. »Keine Gnade mit Plünderern und mit schlaffen, bestechlichen Beamten, die nur denen helfen, die sie tüchtig schmieren. Wir sind doch kein Bananenplanet!«

Wo hat er bloß diesen Spruch wieder her? fragte sich Artus, der sich ganz gern mal schmieren ließ, insbesondere an den Gelenken.

*

Bodo Borowitsch war verzweifelt wie nie zuvor in seinem vierzigjährigen Leben. Seine Frau Lena hatte gerade entbunden, daheim, ohne Arzt und ohne Hebamme. Sie lag entkräftet nebenan im Bett und hielt Bodos Stammhalter in den Armen. Ihr Mann hatte ihr hoch und heilig versprochen, Nahrung und Medikamente zu besorgen – obwohl er nicht einmal ansatzweise wußte, woher und wovon. Geld hatte er schon lange keines mehr...

Von seinen Nachbarn in der Wohnblocksiedlung konnte er niemanden um Unterstützung bitten, die besaßen selbst kaum das Nötigste. Viele von ihnen lebten nicht mehr. Bodo überlegte, ob es Sinn machte, deren Wohnungen zu durchsuchen, doch er war sicher, dort nichts Wertvolles zu finden. Andere Nachbarn waren sicherlich schneller gewesen, und den Rest hatte garantiert der amtlich bestellte Leichenbestatter an sich genommen.

Schon vor den immer stärker werdenden Kälteeinbrüchen waren die Zustände in der »Atombunker-Siedlung«, wie man diesen Stadtteil aufgrund der häßlichen Betonklötze abfällig nannte, unerträglich gewesen. Heizung, Wasser, Licht – nichts hatte jemals richtig funktioniert, nicht einmal die Straßenbeleuchtung. Doch die genügsamen Bewohner waren damit einigermaßen klargekommen, sie stellten keine großen Ansprüche. Auf manchen Kolonialplaneten gab es Menschen, denen es schlechter ging...

Seit es auf der Erde immer frostiger wurde, lag hier allerdings endgültig alles brach. Die Stromzufuhr war total zusammengebrochen, die Heizungen hatten ihren Geist aufgegeben, die Wasserleitungen waren vereist. Anfangs hatten sich die Frierenden mit offenem Feuer auf den Hinterhöfen beholfen, aber auf Dauer war es keine Lösung, die eigenen Möbel zu verheizen.

Von den Behörden fühlten sich die Siedlungsbewohner im Stich gelassen. Sporadisch amtliche Hilfsmaßnahmen verliefen stets nur halbherzig.

Die letzten schlampig durchgeführten Notreparaturen hatten nur für wenige Tage Besserung gebracht – seit voriger Woche war das Strom- und Kommunikationsnetz wieder tot. Und Wasser gab es auch nicht mehr.

Die von der Bezirksverwaltung beauftragten Energieunternehmen wußten Bescheid, ließen sich aber in der »Atombunker-Siedlung« nicht sehen.

»Denken Sie, Sie sind die einzigen, die Probleme haben?«

hatte es geheißen, als einige Bewohner persönlich im Rathaus vorgesprochen hatten. »Man wird sich bei Ihnen melden. Gehen Sie jetzt!«

Nur ein einziger Behördenbeauftragter kam regelmäßig vorbei. Mit dem Leichenbestatter duzten sich die meisten bereits.

Über vierzig Grad minus herrschten derzeit in dieser unwirtlichen Region am Stadtrand von Moskau. Auch in den besseren Vierteln und im Stadtkern waren die Temperaturen nicht angenehmer, aber immerhin hatten die wohlhabenderen Bürger dort fließendes Wasser sowie Wärme und Licht in ihren Häusern und Geschäften. Und sie konnten sich Nahrung und Arzneien kaufen – im Gegensatz zu Bodo Borowitsch.

Betteln war in der Innenstadt von Moskau strikt verboten. Die Polizei war dafür bekannt, kompromißlos durchzugreifen. Schon so manchen Obdachlosen hatte man unter mysteriösen Umständen tot aufgefunden, und jeder wohnungslose Tote brachte die Gerüchteküche über angebliche Todeskommandos, die nachts im Auftrag der Regierung die Straßen »säuberten«, aufs neue zum Brodeln.

Bodo gab nichts auf Gerüchte und Altweibergeschwätz. Er glaubte an das Gute im Menschen. Ganz sicher würde er in der Stadt Hilfe finden. Irgend jemand würde bestimmt Verständnis für seine schwierige Lage aufbringen. Schließlich konnte man seine Frau und sein neugeborenes Kind nicht einfach so verhungern und erfrieren lassen...

Bevor Bodo die Wohnung verließ, sah er noch mal nach der frischgebackenen Mutter. Sie schlief friedlich in ihrem Bett. Offenbar war sie sehr erschöpft, denn das schreiende Baby in ihrem Arm schien sie gar nicht wahrzunehmen.

Als Bodo Borowitsch die schreckliche Wahrheit erkannte, brach für ihn eine Welt zusammen...

*

Vlad Strawinsky war mit dem sprichwörtlichen goldenen Löffel im Mund auf die Welt gekommen. Seiner Familie gehörte eine Kette von Supermärkten, die sich über mehrere große russische Städte erstreckte. Allein in der Landeshauptstadt gab es drei davon, die Tag und Nacht geöffnet hatten. Für die Verwaltung dieser drei Moskauer Filialen war Vlad zuständig. So hatte es der Familienrat beschlossen, damals, nach dem Unfalltod seiner Eltern. Um die übrigen Geschäfte kümmerten sich seine Geschwister und Neffen.

Vlad selbst war niemals dazu gekommen, eine eigene Familie zu gründen; vielleicht hatte er es auch nie richtig versucht. Wie auch immer, inzwischen fühlte er sich jedenfalls zu alt dafür. Mit vierzig Jahren zog man kein Kind mehr groß, das war in seinen Augen unnatürlich – dieser Zug war für ihn endgültig abgefahren...

Heiraten wollte er auch nicht mehr, dafür lebte er viel zu gern allein. Zwar wünschte sich seine gleichaltrige Dauerfreundin Natascha nichts sehnlicher als einen Ehering am Finger, aber er hielt sie immer wieder hin. Dabei hätte sie sogar einen Plastikring aus einem jener unausrottbaren Kaugummiautomaten akzeptiert, mit denen man schon seinen Urahnen das Kleingeld aus der Tasche gezogen hatte. Auf Stil legte Natascha keinen gesteigerten Wert – sie wollte nur geheiratet werden, bevor sie so alt war, daß sie keiner mehr anschaute.

Der Stadtteil, in dem Vlad Strawinsky wohnte, zählte zu den sogenannten besseren Gegenden. Früher hatte er sich hier sicher und geborgen gefühlt, doch seit es in der Moskauer Innenstadt und in einigen Außenbezirken zu Randale und Schießereien gekommen war, blieb er vorsichtshalber erst einmal eine Weile in der Tür stehen, bevor er aus dem Haus ging.

In dieser Gegend wohnten nur »feine Leute«, mit denen es das Leben gutgemeint hatte. Nicht wenige von ihnen waren der Überzeugung, daß sie nur das bekommen hatten, was ihnen zustand. Vlad dachte anders darüber. Er betrachtete es als ein Himmelsgeschenk, in einer Gesellschaft aufgewachsen zu sein, in der er nie hatte Hunger leiden müssen. Es hatte ihm in seiner Kindheit und auch später an nichts gemangelt, und er hoffte, daß das auch im Alter so bleiben würde. Dafür war er dankbar – jeden Morgen nach dem Aufwachen.

Die Ausschreitungen in der Stadt verurteilte Vlad zutiefst.

Nicht nur deshalb, weil gestern einer seiner Märkte am hellichten Tag ausgeplündert worden war. Seiner Meinung nach setzten sich beide Parteien ins Unrecht: Die marodierenden Plünderer, die sich unfair behandelt fühlten, die sich mit Gewalt nahmen, was die Gesellschaft ihnen verweigerte, die aus Lust am sinnlosen Zerstören alles kaputtmachten, was sie nicht wegtragen konnten – und diejenigen, die ihr Eigentum rücksichtslos mit Waffengewalt verteidigten, die aus einem falsch verstandenen Gerechtigkeitsgefühl heraus bereit waren, für ein Stück Brot, das sie selbst nicht mehr essen wollten, für ein Kleidungsstück, das ihnen längst nicht mehr paßte, zu töten.

Vlad wollte gerade in seinen Schweber steigen, als er Babyschreie hörte. Sie kamen aus seinem Vorgarten. Er begab sich dorthin und entdeckte einen Weidenkorb, der ihm vorher gar nicht aufgefallen war. In dem Korb lag ein in mehrere Decken eingewickeltes Baby, dem es trotz der Kälte vermutlich zu warm war…

»… sonst hätte es ja nicht ständig geschrien«, sagte Vlad wenig später zu Natascha am Vipho.

»Vielleicht hat es ja Durst oder Hunger, oder es hat sich eingenäßt«, antwortete seine Freundin kopfschüttelnd. »Hast du schon mal eine Windel gewechselt? Nein? Warte, ich komme gleich vorbei. Am besten, du rührst das Kind nicht an, bis ich bei dir bin. Was ist es eigentlich? Junge oder Mädchen? Du hast noch nicht nachgeschaut? Typisch Mann!«

*

Aus einiger Entfernung beobachtete Bodo Borowitsch, wie vor dem Haus, in dessen Garten er seinen neugeborenen Sohn ausgesetzt hatte, eine Frau aus einem Schweber stieg. Mit aufgeregter Miene begab sie sich nach drinnen. Ganz offensichtlich machte sie sich Sorgen um das Findelkind – um ein Baby, das sie noch nie zuvor gesehen hatte.

In diesem Augenblick wußte Bodo, daß sich sein Stammhalter in guten Händen befand.

Ohne sich noch einmal umzudrehen, verließ er das vornehme

Stadtviertel, das bisher von den Ausschreitungen verschont geblieben war. Bodo konnte nicht in die Zukunft seines Jungen sehen, doch er spürte, daß er das richtige getan hatte. Er hätte das Baby seiner verstorbenen Frau unmöglich selbst großziehen können – das arme Wurm wäre verhungert oder erfroren.

Bodo Borowitsch verließ die Gegend und kehrte nie mehr zurück...

*

Arc Doorn und Chris Shanton waren so sehr mit der Prüfung der Daten beschäftigt, die Monty Bell dem Checkmaster übermittelt hatte, daß sie nicht einmal mitbekamen, wie sich Artus von Bord abmeldete, um an der Einsatzübung der Schwarzen Garde, beziehungsweise an der anschließenden »Aktion Eins« teilzunehmen. Ren Dhark wünschte seinem Roboterfreund viel Glück und bat ihn, auf sich achtzugeben.

»Was für eine alberne Floskel«, meinte Artus. »Hat eigentlich jemals ein Soldat im Einsatz weniger auf sich achtgegeben, nur weil ihn vorab niemand darum gebeten hatte?«

»Ist dir das Wort ›Klugschwätzer‹ eigentlich ein Begriff?« stellte Dhark ihm die Gegenfrage.

Beide meinten es nicht so.

Als Doorn und Shanton herausfanden, daß es sich bei den Daten um Raumkoordinaten nach dem alten System der Worgun handelte, war Artus schon nicht mehr auf dem Schiff. Sie erkundigten sich auch nicht nach ihm, dafür waren sie viel zu beschäftigt.

»Die Koordinaten liegen in einem Randbereich der Galaxis«, informierte Doorn den Commander der POINT OF und reichte ihm eine Folie, auf der alles exakt aufgeführt war. »Auf der Erde können wir momentan sowieso nichts tun.«

Mehr sagte er nicht – und hatte damit eigentlich schon alles gesagt.

*

Die POINT OF transitierte in einen Bereich des Weltalls, der so viele Sterne hatte wie ein gestandener Kaffeetrinker Teebeutel im Küchenschrank: Ein paar waren vorhanden, weil sie einfach mit dazugehörten – aber niemand nahm sie wirklich wahr.

Auch Ren Dhark verspürte nicht das geringste Bedürfnis, zu einem der bedeutungslosen Himmelskörper zu fliegen, die es hier gab.

Was hätte er dort finden sollen? Er wußte ja nicht einmal genau, wonach er eigentlich suchte...

Offensichtlich hatten sich seine beiden Experten geirrt. Hier gab es weit und breit nichts, das einen längeren Aufenthalt rechtfertigte. Die Analyse von Kor Trancs Datenspeicher hatte nichts Brauchbares ergeben. Möglicherweise waren Shanton und Doorn die ganze Angelegenheit völlig falsch angegangen...

Chris Shanton war derselben Meinung, weshalb er auf dem Flug hierher einige Nebendaten, die Doorn und er für unbrauchbaren Datenmüll gehalten hatten, noch einmal näher in Augenschein genommen hatte.

»Wenn man mit ein wenig Intuition hier und da etwas hinzufügt, bekommt man einen Vektor, der aus der Galaxis hinausweist«, erklärte er seinem Freund Arc Doorn und Ren Dhark.

»Einen Phantasie-Vektor«, meinte Dhark. »Dieser Richtungsweiser ist nichts weiter als ein Zufallsprodukt, entstanden aus obskuren Zahlenspielereien und wilden Spekulationen. Das Ergebnis Ihrer seltsamen Berechnungen kann zutreffen, Mister Shanton, oder auch nicht. Deshalb kann ich nur eines tun.«

»Verstehe«, meinte Shanton enttäuscht. »Schade, es wäre einen Versuch wert gewesen.«

»Das sehe ich genauso«, entgegnete Dhark grienend. »Darum werden wir dem Vektor auch folgen.«

*

Einen Tag später stieß die Besatzung der POINT OF auf einen erdgroßen Dunkelplaneten mit gefrorener Atmosphäre – exakt auf jenem Vektor, den Chris Shanton »errechnet« hatte. Er selbst war am meisten darüber erstaunt. Nur Jimmy hatte wieder mal alles längst gewußt, wenn man seiner vorlauten Behauptung Glauben schenken durfte…

Plötzlich spürte Ren Dhark heftige Kopfschmerzen. Von einer Sekunde auf die andere wurde er ohnmächtig.

6.

Irgendwo rotierte ein schwarzer Strudel aus heißem Gas oder Dampf oder verflüssigter Hirnmasse. Was auch immer, jedenfalls produzierte der verdammte schwarze Strudel grauen Nebel, und der graue Nebel füllte die ganze Welt aus. Konnte es sein, daß jenes *irgendwo* einzig und allein in seinem Schädel stattfand?

Die Fackeln in den grauen Nebeln über ihm waren möglicherweise gar keine Fackeln, sondern Sterne. Und er, er war möglicherweise gar kein Nachtfalter, sondern der Kommandant eines Frachtraumers, der irgendwo zwischen diesen Sternen eine Ladung texanischer Zuchtrinder abzuladen hatte? Wer zum Teufel brauchte in dieser Gegend der Galaxis texanische Zuchtrinder? Und was war das überhaupt für eine Sternengegend?

Wahrhaftig: Der schwarze Strudel rotierte in seinem Schädel! Er rotierte im Rhythmus eines Schmerzes, der ebenfalls in seinem Schädel stattfand. Würde der Strudel aufhören zu rotieren und grauen Nebel zu produzieren, wenn er die Augen öffnete? Würde der Schmerz aufhören zu klopfen? Vielleicht, vielleicht auch nicht. Himmel, was für ein Blödsinn – wie sollte er denn den Nebel und die Sterne sehen, wenn er die Augen nicht längst geöffnet hätte!

Übelkeit kroch ihm durch die Eingeweide wie heißes, ranziges Rizinusöl, und auf einmal wollte es ihm scheinen, als hätte er in seinem ganzen Leben noch keine derart symmetrisch angeordnete Konstellation von gleichhellen und gleichgroßen Sternen gesehen. So eine Sternkonstellation durfte es gar nicht geben.

Wieso lag er eigentlich flach? Und wieso stellte niemand den Signalton des Ortungsalarms ab?

Oh, dieser verdammte Schmerz! Oh, dieser verdammte Schädel!

Auf einmal schwebte ein Gesicht über ihm. Einfach so, von jetzt auf gleich und wie aus dem Nichts. Er sah etwas wie Augen, und er sah etwas wie einen Mund. Lächelte das Gesicht? Drohte es? War es das Gesicht eines Feindes? Er konnte die Mimik nicht deuten. Jemand fummelte an seinem rechten Arm herum.

Wer ist das? Wo bin ich? Was ist geschehen...?

Etwas perlte kühlend seinen rechten Arm hinauf, füllte sein Herz mit prickelnder Kälte, explodierte in seiner Brust und strömte schließlich in seinen Kopf. Das widerliche Gefühl von Rizinusöl in seinem Verdauungstrakt verschwand, er blinzelte in Licht über ihm.

Er war weder ein Nachtfalter noch der Kommandant eines Frachtraumers. Er lag auf einem Bett. Die Sterne über ihm waren keine Sterne, sondern Leuchtelemente in einer Decke. Zwischen ihm und der Beleuchtung schwebte das maskenhafte Gesicht eines Roboters terranischer Bauweise. Das rote Balkenkreuz auf seinem Brustschild kennzeichnete ihn als Sanitäter.

»Wo bin ich?« Ren Dhark fuhr hoch. »Was ist passiert?« Natürlich piepste auch kein Ortungsalarm, sondern die Herzfrequenzakustik des Vitalmonitors über dem Kopfende seiner Behandlungsliege.

»Sie befinden sich in der Medostation der POINT OF, Commander.« Der Sanitäter sprach mit ruhiger und höflicher Stimme, wie Roboter das nun einmal zu tun pflegten. »Ich habe Ihnen soeben ein Amphetaminpräparat injiziert. Offenbar hat es rasch gewirkt.«

Dhark blickte auf seinen rechten Arm: Eine Kanüle steckte in der Ellenbeuge. Der Roboter zog sie heraus, sprühte ein blutstillendes Wundplasma auf die Einstichstelle und zog den Ärmel der Bordkombi darüber.

Die Erinnerung kehrte zurück: Ein von Shanton ausgetüftelter Kursvektor, der Flug in die galaktische Randzone, der Dunkelplanet mit der gefrorenen Atmosphäre, blitzartige Kopfschmerzen, Filmriß...

Der Raumfahrer wollte sich aus dem Behandlungsbett schwingen. »Bitte bleiben Sie noch einen Moment auf der Kante sitzen, Commander Dhark«, sagte der Sanitätsroboter. »Ich weiß nicht, wie Ihr Kreislauf reagieren wird.« Dhark gehorchte. »Atmen Sie bitte mehrmals tief durch.« Dhark atmete tief durch.

»Bitte stell die Akustik des Monitors aus.« Er preßte die Fäuste gegen die Schläfen. »Mein Schädel...«

»Der Schmerz wird gleich nachlassen«, verhieß der Roboter. »Das Amphetaminpräparat enthält eine schmerzstillende Komponente...«

»Wie schön.« Der Signalton verstummte. An anderen Monitoren jedoch piepste es weiterhin. Während Dhark bewußt durchatmete, sah er sich im Behandlungsraum um. Auf neun weiteren Behandlungsbetten lagen neun Männer seiner Besatzung.

Zwei Betten weiter schob der kraushaarige Fähnrich Ahmad Azhari den Sani-Roboter zur Seite und richtete sich auf. Neben ihm preßte Bordastronom Jens Lionel die Fäuste gegen seine Schläfen. Ein Stück weiter lag Sergio Scaglietti, der kleine Fähnrich aus Sizilien, vollkommen reglos und mit geschlossenen Augen auf dem Bett. Auch den Fähnrich Haiko Häkkinen erkannte er, und zwischen zwei emsigen Robotern das schwarze Gesicht Manu Tschobes.

»Er braucht mindestens noch einmal die doppelte Dosis«, sagte eine Kunststimme hinter ihm. Ren Dhark drehte sich um: Im Bett zu seiner Rechten lag Chris Shanton. Vergeblich versuchten die Roboter ihn wachzuspritzen. »Geben wir ihm lieber gleich die dreifache Dosis.« Das Herzfrequenzsignal aus Shantons Vitalmonitor trillerte hektisch. Shanton aber schnarchte in gleichmäßigem Rhythmus.

»Versucht es doch mal mit Cognac«, quäkte eine Kunststimme außerhalb von Dharks Blickfeld. »Ich kann euch das Versteck in seiner Kabine zeigen.« Dhark beugte sich über das Bett. Zu Füßen das Sanitätsroboters hockte Shantons elektronischer Terrier. Der bemerkte ihn gleich. »Schon wach, Commander? Dieser rätselhafte Planet hat das gewisse Etwas, das einen sofort umhaut, wenn man nicht so robust gestrickt ist wie ich oder der Checkmaster, was?«

Ren Dhark schob sich aus dem Behandlungsbett. »Sind denn alle bewußtlos geworden?«

»Wenn man den Gerüchten unter den Robotern glauben will, schon.« Neben dem Commander tippelte der künstliche Hund zum Hauptrechner der Medostation. Dhark sank auf den einzigen freien Sessel davor. In den anderen drei hingen bewußtlose Mitglieder des Medopersonals. Roboter injizierten ihnen das Amphetaminpräparat.

Er holte Aufnahmen aus anderen Abteilungen der POINT OF auf die Bildschirme. Ob in der Kommandozentrale, im Waffenleitstand oder in der Kombüse – überall die gleichen Szenen: Sani-Roboter spritzten Männern und Frauen das Aufputschmittel oder waren eben im Begriff, es zu spritzen, und Männer und Frauen lagen reglos am Boden oder in Sesseln oder waren gerade im Begriff, sich aufzurichten.

»Dhark an Checkmaster – hast du das Schiff unter Kontrolle?«

»Vollkommen. Ich habe es von dem Dunkelplaneten wegmanövriert. Wir kreisen in einer Entfernung von zur Zeit 0,9 Lichtjahren um das unbekannte Objekt.«

»Sehr gut, Checkmaster. Ich warte, bis die Männer hier in der Medostation wieder einsatzfähig sind. Dann kommen wir in die Kommandozentrale. Bis dahin brauche ich deine detaillierte Analyse des Zwischenfalls…«

*

»… alles sah nach Routine aus.« Leon Bebir berichtete, wie er das rätselhafte Ereignis erlebt hatte. »Der Anflug gelang ohne Probleme, und ich habe auch keine erwartet, doch plötzlich haben mich diese rasenden Kopfschmerzen überfallen… tja, und dann gingen die Lichter aus.«

Fast alle Männer und Frauen mit Führungsverantwortung hatten sich im oder um den Kommandostand versammelt, und alle hatten das Ereignis ähnlich erlebt. Über der Balustrade der Galerie beugten sich Unteroffiziere und die Fähnriche und lauschten der Krisenkonferenz. In der Bildkugel in der Mitte der

Kommandozentrale schwebte der sonnenlose Planet. Seine gefrorene Oberfläche reflektierte ein paar ferne Sterne und eine kleine Nachbargalaxis. Kaum konnte man den galaktischen Vagabunden von der Schwärze des Alls unterscheiden.

»Wie weit waren wir zu diesem Zeitpunkt von ihm entfernt?« wollte Dhark wissen.

»Exakt 81 000 Kilometer«, antwortete der Checkmaster anstelle des Zweiten Offiziers.

»Eine Art Schutzschirm?« Anja Riker zog fragend die Brauen hoch.

»Ich habe eine Energiefront angemessen«, tönte die Stimme des Checkmasters. »Über ihre Quelle oder gar ihre Natur kann ich nach derzeitiger Datenlage nichts Endgültiges sagen. Diese fremde Energiefront brach in dem Augenblick zusammen, als die gesamte Besatzung bewußtlos wurde und ich die Steuerung des Schiffes übernahm. Die Wahrscheinlichkeit einer echten Gefährdung Ihrer Gesundheit oder gar Ihres Lebens erschien mir außerordentlich gering. Dennoch habe ich die POINT OF vorsichtshalber aus dem potentiellen Gefahrenbereich gesteuert und zugleich die Roboter der Medostation aktiviert.«

»Danke, Checkmaster.« Dhark blickte in die Runde. »Wie gehen wir damit um? Ich warte auf Ihre Vorschläge.«

»Wir sollten abdrehen«, sagte Hen Falluta, der Erste Offizier. »Zuhause warten schon genug Schwierigkeiten auf uns.«

»Ist schon was dran.« Chris Shanton rieb sich das Doppelkinn. Er war blaß und sah ziemlich zersaust und zerknautscht aus. »Wer über achtzigtausend Kilometer hinweg die gesamte Besatzung eines Ringraumers flachlegen kann, hat auch noch unfeinere Überraschungen auf Lager.«

Einige in der Runde nickten. »Vielleicht war das ja nur ein Warnschuß«, meinte Amy Stewart.

»Das mag sein«, meldete Arc Doorn sich zu Wort. »Vernünftiger wäre es wirklich, die Aktion abzubrechen. Allerdings sollten wir bedenken, daß wir nicht zufällig hier sind. Uralte Dateien aus dem Chronometer des toten Kor Tranc haben uns auf die Spur dieses Planeten gebracht.« Mit einer Kopfbewegung wies er auf das Zentralhologramm, in dem man den dunklen Eisplaneten mehr ahnte als sah. »Wenn wir abbrechen, zahlen wir dafür mit der Chance, vielleicht lebensrettendem Wissen auf die Spur zu kommen.«

Den meisten leuchtete es irgendwie ein, was Doorn sagte. Der Commander sah es den Gesichtern seiner Leute an. »Ein hoher Preis«, sagte Anja Riker. »Wenn man in Rechnung stellt, daß solches Wissen uns bei der Rettung der Sonne helfen könnte... ein zu hoher Preis.«

Hen Falluta räusperte sich. »Dennoch plädiere ich entschieden dafür, nach Terra zurückzukehren, Sir.« Der Erste Offizier blieb bei seiner Haltung. »Wir können es nicht verantworten, eine Landungstruppe loszuschicken. Das ist zu gefährlich.«

»Stimmt schon«, nickte Dan Riker. »Aber wir könnten eine Sonde losschicken.«

»Die würde aus der Nähe auch nicht wesentlich mehr Daten heranschaffen als der Checkmaster aus sicherer Entfernung«, brummte Arc Doorn.

»Wenn Sie die unbekannte energetische Front untersuchen wollen, wird eine Sonde nichts nützen«, meldete sich erneut die Stimme des Checkmasters. »Nach meinen Berechnungen besteht eine gewisse Wahrscheinlichkeit dafür, daß sie nur in der Nähe organischer Nervensysteme aktiv wird.«

»Du sagtest, die Front brach praktisch synchron mit dem Bewußtsein der Besatzung zusammen, Checkmaster?« erkundigte sich Manu Tschobe.

»Korrekt, Doktor.«

»Es wäre interessant zu erfahren, wie genau die Entstehung und der Zusammenbruch der fremden Energie mit der Annäherung menschlichen Bewußtseins korrespondieren.«

Ren Dhark winkte ab. »Ich will niemanden noch einmal diesen Kopfschmerzen und dieser Ohnmacht aussetzen.«

»Wir könnten einen Freiwilligen in einen Flash setzen, und wir könnten ihm einen Sani-Roboter mitgeben, der ihm im Notfall gleich das Amphetamin spritzt.« Arc Doorn gab sich keine Mühe, seine Neugier zu verbergen.

»Hm...« Der Commander stützte das Kinn auf die Faust. Er machte einen nachdenklichen Eindruck.

»Das wäre nicht einmal nötig«, sagte Manu Tschobe. »Ich verändere eine hohe Dosis des Mittels zu einem Depotpräparat, eine Stunde Laborarbeit, länger brauche ich dazu nicht. Dann wirkt es langsamer, aber über viele Stunden. Ich kombiniere es einfach mit einem speziellen Chlorid und einem Multivitamin.«

»Sie meinen, wir spritzen es dem Freiwilligen, bevor das Energiefeld ihn flachlegen kann?« fragte Dan Riker.

»Korrekt.«

»Hast du mitgehört, Checkmaster?«

»Jawohl, Commander.«

»Was sagst du dazu?«

»Nach den mir bisher vorliegenden Daten und meinen Wahrscheinlichkeitsberechnungen könnte das ein Weg sein, um zumindest die Natur der fremden Energie zu erforschen; vielleicht sogar, um bis zum Dunkelplaneten vorzudringen.«

»Also gut, probieren wir es.« Ren Dhark stand auf und stemmte die Fäuste in die Hüften. »Dann bleibt nur eines zu klären.« Herausfordernd blickte er sich unter den Männern und Frauen in der Kommandozentrale um. »Wer meldet sich freiwillig.«

»Ich, Sir! Ich, ich...!« kam es von oben. Dhark legte den Kopf in den Nacken. Auf der Galerie meldeten sich ein gutes Dutzend Besatzungsmitglieder für den Einsatz.

Er stieg aus der Kommandokonsole, ging ein Stück Richtung Bildkugel und drehte sich dann um. Von hier aus konnte er die Männer und Frauen hinter der Balustrade der Galerie besser sehen. Neben zwei oder drei Unteroffizieren meldeten sich sämtliche zehn Fähnriche, die an Bord der POINT OF ihre Offiziersausbildung absolvierten. »Also gut, schicken wir doch einen unserer eifrigen Fähnriche.«

»Mich, Sir! Mich, mich...!« Dhark kam sich vor wie im Grundkurs der Raumfahrtakademie. Der Nachwuchs dort oben riß sich tatsächlich um jedes Ruhmesblättchen. Er verschränkte die Arme vor der Brust und sah jedem ins Gesicht. Haiko Häkkinen? Kein verkehrter Mann für so eine Aufgabe. Oder Ahmad Azhari? Nein, lieber nicht. Ein hochintelligenter Junge mit strategischen Fähigkeiten, aber er hatte eine zu dünne Haut. Oder

Mario DeSoto? Nein, ein Heißsporn kam nicht in Frage. Vielleicht den Sizilianer? Allerdings war Sergio Scaglietti aus ähnlichem Holz geschnitzt wie Azhari; auch sein Nervenkostüm war nicht das robusteste. Bastjan Vanhaaren war zwar ziemlich widerstandsfähig, aber auch ziemlich phlegmatisch. Und abgenommen hatte er auch noch nicht. Oder Mary-Lou Bakerfield vielleicht? Nein. Eine Frau lieber nicht. Nach dem Einsatz würde sie ihr hübsches Näschen nur noch höher tragen, als sie es sowieso schon tat… nein.

Sein Blick wanderte zurück zu dem Finnen. Häkkinen gehörte zu den Männern, die so schnell nichts aus der Ruhe bringen konnte. Er vermochte selbst unter Streß ruhig und zielstrebig zu denken. Außerdem war er ein verdammt guter Beobachter, sonst hätte er sich auch kaum mit Exobiologie befaßt. Und von alledem abgesehen hatte er während der Mission auf dem Planeten der Kurrgen unter Dan Rikers Kommando eine recht akzeptable Figur gemacht.

»Danke, Herrschaften.« Ren Dhark winkte nach oben und deutete dann auf den Finnen. »Übernehmen Sie den Job, Häkkinen. Kommen Sie herunter zu uns, ich erkläre Ihnen, worum es genau geht…«

*

Noch vierhunderttausend Kilometer bis zum Planeten und knapp dreihundertzwanzigtausend bis zur kritischen Grenze. Er hatte nichts zu tun, saß nur im Pilotensessel, betrachtete die Anzeigen auf der Instrumentenkonsole und hörte der Stimme des Checkmasters zu. Sie meldete sich alle zwei Minuten und gab die aktuelle Entfernung durch.

»Der Checkmaster steuert Flash 009, Häkkinen«, hatte der Commander ihm eingeschärft. »Sie sind Passagier und sonst nichts, Fähnrich, ist das klar?«

»Sonst nichts, Sir?« hatte er sich gewundert.

»Nun ja, Passagier und Sensor, organischer Sensor, wenn Sie so wollen.«

Haiko Häkkinen hatte sich freiwillig gemeldet, also wollte er es so, also war er Passagier und organischer Sensor und sonst nichts. Fast zwei Stunden waren vergangen, seit der Chef ihm den Auftrag gegeben hatte. Und anderthalb seit seinem Start aus dem Flashdepot der POINT OF.

»Entfernung dreihunderttausend Kilometer«, sagte die Stimme des Checkmaster im Helmfunk. Flash 009 flog mit SLE-Antrieb und aktiviertem Intervallum, und er flog ziemlich schnell. Häkkinen hatte den Eindruck, die schwarze Kugel im Monitor über seinem Kopf würde von Minute zu Minute wachsen und die wenigen Lichtreflexe auf seiner Oberfläche von Minute zu Minute deutlicher zu sehen sein.

Für die Eigenrotation des Dunkelplaneten hatte der Checkmaster nur einen Annäherungswert bestimmt – mehr als siebentausend Terrajahre – so gering war sie. Sein Durchmesser betrug nach den letzten Berechnungen etwa zwölftausend Kilometer, seine mittlere Dichte etwa 5,53 Gramm pro Kubikzentimeter. Man konnte also von den gleichen Bedingungen ausgehen, wie sie auf dem Heimatplaneten herrschten – abgesehen von Temperatur und Licht.

»Entfernung zweihundertachtzigtausend Kilometer«, erklärte die Stimme des Checkmasters. Eigentlich unnötig, denn Häkkinen konnte die Entfernung zum Planeten auf den Anzeigen unterhalb des kleinen Ortungsbildschirms ablesen.

Noch mehr als zweihunderttausend Kilometer bis zur kritischen Grenze, an der die eigenartige Energiefront die POINT OF erwischt hatte. Häkkinen erinnerte sich an seinen Auftrag als »organischer Sensor« und spürte in sich hinein – nichts. Kein Kopfschmerz, kein Anflug von Schwindel, kein Kribbeln in den Fingerkuppen oder in der Zungenspitze oder sonstwo. Auch seine Wahrnehmung war ungetrübt. Manu Tschobe hatte ihn auf derartige Symptome vorbereitet. Allerdings fühlte er sich ein wenig nervös.

»Wie geht es Ihnen, Fähnrich?« Zur Abwechslung mal die Stimme des Commanders.

»Gut, Sir.«

»Sie schwitzen«, sagte der Checkmaster, »außerdem liegt Ihre Herzfrequenz über Ihren sonstigen Werten.«

»Hoffentlich hat er Ihnen nicht auch verraten, was ich im letzten Sommer gemacht habe, Sir.«

Im Helmfunk lachte der Commander. »Keine Sorge, Fähnrich. Er verrät uns nur Ihre Vitalwerte. Erhöhte Temperatur, Transpiration, Atem- und Herzfrequenz und so weiter hängen mit dem Amphetaminpräparat zusammen, das Dr. Tschobe Ihnen gespritzt hat. Wir haben Sie ja darauf vorbereitet.«

»Kein Problem, Sir.« Tatsächlich spürte Häkkinen seinen Herzschlag in den Schläfen, und heiß war ihm auch. Außerdem schossen ihm eine Menge Gedanken durch den Kopf, ungeordnetes Zeug zum Teil. Das Medikament schien ihn mächtig auf Touren zu bringen. Sie hatten ihm Elektroden auf die Haut geklebt. Die funkten seine Daten an den Bordrechner des Flash, und von dort war es nicht mehr weit bis zum Herz der POINT OF, dem Checkmaster.

»Entfernung zweihunderttausend Kilometer.«

Die schwarze Kugel im Monitor über seinem Kopf war schon wieder gewachsen. Der milchige Fleck am Äquator konnte eigentlich nur der Reflex des Sternenarms der Milchstraße sein, den der Planet erst vor kurzem verlassen hatte. Es mußte verdammt kalt sein da unten, am Äquator des dunklen Vagabunden. Wesentlich kälter jedenfalls, als es letzten Sommer an den Seen gewesen war, und da war es schon arschkalt gewesen, alles was recht war, so kalt, daß sie nur vor die Tür gingen, um sich im Schnee zu wälzen, wenn sie aus der Sauna kamen, oder wenigstens kurz in den See zu springen…

»Entfernung hundertsiebzigtausend Kilometer.«

… Karen und ihre Freundin Jolanda und deren Freund, ein Spanier, waren mit an die Seen im Südosten gefahren. Dem Spanier wurde es schnell zu kalt, nach vier Tagen hatte er die Schnauze voll und war abgereist. Allein. Na ja, und er, Haiko Häkkinen, war mit den beiden Mädels geblieben, zwei Wochen lang, und sie waren nur vor die Tür gekommen, um nach der Sauna in den Schnee und den See zu springen. Wie gesagt, Häkkinen würde ihn nie vergessen, den letzten Sommer…

»Wie fühlen Sie sich, Häkkinen?« Diesmal war es Tschobes Stimme.

»Bestens.« Häkkinen grinste. Das sah ja niemand.

»Sie scheinen sich eine Menge Gedanken zu machen.«

»So?« Richtig, auch in seine Frisur hatte der schwarze Doc ein paar Elektroden versenkt.

»Noch hundertzwanzigtausend Kilometer bis zum Planeten und noch vierzigtausend bis zur kritischen Marke.«

»Ich weiß schon, Sir.«

»Keine Sorge, Häkkinen.« Der Commander sprach jetzt wieder zu ihm; fast zuviel der Fürsorge – mußte der Finne das als Indiz für die Gefährlichkeit seines Einsatzes werten? »Wir behalten Sie ihm Auge, der Checkmaster kontrolliert den Flash. Es kann gar nichts schiefgehen, hören Sie?«

»Ich mache mir keine Sorgen, Sir.« Um eines allerdings machte er sich im Moment durchaus Sorgen: um seine Seidenraupenzucht zu Hause in Vaasa. In der letzten Post von seinen Eltern hatte sein Vater geklagt, daß die Temperaturen an der Küste nicht mehr über den Gefrierpunkt steigen wollten. Er hatte die Raupen ins Gewächshaus nehmen müssen und wollte nicht garantieren, daß er es warm genug für seine kleinen Lieblinge halten konnte. Schöner Mist. Und Karen und Jolanda hatten geschrieben, daß sie langsam Angst bekamen, weil es schon im zweiten Jahr nicht mehr Sommer werden wollte in Finnland. Sie wohnten jetzt zusammen in Helsinki, und ein Zimmer ihrer Wohnung gehörte ihm...

»Entfernung neunzigtausend Kilometer.« Die Stimme des Checkmasters.

»Wie geht's, Fähnrich?« Tschobe checkte ihn wieder durch.

»Keine Kopfschmerzen, kein Schwindel, kein Kribbeln, keine roten Flecken vor den Augen. Nur ein bißchen nervös.«

»Das ist das Depotmedikament. Noch knapp zwei Minuten bis zur kritischen Grenze. Wenn Sie von sich aus nichts zu melden haben, werde ich Sie von nun an im Zehnsekundentakt ansprechen.«

»Alles klar, Doc.« 88 000 Kilometer bis zum Dunkelplaneten, las Häkkinen unter dem Ortungsschirm, und achttausend dorthin, wo die Energiefront die Besatzung der POINT OF vor ein paar Stunden schachmatt gesetzt hatte.

»Sie sind okay, Häkkinen?«

»Alles im grünen Bereich, Doc.«

Die dunkle Planetenscheibe füllte jetzt fast ganz den gesamten Monitor der Außenkamera aus. Die Lichtreflexe der wenigen Sterne und des Spiralarms der Heimatgalaxis standen ihm irgendwie nicht schlecht...

»Fünfundachtzigtausend Kilometer.« Die freundliche Sachbearbeiterstimme des Checkmasters. Jetzt wurde Häkkinen doch ein wenig mulmig zumute. »Vierundachtzigtausend Kilometer.« Wenigstens hörte das amphetaminbeschleunigte Karussell in seinem Schädel auf zu rotieren. Er richtete seine ganze Aufmerksamkeit auf den Monitor und die Kontrollinstrumente.

»Wie fühlen Sie sich, Fähnrich?«

»Kann nicht klagen, Sir.«

»Dreiundachtzigtausend Kilometer.«

»Kopfschmerzen, Häkkinen?«

»Nein, Sir. Nur ein bißchen Durst.«

»Zweiundachtzigtausend Kilometer«, meldete der Checkmaster. »Ich orte ein ansteigendes Energieniveau.« Häkkinen hielt den Atem an. »Es sind Energiewellen.« Den Checkmaster konnte nichts aus der Ruhe bringen, Häkkinen an sich auch nicht so schnell, nur spürte er plötzlich einen Druck im Kopf. »Einundachtzigtausend Kilometer«, sagte der Checkmaster. »Das Energieniveau steigt nicht weiter an, es ist sogar wesentlich schwächer als vorhin bei der ersten Konfrontation.«

»Ich spüre einen leichten Kopfschmerz, Sir.« Häkkinen versuchte den Kloß im Hals hinunterzuschlucken. Die Heiserkeit in seiner Stimme gefiel ihm nicht. »Haben Sie mich verstanden, Dr. Tschobe?«

»Natürlich habe ich Sie verstanden, Fähnrich! Ihre Werte sind soweit okay. Wenn Sie den Schmerz nicht mehr aushalten, sagen Sie Bescheid, dann holen wir Sie zurück...«

»Es ist nicht schlimm, Sir.« Der Druck in seinem Kopf schrumpfte auf einen Punkt zusammen. Es war, als würde ein Gedanke sich unter seiner Schädeldecke materialisieren. Der Finne blickte hinauf zum Monitor. Wie ein dunkles Auge starrte der fremde Planet ihn an...

»Alles in Ordnung, Häkkinen?«

Er konnte nicht antworten, aus irgendeinem Grund konnte er plötzlich nicht mehr antworten...! Der verdichtete Gedanke in seinem Schädel rutschte ihm aus dem Gehirn, fiel ihm auf die Zunge, flutschte ihm über die Lippen. Wie ein schwarzes Auge starrte der Planet, wie ein Auge, wie ein Auge...

Häkkinen stieß einen Schrei aus.

»Häkkinen!« Die Stimme des Commanders rief seinen Namen im Helmfunk. »Melden Sie sich, Häkkinen!«

Auf einmal war der Kopfschmerz wie weggeblasen, der Druck sowieso. Der Fähnrich betrachtete die schwarze Kugel im Monitor, ganz entspannt fühlte er sich jetzt. »Dursun«, sagte er, und es klang fast ein wenig zärtlich. »Dursun...«

»Was ist los mit Ihnen, Fähnrich Häkkinen?« Der Commander meldete sich schon wieder.

»Was soll los sein, Sir?«

»Sie haben ›Dursun‹ gesagt.«

»Ja und?«

Ein paar Sekunden lang schwiegen die Stimmen im Helmfunk. Dann meldete Manu Tschobe sich wieder. »Dursun – ist das Finnisch, Häkkinen?«

»Blödsinn, Doc.« Häkkinen grinste und schüttelte zugleich den Kopf unter dem Helm. »So heißt der Planet, das wissen Sie doch.«

»Das weiß ich eben nicht.«

»Wollen Sie mich auf den Arm nehmen? Warum weiß ich es dann?«

*

»Entfernung zum Planeten neunundsechzigtausend Kilometer. Das Energiefeld schwächt sich weiter ab...«

Ratloses Schweigen herrschte zwischen den Männern und Frauen im Kommandostand, während der Checkmaster unbeirrt seine Meldungen machte.

»Entfernung siebenundsechzigtausend Kilometer. Das Energiefeld entspricht keiner mir bekannten Energieform. Die

Quantendichte und die elektromagnetische Struktur erinnert an eine Art Kommunikationswelle...«

»Wird Häkkinen wahnsinnig?« fragte Dan Riker besorgt.

»Schwer zu sagen.« Manu Tschobe blickte auf den Monitor, auf den der Checkmaster die medizinischen Vitalwerte des Fähnrichs übertrug. »Die Werte sind okay. Das elektromagnetische Bild der Hirntätigkeit weist nicht die Spur einer Abnormität auf. Insgesamt scheint mir der Fähnrich sogar ein bißchen ruhiger geworden zu sein.«

»Sollen wir ihn nicht vorsichtshalber zurückholen?« Hen Falluta setzt eine besorgte Miene auf. »Ich will auf keinen Fall ein Besatzungsmitglied verlieren.«

»Glauben Sie, ich will das, Hen?« Ren Dhark schwang seinen Kommandosessel zur Instrumentenkonsole. »Wie fühlen Sie sich, Häkkinen?«

»Ich fühle mich gut, Sir«, kam es aus den Schallerzeugern des Kommandostandes. »Sehr gut sogar, würde ich sagen.«

»Das freut mich.« Dhark winkte Chris Shanton zu sich. »Mr. Shanton wird Ihnen jetzt ein paar Fragen stellen, um zu testen inwieweit das fremde Energiefeld Ihre Konzentrationsfähigkeit beeinträchtigt hat. Einverstanden?«

»Von mir aus, Sir...«

Der Commander räumte seinen Sessel für den Wissenschaftler. »Ich will wissen, ob er noch bei Verstand ist«, flüsterte er. »Stellen Sie ihm ein paar entsprechende Fragen.«

Shanton nickte und ließ seine zweihundert Pfund in den Kommandosessel fallen. Dessen Hydraulik federte quietschend. »Shanton hier. Hören Sie mich, Häkkinen?« Der Finne bestätigte.

»Also, spitzen Sie die Ohren. Erste Frage: Wie hoch ist der Gewichtsunterschied zwischen sechs Dutzend Kilo Watte und einem halben Dutzend Kilo Tofirit?«

Die Männer und Frauen in der Zentrale sahen einander an. Konzentrierte Stille herrschte plötzlich, Dhark spürte förmlich, wie es arbeitete hinter den Stirnen. »Sechsundsechzig Kilo schätze ich mal, Sir.«

Arc Doorn und Anja Riker nickten fast gleichzeitig, und

Shanton sagte: »Für eine bloße Schätzung ziemlich präzise, Häkkinen. Nächste Frage: Wie heißt meine Katze?«

»Ich wüßte nicht, daß Sie eine Katze besitzen, Sir. Ich weiß nur von Ihrem falschen Terrier, und der heißt Jimmy und ist ein Roboter.«

»Und welche Zahl muß man durch sieben Achtel teilen, um acht Siebtel zu erhalten?«

Wieder Stille, wieder gerunzelte Stirnen, wieder konzentrierte Mienen. »Sie wollen mich aufs Glatteis führen, Sir! Eins, natürlich!«

»Okay, und jetzt nenne ich Ihnen ein Wort, und Sie bilden mir so viele neue Worte wie möglich aus den Buchstaben. ›Granatapfel‹, und Finger weg vom Bordrechner!«

»Wenn's unbedingt sein muß...« Häkkinens Stimme aus dem Funk klang nicht gerade erheitert. »Also: Granate, Apfel, Tafel, raten, para, lang, nagen, alt, Art, Graf, Tanga...« Über ein Dutzend Worte spulte er nur so herunter.

Shanton befragte ihn zur Terranischen Geschichte, zu seiner eigenen Biographie und stellte ihm schließlich noch ein paar mathematische Aufgaben, und nur bei einer, der letzten, kapitulierte Häkkinen.

»Alles klar, Fähnrich, weiter so.« Shanton räumte den Kommandosessel. »Die Aufgabe war auch nicht lösbar«, raunte er Ren Dhark zu. »Der Mann könnte nicht klarer bei Verstand sein.« Bewundernde Blicke begleiteten ihn, während er zurück zu seiner Rechnerkonsole stapfte.

»Flash 009 an Zentrale, was war das für ein Spiel, Commander Dhark?«

»Das war kein Spiel, Fähnrich, wir haben uns nur gefragt, warum ein vernünftiger Mann behauptet, den Namen eines Planeten zu kennen, den noch kein Mensch entdeckt, geschweige denn katalogisiert hat.«

»Das frage ich mich selbst, Sir. ›Dursun‹ – das schoß mir plötzlich durch den Kopf.«

»In Ordnung, Fähnrich. Der Checkmaster steuert Sie weiter Richtung Dunkelplanet. Wir haben ein Auge auf Sie.«

»Entfernung siebzehntausend Kilometer«, meldete der

Checkmaster. »Zweite Energiefront etwa zehntausend Kilometer vor dem Planeten angepeilt, identisch mit den bisher gemessenen Energiewellen.«

»Commander an Astronomische Abteilung! Versuchen Sie, die Energiewellen zu analysieren!« Bentheim, ein Astrophysiker, hatte Dienst und bestätigte die Anordnung.

»Entfernung fünfzehntausend Kilometer. Ich stoppe Flash 009, bis die Ergebnisse der Astronomen vorliegen.« Ren Dhark fand die Maßnahme des Checkmasters in Ordnung. Neben ihm sprach Manu Tschobe mit Häkkinen. Der Fähnrich verhielt sich vollkommen normal. Auch seine Vitalwerte erreichten nicht einmal annähernd einen Grenzbereich.

»Bentheim an Zentrale.« Endlich die astronomische Abteilung. »Wir kommen nicht weiter, Commander. Ich kann Ihnen leider nichts sagen, was Sie nicht schon wissen: Wellen einer unbekannten Energieform. Sie umgeben den Planeten wie ein Kugelschirm. Ich halte ihr Quantenmuster für Kommunikationswellen, aber fragen Sie mich bitte nicht, wer hier mit wem kommuniziert.«

»Verstanden.« Dhark blickte zu Falluta und Riker. In ihren Mienen las er die gleiche Ratlosigkeit, die auch er verspürte. »Einen Vorschlag bitte, Checkmaster.«

»Das Energiefeld in Planetennähe ist sehr schwach. Ich habe das Intervallum von Flash 009 deaktiviert, steuere ihn nun in die Umlaufbahn von Dursun. In circa sechs Minuten leite ich die Landung ein.«

»Hältst du das wirklich für eine gute Idee?« Der Eigensinn des Checkmasters beunruhigte den Commander. Auch in den Gesichtern Doorns, Shantons und der Rikers spiegelte sich Skepsis wider, in Fallutas sowieso.

»Auf jeden Fall für eine vielversprechende. Auf der Planetenoberfläche peile ich keine energetischen Muster an, auch keine technischen Einrichtungen, die auf Waffensysteme hindeuten könnten. Die Wahrscheinlichkeit eines Angriffs auf Flash 009 liegt nach meinen Berechnungen niedriger als 0,7 Prozent.«

»Haben Sie mitgehört, Häkkinen?«

»Ja, Sir.«

»Sind Sie einverstanden mit einer Landung?«

»Nun ja, Sir – der Planet sieht aus dieser Perspektive nicht besonders interessant aus. Ich fürchte, dort unten werde ich nicht einmal eine tiefgefrorene Amöbe finden. Aber ich habe mich freiwillig gemeldet, also will ich nun auch landen.«

»Okay.« Ein Grinsen flog über Dharks Miene.

Sieben Minuten später meldeten erst der Checkmaster und dann der Fähnrich das erfolgreich abgeschlossene Landemanöver. »Wie fühlen Sie sich, Häkkinen?« wollte Manu Tschobe wissen.

»Gut. Keine Kopfschmerzen, kein Schwindel, keine Schleier vor den Augen, nichts.«

»Was sehen Sie?« erkundigte sich Dhark. »Berichten Sie.«

»Verdammt finster hier unten, Sir. Schöne Aussicht auf unsere Heimatgalaxis allerdings. Ich schalte jetzt mal sämtliche Außenscheinwerfer an.«

Der Checkmaster holte die Außenaufnahmen von Flash 009 in das Zentralhologramm. Dhark und sein Führungsteam blinzelten geblendet, denn grelle Lichtreflexe leuchteten in der Bildkugel auf. Der Checkmaster dämpfte die Helligkeit, und jetzt sah man Lichtkegel auf einer Eisfläche.

»Eis, wohin ich blicke, Sir. Die gefrorene Atmosphäre von Dursun, schätze ich. Ziemlich flach hier übrigens.« Tschobe deutete auf den Monitor mit Häkkinens Vitalwerten. Seine Herzfrequenz war angestiegen, die Hirnaktivität hatte deutlich zugenommen. »Da gibt's allerdings eine Stelle, die sollte ich mir ansehen, Sir. Sie liegt nur ein paar tausend Kilometer entfernt von meiner Landeposition. Ich übernehme den Flash und fliege mal eben hin.«

»Den Teufel werden Sie tun, Fähnrich!« Dhark beobachtete die Daten und Bilder im Hologramm. Die Ortung des Flash hatte nichts Auffälliges angepeilt. »Wie kommen Sie überhaupt auf die Idee, Häkkinen? Was soll das für eine Stelle sein, und warum wollen Sie dort hinfliegen?«

»Keine Ahnung, Sir. Nur so ein Gefühl. Ich meine… soll ich nicht? Es muß eine verdammt wichtige Stelle sein. Ich muß dahin, unbedingt…«

7.

»Der Checkmaster wird Flash 009 nicht aus der Hand geben, haben Sie das verstanden, Fähnrich Häkkinen?« Das unerklärliche Verhalten seines Kadetten brachte den Commander ins Schwitzen.

»Bitte, Sir! Bitte lassen Sie mich dorthin fliegen...!«

»Nein, verdammt noch mal!« Dhark wurde laut. »Was ist plötzlich los mit Ihnen, Häkkinen? Reißen Sie sich zusammen!«

»Verstanden, Sir«, kam es kleinlaut zurück. »Es ist nur... es zieht mich nur irgendwie dorthin, ich kann es nicht erklären...«

Über die Bordinstrumente von Flash 009 sammelte der Checkmaster unzählige Daten von der Planetenoberfläche. Die Messungen ergaben nichts, was aus dem Rahmen fiel, schon gar kein Bauwerk, keine Eisformation oder ähnliches, was der Bordrechner als interessant einstufen wollte. Zwanzig Minuten nach Häkkinens Landung ordnete Dhark Start und Rückflug des Beibootes an.

»Schade«, funkte Häkkinen. »Ich wäre da echt gern hingeflogen...« Der Checkmaster führte die Manöver kommentarlos aus, allerdings aktivierte er das Intervallum von Flash 009 nicht.

»Der Flash fliegt bereits neunzig Kilometer über der Planetenoberfläche«, protestierte Ren Dhark. »Ein paar Minuten noch, und er wird in das rätselhafte Energiefeld eindringen. Aktiviere endlich das Intervallfeld, Checkmaster.«

»Nein.«

»Bitte?«

»Besser nicht, Commander Dhark.«

»Was soll das, Checkmaster? Ich will, daß du das Intervallum aktivierst oder mir exakt begründest, warum man es besser sein lassen sollte.«

»Schwer zu erklären, Commander Dhark. Sie würden wahrscheinlich sagen: ›Nur so ein Gefühl‹...«

Ren Dhark stutzte, und Dan Riker sagte: »Schon der zweite, der sich auf sein Gefühl beruft. Und das innerhalb von drei Minuten.«

»Wenn ein Fähnrich das tut, laß ich's mir noch gefallen.« Amy Stewart schüttelte den Kopf. »Aber so ein Spruch aus dem Sprachmodul eines Bordrechners macht mich einfach nur fassungslos...«

»Meine Intuition hat mich aber nicht getrogen.« Der Checkmaster hatte mitgehört. »Sehen Sie doch selbst: Soeben durchquert Flash 009 das energetische Kugelfeld, ohne daß Probleme entstünden.«

Der Checkmaster hatte recht. Erst als er Häkkinens Beiboot durch die Energiefront gesteuert hatte, aktivierte er das Intervallum. Vier Minuten später nahm das Flashdepot den Fähnrich und sein Gerät auf.

»Ich werde euch jetzt etwas zeigen«, kündigte der Checkmaster an.

»Worum geht es?« Vergeblich erkundigte der Erste Offizier sich nach der bevorstehenden Demonstration.

»Der Checkmaster scheint neuerdings eine Vorliebe für Überraschungen zu entwickeln«, raunte Dan Riker.

»Das gefällt mir nicht«, nörgelte Falluta. Dhark gefiel es auch nicht, aber er zog es vor zu schweigen.

»Beiboothangar an Zentrale.« Mike Doraners Stimme klang alarmiert. »Flash 009 schwebt unbemannt zum Neustart. Wonzeff ist sauer, und ich finde, er hat recht. Warum werden wir nicht informiert?«

»Beruhigen Sie sich, meine Herren«, sagte Dhark. »Wir haben ein kleines Abstimmungsproblem mit dem Bordrechner. Nichts von Bedeutung.« Er stand auf und verschränkte die Arme vor der Brust. »Commander an Checkmaster! Erkläre uns, was du vorhast!«

»Flash 009 hat die POINT OF verlassen«, meldete Timo Grappa. »Er beschleunigt, sein Intervallum ist aktiviert.«

»Ich will wissen und demonstrieren, was geschieht, wenn ein

Flash mit eingeschaltetem Intervallfeld in die fremdartigen Energiewellen fliegt.«

Dhark und seinem Führungsstab blieb nichts anderes übrig, als den Flug von Flash 009 erneut über die Ortungsinstrumente und in der zentralen Bildkugel zu verfolgen. Das Beiboot beschleunigte bis an die Leistungsgrenze seines SLE-Triebwerkes. In der Fußleiste des Ortungsschirms konnte Dhark die Flugdaten des Flash mitverfolgen: Er flog dem Energiefeld mit Höchstgeschwindigkeit entgegen. Und dann, kurz nachdem seine Entfernung zum Dunkelplaneten die 11 000 Kilometermarke unterschritten hatte, sackte die Geschwindigkeitsanzeige von einer Sekunde auf die andere bis auf null ab. Der Flash verschwand aus dem Hologramm, im Ortungsmonitor sah Dhark unzählige Trümmer und Splitter auseinanderspritzen...

*

Ein Aufschrei ging durch die Zentrale. »Himmel über Babylon!« entfuhr es Riker. »Wäre mein Privatgleiter mit Höchstgeschwindigkeit gegen eine Schiffswand aus Unitall geprallt, die Wirkung wäre ähnlich gewesen...!«

»Ein unsichtbarer Wall zehntausend Kilometer über der Planetenoberfläche...« Amy Stewart war nicht die einzige, die eine ungläubige Miene schnitt. »Wie konnte Häkkinen da einfach so durchfliegen?«

»Frag mich etwas leichteres!« Hektisches Treiben plötzlich an allen Arbeitsplätzen. Der Commander verlangte vom Checkmaster die Aufzeichnungen des unbemannten Flashfluges. Der Bordrechner schickte die Daten in das Zentralhologramm.

Acht-, neunmal verfolgte die gesamte Besatzung der Zentrale den Anflug auf das Energiefeld, den Zusammenprall mit der unsichtbaren Wand und die jähe Zertrümmerung des Flugkörpers.

»Wir können den Planeten gar nicht erreichen, Commander.« Falluta fühlte sich in seiner Position bestätigt. »Wenn die unbekannte Macht will, zermalmt sie uns zu Staub, genau wie den Flash.«

»Erlauben Sie, daß ich widerspreche«, ließ sich der Checkmaster vernehmen. »Das Energiefeld ist mir zwar fremd, aber der Datenlage nach unterschied es sich hinsichtlich seiner Intensität und Struktur bei der Zerstörung von Flash 009 nicht von seiner Intensität und Struktur in dem Augenblick, als der Fähnrich es passierte.«

»Du meinst, es lag gar nicht am Energiefeld, sondern am aktivierten Intervallum, daß Flash 009 zerschellte?« Dan Riker hakte nach.

»Einen anderen Schluß zu ziehen ist mir nicht möglich.«

»Also gut«, sagte Dhark. »Wenn Häkkinen ohne Intervallum auf dem Dunkelplaneten landen konnte, warum sollte das ein größeres Geschwader nicht auch können? Probieren wir es aus.«

»Wir sollten das nicht ohne Kampfroboter wagen«, gab Arc Doorn zu bedenken. »Und wir sollten die spezielle Ausrüstung für Landungsunternehmen auf unbekannten Planeten mitnehmen, einschließlich Prallfeldgeneratoren, Antigravpacks und Sprengstoff.«

»Sie haben recht, Arc, wir sollten uns gut vorbereiten.« Der Commander beugte sich über das Mikro für den Bordfunk. »Dhark an alle. Wir schicken einen Landungstrupp zu dem unbekannten Planeten hinunter. Ich übernehme das Kommando. Wir brauchen sieben Männer oder Frauen, die einen Flash steuern können...«

»Mindestens doppelt so viel, Ren«, raunte Amy von der Seite.

Dhark stutzte, zog die Brauen hoch und musterte seine Gefährtin einen Atemzug lang. Dann sprach er wieder in den Bordfunk. »Ich korrigiere: Ich brauche dreizehn Männer oder Frauen, die einen Flash steuern können. Sie fliegen mit mir, dann sind wir vierzehn. Jeder Pilot nimmt einen Kampfroboter und einen Ausrüstungssatz für Kampfeinsätze mit an Bord seines Beibootes. Der Einsatz ist freiwillig, ich habe aber konkrete Vorstellungen. Zunächst brauche ich vier Cyborgs. Ich dachte an Brack, Chronnow, Nunaat und Stewart...«

Keiner der Männer oder Frauen, die Ren Dhark persönlich und mit Namensnennung vorschlug, lehnte den Einsatz ab. Eine Stunde später waren die Flash mit Kampfrobotern und Spezialausrüstung beladen und startklar. Im Depot versammelten sich die dreizehn Piloten um ihren Commander und Einsatzleiter. Alle trugen die weißen Worgun-Raumanzüge, hatten aber die Helme noch nicht geschlossen.

Außer den vier Cyborgs flogen die beiden Flashspezialisten Mike Doraner und Pjetr Wonzeff mit. Auch Anja Riker und den Mediziner Gregor Hanfstik hatte Dhark um ihre Teilnahme an der Landung gebeten und neben ihnen noch vier weitere Wissenschaftler: den Bordastronomen Jens Lionel, den Astrophysiker Spence C. Bentheim, den Metallurgen Achmed Tofir und Jo Getrup, einen Kybernetiker und Grundlagenforscher. Die Gruppe der Fähnriche an Bord vertrat Mario DeSoto.

»Ich fliege mit Flash 003 voraus«, erklärte der Commander. »Wir werden uns dem Energiefeld mit extrem niedriger Geschwindigkeit nähern. Der Checkmaster kontrolliert den Einsatz. Er wird uns zu dem Gebiet lotsen, in dem auch Häkkinen gelandet ist. Danach sehen wir weiter. Also dann – viel Glück, meine Herrschaften.«

Dhark wandte sich seinem Flash zu und machte Anstalten, seinen Helm zu schließen. Doch dann drehte er sich noch einmal um. »Und daß mir niemand vergißt, sein Intervallfeld zu deaktivieren, wenn ich den Befehl dazu gebe...«

*

Der Anflug auf den Dunkelplaneten verlief ohne Komplikationen. 15 000 Kilometer über der fremden Welt setzte Dhark den angekündigten Befehl an die dreizehn Piloten seines Geschwaders ab: »Commander an alle – Intervallfelder ausschalten.«

»Verstanden...« kam es aus den anderen Beibooten.

Ren Dhark wartete, bis auch die letzte Vollzugsmeldung bei ihm eingegangen war. »Geschwindigkeit drosseln auf 0,001 Prozent Licht.« Nacheinander bestätigten die anderen. »Hat einer Kopfschmerzen oder eines der anderen Symptome?« Niemand meldete sich. »Gut. Ich auch nicht. Dann fliege ich jetzt voraus. Halten Sie Kurs und warten Sie weitere Kommandos ab.«

Sein Flash löste sich von der Spitze des Landungsgeschwaders. Zwar bremste auch der Commander sein Beiboot ab, doch er flog noch immer mit 0,003 Prozent Lichtgeschwindigkeit. Sein Geschwader fiel schnell zurück, bald sah er nur noch dreizehn Reflexe im Ortungsschirm.

Mit knapp sechzig Sekundenkilometern steuerte Dhark die energetische Wellenfront an. Elftausend Kilometer über der Planetenoberfläche drehte er das Beiboot um achtzig Grad und ging in eine Umlaufbahn. Zweimal kreiste der Commander um die energetische Wellenkugel und damit um den Planeten, dabei reduzierte er seine Geschwindigkeit um weit mehr als neunzig Prozent. Als er schließlich in einem sehr flachen Winkel in das Kugelfeld eindrang, flog er nur wenig schneller als neuntausend Kilometer pro Stunde.

Nichts geschah.

»Commander an Zentrale und Checkmaster.« Dhark beschleunigte Flash 003 wieder. »Ich bemerke keine Symptome an mir, und meine Maschine arbeitet einwandfrei.« In zwei oder drei Minuten würden die dreizehn anderen Beiboote das Energiefeld ebenfalls erreichen. »Irgendwelche Besonderheiten angepeilt?« Der Checkmaster verneinte. »Commander an Landungsgeschwader – reduzieren Sie Ihre Geschwindigkeit im Sekundentakt um zwölf Prozent und folgen Sie mir. Ich gehe in eine letzte tiefere Umlaufbahn und setze dann zur Landung an...«

Neun Minuten später setzten die vierzehn Flash nacheinander in der Nähe der Position auf, an der Stunden zuvor Fähnrich Häkkinen gelandet war. Das Summen der Triebwerke verebbte nach und nach, sehr still wurde es auf einmal.

Im Monitor sah der Commander die Außenscheinwerfer der anderen Flash. Über Helmfunk nahm er die Landungsmeldungen ab.

»Commander an alle – wir steigen aus. Anja, Brack und Chronnow übernehmen bitte die Kontrolle über die Kampfroboter. Schicken Sie die Maschinen in die Dunkelheit jenseits der Scheinwerferkegel. Sie sollen die Umgebung auskundschaften. Die anderen beiden Cyborgs bitte zu mir. Doraner und Wonzeff bleiben in den Maschinen. Behalten Sie diese Gegend von Dursun über die Ortung Ihrer Flash im Auge.«

Er wartete die Bestätigungen ab, öffnete danach die Luke und kletterte aus dem zylinderförmigen Kleinstraumer. Als die Sohlen seiner Stiefel die Eisfläche berührten, fiel ihm auf, daß er den Dunkelplaneten eben *Dursun* genannt hatte. Einerseits wunderte ihn das, doch andererseits: Warum eigentlich nicht? Schließlich hatte Häkkinen diese Welt so getauft.

»Wir stehen auf dem Eis von Dursun«, drang Lionels Stimme aus dem Helmfunk. Fast feierlich klang das, der Astronom hörte sich ein wenig so an, als wäre er gerade zu Hause angekommen.

»Eine finstere Eiswüste.« Die Cyborgs Amy Stewart und Kai Nuunat stapften dem Commander entgegen. Ihre Schritte verursachten keinerlei Geräusche. »Öde und trist auf den ersten Blick, und trotzdem hat Dursun was, findet ihr nicht?«

Die kegelförmigen Roboter schwärmten auf ihren Prallfeldern aus, Anja Riker sowie die Cyborgs Brack und Chronnow folgten ihnen ein Stück in die Dunkelheit hinein. Die anderen blieben in der Nähe des Commanders. Die Gruppe lief auf dem verschorften Eis etwa vierhundert Meter weit, bis sie den äußeren Rand der letzten Scheinwerferkegel erreichte. Die vollkommene Stille hatte etwas Gespenstisches.

»Nacht, wohin man blickt«, sagte DeSoto. »Nacht für immer und ewig.« Er schüttelte sich, als würde es ihn schaudern. »Warum fliegt Dursun zur Milchstraße hinaus, was glaubt ihr? Ist seine Sonne erloschen?«

»Nein«, sagte Bentheim. »Sie hätte sich ja vor dem Erlöschen über Millionen von Jahren aufgebläht und hätte Dursun geschluckt. Außerdem hätte ihn eine andere Sonne eingefangen.«

»Sind Sie da ganz sicher, Dr. Bentheim?« Dhark dachte an die Sonne im Heimatsystem. Erkaltete Sol nicht, ohne sich zuvor in einen roten Riesen verwandelt zu haben? Und würde die Sonne nicht sang- und klanglos erlöschen, ohne zuvor auch nur einen ihrer Planeten verschlungen zu haben?

Dhark blickte über das Eis und in die kalte Dunkelheit jenseits der Scheinwerferkegel, und es schnürte ihm das Herz zusammen. »Die Erde«, sagte der Commander leise und mit brüchiger

Stimme, »die Venus und selbst der Merkur werden bald als Eisklumpen und ohne jedes Ziel durch den interstellaren Raum irren wie Dursun, wenn es uns nicht ganz schnell gelingt, ihren Energieverlust zu stoppen...«

Eine Zeitlang herrschte betretenes Schweigen im Helmfunk. Alle sahen sie sich um, alle stellten sie sich die Erde als finsteren Eisvagabunden vor, und allen verdüsterte das Entsetzen die Mienen. »Wieso nennt denn jeder hier diesen Dunkelplaneten plötzlich Dursun?« Pjetr Wonzeff meldete sich aus Flash 001. »Komisch, in Gedanken nenne ich ihn auch schon so.«

»Ich nenne ihn Dursun, weil er Dursun heißt«, sagte Achmed Tofir. »Das ist doch klar, oder?«

Dhark horchte auf. »Haben Sie den Funkverkehr zwischen Häkkinen und der Zentrale mitgehört?« wandte er sich an den Fähnrich, den Metallurgen und den Astrophysiker. Alle drei hatten den Namen »Dursun« benutzt; genau wie er selbst.

»Was für einen Funkverkehr?« erkundigte sich Tofir verblüfft.

»Sicher habe ich ihn mitgehört«, bestätigte Bentheim. »Mit einem Ohr wenigstens. Wahrscheinlich habe ich den Namen bei der Gelegenheit aufgeschnappt.«

»Ich habe den Funkverkehr nicht mitgehört.« DeSoto machte große Augen hinter seinem Gesichtshelm. Ein paar Atemzüge lang blieb ihm der Mund offenstehen. »Vielleicht nenne ich ihn so, weil Miß Stewart...« Er unterbrach sich. »Nein, stimmt nicht. Der Name war schon während des Landeanflugs in meinem Kopf!«

»Mir ging's genauso«, bestätigte Dr. Hanfstik. »Und ich hatte Freiwache während Häkkinens Flug. Ich lag in meiner Kabine und habe geschlafen. Der Name flog mich an, wie einen Traumbilder anzufliegen pflegen.«

Alle anderen hatten exakt dieselbe Erfahrung gemacht, ohne Ausnahme.

Verstohlen sahen sie einander an, verblüfft die einen, erschrocken die anderen. Bedrückung machte sich breit. Dhark fröstelte. »Wie mysteriös«, sagte er leise. »Irgend etwas in dieser ewigen Eisnacht stellt uns auf mentalem Wege den Planeten vor, irgend jemand manipuliert unsere Gedanken. Das gefällt mir nicht, das gefällt mir ganz und gar nicht.«

»Ich habe so eine Ahnung, wie wir das Rätsel eventuell lösen.« Wonzeffs rauhe Stimme tönte aus dem Helmfunk. »Es gibt da einen Ort auf Dursun, wißt ihr, da kriegen wir die Antwort, da sollten wir hin...«

»Ja, sehe ich auch so.« Jo Getrup drehte sich um und deutete auf die andere Seite des von Scheinwerferkegeln erleuchteten Landeplatzes. »In dieser Richtung liegt er...«

»Wie eigenartig.« Dr. Hanfstik suchte Dharks Blick. »Etwas in mir drängt mich ebenfalls in diese Richtung. Ein Impuls, der nur sehr eingeschränkt meinem Willen unterliegt. Ziemlich unerklärlich, es ist tatsächlich wie im Traum, komisch...«

Dhark wurde immer unheimlicher zumute. »Was ist das, Ren?« flüsterte Amy. »Erst der Name, jetzt auch noch ein Ort. Ich kann diesen inneren Drang ebenfalls spüren...«

Bentheim schob sich an Dharks Seite. »Hat Häkkinen nicht auch was von einer Stelle gesagt, die er unbedingt anfliegen wollte?«

Der Commander nickte langsam. Alle sprachen plötzlich auffällig leise, alle sahen sich auffällig oft um. Die Nähe des Unheimlichen war mit Händen zu greifen. Dhark schluckte, sein Mund war trocken. Es fiel ihm schwer, aber er konnte sich nicht länger gegen die Einsicht sträuben: Auch ihn selbst zog es mit Macht in die Richtung, in die Getrup zeigte...

*

Sie baten ihn, sie bedrängten ihn, sie boten alle möglichen Argumente auf, um ihn zum Startbefehl zu bewegen und zum Flug an den Ort, den keiner von ihnen beschreiben konnte und den doch alle aufsuchen wollten; alle einschließlich des Commanders.

»Dhark an Riker – können die Roboter irgend etwas anpeilen?«

»Nein«, antwortete Anja Rikers Stimme im Helmfunk. »Bis jetzt noch nicht.« Sie und ihr Team arbeiteten irgendwo achthundert Meter von der Landungstruppe entfernt in der undurchdringlichen Dunkelheit. Von Zeit zu Zeit nur sahen die Zurückgebliebenen den Scheinwerferstrahl eines Roboters die Finsternis zerschneiden. »Wenn du mich fragst, Ren, dann sollten wir die Roboter zurückrufen, in die Flash steigen und in die Richtung fliegen, die unsere Intuition uns weist.«

»Ich frage dich aber nicht! Außerdem glaube ich nicht, daß dieser Drang etwas mit Intuition zu tun hat.« Der Konflikt zwischen dem Drängen seiner Leute und seinem eigenen Gefühl auf der einen und seiner Vernunft und Verantwortung auf der anderen Seite begann an seinen Nerven zu zerren. »Commander an Checkmaster! Hast du eine Besonderheit aus den Ortungsdaten gefiltert? Kannst du eine Stelle anpeilen, die sich von anderen Stellen auf diesem Finsterling unterscheidet? Irgend etwas, das anzufliegen sich lohnen könnte?«

»Nein, Commander, da ist nichts. Ich wiederhole: nichts.«

»Na gut.« Dhark fragte sich, woher diese fast übermächtige Versuchung kam, in diese eine ganz bestimmte Richtung zu fliegen? Und woher stammte die Überzeugung, in dieser einen ganz bestimmten Richtung etwas Großartiges zu finden? Normal war das nicht. Und vernünftig schon gar nicht.

»Bitte, Commander Dhark.« Zum dritten oder vierten Mal wandte sich Jo Getrup an ihn. »Fliegen wir doch einfach hin! Dann wissen wir, ob unsere Nerven verrückt spielen, oder ob dort tatsächlich des Rätsels Lösung auf uns wartet.« So flehentlich hatte Dhark den nüchternen Mediziner noch nie erlebt – und die meisten anderen auch nicht.

»Sie haben recht, Ren«, raunte Amy im Helmfunk. »Gib dir einen Ruck.«

Na gut, lag es ihm auf der Zunge, *na gut, fliegen wir hin und schauen nach, was Sache ist*, wollte er sagen. Der Commander war kurz davor nachzugeben; weniger wegen der hartnäckigen Bitten seiner Leute allerdings, als vielmehr wegen seines eigenen Verlangens, diesen einen, ganz bestimmten Ort endlich aufzusuchen. Doch eine Nachricht der Robotergruppe verhinderte seinen Startbefehl oder schob ihn zumindest auf.

»Kampfroboter neun hat symmetrische Strukturen unter dem

Eis angepeilt!« meldete Val Brack. »23,6 Kilometer entfernt und 33 Grad entgegen unseres Anflugvektors! KR elf bestätigt gerade!«

»Stimmt!« Aus Flash 005 meldete Mike Doraner sich über Helmfunk. »Jetzt habe ich's auch auf dem Ortungsschirm. Eine vereiste Erhebung, und unter dem Eis exakte geometrische Formen. Wenn die natürlichen Ursprungs sind, dann bin ich eine Konstruktion von Wallis Industries.«

»Wer weiß das schon so genau, Doraner«, knurrte Dhark nicht besonders freundlich. Und dann an die Adresse des ganzen Teams: »Roboter einsammeln, zurück in die Flash. Wir fliegen die Erhebung an.«

Sie stapften zurück zu den Beibooten. Die angepeilte Erhebung unter dem Eis lag keineswegs in jener Richtung, in die es jeden von ihnen zog, doch niemand protestierte. Schweigend kletterten sie in ihre Flash, warteten, bis ihre maschinellen Kopiloten hinter ihnen Platz genommen hatten, und starteten die Maschinen. Ren Dhark flog voran.

Gleich nach dem Start peilte die Ortung von Flash 003 die gipfelartige Ausstülpung im Eis ebenfalls an. Fünfundfünfzig Meter etwa ragte sie aus der gefrorenen Atmosphäre wie ein einsamer Stalagmit. Eine Spur zuwenig, um dem Checkmaster als Besonderheit ins Laserortungsauge zu fallen? Dhark konnte sich keinen Reim auf das Phänomen machen.

Zwei Minuten später erfaßten seine Außenscheinwerfer das Gebilde. Es ähnelte einem wuchtigen Eiszapfen mit breiter Basis und abgeflachter Spitze. »Tofir an Commander.« Die Stimme des Metallurgen tönte aus dem Bordfunk. »Unter der Eishülle peile ich Metall an. Ein relativ schweres Metall.«

»Verstanden.« Dharks Instrumente bestätigten die Messung des Astrophysikers. »Wir gehen bis auf dreihundert Meter heran, umkreisen das Ding und sammeln weitere Daten.« Flash 003 war dem Eisgebilde inzwischen so nahe, daß seine Scheinwerferkegel ein Stück in die Eishülle eindringen konnten. »Die Ortung erfaßt eine Rohrform«, sagte er in den Bordfunk. »Verschwommen erkenne ich sie schon mit bloßem Auge hinter der Eishülle. Sie reicht in eine Tiefe von mindestens siebzig

Meter. An Checkmaster: Warum konnte die Schiffsortung das Objekt nicht erfassen?«

»Checkmaster an Commander. Ich rechne gerade an einer Antwort auf diese Frage.«

»Durchmesser fünfzehn Meter«, funkte Anja Riker. »Vielleicht der Luftschacht eines Bunkers.«

»Oder ein Teil eines Raumschiffwracks unter dem Eis«, schlug DeSoto vor.

»Sieht mir eher nach einem Gebäude aus«, sagte Jo Getrup. »Nach einem Turm oder ähnlichem.«

»Landung in Kreisformation und auf einer Distanz von dreihundertachtzig Metern zum unbekannten Objekt«, ordnete der Commander an. Die Außenscheinwerfer reichten vierhundert Meter weit. Drei Minuten nach dem Befehl ging die letzte Vollzugsmeldung ein.

»Brack, DeSoto, Wonzeff und Getrup – schicken Sie bitte Ihre Kampfroboter zu diesem Turm oder was auch immer sich da unter dem Eis verbergen mag. Sie sollen den Eiszapfen unter Laserfeuer nehmen, im niedrigsten Energiemodus und solange, bis das Eis abgeschmolzen ist.«

»Verstanden«, kam es viermal aus dem Funk.

Auf seinem Monitor beobachtete Dhark die lichtüberflutete Eisregion und den Eiskegel in ihrer Mitte. Nach dreißig oder vierzig Sekunden tauchte ein Kampfroboter am unteren Rand des Bildschirms auf. DeSotos Roboter; der Fähnrich war nur zweihundert Meter rechts von Dhark gelandet. Durch das Scheinwerferlicht schwebte die Maschine der vereisten Erhebung entgegen. Bald entdeckte Dhark auch die anderen drei Kegel. Aus verschiedenen Richtungen näherten sie sich dem Zentrum der ausgeleuchteten Region.

Vierzig Meter vor dem einsamen Eisstalagmiten stoppten die Kampfroboter und eröffneten das Feuer. Feinste, im Scheinwerferlicht kaum wahrnehmbare Laserstrahlen trafen das Gebilde. Wo sie ins Eis eindrangen, stiegen Dampfwolken auf, trieben ein Stück in Schußrichtung davon und gefroren zu Eiskristallen, um zurück auf den Eisboden zu schneien. Bald hüllten Dampfwolken und Schneeturbulenzen den Eiskegel ein. Dampf und

Schneetreiben breitete sich rasch aus und verbarg schließlich auch die vier Kampfroboter vor den Blicken Dharks und seiner Flashpiloten. Alles geschah in vollkommener Stille.

»Die Kampfroboter stellen das Feuer ein«, meldete Wonzeff irgendwann. »Sie haben den Turm freigelegt.«

Die Ortungsinstrumente von Flash 003 bestätigten seine Meldung. Aus schmalen Augen spähte der Commander auf den Monitor. Rasch verwandelte sich der letzte Dampf in Schnee, und nach und nach senkte sich die Schneewolke rund um die Erhebung aufs Eis nieder. Bald konnte Ren Dhark die Roboter wieder erkennen. Schneekappen saßen auf den Spitzen ihrer Kegelkörper, auf ihren Antennen und auf ihren Waffenläufen. Und dann sah er auch das rohrartige Gebilde: Wände aus purem Gold reflektierten Licht von vierzehn Außenscheinwerfern...

*

»Ich fasse es nicht...«

»Himmel über Babylon...«

»Unglaublich...«

Aus dem Helmfunk flüsterte, stöhnte und seufzte es. Jeder machte seiner Fassungslosigkeit auf andere Weise Luft. Manchen verschlug es einfach nur die Sprache. Ren Dhark zum Beispiel. Die Hände auf den Armlehnen, kauerte er in seinem Pilotensitz und konnte seinen Blick nicht von der im Licht schimmernden Goldröhre wenden. Eine Station der Goldenen! Und das hier, auf einem sonnenlosen Eisplaneten im Außenbereich der Milchstraße! Alles hätte er erwartet, nur das nicht.

Nach ein paar tiefen Atemzügen reagierte er endlich. »Dhark an POINT OF – wir sind hier auf den höchsten Punkt einer goldenen Station gestoßen. Dhark an Landungstruppe – wir gehen auf zweihundert Meter heran. Amy, Brack, Dr. Bentheim, Anja und Dr. Getrup steigen bitte aus. Wir treffen uns am Goldturm. Die anderen bleiben, wo sie sind, und überwachen die Umgebung mit ihren Bordinstrumenten.«

Während die Bestätigungen eingingen, steuerte er den Flash um hundertachtzig Meter näher an den freigeschmolzenen Turm heran. Danach öffnete er die Luke, sprang in den Schnee und stapfte Richtung Turm. Die Luke knallte nicht, als sie hinter ihm in den Rahmen fiel, der Schnee knirschte nicht unter seinen Stiefeln, seine Stiefelsohlen knallten nicht auf dem Eis. Totenstille herrschte im aus Kälte geborenen Vakuum, und hätte sich von Zeit zu Zeit nicht eine Stimme aus dem Helmfunk gemeldet – Dhark hätte an der Funktionsfähigkeit seines Gehörs gezweifelt.

Amy und Val Brack schlossen sich ihm unterwegs an, Anja Riker und die beiden Wissenschaftler warteten bereits am Turm. Über fünfzig Meter hoch und fünfzehn Meter dick ragte er aus einer Schneehalde. An seiner Spitze ging die Rundwand in ein kuppelförmiges Dach über. Die sechs Terraner legten die Köpfe in die Nacken und spähten hinauf. »Hält einer von Ihnen das hier eventuell für etwas anderes als ich?« Jeder wußte, wovon Dhark sprach, und keiner hatte eine überzeugendere These.

Sie liefen ein paarmal um den goldenen Turm herum und klopften mit Fäusten oder mit Strahlerkolben auf die Wand. Sinnlos eigentlich, denn sie verursachten nicht das geringste Geräusch. Die Flash des Landungsgeschwaders und die Zentrale bestätigten die völlige Abwesenheit eines Energieniveaus.

»Unter uns liegt eine Station der Goldenen«, sagte Dhark schließlich. »Was sonst? Ich will hinein.«

»Und wie?« fragte Amy.

»Wie immer. Wir nehmen einen Flash, aktivieren das Intervallfeld und fliegen durch die Wand.«

»Der Turm hat nur einen Durchmesser von fünfzehn Metern«, gab Val Brack zu bedenken. »Fast ein bißchen wenig, um in seinem Inneren wieder gefahrlos das Intervall abzuschalten. Vermutlich ist kein Raum da drinnen groß genug, um einen Flash aufzunehmen.«

»Könnte ein Risiko sein, stimmt.« Dhark gab dem Cyborg recht. »Wie sieht es an der Basis des Turms aus?«

»Er reicht ziemlich genau dreißig Meter tief ins Eis«, antwortete Jo Getrup. »Direkt unter ihm konnten wir die Strukturen eines wesentlich breiteren Gebäudekomplexes anpeilen. Das scheint ihn zu tragen.«

»Gut. Legen wir einen Teil des Gebäudes frei. Vielleicht finden wir sogar einen Eingang dort unten.«

Hinter den Gesichtshelmen gingen Brauen hoch. »Mit Laserbeschuß?« fragte Brack.

»Wie sonst?«

»Das ist leichter gesagt als getan, Sir«, sagte Bentheim. »Denken Sie an die tiefe Eisschlucht, die entstehen würde. Und wohin mit dem vielen Schnee?« Der Astrophysiker machte eine Geste der Ratlosigkeit. »Er wird einfach in die Gruben schneien, die das weggeschmolzene Eis hinterläßt, und uns den Zugang versperren wie zuvor das Eis.«

»Wir müßten den Schnee wegschaffen, bevor er das tun kann.« Wieder drehte Ren Dhark eine Runde um den Goldturm. Er dachte nach. »Am besten schon den Dampf, bevor er wieder zu Schnee gefriert...«

»Nadelstrahl?« Amy zuckte mit den Schultern. »Würde Nadelstrahl auch Dampf in Energie auflösen?«

»Sicher«, bestätigte Anja Riker. »Aber die Energie würde die Gegend um den Turm möglicherweise in einen großen See verwandeln.«

»Einen See, der wieder zufriert, während einer von uns auf Tauchgang unterwegs ist. Nein.« Ren Dhark schüttelte den Kopf. »Wir brauchen eine andere Lösung.«

»Warum versuchen wir es nicht mit Antigrav?« schlug Bentheim vor.

»Gute Idee. Wonzeff, schicken Sie die anderen zehn Kampfroboter zu uns an den Goldturm. Wir brauchen ihre Antigravpacks.«

»Verstanden.«

Es dauerte kaum eine Minute, bis die Kampfmaschinen am Einsatzort erschienen. Dhark befahl den Robotern, die von ihren Zusatzaggregaten erzeugten Antigravfelder auf die Feuerzonen der vier anderen Maschinen auszurichten. Diese nahmen das Eis am Fuß des Edelmetallgebildes von vorn und von der Seite mit schwachem Laser unter Feuer.

Die aufsteigenden Dampfwolken gerieten in die Antigravfelder der ersten Roboterreihe und schwebten über sie hinweg, noch bevor sie wieder gefroren. Die zweite Roboterreihe führte das einsetzende Schneetreiben etwa hundert Meter weit vom Turm weg.

»Es funktioniert!« jubelte Wonzeff im Helmfunk. »Glückwunsch, Commander. Geniale Idee.«

»Gratulieren Sie Bentheim, Pjetr.« Dhark war zufrieden. An Amys Seite wich er vor der Grube zurück, die im Eis vor dem Turm entstand. Je tiefer und breiter sie wurde, desto höher wuchs die sichelförmige Schneehalde hinter dem Turm. Dennoch zog sich die Arbeit hin, und je weiter sie voranschritt, desto langsamer wuchsen Grube und Halde, denn Dampf und Schnee mit den Antigravfeldern aus der Grube heraufzuholen, dauerte naturgemäß länger, als sie direkt von der Oberfläche weg abzutransportieren. Nach einer Stunde aber klaffte eine sechzig Meter breite und zwanzig Meter tiefe Schlucht vor dem rätselhaften Turm.

Flash 001, 005 und 011 starteten und schwebten über der Schlucht, um die schmelzende Eisschicht von oben auszuleuchten. »Die Konturen des Gebäudekomplexes unter dem Eis sind bereits mit bloßem Augen zu erkennen«, meldete Mike Doraner.

»Riker an Dhark. Ihr solltet dort unten auf gar keinen Fall ein Intervallum aktivieren.« Der Commander antwortete nicht gleich. »Hörst du mich, Ren? Der Checkmaster warnt dringend vor der Aktivierung des Intervallums.«

»Schon verstanden, Dan. Nur – wie soll ich ohne Intervallfeld durch die Goldwände gelangen.«

»Ihr werdet einen Eingang finden, und wenn er verschlossen sein sollte, setzt ihr einfach Hy-Plastyt als Türöffner ein. Aber auf keinen Fall ein Intervallfeld!«

»Wir werden sehen.«

Zwei Stunden später warf eine leicht gewölbte Goldfläche das Scheinwerferlicht der Flash aus über fünfzig Meter Tiefe zurück – ein Dach. Aus ihm ragte der Goldturm herauf. Die Schneehalde hinter dem Turm war inzwischen dreißig Meter breit und vierzig Meter hoch. Die Schlucht vor dem Turm gähnte so breit, daß Dhark, Amy, Brack und die drei Wissenschaftler fast zurück bis zu ihren Flash ausweichen mußten.

Noch einmal eine Stunde danach ließ der Commander den Beschuß des Eises einstellen. Am Grund der entstandenen Eisschlucht hatten die Roboter zu diesem Zeitpunkt drei bis acht Meter hohe Teile des goldenen Gebäudekomplexes mit mindestens vierhundert Quadratmetern Dachfläche freigelegt. Aus ihm ragte die vordere Seite eines quadratischen Sockels, und aus dem Sockel, mit der Rückseite noch halb in die eisige Steilwand geschmiegt, stieg der Turm aus der Schlucht, durch die Lichtkegel der Scheinwerfer der fast sternenlosen Nacht über Dursun entgegen.

Die Roboter lenkten die letzten, bereits gefrierenden Dampfwolken vom Rande der Eisschlucht, die letzten Schneeschauer gingen über der weißen Halde nieder. Die erhob sich inzwischen bis zu fünfzig Meter hoch über dem Eis.

»Was für eine Szenerie«, sagte Amy. »Gold und Eis und Nacht und Schnee – so ungefähr habe ich mir als kleines Mädchen immer den Palast der Schneekönigin vorgestellt.«

»Mich erinnert das eher an ein paar meiner Alpträume aus den letzten drei Monaten«, entgegnete Dhark. »Aber schauen wir uns den Palast der Eiskönigin mal genauer an.«

Natürlich stand ihm schon die Erinnerung an die goldene Station im Inneren von Epoy vor Augen, und auch der Gedanke an die Balduren war ihm längst gekommen – sollten diese ungreifbaren Intelligenzen hier auf Dursun ihre Spuren hinterlassen haben? Weder sprach er seinen Gedanken aus, noch dachte er ihn weiter.

Sie stiegen in ihre Beiboote und flogen in die Eisschlucht hinunter, wo die Kampfroboter Goldwände auf insgesamt hundertzwanzig Metern Länge freigelegt hatten. Sie landeten vor dem etwa acht Meter hoch aus dem Eis ragenden Goldquader, der den Turm trug, und stiegen aus. Eine Zeitlang schritten sie die goldenen Mauern ab, aber sie fanden keinen Zugang – kein Tor, keine Tür, kein Fenster, nicht einmal die Öffnung eines Luftschachtes.

»Commander an Zentrale – hier kommen wir nicht auf gewöhnlichem Wege hinein, Dan.« Er beschrieb den Gebäudekomplex und die Größenverhältnisse. »Es wird uns nichts anderes übrig bleiben, als einen Flash mit aktiviertem Intervallfeld zu benutzen.«

»Tu das auf gar keinen Fall, Ren!« warnte Dan Riker. »Ich habe den Checkmaster noch einmal sämtliche Fakten seit der ersten Konfrontation mit der energetischen Wellenfront durchrechnen lassen. Nach seiner Einschätzung ist es lebensgefährlich, auf Dursun ein Intervallum auch nur zu aktivieren.«

»Das will mir nicht einleuchten!« Dhark hatte nie zu den Leuten gehört, die ohne schlagende Argumente einen Plan fallenließen, den sie sich einmal in den Kopf gesetzt hatten. »Gestein oder Unitall oder Gold – ein Objekt im Schutz des Zwischenkontinuums kann keine Materie aufhalten! Das habe ich selbst hundertmal erlebt! Warum soll das ausgerechnet hier und jetzt nicht mehr gelten?!«

»Checkmaster an Commander – die eigenwilligen Quantenmuster der energetischen Wellen veranlassen mich zu diesem zugegebenermaßen intuitiven Verdacht. Ich schlage Ihnen einen Versuch mit dem mit Robotern besetzten Beiboot vor.«

Dan Riker unterstützte diesen Plan energisch, und als auch Bentheim dazu riet, gab Ren Dhark nach. »Commander an Flash 001 – schicken Sie zwei Kampfroboter mit Flash 007 zu uns hinunter.«

»Verstanden, Sir«, bestätigte Pjetr Wonzeff. Dhark und seine fünf Begleiter zogen sich zweihundert Meter weit bis zur Eiswand zurück, die dem goldenen Gebäudekomplex gegenüberlag. Kurz darauf schwebte Amy Stewarts Flash dicht an der Steilwand bis zum Grund der Eisschlucht.

»Commander an Flash 007 – zehn Meter über uns stoppen.« Der Flash stoppte. »Commander an Checkmaster. Übernimm die Kontrolle von Flash 007. Steuere das Gerät mit dreißig Stundenkilometern zu dem goldenen Sockel unter dem Turm. Aktiviere fünfzig Meter davor das Intervallum! Sobald er innerhalb des Gebäudes gelandet ist, deaktiviere das Intervallfeld und laß die Roboter aussteigen und das Beiboot sichern.«

»Checkmaster an Commander – verstanden.« Der Flash flog an. Im Scheinwerferlicht von Wonzeffs und Doraners Flash glitt er dem goldenen Turmsockel entgegen.

»Commander an Wonzeff – dokumentieren Sie die Aktion.«

»Verstanden, Sir – ich speichere sämtliche Aufnahmen.«

Nach zwanzig Metern etwa hatte das Beiboot mit den Robotern an Bord die angewiesene Geschwindigkeit erreicht, nach hundert Metern meldete der Checkmaster die bevorstehende Aktivierung des Intervallums. Wie gebannt beobachtete die Gruppe um Dhark und Amy das Fahrzeug und den goldenen Gebäudekomplex. Noch achtzig Meter, noch siebzig, noch sechzig...

»Checkmaster an Commander – Intervallum aktiviert...«

Ein Augenzwinkern lang wollte es scheinen, als würde der röhrenförmige Rumpf des Flash sich einerseits verkürzen, andererseits aber an Durchmesser zulegen. Doch schon im nächsten Moment verformte die unsichtbare Hand eines Titanen die in der Länge schrumpfende Röhre zu einem flachen Ellipsoid. Zugleich stülpten sich metallene Tentakel aus dem Rumpf, nur um sofort wieder umgebogen und eingedrückt zu werden. Kreisförmig verlaufende Dellen schnürten das zerbrechende Beiboot an anderen Stellen ein, und hier und da lösten sich Schrauben, Wrackteile und eine zerbeulte Luke und schlugen unter dem immer skurriler sich verformenden Körper in Eis und Schnee ein.

Das alles spielte sich innerhalb weniger Sekunden und in vollkommener Stille ab. Kein Rauch entwickelte sich, man sah keinen Blitz, kein Feuer, keine Glut, und man hörte weder das Knirschen und Reißen von Metall noch das Splittern von Kunststoff noch den Lärm einer Detonation.

Auch als das ehemals dreieinhalb Meter lange und anderthalb Meter hohe Kleinstraumschiff zu einem formlosen Klumpen zusammengeballt am Fuß des Goldquaders einschlug, hörte Ren Dhark nicht die Spur von Lärm. Nur das Eis unter seinen Stiefeln vibrierte, und eine aufspritzende Fontäne aus Eis und Schnee verhüllte einen Atemzug lang die goldene Fassade und den Fuß des Turms...

8.

Sekundenlang herrschte Chaos im Helmfunk. Jeder wollte den Commander sprechen – Wonzeff, Dan Riker, der Checkmaster und die Flashbesatzungen am Eiskraterrand. Bis er selbst den Schock verdaut hatte und in das allgemeine Stimmengewirr hineinrief: »Es geht uns gut!« Er stemmte sich auf die Knie und richtete sich aus Schnee und Eis auf. Das Chaos im Helmfunk legte sich. »Commander an alle – keine Sorge! Es geht uns gut hier unten.«

Nach und nach standen auch seine Begleiter wieder vom Eis auf. Die ganze Gruppe war vor herangeschleuderten Eisbrocken in Deckung gegangen. Jetzt wischten sie sich den Schnee vom Helm und von den Schultern. Bis zu ihrem Standort waren Eispartikel und Schnee aus dem Einschlagkrater niedergegangen, den die Überreste des Beibootes ins Eis geschlagen hatten.

»Commander an Checkmaster – wir haben Flash 007 mit zwei Kampfrobotern an Bord verloren. Hast du Veränderungen in den energetischen Wellenfronten messen können, während der Flash zusammengefaltet wurde?«

»Nein.« Dhark wartete auf einen Kommentar, aber mehr als diese knappe Antwort war dem Bordhirn der POINT OF nicht zu entlocken.

»Und?« Riker meldete sich. »Noch immer Lust, mit eingeschaltetem Intervallum in die Station einzudringen?« Seine Stimme klang ein wenig sarkastisch, und Dhark zog es vor, die Frage zu überhören.

»Flash 001 an Commander – was jetzt, Sir?«

»Zuerst verlassen wir mal diese Eisschlucht, Wonzeff«, knurrte Dhark.

»Eine vernünftige Entscheidung, Ren.« Anja war mehr als

einverstanden. Val Brack und die drei Wissenschaftler ebenfalls. »So langsam bekomme ich Beklemmungen hier unten.« Lautlos stapften sie durch Schnee und Eishaufen zu ihren Flash.

»Zentrale an Commander.« Wieder Rikers Stimme im Helmfunk. »Wir haben hier noch einmal die Standpunkte ausgetauscht, Ren. Bis auf Arc sind alle dafür, daß ihr zurück zur POINT OF fliegt. Es besteht keine Möglichkeit, in die goldenen Station einzudringen. Also gibt es keinen Grund, sich noch länger mit dem Dunkelplaneten zu beschäftigen.«

»Schon möglich.« Dhark winkte, als die anderen vier sich von ihm trennten, um zu ihren Flash zu gehen. »Andererseits scheint mir Dursun ein völlig harmloser Planet zu sein – vorausgesetzt, man läßt die Finger von den Aktivierungstasten für das Intervallum. Was also spricht dagegen, sich noch ein Weilchen hier umzusehen?«

Er erreichte Flash 003 und flog ihn aus dem Schacht. Oben auf dem Eis landete er neben seiner Cyborg-Freundin, die in ihrem Raumanzug etwas verloren dastand. Er öffnete die Außenluke und stieg ein.

Amy kletterte in den Sitz hinter ihm.

»Die Dringlichkeit der Situation im Heimatsystem sollte uns an weiterer Zeitvergeudung auf Dursun hindern, Commander.« Jetzt schaltete Hen Falluta sich ein. »Dieser Auffassung sind wir fast alle hier in der Zentrale. Der Zweite Offizier, Mr. Shanton, Oberstleutnant Riker, Leutnant Grappa – und Dr. Tschobe vertritt sogar die Ansicht, daß jenes rätselhafte Energiefeld auf die Dauer die Hirntätigkeit aller Teilnehmer der Landungstruppe verändern kann.«

»Und mit welchem Argument unterstützt Arc Doorn meine Position?« Dhark schloß die Luke und startete das Beiboot.

»Doorn an Commander.« Der Worgun in Menschengestalt meldete sich persönlich. »Mich erinnert das hier an gemeinsame Erlebnisse und Erfahrungen, an die Sie jetzt vermutlich auch denken.« Er sprach von der Station auf Epoy und von den sagenumwobenen Balduren; wovon sonst? »Sie wissen, daß ich das Schicksal zugleich achte und fürchte, Commander Dhark. Es hat uns auf die Spur der Dateien gesetzt, die wir bei dem toten Kor Tranc entdeckt haben. Es hat uns hierher an den Rand der Milchstraße geführt, also will es uns hier etwas Neues lernen lassen.« Für Arc Doorns Verhältnisse war das schon ein gewaltiger Wortschwall. An sich galt er als äußerst wortkarg.

»Verzeihen Sie, Mr. Doorn.« Fallutas Stimme im Helmfunk klang ziemlich gepreßt. »Aber so einen Unsinn habe ich schon lange nicht mehr gehört.«

»Eine wirklich logische Argumentation klingt tatsächlich anders.« Dhark betrachtete die im Monitor vorbeigleitende Eiswand. »Wir werden also zurück zur POINT OF kommen.«

Nacheinander stiegen auch die anderen Flash über den Kraterrand. Das Licht ihrer Außenscheinwerfer blendete Dhark. Er schloß die Augen.

»Andererseits und obwohl sie nicht logisch ist, hat Arcs Argumentation einen entscheidenden Vorteil: Sie gefällt mir. Deswegen werden wir vor unserer Rückkehr zum Mutterschiff noch untersuchen, was das für mysteriöse Orte sind, zu denen es jeden von uns hier unten hinzieht.«

»Das ist nicht dein Ernst, Ren!« nölte Dan Riker.

»Eine sehr gute Idee, Sir!« Wonzeff klang begeistert.

»Ich warne dich, Ren Dhark«, schnarrte der Checkmaster.

»Endlich«, riefen Hanfstiks und Getrups Stimmen aus dem Helmfunk. Ähnlich äußerten sich auch alle anderen Mitglieder der Landungstruppe. Widerspruch kam nur von der POINT OF. Dhark hörte nicht darauf.

»Commander an alle: Wir starten im Minutentakt, der Flash mit der höchsten Ordnungszahl zuerst, Flash 001 zuletzt. Amy bleibt bei mir. Nehmen Sie die Kampfroboter an Bord und steuern Sie ihre Beiboote manuell. Fliegen Sie einfach dorthin, wo Ihre sogenannte Intuition Sie hindrängt. Allerdings will ich alle zwei Minuten Ihre Positionsmeldung hören.«

»Checkmaster an Commander. Ich wiederhole: Ich kann dich nur warnen, Ren Dhark.«

»Tu das. Hauptsache, du überwachst die Kurse sämtlicher dreizehn Flash der Landungstruppe. Los geht es, Flash 027!«

Über Sichtkontakt im Monitor und auf den Schirmen der Ortungsinstrumente verfolgten Dhark und Amy Stewart den Start von Flash 027 mit DeSoto an Bord. Sechzig Sekunden später folgte Dr. Hanfstik in Flash 023, eine Minute danach Spence Bentheim in der 021 und so weiter. Zugleich ging DeSotos Positionsmeldung ein.

Als sechs Minuten später mit dem Cyborg Chronnow in Flash 011 der neunte Pilot seinen Start meldete, rief Dhark die bisher eingegangenen Positionsmeldungen auf seinen Navigationsbildschirm. Ohne die Rechenkünste des Bordcomputers in Anspruch nehmen zu müssen, sah er seine Ahnung gleich auf den ersten Blick bestätigt. »Sie fliegen alle in dieselbe Richtung«, sagte er über Bordfunk.

»Wundert dich das?« fragte Amy.

»Nein. Es wundert mich nicht. Wenn wir dran sind, übernimmst du die Steuerung. Ich will sehen, ob du den gleichen Kurs nimmst. Ich selbst kenne jetzt die Flugrouten der anderen, das könnte mich beeinflussen.«

»Einverstanden.«

In den nächsten vier Minuten starteten die letzten Beiboote: Flash 005 mit Mike Doraner, die 003 mit dem Commander und Amy Stewart, die 002 mit Anja Riker und zuletzt Pjetr Wonzeff in der 001.

Außer dem Scheinwerferkegel des eigenen Beiboots sah Dhark keinen weiteren Lichtschimmer in der ewigen Eisnacht von Dursun. Nur über dem Horizont lag der schwache, milchige Lichtschleier des Milchstraßenhauptarms.

Dennoch stellte sich das Gefühl von Einsamkeit keinen Augenblick lang ein. Schließlich saß nun Amy hinter ihm, und die beiden nächsten Flash flogen nur eine Minute entfernt. Auf dem Ortungsschirm konnte er ihre Reflexe sehen und die der anderen zehn ebenfalls.

»So habe ich mir das vorgestellt«, sagte er. »Wir scheinen alle ein und dasselbe Ziel zu haben.«

Und so war es!

Sie erreichten den Rand einer Senke, kreisrund und gut fünfzig Kilometer durchmessend. Die Eishänge im Scheinwerferkegel fielen in flachem Winkel ab, der Talboden war eben wie ein Parkett, und unter seinem Eis erfaßten die Ortungsinstrumente eine Fläche ohne die geringste Erhebung. Dieser Ort war künstlich angelegt worden, soviel stand fest.

Im Zentrum der exakt runden, topfebenen Fläche kreisten bereits Scheinwerferkegel von zehn Flash des Landungskommandos.

»Hier ist es. Spürst du es auch, Amy?«

»Ja«, flüsterte ihre Stimme im Helmfunk. »Hier sollten wir von Anfang an hinfliegen. Und jetzt sind wir da...«

*

Wer oder was auch immer es war, dessen Anziehungskraft die Terraner so wenig widerstehen konnten – die Quelle seiner mentalen Kraft lag jedenfalls irgendwo im Zentrum der Talsenke unter dem Eis. Jeder spürte es, auch der Commander.

Ren Dhark ließ die dreizehn Flash in einem Umkreis von dreihundertfünfzig Meter rund um dieses Zentrum landen, so daß ihre Scheinwerfer eine Kreisfläche von etwa siebenhundert Metern Durchmesser ausleuchteten. Wie alle anderen auch hatten er und Amy schon im Anflug etwa ein Dutzend kleinerer Objekte im Zentrum des Eistals entdeckt, doch keiner konnte sie exakt erkennen oder identifizieren. Die meisten hielten sie für überfrorene Turmspitzen einer goldenen Station.

»Commander an Doraner, Chronnow und Nunaat – Sie bleiben in Ihren Flash, sichern unseren Vorstoß und behalten die Umgebung ortungsmäßig im Auge.« Die Befehlsbestätigungen ließen auf sich warten. »Commander an Doraner, Chronnow und Nunaat – warum antworten Sie nicht?« Dhark wurde unwillig.

»Doraner an Commander – ich denke, zwei Mann reichen für...«

»Ich will aber auch ins Zentrum des Tales!« fiel ihm der Cyborg Nunaat ins Wort. »Könnte nicht ein anderer...«

»Und was ist mit mir?« zeterte Igor Chronnow. »Ich denke, als Cyborg habe ich mehr zu bieten, als nur in einem Flash die Stellung zu...!«

»Was zum Teufel ist in Sie gefahren!« Dhark wurde laut.

»Seit wann werden meine Befehle diskutiert?! Der nächste, der widerspricht, hat mit disziplinarischen Konsequenzen zu rechnen!« Keiner reagierte. »Ich wiederhole: Doraner, Chronnow und Nunaat bleiben in ihren Flash, sichern unseren Vorstoß und behalten die Umgebung im Auge!«

Jetzt bestätigten die beiden Cyborgs und der Flashspezialist ohne weitere Verzögerung.

Die anderen stiegen aus ihren Beibooten und holten auch die Roboter auf das Eis. Dhark ordnete an, die zwölf Maschinen als Vorhut zweihundert Meter vorausmarschieren zu lassen. Die Kampfroboter schwebten über dem Eis ins Zentrum des beleuchteten Plateaus. Und während der Maschinenring um das Zentrum sich immer enger zog, näherten sich hinter den Robotern auch die elf Menschen von allen Seiten den Erhebungen in der Mitte der Talsenke.

Das Verhalten seiner Leute beunruhigte den Commander. Eine mental wirksame Kraft, die kampferprobte Männer wie Doraner dazu brachte, an einem Befehl herumzunörgeln? Zweifel beschlichen den Terraner. War es wirklich ratsam, diesen mysteriösen Ort aufzusuchen?

Eine sinnlose Frage im Grunde – ihn selbst zog es ja mit immer größerer Macht dorthin, wo die Ränder der Scheinwerferkegel sich überschnitten. Hätte er überhaupt noch umkehren können, wenn er gewollt hätte? Ren Dhark ließ es lieber nicht auf einen Versuch ankommen.

»Die Eisschicht ist hier nur zwei bis drei Meter dick, Sir«, meldete sich Bentheims Stimme aus dem Helmfunk. »Darunter peilen wir geometrische Strukturen an. Die können eigentlich nur von Gebäuden stammen. Vielleicht noch von Bergwerksschächten.«

»DeSoto an Commander – es sind Steine, genau elf Steine!«

»Wie – ›Steine‹...?« Dhark glaubte, der Fähnrich würde von den Formationen unter dem Eis sprechen.

»Die Objekte im Zentrum der Senke!« DeSotos Stimme klang ein wenig atemlos. »Elf hohe Steine«!

Im gleichen Moment meldete der Roboter KK 10 elf steinerne Objekte von drei Metern Höhe und einem bis anderthalb Metern

Durchmesser. Nach Angaben der Kampfmaschine ragten sie auf einer Fläche von wenigen hundert Quadratmetern aus dem Eis.

Plötzlich wurde es Dhark bewußt, daß er längst seine Schritte beschleunigt hatte. Und nicht nur er – alle hatten es auf einmal sehr eilig, ins Zentrum der Eisfläche zu gelangen und die ominösen Steingebilde zu sehen. Schon machten Getrup, Hanfstik, Tofir und Brack Anstalten, die Vorhut der Roboter zu überholen. »Commander an alle – keiner überholt mir die Vorhut!« Der Konflikt zwischen der eigenen Neugier und der Verantwortung für seine Leute zerrte an seinen Nerven. »Commander an Kampfroboter – fünfzig Meter vor den Steinen stoppen!«

Bald sah er sie selbst, die rätselhaften Erhebungen. Sie waren dunkelgrau und schienen nur von einer dünnen Eisschicht überzogen zu sein. Sie standen zu einem präzisen Kreis angeordnet und in einem Abstand von etwa fünf Metern voneinander.

Die zwölf Kampfroboter stoppten und senkten ihre Kegelkörper auf das Eis hinunter. Dhark trat durch die Lücke zwischen KK 7 und KK 6. Da lag er, der Kreis der Steinsäulen. Hätten die Scheinwerferkegel der Flash nicht jede Säule mit einem Dutzend Schatten umkränzt – er hätte an ein prähistorisches Heiligtum erinnert.

Jeder einzelne der Steine hatte eine relativ breite Basis und verjüngte sich nach oben hin etwas. Der Kreis, den sie bildeten, durchmaß zwanzig bis fünfundzwanzig Schritte. »Commander an Doraner – was sagen Ihre Ortungsgeräte zu den Steinen?«

»Nicht viel. Mineralsalze, Nickelsulfid, ein paar kristalline Strukturen, ein paar unbekannte Metalle. Fels eben, nichts Besonderes, jedenfalls auf die Entfernung nicht. Das Material der Gebäudeformationen unter der Eisschicht konnten die Bordrechner bisher nicht analysieren.«

Ren Dhark ging bis auf zehn Meter an die Steine heran. Sie waren relativ unregelmäßig geformt, jedenfalls nicht abgeschliffen. Wie Menhire in prähistorischen keltischen Siedlungsgebieten sahen sie aus. Der Kreis dagegen, den sie bildeten, war ziemlich präzise ein Kreis.

Zwischen zwei Steinen hindurch betrat Ren Dhark die rätselhafte Stätte. Aus ihrer Mitte spürte er deutlich den »Ruf« jener mentalen Kraft, die sie hierher gelockt hatte. Langsam ging er bis zur Mitte, dabei drehte er sich ein paarmal um sich selbst und betrachtete und zählte die eisüberzogenen Menhire. Tatsächlich: Es waren elf. Der Abstand zwischen ihnen war genau gleich groß, etwa fünfeinhalb Meter. Nur zwischen zwei Steinen klaffte eine Lücke von etwa elf Metern.

In der Mitte des Kreises blieb der Commander stehen, drehte sich um und winkte den anderen. »Kommen Sie zu mir, Herrschaften! Kommen Sie, und schauen Sie sich das selbst an!«

Die anderen zehn ließen den Schutzring der Kampfroboter hinter sich und liefen zu den Menhiren. Niemand ließ sich übermäßig viel Zeit, alle wollten so schnell wie möglich zu jener Stelle gelangen, an die eine unerklärliche Regung ihres Geistes sich hinsehnte.

»Commander an Doraner – elf Menhire in einem Kreis von ungefähr zwanzig Metern Durchmesser…« Er beschrieb genau, was er sah. »Schicken Sie die Informationen an die POINT OF. Dazu alle Daten, die Ihre Instrumente über die Steine erhoben haben. Der Checkmaster soll den ganzen Zauber noch einmal analysieren.«

»Verstanden, Sir«, tönte es aus dem Helmfunk.

Nach und nach versammelten sich die anderen am Steinkreis und um ihren Commander. Sie blickten sich um, die Augen mancher wurden groß und glänzten wie die Augen von Kindern. Jo Getrup, Pjetr Wonzeff und Gregor Hanfstik liefen sofort in die Mitte des Kreises.

Der Bordastronom Jens Lionel wandelte von Stein zu Stein, verharrte neben jedem und legte seine Hand auf die dünne Eisschicht. Dabei blickte er hinauf in den schwarzen Himmel über Dursun, als wollte er die Sternkonstellation prüfen. Es funkelten aber kaum Sterne über ihnen, denn die Masse der Milchstraße befand sich zu diesem Zeitpunkt auf der anderen Seite des Planeten.

Spence C. Bentheim und Achmed Tofir schabten auf der Eisoberfläche der Steine herum und klopften mit Spezialhämmerchen aus Kunstdiamanten dagegen. Das Klopfen und Schaben war genauso wenig zu hören wie die vielen Schritte auf dem

Eis. Der Astrophysiker und der Metallurge holten kleine Sonden aus den Beintaschen ihrer Schutzanzüge und setzten sie auf die bearbeitete Stelle des Menhirs. Offensichtlich entnahmen sie Mikroproben des Gesteins, um es mit ihren Taschenlabors genauer zu analysieren.

Amy Stewart, Anja Riker, Mario DeSoto und Val Brack hielten sich an der Seite ihres Commanders. »Es müssen einmal zwölf Steine gewesen sein«, sagte Amy und deutete auf zwei Steine, die eine doppelt so große Lücke trennte wie die anderen.

»Die Lücke kommt mir vor wie der vergessene Takt eines Musikstückes«, sagte DeSoto.

»Stimmt.« Der Commander nickte. »Einer fehlt. Ohne den zwölften Stein bleibt der Kreis unvollkommen.« Er wandte sich ab und ging zum Mittelpunkt des Gebildes. Dort hockten Getrup und Hanfstik auf dem Eis und tasteten den Boden ab. Pjetr Wonzeff stand dabei und beobachtete sie. »Was ist da?« fragte Dhark.

»Wir wissen es nicht«, sagte Hanfstik.

»Etwas, das uns hierher gerufen hat.« Getrup blickte nicht einmal auf.

»Wie wäre es, wenn wir das Eis in der Kreisfläche abschmelzen würden?« schlug Wonzeff vor. »Es liegt kaum zwei Meter dick über den Gebäuden darunter.«

Dhark war einverstanden. Er rief die Roboter in den Steinkreis und wies sie an, die Fläche mit der gleichen Methode vom Eis zu befreien wie zuvor die Region vor dem goldenen Turm.

Die Terraner zogen sich ein Stück zurück, und die Maschinen gingen an die Arbeit. Wenige Minuten später schon hatten sie die knapp dreihundertdreißig Quadratmeter Eis abgeschmolzen und den Schnee außerhalb des Steinkreises aufgehäuft. Niemanden überraschte es mehr, eine fugenlose und vollkommen ebene Goldfläche im Licht der Flash-Scheinwerfer aufstrahlen zu sehen.

»Hier.« Ren Dhark schritt in die Mitte der goldenen Kreisfläche. »Hier muß es sein. Spüren Sie das auch?« Alle bestätigten, alle spürten sie die mentale Kraft, die vom Zentrum des goldenen Steinkreises ausging. Er mußte an die mehr als zwei Jahre zurückliegenden Erlebnisse im Achmed-System denken. Auch damals hatte eine Art telepathische Stimme sie gerufen.

Anders als damals jedoch übte diese mentale Kraft hier auf Dursun durchaus einen gewissen Druck aus. Die Grenze zur Manipulation war schon erreicht, ja überschritten.

Und genau das machte den Commander mißtrauisch.

Es war, als würde jemand ihnen auf unerklärliche Weise einen Weg nicht nur zeigen, sondern sie zugleich verführen wollen, diesem Weg zu folgen. Doch wohin würde er führen, dieser Weg?

Für einen Moment schwankte Dhark, doch dann schüttelte er die Frage ab wie eine lästige Fliege, und während er das tat, war es ihm auch sogleich bewußt, daß er es tat und daß es ein Risiko war, den Gedanken nicht zu Ende zu denken.

»Ich will da rein«, sagte er. »Suchen wir nach einem Eingang.«

*

Bald kniete der gesamte Landungstrupp in der Mitte des Steinkreises und tastete die goldene Fläche mit den Fingerspitzen ab. Glatt und undurchdringlich erschien sie. Nirgends eine Fuge, nirgends eine Erhebung, nirgends auch nur die Andeutung einer Struktur, die sich als Hinweis auf einen Eingang interpretieren ließ.

Dhark beorderte Igor Chronnow auf Flash 011 über den Steinkreis. Das Beiboot flog heran und verharrte schwebend über dem Steinkreis. Mit den Möglichkeiten seiner Ortungsinstrumente suchte der Cyborg jeden Quadratmillimeter des goldenen Kreises ab. Nach einer geschlagenen Stunde erst fand er eine Fuge, die mit bloßem Auge nicht zu sehen und mit behandschuhten Fingern nicht zu tasten war.

»Sie umreißt eine Fläche von dreihundertdreißig Zentimeter Breite und fünfhundertsechzig Zentimeter Länge.« Chronnow schaltete seinen Außenscheinwerfer ab und aktivierte einen feinen Laserstrahl. Der Laser projizierte einen gleißend hellen Punkt auf das Edelmetall, stark genug, auch die Reflexe des

Scheinwerferlichts zu überstrahlen. Mit ihm fuhr er die Umrisse der angepeilten Fläche nach.

»Moment mal...« rief er plötzlich. Alle lauschten gespannt. »Der Bordrechner behauptet, eine Energiequelle angepeilt zu haben...! Schwach, sehr schwach. Himmel, ein Leuchtkäfer ist ein Kernreaktor dagegen! Ich kann sie kaum lokalisieren...«

Ren Dhark verfolgte die Bewegung des grellroten Lichtpunktes auf der Goldfläche. Aus irgendeinem Grund glaubte er die Mikroenergiequelle zu spüren. Er deutete auf eine Stelle an der Schmalseite der vom Laserzeiger umrissenen Fläche. Im gleichen Moment gingen Tofir und Getrup in die Hocke und deuteten auf denselben Punkt. »Hier! Hier muß es sein...!«

Chronnows Bestätigung ließ nicht lange auf sich warten. Sein Laserzeiger blieb an genau jener Stelle stehen. »Stimmt«, sagte er, als sieben Mitglieder der Landungstruppe sich um den betreffenden Punkt versammelt hatten und ihn abtasteten. »Von dort kommt der Impuls. Die Ortung erfaßt Mikrofugen um ein Quadrat von neun Zentimeter Kantenlänge.« Mit dem Laser fuhr er die unsichtbaren Fugen nach. »Wenn Sie mich fragen, befindet sich darunter irgendein Schloß, ein Sensor oder eine Tastatur. Viel Glück, sage ich mal...«

Etwas ratlos standen oder knieten sie vor der mit dem Laserpunkt gekennzeichneten Stelle. »Und jetzt?« Anja Riker sah Dhark fragend an. »Wie öffnen wir den Sensor oder was auch immer sich darunter verbergen mag?« Der Commander deutete ein Schulterzucken an. Nachdenklich betrachtete er den Laserpunkt.

»Vielleicht können wir das schwache Energieniveau mit intensiverer Laserbestrahlung erhöhen und das Schloß auf diese Weise öffnen«, schlug Jo Getrup vor.

Wieder ein leichtes Schulterzucken des Chefs. »Probieren wir es aus. Commander an Flash 011 – erhöhen Sie die Energie Ihres Laserzeigers langsam und in Zehnprozentschritten zunächst um zwei Joule.«

»Verstanden, Sir«, bestätigte Chronnow. Im Scheinwerferlicht der Flash konnte man eine Helligkeitszunahme des Laserpunktes nicht erkennen, nach vier Minuten allerdings drang Wärme aus der Goldfläche durch die Handschuhe der Schutzanzüge. DeSoto zog als erster die Hände weg. Doch abgesehen von der Erhitzung nahm niemand eine Veränderung am vermeintlichen Schloß wahr.

»Hören Sie auf, Chronnow«, befahl Dhark. »Nicht, daß wir unter der Oberfläche etwas zerstören. Fahren Sie wieder auf die niedrigste Energie herunter.«

»Verstanden, Sir.«

»Wenn von dieser Stelle die Mentalmacht ausgeht, die uns hierher gerufen hat, dann reagiert sie vielleicht auch auf mentale Impulse.« Anja Riker dachte laut.

»Und wie stellst du dir die Sendung eines solchen mentalen Impulses vor?« wollte Dhark wissen. Sein Tonfall verriet Skepsis.

Anja kniete nieder und berührte die Goldfläche. Der Laserpunkt schimmerte jetzt auf dem Handschuh ihres Schutzanzuges. »Wir legen alle die Hände übereinander auf die kleine Luke und konzentrieren uns auf den Wunsch in uns, dorthin zu gelangen, wo die unbekannte Kraft uns hinlotsen will.«

»Oder hinlocken will.« Ren Dhark blickte in die Runde. Die Gesichtszüge seiner Leute schwankten zwischen Mißtrauen, Zustimmung und Begeisterung. »Also gut, versuchen wir es.«

Obwohl es ihm widerstrebte, ging er in die Hocke und legte seine Hand auf die Anjas, spürte dem eigenartigen Wunsch in seinem Geist nach und überließ sich dem rätselhaften und ganz gewiß nicht aus ihm selbst heraus gewachsenen Impuls. Alle anderen taten es ihm gleich.

Elf Hände in Schutzanzughandschuhen stapelten sich über der unsichtbaren Luke. Auf dem obersten Handrücken, dem von Achmed Tofir, flimmerte der Laserpunkt aus Flash 011. Keiner sprach ein Wort. Eine fast feierliche Atmosphäre kam auf. Dhark hatte Schwierigkeiten sich zu konzentrieren, weil ihn die ganze Session an eine Szene aus einem Film erinnerte, in der irgendwelche Okkultisten versuchten, irgendwelche Geister herbeizurufen.

Als er begann, sich lächerlich vorzukommen, geriet die Luke unter Anjas Hand in Bewegung. Sie nahmen die Hände weg, richteten sich auf und beobachteten, wie ein Goldquadrat von neun mal neun Zentimetern sich in die Goldfläche seiner Umgebung schob. Der Laserpunkt fiel in eine etwa sieben Zentimeter tiefe Kuhle und erhellte eine kreisrunde Fläche aus exakt zwölf Tasten.

Ren Dhark beugte sich über die Vertiefung und entdeckte Schriftzeichen auf den Tasten, auf jeder ein anderes. »Ein Codeschloß«, sagte er zu seinen Gefährten. »Versucht ihr mal euer Glück.«

Er meinte in erster Linie die Mathematikerin Anja Riker, den Kybernetiker Getrup und die anderen Wissenschaftler. Er selbst setzte sich mit der POINT OF und den drei Flashpiloten in Verbindung und beschrieb das Codeschloß, die Tasten und die Schriftzeichen.

Nach einer halben Stunde hatten sie den Zugangscode noch immer nicht geknackt. »Die rätselhafte Mentalkraft hat uns das Schloß gezeigt.« Anja wurde allmählich ungeduldig. »Warum verrät sie uns nicht auch den Code oder öffnet den Eingang ohne Code?«

»Vielleicht weil sie es nicht kann«, vermutete Val Brack.

»Oder weil sie es nicht will«, sagte Dhark.

Er aktivierte sein Armbandvipho, schaltete dessen Verbindung zum anzuginternen Kommunikationssystem ein und funkte so die POINT OF an. »Commander an Zentrale, wir brauchen hier unten noch mehr geistige Fähigkeiten. Mr. Shanton und Mr. Doorn – darf ich Sie bitten, sich per Vipho einzumischen?«

Über DeSotos Vipho beäugte Chris Shanton die Tastatur, Arc Doorn stellte die Viphoverbindung mit Bracks Gerät her. Der Fähnrich und der Cyborg beugten sich über die Vertiefung und hielten ihre Handgelenke so darüber, daß die beiden Wissenschaftler in der Mutterschiffszentrale sich ein Bild von der Anordnung der Tasten und den Schriftzeichen machen konnten.

»Das Codeschloß könnte von Intelligenzen stammen, die mit einem Zwölferzahlensystem rechnen«, sagte Shanton. »Oder gerechnet haben. Demnach würde jede Taste für eine der zwölf Grundzahlen stehen. Aus der Anordnung der Tasten müßten wir eigentlich die Zahlenfolge herauskriegen, wenn wir uns nicht ganz dumm anstellen und wenn der Checkmaster uns ein wenig unter die Arme greift…«

»Und was nützt uns das?« fragte Anja. Sie wirkte ein wenig irritiert, vielleicht weil sie nicht selbst auf diese These gekommen war. »Dann haben wir Zahlen, aber keinen Code.«

»Gemach, gemach, Gnädigste«, antwortete Shanton. »Auch der weiteste Weg beginnt mit dem ersten Schritt, würde ich sagen.«

Die nächsten beiden Stunden gingen mit Rechnen und Rätseln, Versuch und Irrtum, neuem Versuch und neuem Irrtum dahin. Seit neun Stunden steckten die vierzehn Mitglieder der Landungstruppe mittlerweile in ihren Schutzanzügen. Doch keiner verspürte Hunger oder Müdigkeit. Die Nähe des Fremden, die Möglichkeit, ihm in absehbarer Zeit zu begegnen, und die Neugier fesselten ihre Aufmerksamkeit.

»Versuchen wir es mit Daten aus Kor Trancs Chronometer«, schlug Arc Doorn nach einigen Dutzend Fehlschlägen vor. Niemand widersprach, und so machten sie sich erneut an die Arbeit.

Sie versuchten es mit den Raumkoordinaten, die sie aus den beschädigten Dateien gewonnen hatten – Fehlanzeige. Sie versuchten es mit Koordinaten auf jenem Kursvektor, den Shanton aus dem vermeintlichen Datenmüll in Kor Trancs Uhrspeicher »destilliert« hatte und auf dessen Spur sie Dursun schließlich entdeckt hatten.

Sechs Versuche blieben ohne Erfolg, beim siebten endlich geschah es: Die Schriftzeichen auf den zwölf Tasten begannen zu leuchten, aus der Tiefe des Goldgrundes summte es, der goldene Boden vibrierte leicht, und schließlich senkte sich die kleine Vertiefung mitsamt einer Fläche von dreihundertdreißig mal fünfhundertsechzig Zentimetern erst um zwei Handbreiten ab und schob sich dann langsam zur Seite…

*

Alle sprangen überrascht auf, alle wichen zurück bis in den äußeren Bereich des Steinkreises. Goldenes Licht erhellte den langsam wachsenden Spalt im Goldboden und verdichtete sich zu einer wahren Lichtflut, als das Tor größer und größer wurde. So intensiv, so strahlend brach das Goldlicht aus der Tiefe hervor, daß die elf Terraner die Hände schützend vor den Helm legten, denn die Lichtfilterautomatik der Anzüge reagierte nicht schnell genug auf die rasch ansteigenden Luxwerte.

»Was ist los bei euch da unten?« Dan Rikers Stimme aus dem Helmfunk. Offenbar konnte die Besatzung der Zentrale in der POINT OF kein Bild mehr auf den noch immer aktivierten Viphos und der Außenkamera von Flash 011 erkennen. Kein Wunder: Das Goldlicht war sogar heller als die weiß Gott nicht schwächlichen Scheinwerfer der Flash.

»Eine Schleusenluke!« rief Ren Dhark. »Sie hat sich geöffnet! Unglaubliches Licht strahlt aus ihr!«

»Licht? Wir können nicht die geringste Energie anpeilen...!«

Der Commander, Getrup, Amy und Bentheim traten als erste an den Schleusenrand. Die Tönung ihrer Helme dämpfte inzwischen das schmerzhaft helle Licht. Weit konnten sie dennoch nicht in den Einstiegsschacht hinabsehen. Immerhin erkannten sie eine Rampe mit flachen Stufen. In einem Winkel von etwa vierzig Grad führte sie ins Innere der Räume, die sich unter dem Goldboden ausdehnen mochten.

Während sich auch der Rest des Teams am Einstieg versammelte und Anja Riker der POINT OF und den drei in ihren Flash gebliebenen Gefährten die Szenerie beschrieb, stieg Ren Dhark die ersten fünf Stufen hinab. Dort ging er in die Hocke und versuchte mit seinem Blick das intensive Licht zu durchdringen. Es gelang ihm nicht. »Steigen wir hinunter«, sagte er, und es klang, als würde er mit sich selbst reden.

Kaum hatte er es ausgesprochen, drängten sich die anderen zehn am Beginn der Rampe vor dem Einstieg. Jeder wollte mit Dhark dem Goldlicht entgegen in die Tiefe steigen.

»Flash 011 an Commander.« Chronnow meldete sich. »Ein gefährlicher Job, Sir. Ich schlage vor, daß Sie ihn besser nicht ohne Ihre vier anwesenden Cyborgs in Angriff nehmen.«

»Danke für Ihren Vorschlag, 011«, knurrte Dhark. »Doch Sie und Nunaat bleiben auf Ihren Posten. Zwei Cyborgs sind genug.« Er blickte zu Amy Stewart und Val Brack und zog fragend die Brauen hoch. Beide nickten. Danach suchte er die Blicke DeSotos und Wonzeffs, auch sie verstanden und nickten. Und schließlich, an Hanfstik und Bentheim gewandt: »Würden Sie mich bitte ebenfalls begleiten?« Selbstredend erklärten beide sich einverstanden.

»Sie sichern die Umgebung und den Einstieg«, sagte er an die Adresse der anderen. »Warten Sie auf uns, wir schauen uns nur ein wenig um und sind bald zurück.«

»Nimm wenigstens noch zwei Kampfmaschinen mit, Ren«, bat Anja Riker.

»Lieber nicht. Der große Unbekannte könnte das als Kriegserklärung auffassen.«

Er winkte, wandte sich ab und stieg Stufe um Stufe nach unten. Die anderen sechs folgten ihm.

Nach etwa achtzig Metern wurde die Rampe flacher. Das intensive Goldlicht weckte unangenehme Erinnerungen bei Dhark. Er mußte an die goldene Station in Kallisto denken und natürlich an die goldene Hölle, der er und seine Besatzung im vergangenen Spätsommer nur mit knapper Not entgangen waren. Er schüttelte sich – weg mit den scheußlichen Erinnerungen!

Sie erreichten ein goldenes Schott. »O nein!« jammerte Mario DeSoto. »Nicht schon wieder rechnen!« Doch seine Klage erwies sich als voreilig: Als sie nur noch sieben Schritte von dem Schott trennten, öffnete es sich von selbst.

»Wir sind willkommen, wie es aussieht«, schloß Dhark daraus. »Halten Sie Funkkontakt zu Mrs. Riker, Chronnow und der Zentrale, Fähnrich«, wies er DeSoto an. »Schildern Sie, was wir sehen, schildern Sie, was wir tun.«

Sie traten durch das Schott. Eine Halle dehnte sich vor ihnen aus, lichtdurchflutet und so weit, daß man ihr Ende nicht absehen konnte. Muschelförmige Maschinen aus kristallinem Gold erhoben sich aus goldenem Boden, spiralartige Leitungen ragten aus einer zwanzig Meter hohen Decke. Durchsichtige Spiralen voller goldener Flüssigkeiten bogen sich über Dutzende von Metern hinweg von einem haushohen Goldkelch zum anderen, und zwischen zehn Meter hohen Goldbögen flimmerte verdichtetes Licht wie glühendes Gold.

Die sieben Terraner standen und staunten atemlos, bis sich hinter ihnen das Schott schloß. Sie fuhren herum, sahen sich an, blickten wieder in die Halle.

»Seht nur!« rief Amy. Sie deutete nach oben. Zwischen Spiralleitungen senkten sich goldene Spindeln in die Halle herab, sieben an der Zahl. Ein grelles Fluidum umgab sie wie flüssiges Licht, und aus diesem Fluidum wuchsen Strahlen, die auf die sieben Terraner fielen. Jeder Goldstrahl traf einen Menschen.

Dhark hatte plötzlich das Gefühl, jemandem gegenüberzustehen, der größer war als er selbst, jemandem, der mit Leichtigkeit bis in sein Innerstes hineinsah – und hineingriff. Er vermochte seinen Blick nicht von der Lichtspindel zu wenden, deren Strahl ihn getroffen hatte. Für einen Moment wurde ihm warm und wohlig zumute, und er glaubte endlich dort angekommen zu sein, wohin es ihn zog, seit sie auf Dursun gelandet waren. Oder seit er geboren wurde?

Die Glücksschwingungen währten nur kurz: Aus den Augenwinkeln mußte Ren Dhark mit ansehen, wie zuerst Dr. Hanfstik und nach ihm DeSoto zu Boden sanken. Und dann schien auch unter seinen Stiefelsohlen der Boden zu wanken. Das Goldlicht stach ihm durch die Augen. Schwarze Nebel stiegen aus seiner Schädelbasis auf, krochen warm und klebrig durch seine Hirnwindungen und verschlangen sein Bewußtsein…

9.

»Anja Riker an POINT OF – das Schott schließt sich wieder! Anja Riker an POINT OF – das Schott...!«

Dan Riker sprang auf. Die Stimme seiner Frau hallte durch die Zentrale. »Ihr müßt es offenhalten, irgendwie! Hörst du mich, Anja? Bei allen Göttern der Milchstraße! Verkeilt die verdammte Luke irgendwie...!«

»Wir lassen zwei Kampfroboter mit aktivierten Prallfeldern in die Luke steigen, sie sollen sich gegen das Schubtor stemmen...«

»Gut so, Anja, gut! Funk Ren an, er soll umkehren, sofort! Hörst du mich? Umkehren muß er, der Dickschädel...!«

»Verstanden! Wir rufen Ren und sein Team...!«

Konzentrierte Stille herrschte plötzlich in der Zentrale der POINT OF. Dan Riker blickte sich um. Bleiche Gesichter, wohin er sah. Die Leute waren geschockt. Ihn selbst überraschte die aktuelle Entwicklung keineswegs, doch er war wütend und zugleich maßlos besorgt. »Näher ran an den Dunkelplaneten, Hen! Wir müssen näher ran, verstehen Sie mich?« Riker fixierte den Ersten Offizier. »Vielleicht müssen wir eingreifen, ganz schnell eingreifen sogar...«

Falluta nickte flüchtig. Sein Mund war ein farbloser Strich, sein Gesicht kantig und hart. Jeder, der Lust dazu hatte, konnte in seinen Zügen lesen, was er dachte. *Ihr hättet von Anfang an auf mich hören sollen*, dachte er.

»Grappa an Riker – starker Transitionsimpuls in 17-Nord-56-23-Ost!«

»Raumschiffe!« Riker sprang die Stufen des Kommandostandes hinunter und lief zum Zentralhologramm. »Was für welche? Auf die Bildkugel damit!«

»Fast sechzigtausend Objekte«, meldete der Checkmaster. »Rund fünfzehn Prozent von ihnen steuern den Dunkelplaneten an. Seltsames Energiemuster, kenne ich irgendwoher...«

»Welche Art von Objekten?« Riker geriet schier außer sich. »Warum sagt mir keiner, wer genau da aus dem Hyperraum gesprungen ist...!«

»Anja Riker an POINT OF!« Wieder die Stimme seiner Frau. Sie klang nicht gut.

»Himmel, Anja, was ist los!?«

»Das Schott hat die Prallfelder einfach durchdrungen und die zwei Kampfroboter zermalmt! Der Einstieg in die Goldene Station ist verschlossen! DeSoto hat aufgehört zu funken! Ren und sein Team reagieren nicht mehr auf Funksignale! Nicht einmal die beiden Cyborgs melden sich noch! Sollen wir die Luke aufsprengen?«

»Was sagst du da? Sie melden sich nicht...?« Riker preßte die geballten Fäuste an die Stirn und drehte sich einmal um sich selbst. »Bloß nicht sprengen, Anja! Das gefährdet unsere Leute unter der Planetenoberfläche! Bloß das nicht! Wir kommen zu euch, wir landen mit der POINT OF auf dem verdammten Finsterling...!« Er drehte sich zum Kommandostand um. »Kurs auf den Planeten, Hen! Wir müssen landen...!«

Sein Blick fiel auf die Ortungsdaten im Hologramm: Knapp neuntausend der aus dem Hyperraum aufgetauchten Objekte steuerten den Dunkelplaneten an, fünfundvierzigtausend und mehr schickten sich bereits an, die POINT OF in einem Abstand von hundert bis dreihundert Kilometern einzukesseln.

»Bei uns hier oben geht es drunter und drüber, Anja!« Kalter Schweiß brach Riker aus. »Irgendwelche Schiffe sind aus dem Hyperraum aufgetaucht und nehmen Kurs auf den Planeten und auf die POINT OF! Keine Ahnung, wie das alles ausgehen soll...!«

»Es sind keine Raumschiffe!« Tino Grappa im Ortungsstand war aufgesprungen. »Es sind Synties...!« Dan Riker lief zum Ortungsstand. Die Rückenlehne von Grappas Sessel umklammernd stand er da und starrte in die Monitoren. Tatsächlich – Synties! Synties, wohin das Auge blickte!

»Was haben die hier zu suchen?« Oft begegnete man ihnen nicht, diesen rätselhaften Energiewesen, aber wenn man ihnen begegnete, war es immer das gleiche: Sie tauchten auf, und niemand wußte, woher sie kamen und was sie im Sinn hatten.

Das Vorauskommando der rätselhaften Wesen machte zwölftausend Kilometer über dem Dunkelplaneten kehrt – kurz vor der energetischen Wellenfront – und nahm nun ebenfalls Kurs auf die POINT OF. »Was wollen diese vorwitzigen kosmischen Kobolde von uns!?« rief Riker. »Sie werden uns doch nicht an der Landung hindern wollen?«

Zuletzt war er den undurchschaubaren Intelligenzen im Achmed-System begegnet, wo sie unfreiwillig sämtliche Anlagen der terranischen Schutzflotte auf Null gefahren hatten, einschließlich der Ringraumer. Die Synties hausten gänzlich ohne Schutz im offenen All, rudelweise sozusagen, und erhielten ihre Existenz offenbar durch weiter nichts als durch Energie und kosmische Strahlung. Und genau das machte sie so gefährlich: ihre Fähigkeit, Energie abzusaugen und sich selbst einzuverleiben.

»Sie umzingeln uns«, sagte Grappa. »Verflucht, sie kreisen uns tatsächlich ein…«

»Verdammte Feuersäcke!« Riker schimpfte. »Das sollten sie nicht tun!« Die Angst um Dhark und seinen Landungstrupp saß ihm im Nacken. »Schließlich haben wir noch ein paar Bonuspunkte bei ihnen offen!«

Er sprach von der Situation im Achmed-System, wo der Tel-Rebell Tok Breo ein ganzes Rudel dieser Mischwesen aus Energie und Materie mit einem Alphawellengenerator gebunden hatte. Erst die POINT OF hatte die Synties damals aus ihrer verzweifelten Lage befreit. Im Januar 2060 war das gewesen.*

»Sie kesseln uns regelrecht ein«, zischte Riker. Der Blick ins Zentralhologramm bestätigte ihn in drastischer Weise: Eine gleißende Lichtwand aus Zehntausenden Energieflecken stand

---

* Siehe STERNENDSCHUNGEL GALAXIS Band 3: »Notruf von Achmed«

in ihr. Wie ein Damm trennte sie die POINT OF vom Dunkelplaneten.

»Checkmaster an Ersten Offizier.« Die Kunststimme des Bordrechners hallte durch die Zentrale. »Ich muß den Landeanflug abbrechen! Energieabflüsse großen Ausmaßes zwingen mich dazu. Die Synties schlucken die Kraft der Triebwerke. Das Manöver ist zu gefährlich für Schiff und Besatzung!«

»Scheiß-Synties, verdammte!« Riker wollte gar nicht mehr aufhören zu fluchen. Er war im höchsten Maße erregt. »Nuckeln schon an unseren Energiereserven!«

»Nicht wirklich. Sobald ich den Anflug auf die Dunkelwelt abbreche, enden die Energieabflüsse. Offenbar wollen die Synties nur verhindern, daß wir auf dieser Welt landen!«

Das besänftigte Rikers Zorn nicht wirklich: Die Synties verhinderten die Landung auf dem Dunkelplaneten. Die POINT OF war »gefesselt«, sie konnte der Einsatzgruppe keine Hilfe bringen…

»Anja Riker an Zentrale!« Seine Frau meldete sich. »Warum kommt ihr nicht? Chronnow sagt, ihr hättet den Start gleich wieder abgebrochen. Ist das wahr?«

»Hier Dan – es ist wahr, Anja. Synties sind aufgetaucht. Sie halten uns fest. Wir können nicht kommen.«

»Und jetzt?«

»Ich weiß es nicht…«

*

Zu spät. Die Goldlichtspindel schwebte über ihr. Zu spät, um zu phanten. Die Goldlichtspindel öffnet sich. Zu spät, um zu phanten und zu kämpfen. Wie auch hätte man gegen Spindeln aus goldenem Licht kämpfen sollen?

Du bist bewußtlos, Amy Stewart. So bewußtlos wie Ren und Val und DeSoto und die anderen drei…

Die geöffnete Goldlichtspindel tat mit ihr, was sie auch mit den anderen tat: Sie senkte sich langsam auf sie herab.

Ein bewußtloser Cyborg hat die gleichen Chancen wie ein bewußtloser Normaler, Amy Stewart: keine…

Die geöffnete Goldlichtspindel hüllte sie von allen Seiten ein und schob sich unter sie.

Warum aber kannst du die verdammte Spindel sehen, wenn du bewußtlos bist, Amy Stewart? Warum blendet dich ihr Licht, und warum siehst du, wie Ren und die anderen in den verdammten Spindeln verschwinden, Amy Stewart?

Die Goldlichtspindel schloß sich um sie und hob sie hoch. Erst langsam, dann immer schneller; schließlich fast bis zur goldenen Decke hinauf. Zugleich gewann sie an Geschwindigkeit, glitt über muschelförmige Erhebungen aus kristallinem Gold, flog unter spiralartigen Leitungen hindurch, raste an transparenten Spiralen voller goldener Flüssigkeiten vorbei, schoß zwischen haushohen Goldkelchen und unter Goldbögen aus Goldglut hindurch. Sie sah das alles, sie registrierte sämtliche Formen, sie registrierte alle Maße, Konsistenzen, Temperaturen, Beschleunigungskräfte und Geschwindigkeiten; und schließlich begriff sie.

Du bist bewußtlos, Amy Stewart, und bist doch nicht bewußtlos. Dein Programmhirn hält dein Bewußtsein aufrecht, dein Programmhirn funktioniert noch, deinem Programmhirn entgeht nichts, Amy Stewart, du wirst kämpfen…

Zu spät, um zu phanten, ja – aber nicht zu spät, um ihr Zweites System zu aktivieren. Nein, dazu war es nicht zu spät gewesen. Amy hatte keine Ahnung, wie sie es geschafft hatte, aber sie hatte es geschafft. Sie dachte, sie spürte, sie erinnerte sich und sie war sie selbst mittels eines bohnengroßen Chips, den man ihrem organischen Hirn implantiert hatte; mittels des Programmhirns.

Alles ist gut, Amy Stewart, du mußt nur versuchen, die Kontrolle über deine Glieder wiederzuerlangen, das mußt du schaffen, und dann kannst du kämpfen…

In rasendem Flug transportierte die Goldlichtspindel ihren reglosen, schlaffen Körper ins goldene Innere von Dursun. Mindestens zwei weitere Spindeln nahm sie in ihrer unmittelbaren Nähe wahr: Eine flog über, die andere ein wenig rechts unter ihrer Spindel. Hinter der Goldlichthülle erkannte sie Umrisse menschlicher Körper.

Der unter dir könnte Val Brack sein, Amy Stewart. Der mit dem weißblonden Haar über dir, das ist Ren. Ren ist in deiner Nähe, Amy Stewart...

Sie machte sich klar, daß höchstwahrscheinlich auch Percival Brack in sein Zweites System geschaltet hatte. Auch er war ja ein Cyborg, auch er verfügte ja über jenen genialen Chip von der Größe eines Bohnenkerns, über ein Programmhirn. So wären sie schon zu zweit. Jetzt kam also alles darauf an, jede Einzelheit des Weges zu registrieren und zu speichern, damit sie zurückfanden. Und zugleich kam alles darauf an, die Steuerung des eigenen Körpers wieder übernehmen zu können.

Dein Mund, deine Zunge, deine Lider – spüre sie, Amy Stewart. Krieche in sie hinein mit deinem Bewußtsein, erfülle sie mit deinem Leben, bewege sie...

Ein Teil ihres Programmgehirns konzentrierte sich auf die vorbeirasende Umgebung: Goldschotte, goldene Spiralsäulen, Goldlichtfontänen aus schlanken Goldkelchen, sternförmige Verteilerkreuzungen, ineinander verschlungene Balustraden, pulsierende Goldblasen. Ein anderer Teil ihres Programmhirns tastete nach dem eigenen Körper, nach Lippen, Ohren, Fingern, Armen und Knien. Gleichzeitig analysierte sie die sie umgebende Spindel und rechnete die Wahrscheinlichkeit durch, ihre Glieder in absehbarer Zeit wieder bewegen zu können, und zugleich vergewisserte sie sich ihrer Möglichkeiten und machte sich Mut. *Du bist ein Cyborg, Amy, du schaffst es...*

*

Getrup und Lionel schwiegen und standen irgendwie ratlos und resigniert vor der geschlossenen Goldfläche. Tofir kniete am Boden und schob die wenigen Wrackteile der zermalmtem Kampfroboter zusammen. Die Scheinwerferkegel der Flash rund um den Steinkreis verpaßten jedem mindestens ein halbes Dutzend Schatten.

Anja Riker tigerte entlang der Menhire hin und her und sprach mit der Zentrale der POINT OF, mal mit Shanton, mal mit Doorn, mal mit ihrem Mann. Keiner hatte wirklich einen Plan.

Sie unterbrach die Verbindung, lief zu den drei Männern in der Mitte des Steinkreises und ging vor der kleinen Luke mit der Tastatur in die Hocke. Die hatte sich nicht geschlossen. Zum neunten oder zehnten Mal tippte sie den Code ein, der das Schott beim ersten Mal geöffnet hatte. Zum neunten oder zehnten Mal tat sich – nichts.

»Da ist es wieder!« Igor Chronnows Stimme im Helmfunk. Er schwebte noch immer in Flash 011 über dem Steinkreis. »Spürt ihr es nicht?«

Anja Riker stand auf, sah zu den Männern, und die Männer sahen zu ihr. So verharrten sie eine Zeitlang, und jeder schien zu lauschen. Es gab nur vier Menschen auf der riesigen kreisrunden Fläche, es gab sieben Menschen unterhalb des Goldbodens irgendwo im Inneren des Planeten, es gab ein paar Flash und zehn Roboter irgendwo in der Dunkelheit. Es gab das Scheinwerferlicht und die elf Steine, und es war vollkommen still. Aber dennoch lauschten sie, als wäre da noch etwas; etwas Gewaltiges, etwas Erhabenes, etwas Unheimliches.

»Ja«, sagte Getrup. »Die Macht, die uns hierher gerufen hat – ich spüre sie deutlich…«

»Was will sie von uns?« Lionel drehte sich um sich selbst, als würde er sich von einem unsichtbaren Feind umzingelt fühlen. »Warum sagt sie nicht einfach, was sie will? Ich verstehe das alles nicht…«

Anja beobachtete den Bordastronomen aus schmalen Augen. Der Mann steckte seit elf Stunden im Schutzanzug, und das Landungsunternehmen hatte ihm eine Menge Streß eingebrockt. Wie lange würden seine Nerven noch durchhalten? Wie lange die Nerven der anderen? Und wie lange ihre eigenen?

»Vielleicht eine Botschaft bezüglich des Commanders!« Achmed Tofir blickte auf. In der Rechten hielt er das zerstörte Waffensteuerungsmodul eines Kampfroboters. »Was meinen Sie, Anja?« Er suchte Blickkontakt mit der Mathematikerin.

»Keine Ahnung.« Überdeutlich spürte auch Anja Riker den Mentalimpuls der Macht. Ihn wahrzunehmen faszinierte sie. Und aus irgendeinem Grund glaubte Anja Riker auf einmal zu wissen, was sie jetzt zu tun hatte.

»Dafür habe ich jetzt eine Ahnung, wie wir das verdammte Schott wieder öffnen könnten.« Sie drehte sich um und blickte in das Scheinwerferlicht der Flash. »Doraner – kommen Sie zu uns, ich brauche Sie hier. Kommen Sie schnell, und bringen Sie einen Kampfroboter mit.«

»Okay, bin schon fast bei Ihnen.«

»Chronnow.« Anja blickte nach oben. Dort schwebte Flash 011 zehn Meter über dem Steinkreis. Viel mehr als die Umrisse seines Unterbodens war von dem Beiboot nicht zu erkennen. »Könnten Sie neben mir landen? Ich habe eine Idee.«

»Verstanden. Was haben Sie vor, Mrs. Riker?«

»Ich brauche eine freie Hand.«

»Bitte?«

»Landen Sie einfach, Igor. Ich erkläre Ihnen alles.«

Wenig später betrat Mike Doraner in Begleitung eines Kampfroboters den Steinkreis. Kurz darauf landete Chronnow seinen Flash auf der Goldfläche drei Meter neben Anja Riker. Sie erklärte den Männern ihren Plan. Die setzten Zweiflermienen auf, taten aber, was die junge Frau wollte.

Zunächst verlangte sie, daß der Roboter über ihr schwebte und sein Prallfeld aktivierte. Kein Problem. Die Mathematikerin ließ sich neben dem Codeschloß im Boden nieder. Das im Vakuum unsichtbare Prallfeld der Kampfmaschine wölbte sich über sie und die Kuhle mit der Tastatur wie eine Käseglocke. Hätte es Luft auf Dursun gegeben, Anja Riker wäre luftdicht eingeschlossen gewesen.

Das nächste, was sie wollte, war, daß Mike Doraner Flash 011 mit Chronnow an das Prallfeld heranlotste, und zwar so präzise und so nahe, daß seine Luke das Prallfeld berührte. Und schließlich wollte sie, daß Doraner exakt an dieser Berührungsstelle einen Tunnel in das Prallfeld schaltete und Chronnow seine Heizung hochfuhr, seine Luke öffnete und die warme Atemluft seiner Bordatmosphäre in den Raum innerhalb des Prallfeldes blies.

Das war gleich ein ganzer Strauß ausgefallener Wünsche, und weder der erfahrene Flashspezialist Doraner noch der Bordrechner von Flash 011 taten sich leicht damit.

Obwohl Chronnow durch seinen Raumanzug geschützt und von der Sauerstoffversorgung des Flash unabhängig war, weigerte sich der Rechner zunächst, einfach so die Luke zu öffnen, denn immerhin bedeutete das den unweigerlichen Verlust sämtlicher Atemluft im Inneren des Flash. Doch Mike Doraner lotste Igor Chronnow durch das kleine elektronische Labyrinth, das es zu überwinden galt, um den Rechner umzustimmen und die Sicherheitsprogramme von Flash 011 auszutricksen.

Endlich öffnete sich die Luke des Beibootes, und Atemluft strömte aus seinem Innenraum. Gut achtzig Prozent entwichen in die luftleere Kälte von Dursun, zwanzig Prozent der erwärmten Luft aber flossen in die unsichtbare Prallfeldkuppel, unter der Anja Riker kauerte. Der Flash-Bordrechner versuchte den Verlust an atembarer Atmosphäre auszugleichen, doch irgendwann ertönte seine akustische Sauerstoffwarnung, und seine Gasvorräte waren erschöpft.

»Schließen Sie den Tunnel im Prallfeld!« verlangte Anja. Mike Doraner gab dem Roboter einen entsprechenden Befehl und nickte der Mathematikerin zu. »Riker an Flash 011 – geschafft, Chronnow!« Sie hatte es bereits am Verstummen des akustischen Sauerstoffalarms gemerkt. Solange der Luftschacht geöffnet gewesen war, waren die Schallwellen zu ihr in die Prallfeldkuppel gedrungen.

»Bleiben Sie in Helmfunkverbindung mit mir, Chronnow, und schalten Sie Ihren Bordrechner dazu«, sagte Anja. »Ich will, daß er die Dichte des Gasgemischs innerhalb des Prallfeldes analysiert.«

»Verstanden, Ma'am. Kann sich nur um Stunden handeln... schon in Ordnung, Mrs. Riker.« Zwanzig Sekunden später konnte Igor Chronnow die Analysedaten durchgeben: »Die Luft ist ziemlich dünn, so etwa wie in 4000 Meter Höhe.«

Das klang mehr als akzeptabel. »Und die Temperatur?«

»Elf Grad Celsius unter dem Gefrierpunkt.«

»Danke, Chronnow.« Anja begann den Verschluß ihres Helmes zu lösen. Sie hatte mit einer höheren Temperatur gerechnet. »Und jetzt wäre ich Ihnen dankbar, wenn Sie wieder Ihre Position zehn Meter über dem Steinkreis einnehmen würden.« Sie klappte den Helm nach hinten und atmete die dünne, kalte Luft ein.

»Verstanden, Ma'am. Ähm...« Er unterbrach sich. »Ich habe eine gute Aussicht über meinen Monitor, Ma'am. Sind Sie sicher, daß Sie Ihren Anzug ausziehen wollen?«

»Himmel, Anja! Was tun Sie da?« Die Wissenschaftler hatten sich um die Prallfeldkuppel versammelt. Besorgte Blicke beobachteten jeden Handgriff der Mathematikerin. »Das sollten Sie auf keinen Fall wagen, Anja...!«

»Das Risiko ist zu hoch, Mrs. Riker!« schaltete sich jetzt auch Mike Doraner ein. »Stellen Sie sich nur einmal vor, die unbekannte Macht deaktiviert den Roboter...!«

»Dann werde ich entsetzlich frieren, schätze ich.« Anja öffnete das Oberteil ihres Anzugs.

»Nicht lange, fürchte ich.«

»POINT OF an Landungsteam!« Dan Rikers Stimme im Helmfunk. »Was ist los bei euch da unten? Was hast du vor, Anja?« In der Zentrale des Mutterschiffes hatte man den Funkverkehr mitgehört, wie es schien.

»Ich folge einer Intuition.« Ihre weiße Atemfahne schwebte bis zum Prallfeld und schlug sich als Frostfleck darauf nieder. »Ich habe das Gefühl, die unbekannte Macht könnte auf meine Körperschwingungen reagieren, wenn ich das Codeschloß direkt berühre.« Sie zog den rechten Arm aus dem Anzug und ging in die Hocke.

»Laß das bleiben, Anja!« rief die Stimme ihres Mannes. »Du bist nicht die erste, die heute auf eine dämliche Intuition hört! Und wo steckt Ren jetzt!? Laß es um Himmels willen sein!«

Anja Riker antwortete nicht. Sie fröstelte bereits, und ihre Hand zitterte. Sie beugte sich über die kleine rechteckige Vertiefung und legte ihre Finger auf die Zwölfertastatur. Ihre Hand hörte auf zu zittern, denn Wärme strömte über ihre Fingerkuppen in ihre Hand, in ihren Arm und bis zu ihrer rechten Schulter herauf. Ihre Finger begannen zu kribbeln. Wie eine niedrige elektrische Spannung zuckte es in ihre Hand. Und dann begann die Tastatur zu leuchten, und das goldene Schott senkte sich erneut langsam ab...

*

Du verfügst über ein leistungsfähiges Roboterhirn, Amy Stewart. Die Kräfte eines Hyperkalkulators wirken in dir. Ohne nachzudenken wendest du die Prinzipien der Worgun-Mathematik an. Im zweites System bist du reaktionsschnell und kampfstark wie kein Kampfroboter. Du schaffst es...

Die Spindel bestand aus kalter Energie in oszillierenden Quantenrotationen und einem geringen Anteil einer Materie, die zwischen gasförmigem und festem Aggregatzustand pendelte und die Amy nicht kannte. Die Mischung ergab eine Art Formenergie, stabil genug jedenfalls, um feste Körper zu halten und zu transportieren. Die Spindel war zweihundertneunzig Zentimeter lang und hatte einen Durchmesser von etwas mehr als hundert Zentimeter. Und sie flog mit einer Geschwindigkeit von über dreihundert Stundenkilometern.

Du schaffst es, Amy Stewart, du schaffst es, du schaffst es, du schaffst es...

Die Geschwindigkeit nahm ab, der rasende Flug ging nach und nach in gemächliches Gleiten über. Jetzt nahm sie eine dritte Spindel links über ihrer Spindel wahr, auch die transportierte einen reglosen Menschenkörper. Nur noch wie in Zeitlupe glitten sie vorbei, all die goldenen Schöpfungen ohne erkennbaren Sinn.

Bewegt euch, Lippen und Lider! Gehorcht mir, Fingern und Arme! Bewegt euch, Beine und Knie...

Ein Schott. Ein haushohes Schott, golden wie alles hier – Amys Spindel schwebte hindurch, und mit ihr die drei, die sie sehen konnte, wenn sie sich anstrengte, und mit ihr auch die drei, die sie nicht sehen konnte, auch wenn sie sich noch so anstrengte. Ein unübersehbarer Raum öffnete sich, eine golddurchflutete Welt des Wahnsinns.

Bewegt euch endlich, Lippen, Lider, Finger, Arme, Beine, Knie – gehorcht mir endlich...

Eine goldene Kuppel wölbte sich über Amy. Die Spindel stand jetzt still. Amy konnte den Kopf nicht drehen, nicht einmal die Augäpfel wollten ihr gehorchen. Die Spindel aber begann sich um ihre Längsachse zu drehen, langsam, langsam, langsam.

Amy war, als schwebe sie in Goldlicht gebettet und durch Goldlicht geschützt in sehr tiefem Wasser. Während der langsamen Drehungen nahm sie drei Goldlichtspindeln mit drei menschlichen Körpern rechts von sich und drei Goldlichtspindeln mit drei menschlichen Körpern links von sich wahr. Alle drehten sich synchron, alle drehten sich so langsam, als hätte die Kraft, die sie in den Spindeln festhielt und drehte, alle Zeit der Welt.

Du bewegst nichts, Amy Stewart, keine Lippen, keinen Finger, kein Knie. Du bewegst nicht einmal deine Mundwinkel, Amy Stewart, du wirst bewegt…

In der Kuppel über sich sah sie hundertfach miteinander verflochtene Spiralleitungen und dreidimensionale Kristallstrukturen, deren Goldschimmer dunkler leuchtete als der des Kuppelgewölbes. Wenn die Goldlichtspindel sie zur Seite drehte, sah sie links oder rechts die Umrisse der anderen sechs in je drei anderen Spindeln. Die Körper der Gefährten kamen ihr vor wie auf uralten Röntgenfilmplatten abgelichtet, schwarz und weiß und grau. Und wenn die Spindel sie nach unten drehte, sah sie etwas, das sie bei der ersten Umdrehung für ein Wasserspiel aus flüssigem Gold hielt, bei der zweiten für eine Art Gebinde aus Goldfarngräsern – und bei der dritten für einen Antennenkranz aus an den Spitzen gebogenen und schwingenden goldenen Sonden. Es sah aus wie Fühler eines goldenen Insekts, wie Blütenstempel im Inneren einer goldenen Lilie oder wie Nervenhärchen des menschlichen Innenohrs unter dem Elektronenmikroskop…

Du bewegst überhaupt nichts, Amy Stewart, du wirst bewegt…

Auch bei der vierten Umdrehung konnte sie die Gebilde nicht einordnen, die sich dort drei Dutzend Meter unter ihr den Goldlichtspindeln entgegenstreckten, sieben insgesamt, für jede Spindel eines. Bei der fünften Umdrehung sah sie nur noch Goldstrudel unter sich, Goldstrudel, die miteinander verschwammen und deren Licht pulsierte, als rotiere ein menschliches Herz in ihnen. Sie konnte kaum noch sehen.

Sie untersuchen uns, sie pflügen unsere Erinnerung um, sie forsten unser Bewußtsein durch…

Etwas wie eine Hand schien in ihr Hirn zu greifen und sich zur Faust zu ballen. Etwas wie ein Mund schien sich auf die Innenseite ihres Brustbeins zu pressen und etwas wie Lippen zu Saugbewegungen zu spitzen. Ihr war, als würde jemand ihr Herz und ihr Hirn in sich aufsaugen, als würde jemand ihr Inneres nach außen kehren. Schwarzer Nebel kroch aus ihrer Lunge durch ihre Kehle in ihren Schädel.

Ich bin im Zweiten System, ich bin sicher, ich habe einen bohnengroßen Rechner im Hirn…

Der schwarze Nebel bedeckte ihre Schädelbasis und berührte die Unterseite ihres Gehirns. Warm war er und klebrig, und alle Gedanken und jede Wahrnehmung verhüllte er.

Mein Programmgehirn ist sicher, niemand kann mein Programmgehirn betäuben, es ist eine Maschine, das ist unmöglich, unmöglich, unmöglich…

Der warme, klebrige Schwarznebel kroch durch ihr Hirn bis zu der Stelle, wo das bohnengroße Heiligtum saß, das Roboterhirn, das Geniestück, die uneinnehmbare Zitadelle ihres Bewußtseins.

Das ist unmöglich, unmöglich…

Entsetzen war das letzte, was das bohnengroße Geniestück registrierte. Danach war Nacht, nur noch Nacht…

*

Goldenes Licht flutete aus der Öffnung und tauchte Flash 011 in unwirklichen Schimmer. Anja schlüpfte in den Ärmel und das Oberteil ihres Überlebenssystems. Außer dem Licht sah sie nicht viel von dem, was außerhalb des Prallfeldes geschah, denn ihre gefrorene Atemluft hatte sich auf der Innenseite der energetischen Kuppel niedergeschlagen und machte sie auf diese Weise sichtbar. Anja schloß ihren Helm, die Klimaanlage begann sofort zu arbeiten. »Prallfeld ausschalten!«

Die hauchdünne Eiskuppel brach zusammen. Im nächsten Moment blinzelte Anja geblendet in das Goldlicht aus dem Planeteninneren. Ihre Sichtscheibe färbte sich dunkel. Sie trat an den Rand des Schottes zwischen Lionel und Tofir. An der Schmalseite standen Getrup und Doraner. Alle blickten sie in die Öffnung, niemand sagte ein Wort.

Es gab keine Vierziggradrampe mehr. Es gab keine Stufen mehr. Diesmal hatte das Schott sich über einem senkrechten Schacht geöffnet. Aus ihm strömte das goldene Licht.

»Sparen wir uns die Frage, wie so etwas möglich ist«, sagte Doraner. »Versuchen wir lieber herauszufinden, ob wir über diesen Schacht zu Commander Dhark und seinem Team gelangen, und versuchen wir es so schnell wie irgend möglich.«

»Einverstanden«, murmelte Anja heiser. Am liebsten hätte sie laut geschrien. Statt dessen aber räusperte sie sich nur und funkte Flash 011 an. »Geben Sie an die Zentrale der POINT OF durch, was Sie hier sehen, Chronnow. Und danach loten Sie diesen Schacht mit Ihren Bordinstrumenten aus.«

»Wird erledigt, Ma'am.«

Anja, Doraner und die drei Wissenschaftler schritten den Rand der Schottöffnung ab. Nirgendwo entdeckten sie die Überreste der zerdrückten Kampfroboter. Das Licht aus dem Schacht schien schwächer zu werden. Oder paßten sich der Sichtschutz ihrer Helme und ihre Augen nur den neuen Lichtverhältnissen an?

Die Schachtöffnung sah alles andere als einladend aus. Wollte die unbekannte Mentalmacht nun mit ihnen Kontakt aufnehmen, oder wollte sie die Eindringlinge vernichten? In diesen Augenblicken war Anja geneigt, eher mit der letzten Möglichkeit zu rechnen.

»Flash 011 an Mrs. Riker – meine Ortungsinstrumente können kein Ende des Schachtes anpeilen.«

»Keine Abbiegung, keine Verzweigung, kein Grund?« Anja glaubte nicht recht zu hören.

»Nichts dergleichen.«

»Irgendwelche Energiemuster, Chronnow?«

»Nichts.«

»Senden Sie die Ergebnisse an die POINT OF.« Igor Chronnow bestätigte.

»Schicken wir einen Kampfroboter hinunter«, schlug Doraner vor. »Der soll soweit wie möglich hinabschweben und nach Luken zu Abzweigungen suchen... und zu Commander Dhark Kontakt aufnehmen.«

Einen anderen Weg sah auch Anja Riker nicht. Sie nickte. »Einverstanden. Nehmen wir KK 64, dann verlieren wir keine Zeit.« Doraner instruierte die Kampfmaschine. Der stählerne Kegel schwebte über den Rand des goldenen Schotts hinweg bis über den Schacht. Im strahlenden Goldlicht sank der Kampfroboter nach unten. »Es klappt«, freute sich Chronnows Stimme aus dem Helmfunk.

»Warum auch sollte es nicht klappen?« sagte Doraner.

Nach sechs Metern etwa – der abwärts schwebende Kampfroboter strahlte im goldenen Licht auf – verbogen sich die Antennenansätze und kurzen Waffenlaufschächte im Kegelrumpf des Roboters. Nach sieben Metern drückte eine unsichtbare Faust seine Kegelspitze in den Rumpf, und nach acht Metern platzte seine Außenhülle auf. Einzelteile stürzten in den Schacht hinunter, der Kegelkörper des Roboters schnurrte innerhalb weniger Sekunden auf den zehnten Teil seiner Originalgröße zusammen. Ein zerknautschter, kürbisgroßer Metallball raste ungebremst in die endlose Tiefe.

Das alles spielte sich während eines Atemzuges ab. Angst machte sich unter den Menschen am Schottrand breit. Sie wichen vor der Öffnung zurück. So wenig, wie sie während der Zerstörung und Verformung des Roboters ein Geräusch gehört hatten, so wenig hörten sie einen Aufprall.

Auf einmal veränderte sich der goldene Schein. Es flimmerte, und weißes, weiches Leuchten tauchte den Steinkreis in warmes Licht. Anja hielt den Atem an: Eine Lichtlanze aus der Schwärze des Alls traf den goldenen Steinkreis und tauchte die elf Menhire in unheimlichen Glanz...

10.

»Sie ziehen sich von unserem Schiff zurück. Entfernung inzwischen über neuntausend Kilometer. Die Lichtlanze besteht aus hochfrequenten Schwingungen, die Energie entspricht ihrer Struktur nach den energetischen Kugelwellenfronten, die uns anfangs an der Landung zu hindern drohten…«

Kaum jemand hörte der gleichförmigen Kunststimme des Checkmasters noch zu. Alle standen sie vor der zentralen Bildkugel und betrachteten das gespenstische Schauspiel dreißigtausend Kilometer über dem Dunkelplaneten: Dort hatten sich an die sechzigtausend Synties zu einer gewaltigen Kugelformation zusammengeballt.

Eine Lanze aus weißem Licht verband sie mit der Oberfläche des Eisvagabunden. Man hätte meinen können, ein Riesenschiff wäre vom Planeten aus mit einer unbekannten Energiewaffe unter Feuer genommen worden und würde allmählich verglühen. Doch weder dehnte der kugelförmige Lichtpulk der Synties sich aus, noch verlor er an Leuchtkraft, wie ein explodierendes Schiff es tun würde, noch brach die Lichtlanze zwischen ihm und dem Dunkelplaneten ab.

»Es ist der Lichtstrahl, den Ihre Frau gemeldet hat, Oberstleutnant«, sagte Hen Falluta leise. »Doch wie können elf Steinsäulen ein derart intensives Licht abstrahlen? Wie können sie überhaupt aus eigener Kraft leuchten?«

»Vielleicht strahlen ja die Synties das Licht ab«, murmelte Dan Riker. »Wir wissen doch so gut wie nichts über diese Steine.«

Und dann geschah etwas Merkwürdiges: Falluta blickte ihn an, als hätte er dem Ersten Offizier ein lateinisches Sprichwort oder eine Beleidigung an den Kopf geworfen. Mit einer steilen

Falte zwischen den Brauen musterte er ihn, und mit einem Ausdruck um die Augen, der genausogut Empörung wie Verblüffung hätte bedeuten können.

Dan Riker rechnete damit, daß Falluta seiner Mimik jeden Moment die entsprechenden Worte folgen lassen würde, doch der Mann sagte nichts. »Ich verstehe nicht«, ließ sich statt dessen Chris Shanton vernehmen und sah dabei zu seinem Roboterhund hinunter.

»Das wundert mich überhaupt nicht«, antwortete Jimmy. »Ich habe nämlich nichts gesagt.«

»Hört ihr das auch?« Manu Tschobe neigte den Kopf, als würde er aufmerksam zuhören.

»Was ist das?« Tino Grappa legte die Handflächen auf die Ohren. »Wer redet da in meinem Schädel...?«

»Riker an Zentrale«, meldete Anja Riker sich über Funk. »Spürt ihr das auch, Dan? Sie kommunizieren miteinander...!«

»Wer?« Dan Riker blickte sich irritiert um. Etwas stimmte nicht. »Wer kommuniziert mit wem...?« Und dann hörte er es auch.

Oder nein, er hörte es eigentlich nicht im buchstäblichen Sinne des Wortes, denn die Stimme klang nicht aus irgendeinem Außen, sie klang überhaupt nicht im üblichen Sinne, denn sie mußte nicht den Weg über seine Trommelfelle und seine Hörnerven nehmen, sondern sie redete mitten in seinem Kopf.

Wir grüßen euch, ihr Kinder der Zwölften, und mit euch grüßen wir die Morgenröte der Freiheit...

Eigentlich war es nicht eine einzelne Stimme, sondern ein ganzer Chor von Stimmen. *Elf Stimmen*, schoß es Riker durch den Kopf. Ganz und gar fremdartig klangen sie – und doch irgendwie vertraut. So fremdartig, daß Riker die Haare zu Berge standen und eine Gänsehaut seinen Nacken und Rücken überzog, und so vertraut, daß ihm warm und sentimental zumute wurde.

Seid ihr endlich zurückgekehrt? Kommt zu uns, Kinder der zwölften Mutter, kommt und befreit uns aus dieser unwürdigen Gefangenschaft, wie ihr einst eure Mutter befreit habt...

»Riker an Zentrale – es sind die elf Steine, Dan!« tönte es

atemlos aus dem Funk. »Hört ihr mich, Dan? Die elf Steine strahlen nicht nur das Licht, sie strahlen eine mentale Botschaft ab...«

Jetzt begriff auch der letzte in der Zentrale. Große Augen und offene Münder, wohin Riker blickte. »Aber mit wem kommunizieren sie, Anja? Wem gilt die Botschaft...?«

»Den Synties.« Arc Doorn kam Anja mit der Antwort zuvor.

»Protokollieren!« Riker winkte in Doorns und Shantons Richtung. »Jeder soll aufzeichnen, was er mitkriegt. Ich versuche mich einzuklinken...« Er hastete zurück in den Kommandostand, fiel in einen der Sessel und schloß die Augen. Ausgerechnet er bei mentalen Übungen, ausgerechnet er als Telepath...

Kommt zu uns, bringt uns die Freiheit, Kinder der zwölften Mutter...

Kinder der zwölften Mutter? Allmählich dämmerte Riker, wovon hier die Rede war.

Er lauschte angestrengt in sich hinein.

Es geht nicht, o ihr in Stein gefesselten Mütter! Wir sind gekommen, euch zu befreien, aber uns fehlt die Kraft. Vielleicht könnten wir dem Menschenschiff die Kraft entziehen, die wir bräuchten, aber das verbietet uns das ewige Gesetz des kosmischen Ausgleichs, denn die Menschen dieses Schiffes haben uns einst die Existenz gerettet...

Das war die Chance! Riker stützte die Ellenbogen auf die Instrumentenkonsole und die Stirn in die Fäuste. Jetzt oder nie. Er konzentrierte sich, sprach langsam aus, was er an mentaler Botschaft übermitteln wollte: »Wir Menschen können helfen?« Alle lauschten, alle warteten auf eine Antwort. Die ließ aber auf sich warten. »Wie denn...?«

Mit einer Kopfbewegung bedeutete Arc Doorn dem Stellvertreter des Commanders, es ein zweites Mal zu versuchen.

»Hier spricht und denkt Dan Riker, Vizekommandant der POINT OF. Wir hören den Austausch eurer mentalen Botschaften mit. Wer immer ihr seid, ich wiederhole: Können wir Menschen euch in irgendeiner Weise behilflich sein?«

Es rufen euch die elf gefangenen Mütter, ihr Menschen! Wir wenden uns an dich, Mensch Danriker. Wir brauchen eure Hilfe...

»Wir sind bereit.« Dan Riker sprach leise und langsam. Er betonte jede Silbe. »Von Anfang an wären wir bereit gewesen! Wir wollten landen auf dem Planeten Dursun, aber die Synties haben uns daran gehindert! Eine Gruppe unserer Gefährten ist sogar gelandet, doch statt Kontakt aufzunehmen, habt ihr sieben von ihnen verschleppt.«

Nicht wir, nicht wir, Mensch Danriker...! Wir brauchen eure Hilfe, helft uns, befreit uns, befreit uns schnell, denn bald ist es zu spät...

»Gebt unsere Gefährten frei, laßt uns landen.«

Die Energie eurer Waffen und Roboter wäre ein Tropfen Löschwasser im Höllenfeuer. Die Energie eurer Kleinstschiffe wäre zu wenig. Sogar die Energie eures Großraumers wäre zu gering, um uns zu befreien.

»Wie können wir euch denn *dann* helfen?«

Wir brauchen die Energie vieler Schiffe. Ihr müßt sehr viele Schiffe von der Größe eures Ringraumers holen und mit allen auf Dursun landen...

*

Der Stimmenchor im Kopf machte die Stille schier unerträglich. Kein Geräusch als nur dieses Raunen und Rufen tief in den Hirnwindungen! Anja kam sich vor wie in einem Fiebertraum.

Und endlich Dans Stimme, ruhig und tief und konzentriert. Dans Stimme aus dem Helmfunk vermittelte ihr wieder das Gefühl für die Realität.

Ja – alles, was geschah, geschah in der Wirklichkeit und keineswegs in einem Fiebertraum.

Daß sie hier inmitten weiß strahlender Steine standen, acht Meter von ihnen und acht Meter von dem offenen Schott entfernt und auffällig eng zusammengedrängt, das war Wirklichkeit. Daß Chronnow seinen Flash aus der Lichtlanze gesteuert und hinter den Menhiren, die keine waren, gelandet hatte, das war Wirklichkeit. Und hoch oben in der Schwärze des Alls die

Lichtkugel, der zweite Endpunkt der Lichtlanze, auch das war Wirklichkeit.

Dorthin blickten sie alle bis auf Getrup. Der hatte die Augen geschlossen, und seine Miene war die Miene eines Mannes, der in Andacht versank. Doraner kaute auf seiner Lippe herum, Tofirs Unterkiefer bebte, und Lionel lief das Wasser aus den Augen. Auch das war Wirklichkeit.

... Ihr müßt sehr viele Schiffe von der Größe eures Ringraumers holen und mit allen auf Dursun landen...

Dieser Satz des Stimmenchors erschreckte Anja. Etwas Unbedingtes schwang in ihm mit; als sei alles verloren. Der Satz verhallte in ihren Hirnwindungen, er stand im Lichtraum über den Steingebilden, und er blieb unbeantwortet. Dan reagierte nicht, und Anja war erleichtert, daß er nicht reagierte.

Das Schott schloß sich. Ein Mann in Überlebenssystem lag auf einmal zwischen zwei Menhiren. Übergangslos, als hätte der goldene Boden ihn ausgewürgt. Achmed Tofir zuckte zusammen, Anja stockte der Atem.

Der Mann bewegte sich, der Mann stemmte sich auf die Unterarme und Knie, der Mann hob den behelmten Schädel – es war Pjetr Wonzeff.

Anja lief zu ihm. Und während sie lief, sah sie zwei Lichtmenhire weiter eine Frau im Schutzanzug an einem Stein lehnen. Zu ihren Füßen krümmte sich ein weiterer Mann. Amy Stewart und DeSoto.

Anja Riker kniete neben Wonzeff nieder, umfaßte seinen Oberkörper, drehte ihn um. Sein Gesicht war bleich und ein wenig spitz, aber er schien bei Bewußtsein. »Pjetr! Sind Sie in Ordnung?« Er nickte.

Zu spät, raunte der Stimmenchor in ihrem Kopf.

Anja sah Doraner, Lionel und Tofir durch das gespenstische Weißlicht rennen. Nur Getrup stand starr, bewegungslos und mit geschlossenen Augen. Die anderen drei beugten sich über Gestalten am Boden, Gestalten in weißen Schutzanzügen. Anja erkannte Dhark und Brack. »Gott sei Dank! Sie sind wieder da! Riker an POINT OF, sie sind wieder da! Gott sei Dank! Gott sei Dank...!«

Es ist zu spät, rief der steinerne Gefangenenchor in ihrem Kopf. Unter seinem Helm verzog Wonzeff das Gesicht, als hätte er Schmerzen.

»Flash 011 an Mrs. Riker!« Chronnow sprach alarmierend schnell und laut. »Sehen Sie sich das an!«

»Was?« Anja merkte plötzlich, daß sie bis über die Stiefelspitzen in Wasser stand. Sie richtete sich auf und zog Wonzeff mit hoch. Zwischen den strahlenden Menhiren rann Wasser auf die ebene Fläche. Anja blickte auf. In der Ferne zeichnete sich etwas Helles gegen die Dunkelheit ab, eine Säule, ein Strahl, eine Fontäne! Sie drehte sich um. Auch in dieser Richtung eine Fontäne, zehn oder fünfzig oder hundert Kilometer entfernt! »Was ist das, Chronnow?!«

»Fontänen aus Gasen und Wasserdampf!« In den Gasströmen flimmerte goldenes Leuchten. »Kohlenstoff, Sauerstoff, Stickstoff, Wasserstoff!« Überall sah Anja plötzlich golden erleuchtete Gas- und Dampffontänen ins All schießen.

Zu spät, ihr Kinder der zwölften Mutter! Zu spät, ihr Menschen von Terra...! Dursun erwacht...

»Nunaat an Doraner und Riker – die Außentemperatur ist in den letzten hundertachtzig Sekunden bis auf zwanzig Grad Celsius über dem Gefrierpunkt angestiegen.

»Gott im Himmel...!« Anja schluckte. Bis zu den Knöcheln stand sie schon im Wasser. »Riker an Landungstrupp – Dursun erwärmt sich rasant, die gefrorene Atmosphäre taut auf...!«

*

Es ist zu spät! Dursun erwacht wieder! Zu spät, zu spät...

Es war nicht die Gewalt der mentalen Stimmen, die Anjas Kopf mit brennendem Schmerz ausfüllte, es war die Verzweiflung, die in diesem exotischen Stimmenchor schwang. Die Mathematikerin hätte laut schreien mögen, so verzweifelt und hoffnungslos fühlte sich das an, was da in ihrem Schädel schrie.

... zu spät, ihr Menschen werdet zu spät kommen, keine Freiheit, keine Erlösung für die elf Mütter...

Der Wunsch, Wonzeff loszulassen und zu rennen, überfiel sie.

Schnell zu Flash 002 rennen, schnell einsteigen, schnell starten, weg hier, nur weg! Sie biß sich auf die Lippen, bis sie Blut schmeckte.

... keine Freiheit, zu spät, keine Erlösung, zu spät...

Dampfwolken und Gasfontänen, wohin sie blickte. So hell leuchtete es in allen Richtungen vor der Schwärze des Alls, daß man meinen konnte, Dursun hätte plötzlich einen Himmel.

»Laß mich los«, stöhnte Wonzeffs Stimme aus dem Helmfunk. »Laß mich los, verdammt! Ich will in meinen Flash!« Er stieß Anjas Arme weg, taumelte durch das Schmelzwasser über den Goldgrund und stützte sich gegen einen der leuchtenden Steine. Er wankte, konnte sich aber festhalten.

Zu spät, zu spät, zu spät! Wer kann uns noch retten? Dursun erwacht...! Niemand kann uns noch retten...!

Anja starrte die Steine an. Klagende Steine, verzweifelte Steine, hoffnungslose Steine. Es war absurd. »Ich werde wahnsinnig...«

... die gefangenen Mütter, die in Stein gebannten Mütter, keine Erlösung, zu spät, ihr Menschen, zu spät...

Wurde der Stimmenchor schwächer, oder täuschte sie sich? »Dhark an alle...« Ein heisere Männerstimme aus dem Helmfunk. Anja blickte hinüber zur anderen Seite des Steinkreises. Dort zogen Doraner und Tofir einen Mann aus dem Wasser und lehnten ihn gegen einen der Steine. Es war Bentheim. Am Stein neben ihm lehnte ein zweiter Mann. Groß, weißblond, um Haltung bemüht.

Ren Dhark.

Er winkte ihr. Hatte er keine Kraft mehr weiterzusprechen? Anja watete durch das Wasser zu ihm. Sie drückte ihren Helm gegen seinen. »Spürst du es auch?« flüsterte er. »Es zieht mich weg hier... es zieht mich zu den Flash...«

Natürlich spürte sie den gleichen Drang. »Riker an alle – Rückzug in die Flash!« Sie packte Dhark und wollte ihn stützen. Er hob abwehrend die Rechte und bedeutete ihr, daß er allein zurechtkommen würde. »Zu den Flash!« rief Anja. »Wir müssen weg hier!«

Sie sah sich um. Amy Stewart und Percival Brack wankten

schon jenseits der Menhire durch das Scheinwerferlicht den Beibooten entgegen. Tofir und Getrup stützten DeSoto, Doraner und Lionel kümmerten sich um Bentheim.

Wo aber steckte Hanfstik?

Sie sah sich um, das Licht blendete sie, der Goldreflex blendete sie, die Stimmen in ihrem Schädel machten sie verrückt. Endlich entdeckte sie ihn auf einem Kampfroboter. Der Arzt klammerte sich an dem Kegelrumpf fest und ließ sich aus dem Steinkreis tragen.

Wonzeff aber kniete mit hängendem Kopf vor einem Lichtmenhir im Wasser. Er atmete schwer, Anja sah es an der Art, wie er sich jedesmal aufrichtete, wenn sein Brustkorb sich blähte. Sie sprang zu ihm, packte ihn und schleifte ihn durch das Wasser von den Lichtsteinen weg zu Flash 011. »Riker an Chronnow – schicken Sie noch fünf weitere Roboter! Sie müssen beim Transport der Gruppe helfen, die unter dem Gold war...!«

Die Roboter kamen und schleppten die noch halb Betäubten zu den wartenden Flash. Anja befahl, daß man den Commander zu ihr in Flash 002 brachte. Die Roboter schwebten über dem Wasser, die Menschen wateten durch inzwischen kniehohe Fluten. Gasfontänen, Dampfwolken und Wasser, wohin man sah. Über allem lag ein unwirklicher goldener Glanz. Die Flash starteten, dreizehn Beiboote mit vierzehn Menschen und neun Robotern an Bord.

»Sind alle wohlauf?« fragte Ren Dhark, während Dursun unter ihnen zurückfiel.

»Mehr oder weniger«, sagte Anja.

»Amy auch?«

»Auch Amy.«

Dhark legte den Kopf in den Nacken und sah hinauf in den Monitor. Eine Lichtlanze verband eine leuchtende Kugel mit dem Planeten Dursun. »Was ist das?«

»An die sechzigtausend Synties. Sie kommunizieren mit den elf Menhiren.«

»Der fehlende zwölfte ist die Mutter der Synties, der wir schon begegnet sind, stimmt's?«

»Korrekt.« Durch golden schimmernde Gasfontänen und golden leuchtende Dampfwolken steuerte Anja Flash 002 ins All hinein. Nichts Finsteres mehr war an Dursun. Im Monitor glitzerte der gebogene Horizont einer goldstrahlenden, zu neuem Leben erwachenden Welt.

»Sieh dir das an, Anja«, flüsterte Dharks Stimme aus dem Helmfunk. »Ich hätte nicht geglaubt, daß so etwas möglich ist, wenn ich es nicht mit eigenen Augen sehen würde.«

Anja Riker antwortete nicht. Die ungeheuerlichen Lichteruptionen auf Dursuns Oberfläche fesselten ihre Aufmerksamkeit. Zehn, fünfzehn Kilometer hoch schossen die Gasfontänen. Überall Licht, überall Goldglanz.

Je weiter sich das Landungsgeschwader von Dursun entfernte, desto mehr glich der sonnenlose Planet einem tausendfach gespiegelten Lichterkreuz, einem Strahlenkranz, einem goldenen Schmelzofen…

Die POINT OF tauchte am oberen Rand der beiden Monitore auf. »Danke«, murmelte der Commander, »danke…«

»Kein Problem, Ren. Das hättest du doch auch getan…«

Dhark antwortete nicht. Er wußte nicht genau in Worte zu fassen, was er fühlte. Er war einfach nur dankbar, die POINT OF lebend zu erreichen. An wessen Adresse sein Dank ging, wußte er selbst nicht.

Ein Schott des Flashdepots öffnete sich, ein Traktorstrahl erfaßte Flash 002, Minuten später setzte das Beiboot im Hangar auf.

Nacheinander holten Traktorstrahlen alle dreizehn Flash des Landungskommandos zurück an Bord des Mutterschiffs. Niemand wagte, in dieser Nähe zum Planeten die Intervallfelder zu aktivieren. Als Ren Dhark und Anja Riker ihre Gurte lösten, meldete sich noch einmal der Stimmenchor in ihren Köpfen.

Flieht, flieht, flieht… bringt euch in Sicherheit… haltet zusammen, haltet zusammen…

»Mit wem sprechen die Steine?« fragte der Commander.

»Mit den Synties.« Anja streckte die Hand schon nach der Luke aus.

Flieht und haltet zusammen, seid einander treu…

Die Stimmen verloren an Dringlichkeit. Es war, als würden sie irgendwo in den Tiefen des Gehirns versickern.

Haltet für immer zusammen, dann werden wir Gefangene vielleicht irgendwann noch einmal eine Chance erhalten. Vielleicht... irgendwann... vergeßt uns nicht... vielleicht irgendwann...

Es wurde dunkler im Monitor, die Lichtlanze zwischen Dursun und der Kugelformation der Synties war erloschen.

*

»Es ist, als hätte jemand das Licht eingeschaltet«, sagte der Erste Offizier.

Dan Riker stieß einen bitteren Seufzer aus. Falluta hatte recht. Hatten sie nicht einen Dunkelplaneten entdeckt? Einen sonnenlosen Finsterling auf der Flucht aus dem Randbercich der Milchstraße? Ja, wohl wahr. Jetzt aber sah der düstere Planet selbst wie eine Sonne aus. Eine goldene Sonne umgeben von einer Korona aus Strahlen, die Zehntausende von Kilometern ins All wuchsen.

Der Lichtstrahl zwischen dem strahlenden Planeten und dem Syntieverband erlosch.

»Was geschieht jetzt?« entfuhr es Grappa.

»Sie brechen die Kommunikation ab«, sagte Shanton.

»Wer?«

»Die Steine.«

»Kommunizierende Steine...« Riker schüttelte den Kopf. »Ist das nicht ein bißchen wie eckige Kurven? Oder quadratische Kreise?«

Niemand antwortete. Alle starrten sie den goldsprühenden Planeten im Hologramm an.

Irgendwann öffnete sich das Hauptschott. Dhark und die Stewart betraten die Zentrale. Anja Riker, Chronnow und Doraner gingen neben ihnen, und Riker sah ihnen an, wieviel Selbstbeherrschung es sie kostete, dem Paar nicht unter die Arme zu greifen und es zu stützen. Und wahrhaftig: Beide – der Commander und seine Freundin, der Cyborg – bewegten sich, als hätten sie einen Marathonlauf hinter sich und wären, zum Abwärmen sozusagen, anschließend in Bleistiefel gestiegen.

Um Haltung bemüht schritten sie die Stufen zum Kommandostand hinauf und sanken in die freien Sessel dort oben. Rikers und Dharks Blicke trafen sich. Dan sagte nichts. Nun ja, sie waren Freunde, sie kannten sich auswendig, warum nutzlose Worte verlieren?

»Na denn, ich bin wieder hier«, sagte Dhark leise, als Riker gar nicht mehr aufhören wollte, ihn zu fixieren. »Sonst noch Fragen?«

Riker befahl, die POINT OF weg von Dursun in Richtung innere Galaxis zu manövrieren. Ren Dhark widersprach nicht. Er hing einfach nur in seinem Sessel und beobachtete die Bildkugel. Möglicherweise schwieg er, weil das Sprechen ihm schwerfiel. Seine Hand lag auf der Armlehne des Sessels rechts neben ihm, und auf seiner Hand lag die Hand seiner Freundin. Amy hatte die Augen geschlossen.

Vielleicht schlief sie, vielleicht war sie einfach nur erschöpft, vielleicht beides.

In der Bildkugel schrumpfte der Planet, der sich selbst als »Dursun« vorgestellt hatte. Zunächst schrumpfte auch die Lichtkugel aus Synties über ihm und blieb zurück. Doch nach etwa zwanzig Minuten überlegten es sich die Energiewesen anders und folgten der POINT OF. Sie taten das mit ziemlich hoher Geschwindigkeit, denn ihre bereits auf einen kleinen Fleck im All geschrumpfte Formation nahm ziemlich rasch wieder an Größe zu.

Kurz darauf beschleunigte der golden leuchtende Planet. Wie ein Raumschiff verhielt er sich – und die meisten an Bord hatten mit so etwas gerechnet. »0,08 Prozent Licht, 0,09 Prozent Licht…«

»Sollten wir ihm nicht folgen?« Arc Doorn wandte sich an den Commander. Der winkte ab.

Im Minutentakt gab der Checkmaster die Beschleunigungswerte durch. »0,1 Prozent Licht, zwei Prozent Licht, elf Prozent…«

Mit atemberaubenden Beschleunigungswerten jagte Dursun,

der Goldene, den äußersten Grenzen der Milchstraße entgegen. Bald raste er mit annähernd Lichtgeschwindigkeit durch den interstellaren Raum zwischen den letzten Sternen des Spiralarms und beschleunigte immer weiter.

»Warum kann er so schnell fliegen?« Grappa schlug die Hände über dem Kopf zusammen. »Warum kann ein Planet überhaupt beschleunigen?«

»Weil er kein Planet ist«, entgegnete Shanton trocken.

»Was dann?« wollte Anja Riker wissen.

Der fettleibige Wissenschaftler zuckte mit den Schultern. »Jedenfalls nichts, wofür die Sprachen, die ich kenne, ein Wort hätten.«

»Unglaublich«, seufzte Dan Riker. »Das kennen wir doch, oder?« Über die Schulter blickte er zu Dhark.

Der nickte nur müde. »Er fliegt mit Sternensog. Kennen wir auch.«

»Transitionsimpuls auf 51-96-Süd, 2-82-West!« meldete Grappa. »Die Synties haben sich in den Hyperraum verabschiedet!«

»Astronomische Abteilung an Zentrale.« Lionels Stimme aus dem Bordfunk. »Dursun überschreitet soeben die Lichtgeschwindigkeit! Seine Beschleunigungswerte steigen exponentiell! Es ist unfaßbar!«

»Was meinten Sie, Sir, als Sie eben sagten ›das kennen wir doch‹?«

Riker blickte zur Galerie hinauf. Von dort oben kam die Frage. An der Balustrade lehnten ein paar Fähnriche. Häkkinen, Azhari, Scaglietti, der dicke Vanhaaren und die Bakerfield. Ahmad Azhari hatte die Frage gestellt.

»Als wir vor drei Jahren aus der Galaxis Orn zurückkehrten, haben wir im intergalaktischen Raum, kurz vor der Lokalen Galaxiengruppe einen goldenen...« Er zögerte. »... ein goldenes Objekt von der Größe eines Planeten geortet. Unmöglich, es exakt anzupeilen. Und seine Geschwindigkeit, seine Manövrierfähigkeit und seine Energieabstrahlung waren einfach...« Riker zuckte mit den Schultern. »... atemberaubend.« Er blickte sich nach Ren Dhark um. Der reagierte nicht. »Wir haben damals versucht, ihm zu folgen. Völlig ausgeschlossen. Deswegen haben wir es hier erst gar nicht probiert.«

»Ich habe gehört, daß es im Inneren des Worgunplaneten Epoy auch eine goldene Station geben soll«, bohrte die Bakerfield.

»Schon möglich«, brummte Riker.

»Es wird doch die These diskutiert, daß diese goldenen Stationen, Statuen und Planeten mit den sagenhaften Balduren in Zusammenhang stehen.« Jetzt versuchte Häkkinen sein Glück.

»Schon möglich.«

»Inzwischen fliegt er bereits mit fünfundzwanzigfacher Lichtgeschwindigkeit«, meldete Grappa aus dem Ortungsstand. »Wenn er weiter so beschleunigt, verläßt er die Milchstraße in wenigen Minuten...«

*

Acht Stunden später traf sich der Commander mit dem Leitungsstab der POINT OF und den Teilnehmern der Landungstruppe in der Offiziersmesse. Manöverkritik war angesagt. Leon Bebir hatte das Kommando in der Zentrale übernommen.

Obwohl die meisten der vierzehn Mitglieder der Landungstruppe ein paar Stunden geschlafen hatten, sahen sie noch immer ziemlich mitgenommen aus. Vor allem Ren Dhark und die sechs, die ihn beim Vorstoß ins goldene Planeteninnere begleitet hatten, waren bleich, sprachen auffallend leise und schleppend und hatten dunkle Schatten unter den Augen.

»Ich gebe es nicht gern zu«, sagte der Commander, nachdem jeder seinen Bericht abgegeben hatte, »aber ich muß den Fakten ins Auge sehen: Die mentale Macht war stärker als meine Vernunft. Sie hat meine Befehle beeinflußt, im Grunde gehen die wichtigsten Weichenstellungen des Landungsunternehmens auf ihr Konto. Dafür muß ich die Verantwortung übernehmen. Wenn wir statt eines Flash und fünf Robotern sechs Mann verloren hätten, wäre es meine Schuld gewesen. Ich habe einen Fehler gemacht...«

»Jetzt ist es aber gut!« unterbrach ihn Riker. »Nur wer nichts tut, macht keine Fehler! Und die Scheiße, in der unsere Sonne steckt...« Anja zog die Brauen hoch, und Dan Riker nahm noch einmal Anlauf. »Und die Probleme, die uns zu Hause den Lebensnerv abdrücken, die rechtfertigen fast jedes Risiko.« Er lehnte sich zurück und verschränkte die Arme vor der Brust. »Allerdings könnte es nichts schaden, wenn du das nächste Mal ein bißchen mehr auf mich hören würdest, Commander Dhark.«

»Versprochen.«

»Sie haben auffällig wenig über Ihre Erfahrungen im Planeteninneren berichtet«, sagte Chris Shanton.

»Auffällig wenig?« Dhark runzelte die Stirn. »Es sollte mich wundern, wenn ich überhaupt darüber berichtet habe. Ich weiß nämlich nur, daß ich durch das offene Schott eine goldene Rampe betreten habe und daß ich Sekunden oder Jahre später an einem leuchtenden Stein lehnte und meine Glieder und mein Schädel wie wahnsinnig schmerzten.«

Shanton blickte zu Bentheim, DeSoto, Wonzeff und Hanfstik. Sie bestätigten Dharks Aussage. Keiner der fünf Männer erinnerte sich an die Stunden im Inneren Dursuns.

Anders Val Brack und Amy Stewart. Das Programmhirn der Cyborgs hatte die Erlebnisse des Vorstoßes gespeichert. »Wir kamen in eine Halle voller fremdartig geformter Geräte und Instrumente«, berichtete Amy. »Ich habe so etwas nie zuvor gesehen. Zunächst waren wir ganz zuversichtlich. Bis sich sieben goldene Spindeln aus geformter Energie von der Decke senkten. Dann verloren wir fast gleichzeitig das Bewußtsein. Keine Ahnung, wie es mir gelang, noch rechtzeitig ins Zweite System umzuschalten...«

»Genau so ging's mir auch«, erzählte Brack. »Auf einmal nahm ich alles über das Programmhirn wahr. Die Spindeln nahmen uns auf und rasten mit uns durch das Planeteninnere...«

Abwechselnd berichteten Amy und Brack. Sie schilderten die alptraumhafte Reise durch goldenen Hallen, sie beschrieben die phantastischen Spiralen, Kuppeln, Muscheln und Blasen, und sie erzählten von den unbeschreiblichen Goldmaschinenwesen – Wasserspiele? Goldfarngebinde? Insektenfühler? –, die selbst verborgenste Erinnerungen und geheimste Gedanken aus ihren Hirnen gesaugt hatten.

Nach dem Bericht der Cyborgs herrschte langes Schweigen. Düstere Mienen rund um den Konferenztisch.

Die meisten starrten ihre Hände an.

Einige blickten durch die Wände hindurch in irgendeine Ferne.

»Das macht mich ratlos, was ihr da erzählt«, sagte Riker schließlich.

»Und mir macht es Angst.« Shanton beugte seinen schweren Körper über den Tisch und faltete die Hände. »Wer lebt auf diesen Planetenschiffen? Was sind das für Intelligenzen, die derartige Unmöglichkeiten bauen können? Das macht mir Angst.«

»Sie manipulieren Menschen und selbst Cyborgs nach Belieben.« Dhark sprach leise. »Angst scheint mir eine angemessene Reaktion auf so ein Phänomen zu sein. Ich würde sogar sagen: eine intelligente Reaktion...«

11.

»Ein imposanter Anblick.«

Christopher Farnhams Blick war in den Himmel über dem kleinen Raumhafen gerichtet. In den tristen Morgenstunden des Novembertages beleuchteten gewaltige Scheinwerfer die Umgebung. Trotzdem waren die Umrisse der Landschaft, in die Star City eingebettet war, nur undeutlich zu erkennen. Dichtes Schneetreiben verhüllte die bewaldeten Berge rings um die auf dem Reißbrett entstandene Stadt der Schwarzen Garde. Orkanartige Böen jagten die dicken Flocken über das Landefeld, auf dem vereinzelte Raumsoldaten zu Fuß unterwegs waren. Sie mußten sich mit Macht gegen den Wind stemmen, um nicht von den Beinen gerissen zu werden.

»Eher trostlos«, befand Kenneth MacCormack. »Wir liegen hier schön abgeschieden, was ja Sinn und Zweck beim Entwurf und Bau von Star City war. Doch da war noch nicht daran zu denken, daß wir eines Tages zu Opfern des Wetters werden.«

Farnham brachte den Ansatz eines Lächelns zustande, weil es im Innern seines Büros mit dem großen Aussichtsfenster angenehm warm war. Dabei waren die hinlänglich bekannten Gründe für die Klimaveränderungen auf der Erde alles andere als amüsant. »Ich rede nicht von dem Naturschauspiel, sondern von dem Ikosaederschiff.«

Wie ein monströser Schatten senkte sich die ROBERT durch den fallenden Schnee. Obwohl sie ihren Landeanflug lediglich mit Antigrav durchführte, verstärkte ihre enorme Luftverdrängung die Vehemenz des Sturms.

Der Befehlshaber der Schwarzen Garde fuhr mit der Hand über seinen braunen Bürstenhaarschnitt und dachte an Alamo Gordo. Auch dort wütete das Wetter, dessen ständige Verschlechterung kaum noch jemand für eine vorübergehende Erscheinung hielt. Viele Menschen ließen sich nichts mehr vormachen und waren nicht länger bereit, den offiziellen Verlautbarungen der Regierung Glauben zu schenken. Auch wenn der Generalmajor seine eigenen Probleme hatte, verfolgte er die Vorgänge auf der Erde wachsam. So waren ihm auch die jüngsten Zwischenfälle in Moskau nicht entgangen, die nur die Spitze des Eisbergs bildeten. Es war abzusehen, daß es zu weiteren Aufständen in der Zivilbevölkerung kommen würde, wenn sich der Prozeß fortsetzte.

»Vielleicht kann die ROBERT dafür sorgen, etwas Licht in diese Sache zu bringen«, murmelte er gedankenverloren.

MacCormack sah ihn fragend an. »Wovon reden Sie?«

»Ich habe nur laut über den bevorstehenden Einsatz auf Eins nachgedacht. Wenn die Garde dort keinen Erfolg hat, gehen uns allmählich die Optionen aus.«

»Ich vertraue auf die Jungs.«

»Wie immer, ich weiß. Ginge mir das anders, würde ich nicht diesen Posten bekleiden.« Immerhin war es Farnham gewesen, dessen Überlegungen erst zum Aufbau der Schwarzen Garde geführt hatten. »Deshalb verlasse ich mich auf Sie und die Männer.«

»Hm«, machte der vierschrötige Ire nachdenklich.

»Gibt es Zweifel, Kenneth? Irgend etwas, das ich berücksichtigen sollte?«

»Keine Zweifel an der Mission.«

»Sicher nicht? Sie können mir nichts vormachen. Wenn Ihnen eine Laus über die Leber gelaufen ist, immer heraus damit. Die Mission behagt Ihnen nicht?«

»Das ist es nicht. Im Gegenteil, ich halte sie für unabdingbar.« MacCormack schüttelte den Kopf, während der Ikosaeder sich vor den Augen der beiden Männer auf das Landefeld senkte. »Es ist die ROBERT.«

»Ich fürchte, ich verstehe nicht. Nach momentanem Stand kann ich mir kein Schiff vorstellen, das besser für diese Mission geeignet wäre. Die POINT OF vielleicht ausgenommen, doch die steht nun einmal nicht zur Verfügung.«

»Es ist nicht das Schiff an sich. Auch in meinen Augen ist es von seiner Funktionalität und seinen Möglichkeiten her erste Wahl. Mir gefällt nur nicht, daß wir auf einen Raumer von Eden angewiesen sind. Die Garde ist eine irdische Einrichtung, eine Elitetruppe, der Stolz unserer Streitkräfte… und Freundschaft und Verbundenheit hin oder her, Eden ist faktisch eine extraterrestrische Macht, auch wenn der Planet von Menschen bewohnt wird.«

Farnham nickte. »Ich verstehe, und bis zu einem gewissen Grad teile ich Ihre Vorbehalte sogar. Doch betrachten Sie die Nutzung der ROBERT als einen Ausblick in die Zukunft.«

»Ich fürchte, diesmal verstehe ich nicht.«

»Alles zu seiner Zeit. Wir sollten Generalmajor Jensby nicht warten lassen. Ihm wurde angekündigt, daß die Zeit knapp ist. Die Garde ist einsatzbereit?«

MacCormack nickte. »Die Männer hatten gestern einen anstrengenden Tag, außerdem haben sie heute Nacht so gut wie nicht geschlafen. Trotzdem brennen sie darauf, endlich wieder in einen richtigen Einsatz zu gehen. ›Schlafen kann ich, wenn ich tot bin‹ wird in letzter Zeit zu ihrem inoffiziellen Wahlspruch.«

»Dann wollen wir mal hoffen, daß sie in nächster Zeit keinen Schlaf finden«, scherzte Farnham, wurde aber schlagartig wieder ernst. Der Tod begleitete jeden einzelnen Gardisten bei jeder Mission. Das war ihnen bewußt, und im Interesse der Menschheit waren sie bereit, ihr Leben zu opfern, wenn es nötig war. Dennoch war dem Befehlshaber der Garde bekannt, daß MacCormack ein Offizier war, dem das Leben jedes einzelnen seiner Männer am Herzen lag. »Also los!«

Die beiden Soldaten verließen das Büro.

Die Gardisten saßen bereits auf glühenden Kohlen.

*

Es gab nur eine kurze Begrüßung mit dem Generalmajor der Flotte von Eden. Farnham konnte sich nicht erinnern, dem inzwischen im gleichen Rang wie er selbst stehenden Jensby einmal begegnet zu sein, als der noch der Terranischen Flotte angehört hatte. Auch wenn wegen der Sparmaßnahmen auf der Erde Jensbys Karriere bei der TF nie richtig in Schwung gekommen war, mußte es sich bei ihm um einen verdammt fähigen Berufssoldaten handeln. Andernfalls wäre er zweifellos auch bei seinem neuen Brötchengeber nicht in diese Position gelangt.

Die Startvorbereitungen der ROBERT vollzogen sich in beinahe gespenstischer Stille. Drei Absetzer der Schwarzen Garde wurden an Bord des Ikosaeders gebracht und in leergeräumten Hangars verstaut, aus denen sie in kurzer Zeit wieder ausgeschifft werden konnten.

Das schweigsame Vorgehen der Gardisten war kein Anzeichen für mögliche Müdigkeit, die sie ohnehin kaum kannten. Die Elitesoldaten waren darauf trainiert, auch zwei oder drei Tage ohne Schlaf auszukommen und mit permanentem physischem und psychischem Streß umzugehen. Jeder konzentrierte sich auf seine eigene Art auf die bevorstehende Mission. Nicht einmal die Freunde Buck und Jaschin ließen sich zu einem ihrer Scherze hinreißen.

Nachdem die Absetzer verladen waren, gingen die Gardisten selbst an Bord. Es waren drei Züge, die jedoch nicht alle zum Einsatz kommen sollten. Der war nur mit einem einzigen Zug geplant. Der Rest der Truppe bildete eine Sicherheitsreserve. Dank Artus' Ausflug mit Hyperbel auf die Oberfläche von Eins wußte man zwar bereits einiges über die Zentralwelt *des Volkes,* doch gab es womöglich noch zahlreiche Überraschungen, für die man neben der eigentlichen Einsatzgruppe eine schlagkräftige Verstärkung in der Hinterhand bereithalten sollte. Die Garde machte keine halben Sachen, und schon gar nicht, wenn es bei einem Einsatz um das Wohl und Wehe der Menschheit ging.

Aber wann tut es das bei unseren Missionen eigentlich nicht? dachte Farnham mit einem Anflug von Galgenhumor.

Aus der Meute stachen nur zwei Gestalten optisch hervor. Die eine war Artus, der bereits mit den ersten Gardisten an Bord ging. Die andere war Bert Stranger, der allein durch seine Körperfülle und seine zeitweilig unbeholfen wirkenden Bewegungsabläufe auffiel.

»Sie wollen ihn wirklich mitnehmen?« wandte sich Farnham an MacCormack.

»Er hat meine Bedingungen erfüllt. Ich habe es ihm versprochen«, antwortete der Oberst mit säuerlicher Miene. »Ich fürchte, nun kann ich nicht mehr zurück.«

»Halten Sie ihn im Auge. Es würde in der Öffentlichkeit einen äußerst schlechten Eindruck machen, wenn wir einen zivilen Berichterstatter mit in einen solchen Einsatz nehmen und ihn dabei verlieren. Die meisten kritischen Stimmen sind zwar verstummt, doch einige werden sich sofort wieder erheben, wenn es zu einem Zwischenfall kommt. Der Tod eines Reporters würde dazu führen, daß die öffentliche Diskussion um unsere Finanzierung wieder beginnt.«

»Sicherheit kostet nun einmal Geld.«

»Das wissen wir beide, Kenneth. Andere aber nicht. Auch wenn Trawisheim uns gewogen ist, kann er sich als Commander der Planeten dem öffentlichen Druck nur bis zu einem gewissen Punkt entgegenstellen.«

»Wer sich in Gefahr begibt, kommt darin um.« MacCormack winkte ab. »Keine Sorge, wir passen schon auf Stranger auf. Ich wünschte, er wäre meine einzige Sorge.«

Farnham konnte sich denken, worauf der Missionsleiter anspielte. »Es rumort immer noch in Ihnen wegen des Eden-Ikos, Kenneth?«

»Ich müßte lügen, wenn ich die Frage verneinen sollte.«

Farnham dachte ein paar Sekunden nach, bevor er sich einen Ruck gab. »Ich wollte es noch nicht herausposaunen, doch um Sie zu beruhigen, sollen Sie es erfahren. Betrachten Sie den Einsatz mit der ROBERT als Testflug. Die Regierung hat nämlich einen der neuen 600-Meter-Ikos auf Eden bestellt.«

»Einen für die ganze Erde?«

»Ausschließlich für die Garde.«

MacCormack zog eine Augenbraue in die Höhe. »Trawisheim hat sich trotz der finanziellen Schwierigkeiten breitschlagen lassen? Alle Achtung.«

»In diesem Fall blieb ihm gar nichts anderes übrig. Ich habe nur ein ganz klein wenig nachhelfen müssen. Nun aber viel Glück bei Ihrer Mission.«

»Danke. Ich hoffe, daß wir davon nicht allzuviel nötig haben, denn ich verlasse mich lieber auf die Fähigkeiten der Gardisten.«

Die beiden Männer verabschiedeten sich, und MacCormack begab sich an Bord der ROBERT.

Noch lange nachdem sie in der Dunkelheit und dem Schneetreiben über Star City verschwunden war, schaute Christopher Farnham ihr sinnend nach.

*

Die ROBERT war ein Wunderwerk edenscher Technik, wovon sich Kenneth MacCormack mit eigenen Augen überzeugen konnte. Ihr Kommandant Jakob Jensby hatte seinem Passagier einen Platz in der Kommandozentrale des neuartigen Ikosaederraumschiffs reserviert. MacCormack war sicher, daß das nicht aus reiner Gastfreundschaft geschah. Er sollte sehen, wozu die ROBERT fähig war, um das später bezeugen zu können. Edens Staatschef Terence Wallis hoffte zweifellos, über kurz oder lang nicht nur einen, sondern viele weitere Ikos an die Erde verkaufen zu können.

Wirtschaftsinteressen!

Sie kümmerten den trinkfestesten Raumsoldaten des gesamten Korps nicht. Seine Begeisterung für das Schiff, das seine Leute und ihn in den Einsatz trug, konnte er trotzdem nicht verleugnen. Die ROBERT hatte nicht nur die gesamte Ringraumertechnologie an Bord, sie verfügte zudem über ein paar zusätzliche Optionen, die sie weiter aufwerteten. So war das Intervallum dank zweier Kraftwerke doppelt so stark wie das eines Ringraumers, und auch die Effizienz des Kompaktfeldschirms war auf die doppelte Leistung erhöht worden. Das waren Vorteile, die angesichts der Kampfkraft der Roboterschiffe nicht zu unterschätzen waren.

»Feindkontakt?« fragte Jensby in regelmäßigen Abständen.

»Negativ, Sir«, antwortete Luca Tardelli jedesmal stereotyp. »Weder Funk- noch Ortungsanzeigen.«

Der stämmige Schweizer mit dem raspelkurzen schwarzen Haar ließ seine Anlagen nicht für eine Sekunde aus den Augen. Immer wieder kontrollierte er die Anzeigen und nahm Schaltungen vor, als wollte er seine Worte selbst widerlegen. Ebenso wie Jensby rechnete er anscheinend damit, unterwegs auf einen der Roboterraumer zu treffen, doch nichts geschah.

MacCormack war froh darüber. Er konnte keine Verzögerung brauchen, und er vermochte nicht einzuschätzen, wie der Kommandant des Ikosaeders sich verhalten würde, wenn ihnen tatsächlich ein Schiff des Robotervolkes über den Weg flog. Er selbst hätte es ignoriert, um den Planeten Eins möglichst schnell zu erreichen. Dank des voll aktivierten Tarnschutzes war die ROBERT bei einer Zufallsbegegnung auch nicht zu entdecken. Aber vielleicht dachte Jensby anders, und MacCormack konnte dem Offizier von Eden, der zudem im Rang über ihm stand, an Bord seines eigenen Schiffs ja schlecht Vorschriften machen.

»Gibt es ein festgelegtes Zeitfenster für Ihren Einsatz auf dem Planeten?« fragte Jensby.

»Da wir nicht wissen, was uns erwartet, wurden zeitliche Planungen von vornherein außer acht gelassen.«

»Fehlende Informationen erschweren einen planmäßigen Einsatz. Worum geht es eigentlich genau?«

»Genau darum. Möglichst viele Informationen über diese Roboter zu sammeln. Wir wissen noch viel zu wenig über sie, um ihnen effektiv begegnen zu können.«

Doch das war längst nicht alles. MacCormack hatte keine exakt definierten Befehle erhalten. Sowohl Farnham als auch Henner Trawisheim verließen sich darauf, daß die Garde je nach Lage der Dinge das richtige tun würde. Ihr Einsatzleiter mußte vor Ort nach eigenem Ermessen entscheiden. In manchen Situationen mochte das ein zweischneidiges Schwert sein, wenn diplomatische Aspekte bei einer Mission auf einem fremden Planeten berücksichtigt werden mußten. In diesem Fall bestand diese Beschränkung jedoch nicht.

Das Maschinenvolk schien das Wort Diplomatie nicht einmal

zu kennen. Wozu auch, wenn seine grundsätzliche Direktive war, sämtlichen »Biomüll« in der Galaxis auszurotten?

Wir werden etwas entdecken, schwor MacCormack sich selbst. *Wir werden nicht mit leeren Händen nach Hause zurückkehren. Die Garde wird ihre Existenzberechtigung auch dem letzten Zweifler unter Beweis stellen.*

»Annäherung an einen Roten Riesen.«

Die Worte rissen MacCormack aus seinen Gedanken. Als er aufblickte, begriff er, daß Josh Laudrup, der Pilot der ROBERT, sie ausgesprochen hatte.

»Mister Tardelli, Entfernung bis zum Zielsystem?« fragte Jensby.

»Knapp vier Lichtjahre«, meldete der Italiener nach einer kurzen Überprüfung der Distanzortung.

»Liegen weitere Sonnensysteme oder Einzelsterne in Flugrichtung Eins?«

»Nicht ohne Kurskorrektur.«

»Die wollen wir vermeiden.« Der Kommandant wandte sich an seinen Passagier. »Sind knapp vier Lichtjahre Entfernung zu Ihrem Einsatzort akzeptabel?«

MacCormack nickte. Diese Strecke bewältigten die Absetzer problemlos.

»Mister Laudrup, wir beziehen Position bei dem Roten Riesen.«

»Aye, Sir«, bestätigte der Pilot. »Wenn es unbedingt sein muß.«

MacCormack lächelte in sich hinein, während er sich aus seinem Sessel erhob. Er hatte bereits mitbekommen, daß der Däne ein Draufgänger war, der vor keinem fliegerischen Risiko zurückschreckte. Viel lieber flog er geradewegs ins Zentrum des Geschehens hinein, anstatt in sicherer Entfernung abzuwarten. Er erhob sich aus seinem Sessel und straffte seine Gestalt. Nun ging es in die entscheidende Phase der Expedition. Er war froh, die Untätigkeit hinter sich lassen zu können. Den Gardisten ging es zweifellos nicht anders. Zu viel Zeit zum Grübeln vor einem Einsatz drückte nur aufs Gemüt, auch wenn kein einziger der Elitesoldaten das jemals zugegeben hätte.

»Ich begebe mich zu meinen Männern. Jetzt sind wir an der Reihe.«

Jensby nickte. »Viel Glück, Oberst. Wir bleiben auf ständigem Funkempfang. Sollten wir einen Notruf von Ihnen empfangen, machen wir uns, zweifellos sehr zur Freude von Mister Laudrup, sofort auf den Weg, um Sie rauszuholen.«

»Danke, Generalmajor.«

Beinahe amüsiert verließ MacCormack die Kommandozentrale der ROBERT. Die Schwarze Garde und einen Notruf absetzen – soweit kam es gerade noch!

*

Keine zehn Minuten später war MacCormack mit seiner Truppe an Bord des Absetzers, der die Gardisten ins unmittelbare Operationsgebiet bringen sollte. Wie es bereits vorab festgelegt worden war, ging der 14. Zug in den Einsatz, den seine Angehörigen immer noch inoffiziell als den Mescalero-Zug bezeichneten. Aufgrund ihrer Erfahrung und ihrer enorm hohen Erfolgsquote wurden die Elitesoldaten um Leutnant Kurt Buck und Hauptfeldwebel Jannis Kaunas bei haarigen Missionen bevorzugt eingesetzt.

Die Mescaleros waren eine verschworene Truppe, in der einer für den anderen durchs Feuer ging.

Unterstützt wurden sie von Artus und den sechs Cyborgs, mit denen sie sich bereits am Vortag zusammengerauft hatten. Die anfänglichen Animositäten vor der Übung waren nun, da der Ernstfall bevorstand, vergessen. Soldaten und Cyborgs mußten sich ebenso aufeinander verlassen können, wie es die Gardisten untereinander taten. Komplettiert wurde die Truppe durch Bert Stranger, der keinen Moment des Ausschleusens unbeobachtet ließ. Schon jetzt machte er mit seiner kleinen Kamera erste Aufnahmen, um später jede Phase der Mission dokumentieren zu können. Wie sämtliche Gardisten und die Cyborgs trug auch er einen Multifunktionsanzug, verzichtete aber als einziger auf einen Multikarabiner.

»Wenn ich schieße, dann mit meiner Kamera«, erklärte er kategorisch. »Für Salven aus einer Feuerwaffe hat noch kein Kollege den Pulitzerpreis erhalten.«

»Wovon träumt der Kerl eigentlich nachts?«

»Ich träume nicht, ich gehe meine Ziele mit dem nötigen Ernst, den erforderlichen Informationen und wachem Geist an.«

»Tun Sie mir bitte einen Gefallen, und schießen Sie mit Ihrem gefährlichen Werkzeug nicht allzu oft auf mich«, bat Buck grinsend. »Sie könnten sonst einen Reflex bei mir auslösen, wenn ich gerade meinen MK in der Hand halte.«

»Ich fürchte, daß er schneller zieht als du, Kurt«, schlug Jaschin in die gleiche Kerbe. »Aber in dem Fall werden wir dich rächen.«

Gelächter ging durch die Reihen der dicht beieinandersitzenden Gardisten, während Stranger fassungslos nach Luft schnappte. Er wollte sich empört an MacCormack wenden, als er sah, wie der Einsatzleiter still vor sich hingrinste.

»Schon verstanden.« Der beste Reporter von Terra-Press winkte verächtlich ab. »Ich werde die Herren daran erinnern, wenn einer von euch Helden einen besonders vorteilhaften Schnappschuß für die Familie daheim haben möchte.«

»Gardisten haben keine Familie«, belehrte Kaunas ihn, ohne eine Miene zu verziehen. »Und jeder, der unerlaubt Aufnahmen von uns macht, steht auf unserer schwarzen Liste noch vor den irren Robotern.«

»Ups«, machte Stranger, nun ebenfalls grinsend. »Wertvoller Hinweis. Ich schätze, das sollte ich mir merken.«

Buck ignorierte das verbale Geplänkel. Er pilotierte den zwar geräumigen, aber bis auf den letzten Platz besetzten Absetzer mit der von ihm verbesserten Version des »Time«-Effekt-Antriebs. Einst durch Zufall entdeckt, waren damit Transitionen über 1,7 Lichtjahre möglich. Mittlerweile war die Gesamtreichweite der Absetzer auf bis zu acht Lichtjahre erhöht worden. Die Energie des kleinen Reaktors an Bord konnte in den Silos des »Time«-Antriebs gespeichert werden, so daß man völlig ohne verräterische Emissionen fliegen konnte. Nur gegen optische Entdeckung waren selbst auch diese fast perfekt getarnten Kleinraumschiffe nicht gefeit.

Zwischen den einzelnen kurzen Sprüngen legte er Pausen ein, um sich zu orientieren. Sie fielen zu seiner Zufriedenheit aus. Die nächsten Roboterschiffe waren verhältnismäßig weit entfernt und stellten keine Bedrohung dar. Erst bei der weiteren Annäherung an das System des *Volkes* wurden sie häufiger gesichtet. Trotzdem bestand keine Gefahr, von ihnen geortet zu werden.

Nach dem letzten Sprung trieb der Absetzer antriebslos am Rand des Sonnensystems. Es lag auf der Terra gegenüberliegenden Seite der Milchstraße, 68 000 Lichtjahre von der Erde entfernt.

Das Zentralgestirn war ein der heimatlichen Sonne ähnlicher Himmelskörper, die Zentralwelt der Roboterzivilisation ein erdgroßer Planet. Nur hätte kein Mensch dort leben wollen – und aufgrund der Stickstoffatmosphäre schon gar nicht dort leben können.

»Ich gehe auf Magnetantrieb«, kündigte Buck an.

Ein kaum merklicher Ruck ging durch den Truppentransporter, als er Fahrt aufnahm. Buck steuerte ihn mit aller gebotenen Vorsicht und kreuzte kurz darauf die äußere Planetenbahn.

»Ganz schöner Betrieb hier«, stellte Jake Calhoun fest. »Diesen Laudrup hätte ich mal sehen wollen, wie er unbemerkt hier eindringt.«

»Nach dem, was ich über ihn gehört habe, legt der Kerl keinen Wert darauf, irgend etwas unbemerkt zu tun. Die Schrotteufel würden die ROBERT bereits umschwirren wie Motten eine Glühlampe.«

Der Aufmarsch der Maschinen war gewaltig. Über 10 000 Roboterschiffe waren in dem System unterwegs oder auf Eins geparkt. Beim geringsten Fehler würden sie zur Treibjagd blasen.

»Immer schön langsam«, mahnte Kaunas. »Lieber einen Haken zuviel schlagen, als einem dieser bizarren Kästen zu nahe zu kommen.«

»Die Tarnung funktioniert perfekt«, konterte Buck. »Und diese Roboter scheinen sich völlig sicher zu sein, keinen unangemeldeten Besuch zu erhalten. Es gibt keine Patrouillenschiffe und keine Überwachungssatelliten. Nichts, was unseren Ast-Station auch nur im entferntesten ähneln würde.«

»Für logisch denkende Maschinen eine unverständliche Nachlässigkeit. Mit mir als Verbündetem würden sie einen solchen Fehler nicht machen. Aber wir sollten das positiv sehen. Die Schrottbots können noch einiges vom sogenannten Biomüll lernen«, stimmte Artus dem Leutnant zu.

»Besser nicht«, widersprach Stranger. »Mit ein paar kleinen Fehlern sind mir diese Maschinen viel sympathischer.«

Vor dem Absetzer wuchs Eins unaufhaltsam an. Obwohl ständig Roboterschiffe von der Planetenoberfläche starteten oder auf ihr niedergingen, wurde das einzelne kleine Gefährt nicht bemerkt. Die bisherigen Erkenntnisse bestätigten sich beim Anblick der unterschiedlich geformten Raumer. Keiner glich in seinem Aussehen dem anderen. Der Phantasie der Maschinen schienen keine Grenzen gesetzt.

»Ganz schön durchgeknallt, wenn ihr mich fragt«, bemerkte der aus den Niederlanden stammende Sam Uitveeren.

»Leider sagt das nichts über die Effizienz der Schrotteufel aus, wie ihr Vorstoß nach Proxima Centauri beweist.«

»Ich stimme Artus zu«, warf der Hauptfeldwebel ein. »Eigene Selbstüberschätzung beziehungsweise Unterschätzung dieses Gegners bedeutet den Anfang vom Ende.«

Dabei wußte er genau, daß er sich diesbezüglich keine Sorgen zu machen brauchte. Jeder seiner Gardisten war in der Lage, eine bedrohliche Situation zu analysieren und die Gefahr eindeutig zu kategorisieren. Die durch die Roboter drohende würde keiner von ihnen unterschätzen.

»Wie sehen Sie die Chancen für einen erfolgversprechenden Landeanflug, Buck?« fragte er.

»Nicht besonders groß. Die schwirren überall in der Atmosphäre herum. Außerdem kann ich keine Stelle an der Oberfläche entdecken, wo eine unbemerkte Landung möglich ist. Energetische Emissionen, wohin man sieht.«

Kaunas kam zu der gleichen Einschätzung. »Passive Erkundung! Wir umrunden den Planeten und sehen uns erst einmal um. Ich will eine ungefährdete Landestelle.«

Das war leichter gesagt als getan. Wie Artus bereits bei seinem ersten Besuch festgestellt hatte, war Eins zum größten Teil überbaut. Ein scheinbar endlos gewobenes Netz aus Gebäuden und Lichtern überzog die Oberfläche. Buck fühlte sich an alte Satellitenaufnahmen von der Erde aus der Zeit vor der letzten Jahrtausendwende erinnert. Bei Nachtaufnahmen waren die Städte aus großer Höhe anhand der Perlenketten aus Lichtern eindeutig zu bestimmen gewesen. Ganz Eins hingegen war eine einzige planetenumspannende Stadt. Straßen und Gassen, deren Anordnung für Menschen keinen Sinn erkennen ließ, wanden sich zwischen den teils riesigen Gebäuden hindurch und zerschnitten ganze Regionen in Parzellen, deren Form jeglicher Vernunft widersprach.

Zumindest der Vernunft der Menschen – aber vermutlich besaßen die Maschinen eine eigene, die nur sie begriffen.

»Mit der Energie, die die Roboter da unten verblasen, könnte man Sol wieder auf Normalwerte aufheizen.«

»Die Maschinen haben nicht das kleinste Fleckchen vergessen«, murmelte Stranger. »Ganz schön hübschhäßlich da unten.«

»Bleibt zu hoffen, daß Sie sich irren«, meldete sich mit Jes Yello zum ersten Mal einer der sechs am Einsatz teilnehmenden Cyborgs zu Wort. »Ansonsten können wir nämlich unverrichteterdinge wieder umkehren.«

»Kommt gar nicht in Frage«, grummelte Buck, dem die erfolglose Suche nicht behagte. »Ich werde schon noch eine schöne Reede finden.«

Dummerweise blieb es bei dem Vorsatz. Die Roboter hatten ganze Arbeit geleistet. Selbst Meere gab es nicht mehr. Unter der Stickstoffatmosphäre existierte nur noch vegetationslose Oberfläche, die einem mit menschlichen Maßstäben urteilenden Besucher einen Schauer über den Rücken jagen konnte. Überall waren Handlungsroboter mit zahlreichen Tätigkeiten beschäftigt. Auf eine unheimliche Art schien die gesamte Planetenoberfläche in ständiger Bewegung. Es herrschte ein Treiben, wie es die befahrensten Verkehrswege der Erde zu den Stoßzeiten nicht kannten.

»Abstoßend«, brachte es Stranger auf den Punkt. »Davon mache ich ein paar Bilder. Auf so etwas steht der Durchschnittskonsument beim Frühstück.«

Buck steuerte den Absetzer über die Ausläufer einer Gebirgskette. In der Tiefe unterschied sich der Anblick nicht von den vorherigen Eindrücken. So weit das Auge reichte, erstreckte sich ein Gespinst aus Myriaden von Lichtern.

»Wundert sich außer mir eigentlich niemand über die Festbeleuchtung?« fragte er. »Bei einer Zivilisation, die ausschließlich aus Robotern besteht, würde ich davon ausgehen, daß sie kein Licht braucht. Wenn die nicht alle mit Infrarotsensoren und Optiken für Nachtsicht ausgerüstet sind, sind sie längst nicht so perfekt, wie sie auf den ersten Blick erscheinen.«

»Vielleicht sehen sie sich lieber in die ausdruckslosen Gesichter«, flachste Andre Souaran. »Um sich damit zu trösten, daß die Kollegen noch häßlicher sind als sie selbst.«

»Wenn das der Grund ist, würdest du unter ihnen kaum auffallen«, versetzte Jaschin schlagfertig.

Buck grinste und schielte zu seinem Freund hinüber. Die gleiche Antwort hatte ihm selbst nämlich auch auf der Zunge gelegen. Er zuckte zusammen, als Jannis Kaunas eine heisere Warnung ausstieß.

Vor dem Absetzer erhob sich ein stählernes Ungetüm in die Höhe.

*

»Ausweichen!«

MacCormacks scharfer Befehl war unnötig. Buck reagierte so emotionslos und zielgerichtet wie der zu einem Roboterschiff erweiterte Großrechner, der unerwartet zwischen zwei Bergen aufgetaucht war und in den Himmel stieg. Der Raumer vibrierte und schüttelte sich, eine entfernt pockennarbige Gurke von 300 Metern Länge, im Bugbereich mit Stacheln versehen und für einen Start Richtung Atmosphäre eigentlich viel zu langsam.

Aber immer noch schnell und groß genug, um uns zu Staub zu zermalmen.

Der Gedanke schoß Buck im gleichen Moment durch den Kopf, in dem er den Absetzer brutal nach unten drückte. Hinter ihm wurden Flüche laut. Selbst Elitesoldaten, die sich in Gedankenschnelle auf eine veränderte Situation einstellen konnten, waren vor Überraschungen nicht gefeit.

»Nur die Ruhe, Jungs«, preßte der Pilot zwischen den Lippen hervor. »Ich habe alles im Griff.«

Buck erkannte seinen Irrtum, als eine mächtige Druckwelle nach dem Absetzer griff und ihn durchschüttelte. Sekundenlang warfen ihn die Turbulenzen hin und her. Im Sog des Roboterschiffes machte er einen Satz, der ihn beinahe mit dem unwirklichen Schatten kollidieren ließ, dann hatte der Leutnant ihn wieder unter Kontrolle.

»Gegnerische Reaktion?« Der Hauptfeldwebel hatte sich in seinem Sitz nach vorn gelehnt und erweckte den Anschein, mit seinem baltischen Schädel geradewegs durch die transparente Kanzel brechen zu wollen. »Haben die uns entdeckt?«

Buck steuerte sein Fahrzeug aus dem Gefahrenbereich und trieb es aus dem optischen Sichtbereich. Er zögerte mit der Antwort, bis er sicher war, daß das Roboterschiff seinen Weg fortsetzte, ohne auch nur einen Millimeter vom Kurs abzuweichen.

»Keine Reaktion.« Daß dabei eine Menge Glück im Spiel war, brauchte er nicht extra zu erwähnen. »Das soll uns eine Warnung sein. Bei unserem blinden Vorgehen kann das jederzeit wieder passieren. Seien wir doch einmal ehrlich. Wir suchen hier nach der berühmten Nadel im Heuhaufen.«

Denn die Zustände an der Oberfläche änderten sich weiterhin nicht.

Die Lichtpünktchen, die von Gebäuden und anderen Einrichtungen ausgingen, waren schier endlos. Nirgendwo war eine ungefährdete Landung möglich. Gleichgültig wo der Absetzer herunterging, er würde zwangsläufig entdeckt werden. Das galt ganz besonders für die weiten Ebenen, die besonders dicht bebaut waren. Unwillkürlich fühlte sich Buck an die Schilderungen erinnert, die er über Epoy, den Heimatplaneten der Worgun, gehört hatte. Auch dort waren weitere Teile der Planetenoberfläche überbaut. Auf Eins war dieser Zustand bis ins Extrem gesteigert.

»Einmal umrunden wir den Planeten noch«, entschied Kaunas.

»Und danach? Rückzug?« Der Gedanke behagte Buck ganz und gar nicht, doch er war die einzige logische Alternative. Er änderte den Kurs und steuerte den Absetzer in gemäßigtere Breiten. Diese Region von Eins hatten sie bisher noch nicht überflogen.

»Was ist da vorn?« fragte MacCormack. »Es sieht so aus, als ob die Lichter in Flugrichtung weniger werden.«

»Sollte uns der Klabautermann des Sternenozeans doch noch wohlgesonnen sein? Ich wage ja kaum noch daran zu glauben.« Buck kontrollierte die Anzeigen. »Aber da sieht man mal wieder, wie man sich täuschen kann. Energetische Emissionen werden schwächer. Sieht so aus, als ob wir doch noch Glück hätten.«

Wenige Minuten später bewahrheitete sich diese Hoffnung. Die Lichtpünktchen unter ihnen blieben zurück, und die energetischen Emissionen von der Oberfläche sanken auf ein Minimum. Im Gegensatz zum übrigen Planeten waren also nicht alle Berge vollständig vom Krebsgeschwür der Bebauung befallen.

Buck drehte ein paar Runden, um die Gebirgsregion aus der Höhe zu erkunden. Zerklüftet und grau, wie sie aufgrund der fehlenden Vegetation war, bot sie einen düsteren Anblick. Schließlich entdeckte der Leutnant einen Taleinschnitt am Rande des Gebietes, der sich ebenfalls als von den Robotern unbesiedelt erwies. Die Gefahr, daß der Absetzer dort durch einen Zufall entdeckt wurde, war verschwindend gering.

»Ich gehe runter«, entschied der Pilot.

Draußen hatte die Morgendämmerung eingesetzt.

12.

Das Tal lag verlassen da. Es war still.

Ohne ein Geräusch zu verursachen, kletterten die Insassen aus dem Absetzer, der auf einem tristen grauen Boden stand. Ringsum war es grau und an manchen Stellen erdig braun, was nicht allein an der erst kürzlich eingesetzten Dämmerung lag.

Buck sah sich in alle Richtungen um. Das Bild, das sich ihm präsentierte, stieß ihn ab. Was er bereits aus der Luft gesehen hatte, bestätigte sich. Wegen der Stickstoffatmosphäre existierte keinerlei Flora und Fauna. Eins war eine völlig tote Welt. Ohne ihre Multifunktionsanzüge und die Helme wären die Männer binnen Sekunden erstickt. Die Umgebung wirkte verdorrt und wenig einladend, dabei hatte diese Welt vermutlich einst Meere und möglicherweise reichhaltiges Leben besessen. Jetzt zeugten nicht einmal mehr Spuren davon. Die Roboter hatten alles nach ihren Vorstellungen umgeformt.

Wie Terraforming, ging es Buck durch den Kopf. *Nur umgekehrt.*

Umgeformt – so hatte sich auch Hyperbel Artus gegenüber ausgedrückt.

»Absetzer tarnen!« instruierte Kaunas. Er hatte seinen Außenlautsprecher eingeschaltet, weil die Stickstoffatmosphäre eine normale Tonübertragung ohne verräterische Funkwellen möglich machte. »Danach Gepäck aufnehmen und bereitmachen zum Abmarsch!«

Mehrere Gardisten entfalteten eine hauchdünne Spezialfolie und spannten sie wie eine Art Zelt über das Transportfahrzeug. Aufgrund der besonderen Zusammensetzung ihres Materials tarnte sie das Gerät nicht nur optisch, sondern schützte es auch vor Taststrahlen. Sie würden nicht reflektiert, sondern umgelenkt werden und den Eindruck erwecken, auf kein anderes Hindernis als Gestein getroffen zu sein. Damit war alles Menschenmögliche getan, um eine Entdeckung des Fahrzeugs, das nicht hierher gehörte, zu verhindern. Ohnehin war keine Suchaktion zu erwarten, da die Roboter nicht mit einer Invasion rechneten. Schon gar nicht mit einem Besuch der Terraner, nachdem Artus sich schon einmal auf Eins eingeschlichen hatte.

»Unglaublich!« kommentierte Bert Stranger das Geschehen und brachte seine Kamera in Anschlag. Als die Soldaten mit der Tarnung fertig waren, entdeckte er keine Spur mehr von dem Absetzer, obwohl er drei Meter davorstand. Wie um sich zu vergewissern, streckte er eine Hand aus. »Er ist tatsächlich noch da.«

»Natürlich ist er das«, antwortete MacCormack kopfschüttelnd. »Schließlich sind wir keine Zauberer. Außerdem ist der Vorgang nicht unglaublich, es handelt sich schlichtweg um angewandte Physik.«

Ungerührt nahm der Reporter die Zurechtweisung zur Kenntnis. Schon hatte etwas anderes seine Aufmerksamkeit erregt. Er beobachtete einige Gardisten, die sich zusätzlich zu ihrer Standardausrüstung mit schwerem Gepäck beluden. Er versuchte zu erkennen, was sie mitnahmen, doch die unmarkierten Pakete und Kisten ließen keinen Rückschluß auf deren Inhalt zu.

»Spezialausrüstung?« wandte er sich an einen der Gardisten. »Für welchen Zweck?«

»Ich habe keine Ahnung«, brummte der Mann abweisend, den Stranger mit seinem MFA und dem Helm nicht von seinen Kameraden unterscheiden konnte. Lediglich an seinem in Brusthöhe angebrachten Namensschild erkannte er, daß es sich um Antoku Seiwa handelte. »Fragen Sie den Hauptfeldwebel.«

»Sehr freundlich«, brummte der Reporter zurück und begab sich zu Kaunas. »Was haben Ihre Männer da? Zusätzliche Marschverpflegung für den kleinen Hunger zwischendurch?«

»Neugierig sind Sie wohl gar nicht?« gab sich auch der muskulöse Balte wenig mitteilsam.

»Ich weiß auch nicht, woran das liegt«, konterte der Reporter. »Möglicherweise an meinem Beruf.«

»Dann lassen Sie sich mal überraschen. Sie werden es noch früh genug erfahren.«

Diese Militärs. Verdammte Geheimniskrämer, dachte Stranger.

Trotzdem blieb ihm nichts anderes übrig, als sich geschlagen zu geben. Der Hauptfeldwebel war ein zäher Brocken. Aus dem bekam er nichts heraus, und von den Männern aus dessen Zug würde sich garantiert keiner durch eine unbedachte Äußerung den Mund verbrennen.

»Männer, alle mal herhören«, verschaffte sich Kaunas Gehör. »Der Funk bleibt weiterhin abgeschaltet. Selbst bei Drosselung der Leistungsabgabe auf ein Minimum bestünde die Gefahr, daß die Roboter die Impulse orten. Seht also zu, daß unterwegs keiner verlorengeht. Wir haben keine Zeit für Suchaktionen. Sollte einer von euch abhanden kommen, muß er sich allein zum Absetzer durchschlagen. Kommunikation findet jedenfalls ausschließlich über Außenlautsprecher und -mikrofone statt.«

»Das wird ausreichen«, überlegte Buck laut. »Wie wir sehen, funktioniert es ja. Aber was ist, wenn man sich privat etwas zu sagen hat? Das kriegen dann ja alle mit.«

»Privat, Leutnant?« Die Stimme des Hauptfeldwebels wurde eine Spur schneidender. Daß Buck inzwischen Offizier war und dienstrangmäßig somit über ihm stand, interessierte ihn nicht wirklich. »Wenn Sie Ihrem Busenfreund Jaschin unbedingt Liebesschwüre zuflüstern müssen, legen Sie die Helme aneinander. Dann reicht ein Flüstern.«

»Prima«, antwortete Buck unter dem Gelächter seiner Kameraden. »Mehr wollte ich gar nicht wissen.«

»Zum Dampfablassen werdet ihr noch ausreichend Gelegenheit haben, Männer«, mischte sich MacCormack ein. »Kehren wir zum ernsten Teil zurück. Anzugkontrolle! Noch einmal überprüfen, ob die Signalabgabe wie gewünscht funktioniert.«

Natürlich hatten sämtliche Teilnehmer des Einsatzes diese Kontrolle bereits vor dem Ausbooten durchgeführt. Routiniert wiederholten sie sie noch einmal. Bei den von MacCormack angesprochenen Signalen handelte es sich um ähnliche, wie sie die Handlungsroboter der Großrechner ausstrahlten. Nach Artus'

Vorgaben waren die Multifunktionsanzüge entsprechend modifiziert worden.

Nacheinander kamen die Klarmeldungen. Alles war in Ordnung.

Der Oberst nickte zufrieden. »Wenn Artus sich nicht irrt, können wir uns auf Eins relativ ungehindert bewegen.«

»Irren ist menschlich«, zitierte der zur Künstlichen Intelligenz gewordene Großserienroboter eine alte irdische Weisheit. »Ich irre mich nicht. Täte ich es, würde ich den Irrtum frühzeitig bemerken und meine Fehleinschätzung erst gar nicht postulieren.«

»Ich korrigiere meine Aussage«, fuhr MacCormack süffisant fort. »Da Artus sich nicht irrt, können wir uns auf Eins relativ ungehindert bewegen. Artus, du hast dein körpereigenes Signal ebenfalls getarnt?«

»Ich fasse die Frage als rhetorisch auf, dennoch bejahe ich sie.«

»Hat dir schon mal jemand gesagt, daß du zuweilen eine Art hast, die dich arrogant erscheinen läßt?« fragte Buck.

»Häufig, aber meine unleugbaren Kompetenzen in vielen Bereichen haben nichts mit Arroganz zu tun. Sie machen mich den Menschen überlegen, doch ich bilde mir nichts darauf ein, falls du das meinst.«

Hinter seiner Helmscheibe verzog der Leutnant das Gesicht. »Gut, daß wir das geklärt haben.«

»Dann wollen wir mal.« Kaunas gab den Befehl zum Aufbruch.

Artus, Bert Stranger, die sechs Cyborgs und die Gardisten rückten von der Landestelle ab.

*

Die Gruppe marschierte, bis sich das Tal zu einer Senke weitete, die von einem ringförmigen Hügel begrenzt wurde. Jenseits davon lagen von Robotern bevölkerte Gebiete, wie man vom Anflug wußte.

»Wir müssen auf die andere Seite«, überlegte MacCormack mit einem abschätzenden Blick zum Himmel. Inzwischen wurde es hell, der neue Tag hatte begonnen. »Schaffen Sie das, Stranger?«

Der Reporter stemmte die Fäuste in die Hüften. »Ich fasse die Frage als rhetorisch auf, dennoch bejahe ich sie«, antwortete er spöttisch, was ihm einen undeutbaren Seitenblick von Artus bescherte.

MacCormack nickte stumm, und der Zug setzte seinen Weg fort. Zum Glück erwies sich der Anstieg als nicht besonders steil. Er machte den Gardisten ebensowenig etwas aus wie den Cyborgs mit ihrer überlegenen körperlichen Konstitution. Artus nahm die Steigung kaum wahr, und auch Stranger schlug sich wacker und zementierte somit den Eindruck, den er bei der Übung in Ecuador hinterlassen hatte. Keiner der Gardisten wäre noch auf die Idee gekommen, sich über seine Körperfülle, die ihn kein bißchen zu behindern schien, lustig zu machen. Der Spottname Mister Schlappschlapp war längst vergessen.

Als die Männer oben auf dem Ringhügel angelangten, konnten sie viele Kilometer weit ins Land sehen. Vor ihnen erstreckte sich ein einziges wucherndes Konglomerat aus Gebäuden. Es war kaum möglich, Trennlinien zwischen ihnen auszumachen, da sie beinahe ausnahmslos ineinanderragten, sich überlappten oder aufeinander aufbauten. Obwohl die Großrechner sich nach Bezeichnungen aus der Mathematik wie Hyperbel oder Goniometrische Gleichung nannten, war bei ihrer Architektur sowie ihren Raumschiffen nichts von Geometrie oder Struktur zu erkennen. Die Bebauung stellte ein wirres Durcheinander von Formen dar. Manche davon waren so exotisch, daß sich nicht einmal eine irdische Bezeichnung dafür finden ließ.

»Das alles, einschließlich der Roboter, erinnert mich an einen Landsmann von mir«, stellte Sam Uitveeren fest. »An Hieronymus Bosch, einen Maler, der vor etwa 600 Jahren lebte. Er stellte in seinen Werken häufig groteske Figuren dar.«

»Die in ihrer Symbolik später aber als Allegorien für Versuchungen, Todsünde und Höllenstrafen interpretiert wurde«, hielt ihm der Cyborg Joe Siem entgegen, der ebenfalls aus den Niederlanden stammte.

»Diese Roboter kommen mir durchaus wie eine Höllenstrafe

für die Menschheit vor. Wenn die Sonne weiterhin erkaltet, hat das etwas vom Jüngsten Tag.«

»Den habe ich mir immer heiß vorgestellt.«

»Männer, theologische Dispute könnt ihr in eurer Freizeit abhalten.« Kopfschüttelnd deutete Jannis Kaunas zum jenseitigen Fuß des Hügels. Ein Band schnitt sich zwischen den Gebäudekomplexen hindurch.

»Ein Gleitband«, erkannte Artus mit seinen Sensoren. Natürlich war es kein Band im eigentlichen Sinne. Antigravfelder ließen sich nun einmal nicht sehen. Trotzdem war das Antigravtransportband deutlich zu identifizieren, weil es eine unübersehbare Schneise zwischen den Gebäuden, Straßen und Plätzen schlug. Größtenteils orientierte es sich ohnehin am Straßenverlauf.

»Wenn wir es benutzen, kommen wir viel schneller voran«, schlug Jaschin vor.

»Nichts anderes habe ich vor.« MacCormack wandte sich an den Roboter. »Nun sind deine Fähigkeiten gefragt. Du mußt ein Ziel finden, das unsere Vorgaben erfüllt.«

Dabei sollte es sich möglichst um einen Knotenpunkt im planetenweiten Netz der Roboter handeln, wo viele Fäden zusammenliefen. Dort hatte man die größten Chancen, weitere Informationen zu erlangen.

Und zudem die größten Chancen, möglichst viel Unheil anzurichten, dachte der Oberst, behielt seinen Gedanken aber für sich.

»Ist bereits geschehen.« Artus' Blick richtete sich in eine unbestimmte Ferne. Dank seiner Erfahrungen mit Hyperbel war es ihm mittlerweile möglich, die Datenströme auf Eins zu lesen, wie Menschen in einem aufgeschlagenen Buch lasen. Er selbst blieb dabei von den Maschinen unentdeckt. »Ich habe einen gigantischen Komplex ausgewählt, der mir für unsere Zwecke wie geschaffen scheint.«

»Ein Datenkontrollzentrum?«

»Zumindest ein zentraler Knotenpunkt, dessen sich viele Großrechner bedienen. Die genaue Anzahl kann ich aufgrund der enormen Datenmengen nicht bestimmen. Es sind Dutzende

Großrechner, die über dieses Nervenzentrum gleichzeitig miteinander Datenkommunikation betreiben. Die leistungsstärksten Rechner der Erde muten dagegen wie Kinderspielzeuge an.«

»Ich hoffe, deine Begeisterung hält sich in Grenzen.«

Artus spürte diverse Blicke auf sich lasten. Auch wenn sein gespieltes Überlaufen zu Hyperbel und dem *Volk* inzwischen aufgeklärt war, wußte er, daß ihm manche Menschen immer noch mißtrauten, weil er niemanden in seine damaligen Pläne eingeweiht hatte.

»Meine Begeisterung ist rein platonischer Natur«, erklärte er. »Ich strebe keine körperliche Verbindung mit einem anderen Rechner an.«

»Wie sind unsere Aussichten, dort unentdeckt zu bleiben?« überging MacCormack die Mißstimmung.

»Der Komplex wird nur von wenigen Handlungsrobotern frequentiert. Ich bin sicher, daß sie kein Problem für uns darstellen. Dank unserer gefälschten Signaturen werden sie überhaupt nicht merken, daß ihr Menschen seid. In euren Multifunktionsanzügen halten sie euch für Roboter.«

»Ob die uns wirklich vor Entdeckung schützen, wissen wir, sobald wir das Transportband erreichen. Wenn wir es benutzen können, ohne von den Robotern seziert zu werden, bin ich zufrieden«, verlieh Kaunas seiner Skepsis Ausdruck. »Vorher nicht. Aktiviert die Helmverspiegelung.«

Die Männer betätigten je einen Steuerungsknopf an dem am linken Ärmel angebrachten Kontrollfeld ihrer Multifunktionsanzüge.

Die bisher durchsichtigen Helmscheiben verspiegelten sich. Jetzt waren sie auch optisch nicht mehr als biologische Geschöpfe zu erkennen. In manchem SF-Film früherer Zeiten hatten Roboter genau so ausgesehen wie die Gardisten in ihren MFA. Sie begannen mit dem Abstieg. Nur noch die Namensschriftzüge auf ihren Anzügen machten es möglich, die Männer zu unterscheiden.

*

Das Transportband war so schnell, daß es einen ständigen Luftstrom erzeugte, was die Männer in ihren Anzügen natürlich nicht spürten. Sie verzichteten auf die Flugaggregate der MFA und liefen zu Fuß bis zur nächsten Freiluftstation. Die Stationen lagen ziemlich dicht beieinander, so daß die zu- oder aussteigenden Handlungsroboter keine weiten Strecken mit ihren bordinternen Fortbewegungsmechanismen zurücklegen mußten.

Das System war einfach, aber effizient. Stets gab es mehrere parallel laufende Bänder. Das äußere, das an den Stationen für jeweils eine Sekunde anhielt, lief ziemlich langsam. Das nächste schneller und das daran anschließende noch schneller. So erreichte das innere Band in jede Richtung eine Reisegeschwindigkeit von etwa 1000 Stundenkilometern, ohne anhalten zu müssen.

Artus hatte die Führung der Gruppe übernommen, da er als einziger die Richtung kannte, in welcher der ausgewählte Knotenpunkt der planetaren Datenkommunikation lag. Hinter ihm sprangen die Männer an der nächsten Station auf das stehende Band. Es bot ausreichend Platz, in der Sekunde des Aufenthalts sämtliche neuen Passagiere aufzunehmen.

Bert Stranger sah sich verunsichert um, denn plötzlich war die Einsatzgruppe nicht mehr allein. Zahlreiche Roboter wechselten von einem Band aufs andere. Aus unmittelbarer Nähe wirkten sie noch skurriler, als er sie sich vorgestellt hatte. Auch die Bilder im Absetzer waren wenig adäquat zur Wirklichkeit gewesen. Kein Handlungsroboter glich dem anderen. Sie schienen aus Bestandteilen, die gerade zur Verfügung standen, willkürlich montiert worden zu sein. Manche boten einen beinahe erheiternden Anblick, während andere verbeulten Konservendosen ähnelten. Wieder andere, die mit Zangen, Sägen, Stichwerkzeugen, Laseraufsätzen oder scherenartigen Aktionsarmen bestückt waren, ließen den Reporter frösteln.

Wenn nur einer der Roboter ihn erkannte, würden sie gleich im Dutzend über ihn herfallen.

Einige Sekunden vergingen, bis er begriff, daß sie sich nicht um ihn kümmerten. Ihre Sensoren hielten die Multifunktionsanzüge, in denen die Menschen selbst aussahen wie aus einer anderen Welt, nur für die ganz normale Form von ein paar Roboterkollegen. Auch daß es gleich vierzig gleiche Erscheinungen waren, störte sie nicht. Die falschen Signale, die die MFA aussandten, taten tatsächlich ihre Wirkung. Artus hatte sich nicht geirrt. Die Handlungsroboter orientierten sich lediglich an den Signalen.

Die Erkenntnis ließ Stranger mutiger werden. Unauffällig handhabte er seine Kamera und brachte sie in eine Position, die ihm hervorragende Filmaufnahmen erlaubte. Immer noch zeigten die skurrilen Roboter keine Reaktion. Selbst wenn sie die kleine Kamera als solche identifizierten, war sie ihnen gleichgültig. Ihm war das nur recht. Nicht in seinen kühnsten Träumen hätte er damit gerechnet, solche phantastischen Bilder zu erhalten. Sie wogen zwar nicht auf, daß er weiterhin nicht veröffentlichen durfte, was er über Arc Doorns Vergangenheit und das Schicksal der Sonne erfahren hatte. Immerhin waren diese Aufnahmen aber zumindest ein Trost, und kein geringer. Irgendwann würde er mit ihnen auf Sendung gehen, davon war er überzeugt.

Fasziniert betrachtete er die vorbeifliegenden Gebäudetrakte. Wie steile Gebirgswände erhoben sie sich in den Himmel. Auch sie waren teils schief und schräg geformt und schienen nicht unbedingt nach logischen Gesichtspunkten erbaut. Immerhin gab es zahlreiche Öffnungen, Vertiefungen, Einbuchtungen und Vorsprünge, die sich mit etwas Phantasie als Fenster und Türen interpretieren ließen. Inzwischen war es taghell, so daß sämtliche künstlichen Beleuchtungsquellen abgeschaltet worden waren.

Das Gleitband jagte unterdessen mit mehreren hundert Stundenkilometern dahin. Ohne den Anzug hätte es Stranger längst davongeweht, doch so fiel es ihm nicht schwer, sich gegen die Geschwindigkeit zu stemmen.

Die Handlungsroboter wurden immer zahlreicher. Stranger entging nicht, daß auch die Gardisten in ihren unkenntlich machenden Anzügen sich hin und wieder unauffällig nach den Maschinen umsahen.

In der Ferne zeichnete sich ein gewaltiger Klotz ab, der noch viel größer war als die umliegenden Einrichtungen. Obwohl noch kilometerweit entfernt, verdunkelte er einen Teil des ohnehin nur fragmentarisch zu sehenden Horizonts.

Artus gab unauffällige Zeichen, daß dort das von ihm auserkorene Ziel lag.

Die Männer, die sich ein wenig verstreut hatten, sammelten sich wieder. Als sie den gigantischen Klotz beinahe erreicht hatten, wechselten sie auf das langsame Gleitband über und warteten, bis es zum Stillstand kam.

»Alle runter hier!« befahl Buck und trieb seinen Zug an.

Unwillkürlich zuckte Stranger beim Ertönen der Stimme zusammen. Der leichtsinnige Leutnant schaffte es noch, daß die Roboter aufmerksam wurden. Er irrte sich. Auch jetzt kümmerten sie sich nicht um die vergleichsweise große Gruppe, die das Band an der Freiluftstation verließ.

Kaum daß er festen Boden unter den Füßen hatte, legte er den Kopf in den Nacken und schaute an der metallischen Fassade empor. Der obere Abschluß des monumentalen Bauwerks war nicht zu sehen, wenn man direkt davorstand.

»In diesem Gebäude befindet sich der Knotenpunkt, den du meintest?« ertönte MacCormacks Stimme.

»Es ist eigentlich kein Gebäude«, antwortete Artus. »Im Prinzip handelt es sich um eine riesige Datenbank, die dem drahtlosen Direktzugriff einer fast unbegrenzten Anzahl von Großrechnern dient.«

Hastig sah sich Stranger um. Sie waren allein. Kein einziger Roboter hatte das Antigravband verlassen. Es hielten sich auch keine anderen Maschinen in der Nähe auf.

»Besonders gut gesichert ist der Komplex aber nicht«, stellte er fest.

»Gegen wen denn auch?« fragte der Cyborg Henk Brack zurück. »Bei den Robotern schießt keiner quer.«

»Gegen uns zum Beispiel. Aber ich will mich nicht beschweren. Es freut mich, daß Artus' Voraussagen zutreffen.«

»Leider streifen trotzdem einige Handlungsroboter durch den Komplex«, relativierte der einzige nichtmenschliche Teilnehmer der Mission. »Was immer wir da drin tun, sie sollten so spät wie möglich Wind von unserem Eindringen bekommen. Weiß es einer, wissen es sämtliche Großrechner auf Eins.«

»Ich denke, du bist sicher, daß sie uns in unseren Anzügen und mit den falschen Signalen nicht erkennen«, wies Buck ihn auf den Widerspruch hin.

»Bin ich auch.« Damit war für Artus das Thema erledigt.

»Was ist eigentlich genau unser Ziel?« erkundigte sich Stranger erneut, während er weitere Bilder machte. »Halt, sagen Sie nichts, Oberst. Das ist ein zentraler Knotenpunkt der planetaren Kommunikation. Wir sind also hier, um Daten zu stehlen.«

»Und zwar so viele, wie wir bekommen können«, bestätigte Kaunas. Der Hauptfeldwebel deutete in eine bestimmte Richtung. »Diese verwinkelte Platte scheint ein Eingang zu sein. Brack, Sie und die anderen Cyborgs sind bereit?«

»Wir warten nur darauf, daß Sie uns sagen, was zu tun ist.«

»Ich werde da drinnen sämtliche Gardisten zum Aufbauen der Geräte und an den Anlagen selbst brauchen.«

»Schon verstanden. Wir sichern Ihre Leute ab. Verlassen Sie sich auf uns.«

Kaunas nickte.

Was blieb ihm auch anderes übrig?

*

Was Jannis Kaunas als verwinkelte Platte bezeichnet hatte, war in Wahrheit ein mit zahlreichen Sensoren gespicktes Schott. Ganz so ungeschützt war der Komplex also doch nicht. Es sollte ja Großrechner geben, die sich irgendwelchen Verfehlungen schuldig gemacht hatten und deshalb in die Verbannung geschickt wurden. Vielleicht handelte es sich um eine Sicherheitsbarriere gegen deren Handlungsroboter, die man vergessen hatte.

Auch wenn Stranger sich nicht vorstellen konnte, daß die Maschinen von Eins etwas vergaßen.

Er beobachtete, wie Artus vor das Schott trat und davor stehenblieb. »Was hast du vor?« fragte er.

»Na, was wohl? Ich verschaffe uns Zutritt. Dank Hyperbel

gibt es auf Eins für mich keine verschlossenen Türen. Sesam, öffne dich.« Es war nicht zu sehen, was Artus auf elektronischer Ebene tat, doch im nächsten Moment verschwand die Metallplatte in der Wand und hinterließ eine Öffnung von fünf mal fünf Metern. Der angrenzende Raum lag in diffusem Zwielicht. »Wenn ich mich nicht irre, ist das hier der Haupteingang.«

Sofort kam Bewegung in die Gardisten. Wie auf ein stummes Kommando liefen sie ins Innere des Klotzes, der sich kilometerhoch über ihren Köpfen erhob. Die Cyborgs teilten sich in zwei Gruppen auf und schwärmten zu beiden Seiten des Eingangs aus. Auf der einen Seite bezogen Rog Alsan, Jes Yello und Henk Brack Position, auf der anderen Joe Siem, Tony George und Mick Grinnus. Stranger hielt es für keine gute Idee, daß die drei Neulinge damit auf sich allein gestellt waren, doch es war nicht seine Aufgabe, den Cyborgs Vorschriften zu machen. Er hätte sich von ihnen auch nicht in seine Arbeit pfuschen lassen.

Die gerade jetzt darin bestand, ein paar Aufnahmen der mittels bionischer Implantate aufgerüsteten Männer in ihren Stellungen zu machen. Allerdings hielt er sich nicht lange auf, um den Anschluß an die Gardisten nicht zu verpassen.

Als er ihnen folgte, fiel es ihm schwer, die Umgebung zu definieren. Von einem Raum zu sprechen war untertrieben, wenn man dessen Decke nicht einmal sah. Es war auch keine Halle. Dafür gab es zu viele Wände, die eigentlich gar keine Wände waren. Unüberschaubare Aufbauten elektronischer Bauteile waren zu Türmen geschichtet, zu endlos erscheinenden Reihen angeordnet oder zu Kuben, Ringen, Kugeln und Ellipsoiden, Zylindern und Kegeln gruppiert. Tausende, wenn nicht Millionen Kontrollämpchen blinkten. Trotzdem war es nicht besonders hell, weil von draußen kein Licht in den Klotz fiel, dessen Raumvolumen Stranger nicht einmal abschätzen konnte.

Das permanente Summen, das in der Luft lag, untermalte die Szene wie ein Soundtrack einen Horrorstreifen. Nie zuvor in seinem Leben hatte er ähnlich düstere Eindrücke erlangt. Sie ließen ihm das Innere des Gebäudes noch alptraumhafter erscheinen als die Welt Eins selbst.

»Du wirst doch nicht nervös werden, alter Junge«, wisperte der Reporter. Die Gardisten waren zu weit voraus, um ihn hören zu können.

Zwischen den Maschinen und Rechnern gab es nur schmale Gänge. Um so bedrohlicher wirkten sie aufgrund ihrer Höhe. Die aus Konsolen, Verschalungen, Bedienungseinrichtungen, Monitoren und Anzeigefenstern unregelmäßig geformten Wände erzeugten fast so etwas wie einen klaustrophobischen Anfall bei ihm. Während er zwischen ihnen hindurchlief, hatte Stranger das Gefühl, einfach erdrückt zu werden.

Er holte die Gardisten in einem sich verbreiternden Durchlaß ein. Ihr umfangreiches Gepäck hatten sie abgestellt und waren gerade dabei, die Kisten und Pakete zu öffnen. Tragbare Suprasensoren kamen zum Vorschein, die in Windeseile zum Leben erweckt wurden.

Außerdem wurden Geräte ausgepackt, deren Bedeutung Stranger nur erahnen konnte. Auf Dreibeinen montiert, wirkten sie wie ein stählerner Wald. Wahrscheinlich dienten sie dazu, umfangreiche Messungen vorzunehmen. Der Reporter unterdrückte den Impuls, einen der Soldaten mit seinen Fragen zu belästigen. Selbst MacCormack und Kaunas waren in hektische Aktivität verstrickt. Von ihnen würde er sowieso keine Antworten erhalten.

Am eifrigsten lief Artus umher, der die komplexe Anlage blind zu verstehen schien. Immer wieder erteilte er den Männern Anweisungen und zeigte ihnen, worauf sie zu achten hatten. Anhand seiner Worte und der Tätigkeit der Gardisten begriff Stranger, was sie taten. Sie koppelten die mitgeführten Suprasensoren an die Datenbank, um diese anzuzapfen. Nun, nichts anderes hatte er erwartet.

»Klappt alles?« fragte er überflüssigerweise.

Niemand gab ihm eine Antwort. Artus und die Männer arbeiteten konzentriert und verbissen, um möglichst schnell fertig zu werden.

Stranger schaute sich um. Kein Wunder. Wenn zufällig ein Handlungsroboter der Großrechner auftauchte, würde er sie vermutlich nicht mehr so einfach ignorieren, auch wenn sie legitimierende Signale aussandten. Vermutlich kam er auf die Idee nachzufragen, was sie hier taten.

Der Reporter filmte minutenlang, doch schließlich wurde es ihm langweilig. Da er nicht helfen konnte, ging er zum Eingang zurück. Unverändert lagen die Cyborgs auf der Lauer. Sie schienen sich nicht einmal bewegt zu haben. Mit stoischer Gelassenheit hielten sie die Umgebung zu beiden Seiten des Schotts im Auge.

»Alles in Ordnung?«

Jes Yello schaute auf. »Sonst hätten wir uns schon gemeldet. Einmal sind zwei Roboter auf Raupenketten vorbeigekommen. Sie haben uns keines Blickes gewürdigt.« Er grinste, was aber Stranger wegen des verspiegelten Helmvisiers nicht sehen konnte. »Beinahe fühle ich mich von den Blechkameraden ein wenig vernachlässigt.«

»Gemeldet?« echote Stranger. »MacCormack hat doch Funkverbot erteilt.«

»Darauf sind wir nicht angewiesen. Wir sind zu Fuß schneller unterwegs als ein normaler Mensch.«

»Natürlich.« *Als ein normaler Mensch!* Bei der Aussage fühlte sich Stranger von den Cyborgs beinahe ein wenig vor den Kopf gestoßen. Auch wenn sie anderen Menschen in mancherlei Hinsicht sowohl geistig als auch körperlich überlegen waren, blieben sie dennoch Menschen. Man mußte sich diese Tatsache vergegenwärtigen, um sie nicht unterbewußt für Monstren zu halten.

»Kann ich irgend etwas tun?«

Das Schweigen, mit dem sie antworteten, sprach Bände. Wie die meisten Gardisten hielten ihn auch die Cyborgs für überflüssigen Ballast, den man besser nicht mit sich herumgeschleppt hätte. Stranger war das egal. Er hatte sich seine Teilnahme an dieser Mission hart erkämpft.

»Ich gehe zurück und informiere die Gardisten.« Worüber auch immer. Schließlich gab es nichts zu berichten.

Als Stranger sich auf den Weg machte, kam ihm die Umgebung schon beinahe vertraut vor. Nicht nur die Soldaten der Schwarzen Garde waren in der Lage, sich von einem Moment auf den anderen auf veränderte Situationen einzustellen. Auch Reporter konnten das, ein Spitzenmann wie Bert Stranger allemal.

Unterwegs passierte er eine Abzweigung, die ihm beim ersten Mal nicht aufgefallen war. Er hielt inne und spähte in den Gang, der seitlich mündete. Das Außenmikro von Strangers Multifunktionsanzug empfing ein dumpfes Wummern, das das sonore Summen überlagerte. Wieso hatte er es zuvor nicht wahrgenommen? Möglicherweise war eben erst eine Maschine zum Leben erwacht, die zuvor inaktiv gewesen war.

Er zögerte, doch dann gab er sich einen Ruck. Seine Neugier ließ ihn mutiger werden, als es der Lage angemessen war. Deutlich waren ihm noch Jannis Kaunas' Worte im Ohr. Wenn er sich verirrte, war er auf sich allein gestellt. Vorsichtig drang er in den Gang ein, und nun hatte er das Gefühl, der Boden unter seinen Füßen zittere leicht. Nach etwa fünfzig Metern entdeckte er eine Lichtquelle.

Stranger trat in einen metallisch schimmernden Raum – und erstarrte.

Mehrere Handlungsroboter hantierten an einer Verkleidung und waren im Begriff sie abzulösen. Anscheinend waren sie mit Wartungstätigkeiten beschäftigt. Das Wummern drang aus dem dahinterliegenden Maschinenblock. Fasziniert beobachtete der Reporter, wie sich die Metallschale löste. Ein feines Gespinst aus irisierenden Leitungen lag dahinter. Gelegentlich blitzte es an knotenartigen Verdickungen auf.

Unwillkürlich fühlte er sich an ein neuronales Netz erinnert. Er löste sich erst aus seiner Erstarrung, als ein Handlungsroboter direkt auf ihn zusteuerte. Der annähernd tonnenförmige Leib war mit einem halben Dutzend Tentakeln versehen, die unterschiedliche Aufsätze enthielten. Einer davon sah einem altertümlichen Schraubenzieher zum Verwechseln ähnlich. Auch die anderen Werkzeuge wirkten, als wären sie nicht von Anfang an Bestandteile des Roboters gewesen, sondern aus Verlegenheit erst später angeflanscht worden. Die Maschine bewegte sich auf zwei Rollenpaaren und produzierte dabei quietschende Laute.

Stranger zuckte zusammen und überlegte, wie er sich verhalten sollte. Wenn er die Flucht nach hinten ergriff, konnte ihn das nur verdächtig machen. Er blieb ruhig stehen, bis der Schrottbot ihn erreichte. Zumindest im vorliegenden Fall konnte Artus' Bezeichnung nicht zutreffender sein. Der Roboter sah aus wie ein überdimensionales Taschenmesser mit allerlei Werkzeugen, die schon tausendmal öfter benutzt worden waren als vorgesehen. Als Stranger der Meinung war, nicht länger untätig bleiben zu können, machte die rollende Maschine einen Schwenk und verschwand in einer seitlichen Nische. Sie streckte sämtliche Tentakel von sich und verschmolz geradezu mit dem Rechner.

Ohne die anderen Roboter aus den Augen zu lassen, postierte er sich vor der Öffnung. Verschiedene Lichter flammten auf, als die Tentakelaufsätze mit ihrer Arbeit begangen. Stranger schnalzte zufrieden mit der Zunge, weil seiner Kamera keine Phase des Prozesses entging.

Schade, daß du mir kein Interview geben kannst, Bürschchen, dachte er.

Er wartete ab, bis der Roboter seine Tätigkeit beendete. Auf die gleiche Art, wie er in die Maschinenöffnung geglitten war, kroch er wieder aus ihr heraus. Hinter ihm strukturierte sich ein Teil der Maschine um, bis die Bauelemente sich vereinigt hatten. Nichts deutete mehr auf den vorgenommenen Reparatureingriff hin. Stranger fühlte sich an eine Operation erinnert, in deren Folge eine klaffende Wunde wieder zusammengewachsen war.

»Das hat sich gelohnt«, formten seine Lippen stumme Worte. »Nun aber nichts wie weg von hier, bevor diese Heinis auf die Idee kommen, mich nicht länger ignorieren zu können und auf den Gedanken verfallen, ich könnte ihnen vielleicht zur Hand gehen. Oder zum Tentakel.«

Er machte sich auf den Rückweg zur Truppe, ohne eine weitere Begegnung zu haben.

Noch immer waren Artus und die Männer mit den Rechnern beschäftigt. Die Suprasensoren arbeiteten mit Hochdruck. An den Anzeigen sah Stranger, daß sie gewaltige Mengen an Daten herunterluden. Doch das war nicht alles. Während seiner Abwesenheit hatten die Männer ein weiteres Gerät aufgebaut. Es hatte die Form eines tragbaren Generators, unterschied sich aber in wesentlichen Teilen davon. Besonders das rhythmisch pulsierende rote Licht in einem massigen Glaskolben stellte eine deutliche Warnung dar, als Unbefugter bloß die Finger von dem Aufbau zu lassen.

Der Reporter erschrak, als er ihn sah. Selbst ein Waffenlaie wie er erkannte das Gerät auf den ersten Blick.

Es war eine Fusionsbombe.

*

Der Sprengsatz hatte ein ganz schönes Kaliber. Wenn er hochging, würde er Schäden anrichten, deren Ausmaß sich nicht absehen ließ. Verständnislos schaute Stranger zwischen den Suprasensoren und dem Sprengsatz hin und her. Was bezweckten die Gardisten damit? Er gab sich einen Ruck und ging zu MacCormack hinüber, der letzte Einstellungen an der Bombe vornahm.

»Oberst?«

»Mister Stranger?«

»Ich will Sie nicht bei Ihrer Arbeit stören…«

»Das tun Sie nicht«, fiel ihm der Ire ins Wort. »Sie ist scharf.«

Stranger zuckte unmerklich zusammen. »Scharf… so, so.« Er hatte es sich schon gedacht. »Ich verstehe nicht ganz. Was haben Sie mit dieser Bombe vor?«

»Was glauben Sie, wozu eine Bombe da ist?« MacCormacks Gegenfrage klang beinahe zynisch.

»Ich dachte, unsere Expedition dient der Aufklärung, dem Sammeln von Daten und Informationen?«

»Das ist auch so.« Der Oberst nickte nachdenklich. Er zögerte, bevor er weitersprach. »Zumindest zu einem Teil. Unsere Mission hat aber zudem einen zweiten Grund.«

Stranger glaubte seinen Ohren nicht zu trauen. In seiner Verwirrung vergaß er sogar, Aufnahmen der Bombe zu machen. »Sinnlose Zerstörung? Was für einen Vorteil haben wir davon, wenn wir hier willkürlich etwas in die Luft jagen? Wissen Sie, wie ich mir dabei vorkomme? Wie ein Terrorist.«

Da keine Roboter in der Nähe waren, hatte MacCormack die Verspiegelung seines Helmes abgeschaltet, um ohne Optikverstärker an der Bombe arbeiten zu können. Durch die Helmscheibe konnte Stranger in das Gesicht des Offiziers sehen. Dort war keine Regung zu erkennen. MacCormacks Züge schienen wie aus Stein gemeißelt. Überraschend nickte der Oberst plötzlich.

»Ich verstehe Sie, Stranger. Und Ihre Skrupel in allen Ehren, doch sie sind fehl am Platz. Wir sind keine Terroristen, die grundlos etwas zerstören. Dank ihres Turing-Sprungs sind die Rechner auf diesem Planeten intelligent geworden, ähnlich wie Artus. Sind sie eine neue Art von Leben? Mag sein, ich weiß es nicht. Denken Sie bloß nicht, daß es meinen Männern und mir gleichgültig ist, schwere Geschütze gegen andere auffahren zu müssen.«

»Wieso tun Sie es dann?«

»Weil ich Soldat bin und meine Befehle habe. Ich kann mir nicht wie Sie den Luxus leisten, moralische Bedenken zu hegen. Ich muß tun, wozu ich abkommandiert bin.«

»Eine beliebte Ausrede von Militärs, wenn sie ihren Interessen dient. Sie zieht sich quer durch die Geschichte der Menschheit.«

MacCormack zögerte einen Moment und sah sich um. Die Gardisten waren so sehr in ihre Arbeit vertieft, daß sie die Unterhaltung der beiden Männer nicht mitbekamen. Der Anflug eines Lächelns huschte über sein Gesicht.

»Und Ihre Worte sind ein beliebter Vorwurf, der sich ebenfalls quer durch die Menschheitsgeschichte zieht – und durchaus nicht immer mit Berechtigung. Auch wenn Sie es nicht glauben, Stranger, in vielen Fällen gebe ich Ihnen sogar recht. Aber Soldaten sind weder Roboter noch Monster, und die der Schwarzen Garde schon gar nicht. Vielleicht tröstet es Sie, daß ich mich entgegen meinen Worten von eben durchaus einem Befehl verweigern würde, wäre ich der Meinung, durch seine Ausführung gegen Moral und Ethik zu verstoßen. Hier ist das aber nicht so. Wir töten niemanden aus dem Hinterhalt, wie es die von Ihnen bemühten Terroristen tun. Bei einer Sprengung in diesem Datenzentrum kommen keine der intelligenten Großrechner direkt zu Schaden, höchstens ein paar ihrer Handlungsroboter.«

Stranger war verblüfft, daß MacCormack trotz der prekären Lage, in der sie sich befanden, eine langwierige Erklärung abgab, statt ihn kurzerhand abzukanzeln. »Aber wieso tun Sie es dann überhaupt?«

»Um den Rechnern von Eins zu demonstrieren, daß die Menschen auch nicht ganz ohne sind. Sie werden reichlich überrascht sein, daß wir unbemerkt in ihrer Mitte zuschlagen können. Vielleicht gibt ihnen das zu denken und führt dazu, daß sie ihr Vorgehen gegen die Menschheit und den restlichen ›Biomüll‹ der Galaxis überdenken.«

»Daran glaube ich nicht«, mußte Stranger zugeben. »Dazu sind sie zu verbohrt.«

Abermals lächelte der Offizier. »Das klingt beinahe so, als würden Sie unser Vorgehen doch akzeptieren.« Er winkte ab. »Die Bombe hat noch einen anderen Sinn. Wenn wir die angezapfte Datenbank zerstören, wird es den Rechnern schwerfallen festzustellen, in den Besitz welcher Informationen wir gelangt sind. Mit etwas Glück werden sie nicht einmal erkennen, daß überhaupt Daten heruntergeladen wurden. Ein taktischer Vorteil, den wir nicht ungenutzt lassen dürfen.«

»Einverstanden«, gab sich der Reporter geschlagen.

MacCormacks Argumentation war nicht beizukommen. Jedenfalls war der Mann keineswegs ein herzloser Befehlsempfänger und Kommißkopf.

Als Stranger sich umschaute, bemerkte er, daß die Gardisten dabei waren, ihre Arbeit zu beenden.

Die ersten Suprasensoren wurden bereits wieder in die mitgeführten Kisten gepackt.

»Mehr können wir nicht tun«, erklärte Artus, der zu MacCormack kam. »Die Datenspeicher der Suprasensoren sind randvoll. Da paßt kein weiteres Jota an Informationen hinein.«

»Haben wir sämtliche Daten überspielt?«

»Leider nicht. Es gibt hier so viele Daten, daß wir unmöglich alle mitnehmen können. Das ärgert mich, denn dadurch werden uns viele wichtige Informationen entgehen.«

»Besteht keine Möglichkeit, die Daten zu sieben und nur ausgewählte mitzunehmen?« warf Stranger ein.

Artus verschränkte die dünnen Arme vor der Brust. »Du hast die gleiche Idee wie ich, Stranger. Leider bleibt uns dazu keine Zeit. Ich bin auf etwas Ungewöhnliches in der Kommunikation der Roboter gestoßen.«

»Ungewöhnlich?« fragte MacCormack lauernd. »Wir wurden entdeckt?«

»Ich fürchte, ja. Ich mag mich täuschen, da es keinen direkten Austausch dazu gab, aber...«

»Deine Einschätzung reicht mir.« MacCormack verschwendete keine Zeit. Blitzschnell traf er seine Entscheidung. »Leutnant, wir rücken ab. Den Rest der Ausrüstung zusammenpacken.« Er warf dem Reporter einen beiläufigen Blick zu. »Nur der Sprengsatz bleibt zurück.«

Buck gab dem Hauptfeldwebel einen Wink, und Kaunas trieb die Gardisten an. Stumm beobachtete Stranger sie bei der Ausführung des Befehls. Er konnte sich nicht erinnern, jemals eine Gruppe Menschen erlebt zu haben, die so perfekt aufeinander eingespielt war, daß ein Handgriff in den anderen überging. In weniger als fünf Minuten war die gesamte Ausrüstung verpackt.

»Abmarschbereit«, meldete Kaunas.

Zurück blieb allein die Fusionsbombe. Ihr rotes Kontrollicht blinkte bedrohlich.

*

Sie liefen zurück zum Eingang, wo Henk Brack sie aufgeregt empfing.

»Ich wollte eben einen Mann losschicken, um Sie zu warnen. Mehrere Roboterraumschiffe nähern sich unserer Position. Das kann kein Zufall sein, Oberst.«

Damit war klar, daß die Eindringlinge tatsächlich entdeckt waren.

Artus hatte die richtigen Schlüsse aus der Veränderung der Kommunikationssignale gezogen. Die Großrechner waren auf dem Weg zum Datenzentrum.

»Alle Mann zurück zum Gleitband!« trieb Kaunas die Gardisten an. »Erhöhte Aufmerksamkeit. Waffen bereithalten!«

Eine bewaffnete Auseinandersetzung fehlte ihm gerade noch. Stranger spürte ein hektisches Kribbeln zwischen den Schulterblättern. In dem verdammten Anzug konnte er sich nicht einmal kratzen. Zur Ablenkung filmte er den Aufbruch der Männer. Diejenigen, die keine Ausrüstung trugen, und die Cyborgs sorgten für den Flankenschutz, doch noch waren die Roboter nicht heran.

Stranger suchte den schmalen Streifen freien Himmel ab. Kleine dunkle Punkte näherten sich. Sie waren noch ein paar Kilometer weit entfernt, doch bei ihrer Geschwindigkeit wurde es höchste Zeit, sich zu verdrücken.

»Die Schiffe setzen Handlungsroboter ab«, verkündete Brack. »Es sind Tausende.«

»Anscheinend wissen sie nicht genau, wo sie nach uns suchen sollen«, ergänzte Jes Yello. »Das gibt uns noch ein paar Minuten.«

Zwischen den Gardisten und Cyborgs hastete Stranger zu dem Gleitband hinüber. Auch jetzt wurden eine Menge Handlungsroboter darauf transportiert. Keiner von ihnen stieg bei der Freiluftstation ab. Sie kümmerten sich nicht um die Gruppe, die sich der Station näherte. Sie gehörten nicht zu den sich nähernden Truppen. Offenbar waren sie auch nicht über die Unregelmäßigkeiten informiert, beziehungsweise waren sie mit anderen Prioritäten unterwegs.

»Bewegt euch etwas schneller!« trieb Buck seine Männer an. »Ich bin nicht erpicht darauf, meinen Anzug von den Schrottbots aufschneiden zu lassen.«

Eine Vorstellung, die Stranger einen weiteren Schauer über den Rücken jagte. Die Pünktchen in der Ferne wurden rasch größer und entpuppten sich als ein halbes Dutzend großer Schiffe. Dabei konnte er gerade mal einen kleinen Ausschnitt des Himmels sehen.

Kriegsberichterstatter hatte er sein wollen, und nun sah es beinahe so aus, als würde er mitten in eine bewaffnete Auseinandersetzung hineingeraten. Darüber, wie die zwangsläufig ausgehen mußte, gab es keinen Zweifel. Doch Stranger war durch zahlreiche heikle Vorortreportagen erfahren genug, nicht in Panik zu verfallen.

Entschlossen sprang er auf das äußere Transportband, als es für eine Sekunde anhielt. Im nächsten Moment wurde er von den Antigravfeldern erfaßt und davongetragen. Er vergewisserte sich, daß die Gardisten und Cyborgs unmittelbar vor und hinter ihm waren.

Die Flucht auf das Gleitband war gerade noch gelungen, doch sie war noch lange nicht zu Ende.

13.

Sämtliche Mitglieder der Gruppe waren auf das innere Gleitband gesprungen, das sie mit einer Irrsinnsgeschwindigkeit von dem gewaltigen Klotz forttrug. Gedanklich zählte Stranger die Sekunden. Auf welche Zeit hatte MacCormack die Fusionsbombe einstellen lassen? Wieviel Zeit blieb bis zur Detonation? Angesichts einer drohenden nuklearen Explosion rumorte es in seinem Magen, auch wenn der hochgezüchtete Multifunktionsanzug ihn schützen würde.

Riesigen Schatten gleich schwebten die Roboterschiffe über dem Gleitband. Die von ihnen drohende Gefahr war viel realer als die zurückgelassene Bombe. Stranger stellte sich vor, daß sie Energiestrahlen schickten, die die Menschen auf dem Band erfaßten. Seine Befürchtungen erwiesen sich als unbegründet. Immer noch taten die von den MFA ausgestrahlten falschen Signale ihre Wirkung.

»Sie haben das Datenzentrum erreicht!« rief Brack. »Unzählige Handlungsroboter werden ausgeschleust und regnen darauf herab.«

Stranger schaute zurück. Er konnte die Roboter nicht einmal als winzige Pünktchen erkennen. Da hatten es die Cyborgs besser. Ein wenig beneidete er sie um ihre Implantate, die ihre Wahrnehmungsfähigkeiten um ein Mehrfaches steigerten. Das riesige Schiff über der Datenbank sah allerdings auch er.

MacCormack warf einen Blick auf seine Uhr und gab Sekunden später ein Handzeichen. Sämtliche Gardisten und die Cyborgs warfen sich auf dem Gleitband zu Boden. Stranger beeilte sich, es ihnen gleichzutun.

Unvermittelt schwappte eine Welle von Todesangst über ihn hinweg. Daran konnte sämtliche Routine nichts ändern. Zum ersten Mal wurde ihm das Ausmaß der Lage, in die er sich freiwillig begeben hatte, so richtig bewußt. Wehe, wenn der Erfolg seiner spektakulären Aufnahmen ihn dafür nicht entschädigte!

In diesem Moment zündete die Bombe und riß das monströse Datenzentrum auseinander. Mit einer für menschliche Sinne nicht faßbaren Wucht wurde es davongeweht. Ein Orkan blies die umliegenden Gebäude weg wie Kartenhäuser.

»Die Explosion der Datenbank greift auf das Schiff über!« gellte Rog Alsans Stimme.

Stranger hob den Kopf. Ein Großrechner war genau über dem Klotz in Position gegangen, um seine Handlungsroboter abzusetzen. Er bekam gerade noch mit, wie das Schiff von einer unsichtbaren Titanenfaust gepackt und zur Seite geschleudert wurde. Wie in Zeitlupe stürzte es auf die Trümmer der Datenbank, bevor es ebenfalls explodierte. Wie Geschosse rasten die Trümmerstücke in alle Richtungen davon.

»Köpfe einziehen, Männer!« Das war Jannis Kaunas' Stimme.

Stranger stieß einen Fluch aus und ging abermals in Deckung. Was sich um ihn herum abspielte, war der reinste Wahnsinn. Er glaubte, die Trümmer durch die Luft fliegen zu sehen, ohne getroffen zu werden. Nicht alle hatten soviel Glück.

Ein spitzer Schrei drang an seine Ohren. Er kannte den Gardisten aus dem Mescalero-Zug nicht, der ihn ausgestoßen hatte. Als er erneut aufzusehen wagte, krochen mehrere Soldaten zu ihrem getroffenen Kameraden. Beinahe zehn Kilometer Entfernung vom Explosionsherd, las Stranger an der Helminnenseite des MFA ab. Eine scheinbar sichere Entfernung, nicht jedoch bei einer Katastrophe wie dieser.

In weitem Umkreis regneten die Trümmerstücke des Roboterschiffes zu Boden, tödliche Geschosse, die alles durchschlugen, was sie trafen.

Der leichtstoffgepanzerte Anzug der Elitesoldaten verkraftete einiges, doch gegen diese unkontrollierten Geschosse war auch er machtlos.

»Die Splitter haben Karimsons MFA zerfetzt!« schrie Jaschin. Seine Stimme klang verzweifelt. »Er ist verletzt! Wir müssen ihm helfen!«

»Wir können nichts tun«, antwortete einer seiner Kameraden.

»Aber wir können ihn doch nicht einfach ersticken lassen! Wir müssen diese verdammten Löcher versiegeln.«

»Reißen Sie sich zusammen! Das gilt für jeden von euch, Männer!« Das war wieder der Hauptfeldwebel.

Obwohl Stranger der Tragödie aus nächster Nähe beiwohnte, hatte er das Gefühl, sie aus unendlicher Ferne mitzuerleben. Er konnte sich nicht rühren und fühlte sich seltsam distanziert. Es gab nichts, was er tun konnte. Und nicht nur er. Auch die Kameraden Karimsons, dessen Namen er eben zum ersten Mal vernommen hatte, waren machtlos gegen das Schicksal, das so unbarmherzig zugeschlagen hatte. Der Anzug war großflächig perforiert. Da ließ sich nichts mehr reparieren und versiegeln, wie Jaschin es forderte, schon gar nicht. Karimson starb nicht an seinen Verletzungen. Er erstickte in der Atmosphäre aus reinem Stickstoff. Manchmal war man einfach hilflos und doch nicht bereit, diese Tatsache zu akzeptieren.

Der Reporter meinte ein Schluchzen zu hören. Unmöglich, keiner dieser harten Kerle ließ sich so gehen!

Er dachte nicht darüber nach, ob er das Recht hatte, dieses Drama zu filmen. Es war einfach seine verdammte Pflicht, damit die Menschen daheim irgendwann erfuhren, was hier geschehen war. Daher überlegte Stranger nicht lange, sondern handelte so, wie es sich für einen Berichterstatter gehörte. Emotionslos. Nüchtern. Jedes verfügbare Bild für die Massen konservierend. Wie in Trance kam er in die Höhe. Wie mechanisch brachte er seine Kamera in Anschlag.

Um gleich wieder von den Beinen gerissen zu werden, als ein harter Ruck durch das Gleitband ging. Diesmal wurden rings um ihn Flüche laut. Das abrupte Halten des Bandes hatte nicht nur ihn aus dem Gleichgewicht gebracht.

»Das Band ist ausgefallen«, kommentierte einer der Gardisten überflüssigerweise. »Wir müssen zu Fuß weiter.«

»Alle Mann absitzen!« kommandierte Kaunas. »Gepäck aufnehmen!«

»Karimson ist tot.«

»Niemand bleibt zurück. Wir tragen ihn abwechselnd.«

Strangers Gedanken überschlugen sich. Das war ein weiterer Wahlspruch der Angehörigen der Schwarzen Garde. Sie ließen keinen Mann aus ihren Reihen zurück, auch keinen Gefallenen. Doch vielleicht blieb ihnen diesmal keine andere Wahl. Allmählich mußten die Handlungsroboter doch aufmerksam werden.

Stranger hatte sie in dem Durcheinander ganz vergessen. Als er nach ihnen sah, erkannte er erleichtert, daß sie sich nicht um die Truppe und den Toten kümmerten. Sie hatten genug mit sich selbst zu tun. Für Roboter war ihr Verhalten geradezu anachronistisch. Ein paar von ihnen bewegten sich orientierungslos umher. Andere benahmen sich geradezu panisch. Sie schienen nicht richtig zu begreifen, was geschehen war. Vermutlich hatten sie nie zuvor erlebt, daß eines der Antigravtransportbänder ausgefallen war. Ungläubig verfolgte er das Gebaren der Maschinen.

Es war alles, nur nicht roboterhaft.

»Stranger, wollen Sie hier Wurzeln schlagen?« blaffte ihn Kaunas an. Gardisten und Cyborgs hatten das Band verlassen und standen auf der Straße.

Der Reporter gesellte sich zu ihnen. »Und der Tote?«

»Ich werde ihn tragen«, entschied Buck. »Jasch wird mich später ablösen.«

Artus kam ihm zuvor. Er packte die Leiche und hievte sie über seine stählerne Schulter. »Wenn ich das mache, kommen wir schneller voran. Du kannst dir deine Widerrede sparen, Buck. Sie ist sinnlos.«

MacCormack nickte. »Artus hat Recht. Und nun vorwärts, Männer. Vor uns liegt noch ein schönes Stück Weg.«

Stranger blies die Backen auf. Das war leicht untertrieben. Bis zum Gebirge waren es fünfzig Kilometer. Um sich keine Blöße zu geben, marschierte er als erster los.

Falls eines von diesen Kraftpaketen meinte, er würde das nicht schaffen, hatte es sich schwer verrechnet.

*

Zehn Kilometer weiter hegte Stranger keinen derartigen Gedanken mehr. Die Truppe war einfach zu schnell für ihn. Er fiel immer weiter zurück, bis ihm schließlich die Puste ausging. So sehr er sich auch mühte, er konnte aus eigener Kraft nicht weiter.

»Für seine Verhältnisse hat sich Stranger wirklich wacker geschlagen. Aber das war es dann wohl«, bemerkte Jes Yello. Seine Worte klangen beinahe respektvoll. Um so weniger Respekt bezeugte er gleich darauf. Ohne eine Miene zu verziehen, klemmte er sich den Reporter unter den Arm und schleppte ihn mit sich. Stranger kochte vor Wut, doch der Cyborg ignorierte sämtliche Einwände.

Obwohl die Gardisten nicht über die körperlichen Merkmale der Cyborgs verfügten, hielten sie mit ihnen Schritt. In keiner Phase des Marsches ließen sie sich ihre fortschreitende Erschöpfung anmerken. Wäre es nötig gewesen, hätten sie die gleiche Strecke noch einmal bewältigt. Stranger zollte ihnen gewaltigen Respekt, auch wenn er überhaupt nicht daran dachte, das öffentlich zuzugeben. Außerdem war er stinksauer. Durch die Behandlung, die ihm gegen seinen Willen widerfuhr, fühlte er sich gedemütigt.

Trotzdem waren die Gardisten nach dem Gewaltmarsch ziemlich erschöpft. Dafür war der Reporter wieder topfit, als die Gruppe in der Abenddämmerung den Absetzer erreichte. Unangetastet lag er unter der Plane verborgen. Kein Roboter hatte ihn durch einen dummen Zufall entdeckt.

»Und nun?« fragte Stranger, der schon wieder vor Unternehmungslust sprühte. Seine Wut verrauchte, sobald er wieder auf eigenen Beinen stand.

»Machen wir, daß wir hier wegkommen«, entschied MacCormack. »Auch wenn die Roboter keinen definitiven Hinweis auf unsere Anwesenheit haben, können Sie sich möglicherweise zusammenreimen, was geschehen ist. Je schneller wir von Eins verschwinden, desto besser.«

»Startvorbereitungen treffen?« fragte Kaunas.

MacCormack nickte. »Veranlassen Sie das, Hauptfeldwebel.«

Der Balte gab den Befehl weiter, während die Gardisten bereits dabei waren, die mitgeführte Ausrüstung wieder an Bord des Absetzers zu verstauen. Auch wenn ihre Bewegungen nicht mehr ganz so schwungvoll waren, murrte nicht einer von ihnen.

Stranger machte mit seiner Kamera, die er wie einen Schatz hütete, weitere Aufnahmen. Hoffentlich kam der Commander der Planeten oder irgendein anderer oberschlauer Wichtigtuer nicht auf die Idee, auch seinen Bericht über die Vorkommnisse auf Eins zu unterdrücken.

Die Angelegenheit mit Doorn nagte unverändert in ihm, auch wenn er sich Ren Dhark gegenüber in sein Schicksal gefügt hatte. Erfolgreichster Reporter von Terra-Press hin oder her – irgendwann wollte der ihn finanzierende Sender wieder einmal handfeste Ergebnisse sehen, wenn Stranger schon wochen- oder gar monatelang bei seinen Recherchen zwangsweise auf Tauchstation gehen mußte.

»Ich nehme ein Geräusch wahr«, riß Henk Brack ihn aus seinen Gedanken. »Wir bekommen Besuch.«

Alarmiert ließ Stranger die Kamera sinken. Offenbar hatten sie sich zu sicher gefühlt. Es war ihnen nicht gelungen, die Roboter hinters Licht zu führen.

»Deckung, Männer!« trieb Kaunas die Gardisten an, keine Sekunde zu früh.

Über ihren Köpfen wurde ein Gleiter sichtbar. Er flog nicht sehr hoch über das Gebirge und steuerte eine Bergflanke an, die seinem Kurs zufolge im Nachbartal liegen mußte. Von der Landeposition des Absetzers aus war sie nicht einsehbar. Nach wenigen Sekunden verschwand der Gleiter über den Felsen.

»Anscheinend suchen sie nach uns«, überlegte Stranger.

Energisch schüttelte Buck den Kopf. »Dann wären sie nicht so schnell wieder verschwunden, sondern hätten weitere Kreise gezogen. Außerdem wären sie tiefer geflogen und hätten das Tal der Länge nach abgesucht, statt sich über den Gipfeln zu halten.«

Kaunas war der gleichen Meinung. »Aus Artus' Berichten wissen wir, daß die Handlungsroboter zu Tausenden ausschwärmen, wenn sie nach etwas suchen. Beim Datenzentrum haben wir es ja selbst erlebt. Ein einzelner Gleiter paßt nicht in dieses Bild.« Er wandte sich an den Roboter. »Hast du bei deinem ersten Aufenthalt auf Eins einen Gleiter gesehen?«

Artus verneinte. »Ich dachte nicht, daß es auf Eins überhaupt solche Fahrzeuge gibt.«

»Wir haben bisher auch noch keinen gesehen«, erinnerte sich Brack. »Hier gibt es eine Menge großer Schiffe, ansonsten aber nur deren Handlungsroboter. Ich frage mich, was es mit diesem Gleiter auf sich hat.«

»Mich interessiert viel mehr, was es im Nachbartal gibt«, warf Buck ein. »Wenn ich mich nicht irre, ist er dort nämlich runtergegangen. Dort ist auch unbewohntes Gelände. Was also will er dort?«

»Das würde mich auch interessieren.« Stranger spielte unternehmungslustig mit seiner Kamera.

»Wir sollten uns das einmal ansehen, Oberst«, forderte Brack, der sich immer mehr als Sprecher der Cyborgs betätigte. »Eine Ahnung sagt mir, daß ein solcher Ausflug nicht vergeblich ist.«

»Ihre Meinung, Hauptfeldwebel?«

»Es kann nicht schaden, einen Blick zu riskieren. Unser Luftvorrat reicht noch für längere Zeit, und bisher gibt es keine Anzeichen dafür, daß die Roboter uns auf den Fersen sind. Ich würde das Risiko eingehen.«

»Aber nicht ohne mich.« Die Umstehenden sahen Stranger an. Er brauchte die Antwort nicht abzuwarten, um zu wissen, was sie von seiner Forderung hielten. Nämlich gar nichts.

»Wir Cyborgs brauchen keine Pause«, stellte Brack mit tonloser Stimme fest. »Die Gardisten aber sehr wohl. Nichts gegen Stranger, aber er würde uns nur aufhalten.«

»Keine Sorge. Ich bin wieder fit und halte mühelos mit Ihnen mit.«

»Eine Weile vielleicht – wenn wir Rücksicht auf Sie nehmen. Vielleicht ergibt sich aber eine Situation, in der extreme Eile geboten ist und wir Sie nicht wie einen Sandsack durch die Gegend schleppen können.«

Der Reporter schluckte die Kröte kommentarlos und hoffte, daß niemand seine säuerliche Grimasse hinter der Helmscheibe bemerkte.

»Also ist das geklärt«, entschied MacCormack. »Stranger bleibt im Lager. Die sechs Cyborgs machen sich auf den Weg. Allerdings wird Artus Sie begleiten. Mister Brack, Sie haben fünf Stunden, keine Minute länger. Danach will ich Sie hier wiedersehen, und zwar vollzählig. Außerdem herrscht absolute Funkstille, die Kanäle bleiben jedoch offen. Wir können weder bei Ihrer Gruppe noch beim Absetzer eine Notsituation ausschließen, die einen Funkkontakt nötig macht.«

Artus erklärte sich einverstanden, den Erkundungstrupp zu begleiten. Brack bestätigte MacCormacks Anweisungen und scharte die Cyborgs um sich. In knappen Worten instruierte er sie.

Wenig später brachen Artus und die sechs Männer auf.

*

Die Dunkelheit der beginnenden Nacht machte den Cyborgs nichts aus. Dank ihrer erweiterten Sinne sahen sie so gut wie am hellichten Tag. Auch Artus' Optiken waren nicht auf Tageslicht angewiesen. Ebenso wie seine Begleiter hatte er einen der neuen Multikarabiner geschultert. Die Cyborgs trugen zudem Rucksäcke bei sich, in denen sechs Bauteile für einen weiteren schweren Fusionssprengsatz steckten.

»Wer weiß, wozu er gut ist«, hatte MacCormack sich beim Aufbruch der Gruppe ausgedrückt und den Cyborgs die Entscheidung darüber überlassen, wie mit der Bombe zu verfahren war, da sie das nur vor Ort entscheiden konnten. Schließlich ahnte keiner der Gardisten, wie die Lage im Nachbartal war.

Der Roboter und die Männer kamen viel zügiger voran, als wenn sie einen »normalen« Menschen dabeigehabt hätten. Artus fand Bert Stranger durchaus sympathisch, doch besonders der Reporter hätte sie bei dieser Erkundung, die nur einen engen zeitlichen Rahmen besaß, unnötig aufgehalten. Die Kletterei hätte Stranger schwer zu schaffen gemacht, während die Cyborgs sie beinahe spielerisch meisterten.

Die umliegenden Erhebungen verwehrten den Blick auf das Lichternetz der planetenweiten Stadt der Maschinen. Nur als die sieben Wanderer den Bergrücken überwanden, erhaschten sie einen kurzen Blick darauf. In der Dunkelheit war der Anblick der unzähligen Lichter atemberaubend.

Dann machte die Gruppe sich schon wieder an den Abstieg auf der anderen Seite. Unterwegs behielten die Cyborgs unablässig den Luftraum im Auge, doch der gesichtete Gleiter tauchte nicht wieder auf. Entweder war er weitergeflogen und hatte das Gebiet längst verlassen, oder er war im Tal niedergegangen. Wenn die erste Möglichkeit zutraf, waren sie vielleicht vergeblich unterwegs, weil das Tal so verlassen war wie das, in dem der Absetzer abgestellt war, und es dort nichts zu finden gab.

»Was tun wir, wenn wir nichts finden?« fragte Artus, obwohl er wußte, daß die Frage unsinnig war. Es gab nur eine logische Antwort darauf.

»Dann kehren wir um und erstatten Bericht«, bestätigte Henk Brack seine Erwartung.

Zum Glück kam es nicht dazu. Nach zwei Stunden Marsch erreichte die Gruppe das Zielgebiet am Fuß des Berges. Noch immer war von dem Gleiter nichts zu sehen, dafür etwas anderes.

»Ein Tor.« Tony George entdeckte das Portal unter einem Überhang.

Sekundenlang suchten Artus und die Cyborgs Deckung und beobachteten die Umgebung. Keine Bewegung war in der Dunkelheit zu erkennen.

»Niemand da«, stellte Artus schließlich fest. »Das sollten wir uns mal aus der Nähe ansehen.«

Das Tor erwies sich als ziemlich groß. Nichts deutete darauf hin, wann es zum letzten Mal benutzt worden war. Weder gab es Bedienungseinrichtungen noch Sensoren wie am Eingang zur gesprengten Datenzentrale.

»Sieht nicht so aus, als ob es eine Möglichkeit gäbe, es zu öffnen«, überlegte Mick Grinnus. »Und irgendwelche Sesamöffne-dich-Formeln werden hier nicht funktionieren.«

»Typischer Fall von denkste«, konterte Artus. »Die Handlungsroboter sind auf keine diesbezüglichen Einrichtungen angewiesen. Erinnert euch, was ich bei der Datenbank gemacht habe. Ein drahtlos übermittelter elektronischer Impuls reicht, das Tor zu öffnen.«

»Auf Funkbasis? Viel zu riskant.«

»Keine Sorge. Der Impuls ist minimal und extrem gerichtet. Mehr als die Aktivierungselektronik erreicht er nicht.«

»Also kannst du es öffnen?«

»Das käme auf einen Versuch an.« Tatsächlich hatte Artus nicht den geringsten Zweifel daran. Doch er hatte noch Bucks Worte im Ohr und wollte nicht schon wieder überheblich klingen. Es war immer wieder erstaunlich, welche Fehlschlüsse Menschen zogen, weil sie nicht objektiv urteilten, sondern ihre eigene Sicht der Dinge zugrunde legten.

»Es besteht aus Metall«, stellte Yello fest, der das Tor näher in Augenschein nahm. »Das war ja nicht anders zu erwarten. Auch ansonsten kommt es mir vor wie das Schott eines Hangars. Die Abmessungen reichen aus, um den Gleiter aufzunehmen, den wir gesehen haben.«

»Das heißt nicht, daß das auch geschehen ist.«

»Probieren geht über studieren.« Yello deutete auf eine Fuge. »Da ist eine Art Tür eingebaut. Wir brauchen also nicht gleich das ganze Schott zu öffnen. Sieht nach einem Eingang für die Handlungsroboter aus.«

»Von denen es hier keine gibt«, stellte Joe Siem mit einem schnellen Rundblick klar. »Wie sollten sie auch hergelangen? Wie wir festgestellt haben, gibt es in diesem Gebirge keine Gleitbänder. Die Schrottbots müßten also zu Fuß kommen.«

»Oder mit einem Gleiter«, gab Artus zu bedenken.

»In dem Fall würde wieder das große Tor reichen, und der Mäuseverschlag wäre überflüssig.«

Sie konnten noch stundenlang diskutieren, ohne zu einem schlüssigen Ergebnis zu kommen. Was nur vergeudete Zeit war, wie Artus fand. Er konzentrierte seine elektronischen Sinne auf den kleinen Eingang. Beinahe auf Anhieb ermittelte er die elektronische Verriegelung und sandte ihr einen Aktivierungsimpuls. Vorsichtshalber verzichtete er darauf, das große Tor zu öffnen, um kein unnötiges Aufsehen zu erregen.

»Es öffnet sich«, kommentierte Brack den gespenstisch lautlosen Vorgang und ließ den Multikarabiner von seiner Schulter gleiten. Auch seine fünf Kameraden brachten ihre Karabiner in Anschlag. Artus und die Cyborgs drangen durch die entstandene Öffnung in den dahinterliegenden Berg ein. Was auch immer zu sehen sie erwarteten, es gab nichts.

Nur ein zweites, baugleiches Portal, ebenfalls mit einer separaten Einstiegsluke versehen.

*

»Die Tür läßt sich nicht öffnen«, erkannte Artus.

»Also stehen wir hier wie bestellt und nicht abgeholt?« fragte Grinnus. »Was einmal geklappt hat, muß auch ein zweites Mal funktionieren.«

»Keine Sorge. Das haben wir gleich. Ich habe nämlich einen bestimmten Verdacht.« Artus verschloß das äußere Schott wieder. »Meßinstrumente der Anzüge überprüfen«, drängte er die Cyborgs.

»Die Stickstoffatmosphäre wird abgepumpt«, stellte Brack erstaunt fest. »Woher wußtest du das?«

»Ich wußte es nicht. Aber dieser kleine Raum hier erinnert doch frappierend an eine Schleuse. Wozu sonst sollte sie dienen als zu einem Druckausgleich oder um eine Atmosphäre anzupassen?«

»Anzupassen?« Brack gab einen überraschten Laut von sich. »Der Stickstoff ist vollständig abgepumpt, dafür wird die Schleuse... mit Atemluft geflutet. Meinen Anzeigen zufolge ist diese Sauerstoffatmosphäre fast identisch mit der irdischen.«

»Eine Luftschleuse. Ganz wie ich vermutet habe. Man heißt uns offensichtlich willkommen.«

»Die Roboter? Dann wissen sie, daß wir hier sind.« Siem hielt seinen Karabiner umklammert, als rechnete er jeden Moment mit einem feindlichen Angriff.

»Nur die Ruhe«, mahnte Artus. »Wenn es ihnen darum ginge, über uns herzufallen, würden sie nicht erst eine für euch atembare Atmosphäre schaffen.«

»Vielleicht wollen sie uns aber auch einlullen, und wir sollen genau das denken.« Sehr überzeugend klang der Einwand nicht, und Siem war sich dessen bewußt. »Wir werden es wohl erfahren, wenn wir weitergehen. Bekommst du das innere Schott jetzt auf?«

Als Artus einen weiteren elektronischen Impuls ausstrahlte, reagierte die kleine Tür sofort. »Das hätte jetzt auch mechanisch geklappt«, stellte er fest. »Keine Sperre mehr.«

Der Weg vor den Eindringlingen war frei. Als sie durch die entstandene Öffnung traten, lag eine weite Halle vor ihnen. Sie war mit atembarer Luft geflutet. Artus konnte sich nicht vorstellen, daß die Sauerstoffatmosphäre für sie gedacht war. Das hätte nämlich bedeutet, daß die Roboter nicht nur von ihrem Eindringen wußten, sondern auch erkannt hatten, wer sich unter den Anzügen befand. Umgekehrt ergab sich eine erstaunliche Frage: Wer oder was auf diesem Planeten benötigte Sauerstoff? Die Roboter fühlten sich in der lebensfeindlichen, aber zuverlässig vor Rost schützenden Stickstoffatmosphäre pudelwohl.

»Sollen wir die Helme öffnen?«

»Besser nicht. Da unsere anzuginternen Reserven nicht knapp werden, gehen wir kein Risiko ein.« Brack nickte mit dem Kopf zu dem Fahrzeug, das sie bereits kannten. »Der Gleiter!«

Sie hatten also die richtigen Schlußfolgerungen gezogen, nachdem er im Tal nicht wieder aufgetaucht war. Er war durch die beiden Portale in den Berg hineingeflogen. Nun stand er in der Mitte der Halle, anscheinend verlassen. Grinnus wollte losstürmen, um das Fahrzeug zu untersuchen, doch Brack hielt ihn fest.

»Nicht so eilig. Jemand könnte sich dahinter verstecken.«

In zwei Gruppen schwärmten die Cyborgs aus. Mit erhobenen Waffen führten sie eine Zangenbewegung aus und näherten sich dem Gleiter von beiden Seiten. Artus wartete am Eingangsschott ab, um ihnen bei Bedarf Feuerunterstützung geben zu können.

»Keine Roboter zu sehen!« rief Brack. »Hier ist niemand.«

Was ging hier vor sich? Artus fühlte sich beinahe unwohl in seiner metallischen Haut. Er konnte sich nicht vorstellen, daß wirklich Handlungsroboter der Großrechner den Gleiter gesteuert hatten. Doch wer sonst? Bisher gingen die Menschen davon aus, daß Eins ausschließlich von den großen und kleinen Maschinen bevölkert wurde. Die Ungereimtheiten summierten sich, und nicht auf eine Frage zeichnete sich eine Antwort ab.

Unmittelbar vor dem Gleiter blieb Artus stehen. Er war leer, das transparente Verdeck halb geöffnet. Aus seinem Innenleben, das nicht einmal Sitzgelegenheiten aufwies, und der Form und Anordnung der Instrumente ließen sich keine Rückschlüsse ziehen.

»Er könnte von Handlungsrobotern gesteuert worden sein«, konstatierte er unentschlossen. »Aber auch von Menschen, formlosen Worgun, Nogk, tentakelbewehrten Oktos oder kleinwüchsigen Vullen.«

Leider half ihnen diese Erkenntnis nicht weiter. Bis auf den Gleiter war die Halle leer. Eine Einrichtung gab es nicht, also diente sie maximal als Hangar und Empfangshalle. Am jenseitigen Ende waren mehrere Durchgänge zu sehen, zwischen denen Aufgänge zu drei Galerien führten, die die Halle in unterschiedlichen Höhen umliefen. Sie waren deutlich einzusehen. An verschiedenen Stellen waren dort oben ebenfalls Durchlässe zu sehen, die in verborgene Räume tiefer im Berg führten.

»Wenn wir herausfinden wollen, wozu diese Anlage dient, müssen wir die angrenzenden Räume untersuchen«, forderte Brack. »Wer immer den Gleiter gesteuert hat, treibt sich irgendwo in dieser Anlage herum.«

Artus hatte den gleichen Plan. »Fangen wir oben damit an. Von dort aus haben wir den Eingang und die Halle im Auge.«

»In Ordnung. Oben werden wir auch einen geeigneten Platz finden, um den Sprengsatz zu deponieren.«

Brack lief zu einer der Treppen und sprang mehrere Stufen auf einmal empor. Die restlichen Cyborgs folgten ihm, während Artus einen anderen Aufstieg benutzte. Die Ahnung einer drohenden Gefahr wollte einfach nicht vergehen. Wo steckten diejenigen, die mit dem Gleiter gekommen waren?

Die mitgeführte Bombe bereitete ihm ein gewisses Unbehagen. Er hatte nichts dagegen, noch etwas Chaos und Verwirrung zu stiften und ein paar der planetaren Einrichtungen in die Luft zu jagen. Was aber, wenn dabei etwas anderes zu Schaden kam? *Jemand?*

Artus schalt sich einen Narren. Hier war niemand außer diesen durchgeknallten Maschinen, von denen er gar nicht genug in ihre Bestandteile zerlegen konnte. Er nahm die letzten Stufen und spähte zu den Durchgängen hinüber. Unwillkürlich erwartete er, daß Gegner daraus hervorströmten. Aus dem Vorgehen der Cyborgs schloß er, daß sie ähnliche Gedanken hegten wie er. Mit erhobenen Waffen huschten sie zu den Öffnungen.

Und richteten ihre Aufmerksamkeit doch in die falsche Richtung.

Eine Art Gefühl bemächtigte sich Artus' spezieller Sinne. Ohne darüber nachzudenken, drehte er sich um und schaute in die Halle hinunter. Sie war keineswegs mehr so verlassen wie zuvor. Unzählige Bewegungen waren zu sehen.

»Deckung!« schrie Artus.

Ein Energiestrahl schlug neben ihm in die Wand und verfehlte ihn um Zentimeter. Im nächsten Moment verwandelte sich die Halle in einen Hexenkessel.

*

Hunderte von Handlungsrobotern! Ausnahmslos bewaffnet!

Sie belagerten das Hauptportal und schnitten den Eindringlingen den Weg ab. Woher waren sie gekommen? Von draußen? Dann mußten sie sich gut versteckt und gewartet haben, bis die siebenköpfige Gruppe an ihnen vorbei war.

Die Überlegung schoß Artus in einer Nanosekunde durch den Kopf. Er warf sich zu Boden und erwiderte das Feuer. Aus den Augenwinkeln sah er es aufblitzen. Rosarote Nadelstrahlen rasten in die Halle hinunter.

Die Cyborgs schossen ebenfalls, nahm er nebenbei wahr. Er hatte keine Zeit, sich um sie zu kümmern, weil er sich seiner eigenen Haut erwehren mußte.

Mit der Präzision einer Maschine jagte er Schuß um Schuß aus seinem Multikarabiner. Wo Nadel traf, löste sich das Metall der Roboter schneller auf, als ein menschliches Auge den Prozeß verfolgen konnte, und verwandelte sich in reine Energie.

Mehrere Angreifer erstarrten mitten in der Bewegung, bizarre, deformierte Trümmer. Viel unkenntlicher und grotesker als vorher sahen sie auch nicht aus. Unten brach ein unüberschaubaes Durcheinander aus, als mehrere getroffene Maschinen explodierten. Trümmerstücke jagten umher, Rauch stieg auf.

Sekundenlang war Artus im wahrsten Sinne des Wortes die Sicht vernebelt. Als er wieder sehen konnte, war Verwirrung unter den Robotern ausgebrochen. Mit einer solchen Gegenwehr hatten sie anscheinend nicht gerechnet.

Artus ließ ihnen keine Zeit, sich auf die unerwartete Situation einzustellen. Er brauchte keine Kampfhelmanzeige, die ihm eine Munitionsart vorschlug.

Umschalten, Ziel anvisieren und feuern waren für ihn eins.

Sirrend jagte eine Kleinstrakete in den geparkten Gleiter und zerriß ihn in Millionen Stücke. Feurige Fetzen wurden in alle Richtungen geschleudert. Ohrenbetäubend dröhnte die Explosion durch die Sauerstoffatmosphäre, während die Druckwelle Dutzende Roboter erfaßte und wie Laub in einem Herbststurm davonwehte.

Automatische Löscheinrichtungen traten in Funktion. Verborgene Zerstäuber spien Wasser in die Halle, um die Brandherde zu löschen.

Nun brach erst recht das Chaos aus, als die Roboter auf ihren teilweise plump anmutenden Fortbewegungsmitteln versuchten, in eine bessere Position zu gelangen, und sich dabei gegenseitig behinderten. Rauchfontänen stiegen an mehreren Stellen auf. Das Löschwasser hatte Mühe, das Feuer unter Kontrolle zu bekommen.

Die Cyborgs nutzten die Gunst des Augenblicks und schalteten weitere Roboter aus. Endlich hatte Artus Gelegenheit, nach ihnen zu sehen. Sie veranstalteten das reinste Scheibenschießen. Fehltreffer kannten sie nicht. Mehrere kleine Explosionen belegten ihre makellose Trefferquote.

Alle Achtung! dachte er respektvoll. Natürlich hatten sie längst in ihr Zweites System umgeschaltet. Damit hatten sie ihm an physischer Leistungsfähigkeit sogar noch etwas voraus. Eine solche Truppe wünschte man sich wahrlich nicht zum Feind.

»Wir müssen hier weg, bevor die Roboter sich wieder formieren!« rief er Brack zu.

»Und wohin? Die haben uns den Rückweg abgeschnitten!«

Artus deutete auf einen der Durchgänge, der zwischen ihm und den Cyborgs lag. Einen anderen Weg gab es nicht. Auch wenn die Roboter kurzfristig verwirrt waren, bestand selbst mit den Raketenwerfern der Multikarabiner keine Hoffnung, sich einen Weg durch ihre Reihen zu schießen und ins Freie zu gelangen. Ihre zahlenmäßige Übermacht war einfach zu groß, um sie mit einem schnellen Vorstoß überrumpeln zu können.

Er beobachtete, wie Brack seine Kollegen instruierte. Ungezielte Schüsse abgebend, huschten sie zu dem Durchlaß. Brack selbst bildete die Nachhut. Mehrere Schüsse verirrten sich in seine Nähe, ohne ihm ernsthaft gefährlich zu werden. Artus warf einen letzten Blick in die Tiefe und schloß sich den Cyborgs an.

Ein in die Ungewißheit führender Korridor erwartete die Gruppe hinter dem Durchgang.

14.

Die Lichtverhältnisse waren ausreichend für eine Orientierung, allerdings gab es nicht viel zu sehen. Die kahlen Korridorwände wurden nur von Türen unterbrochen, die nach zwanzig Metern begannen. Zu beiden Seiten waren sie in die Wände eingelassen. Weder gab es Schriftzeichen noch Hinweise, was sich dahinter verbarg.

Immer wieder schaute Artus den Gang zurück. Die Roboter ließen sich nicht sehen. Offenbar hatten sie noch zu viel mit sich selbst und dem von den Eindringlingen angerichteten Chaos zu tun, um sich sofort an deren Verfolgung zu machen. Vielleicht lieferten sie auch zuerst einen Bericht an ihren lenkenden Großrechner und holten sich Instruktionen für ihr weiteres Vorgehen ein.

Bei Maschinen mit lautloser drahtloser Kommunikation war das allerdings eine Sache von Sekundenbruchteilen.

»Wir geraten immer tiefer in diese Anlage hinein«, beschwerte sich Alsan. »Was wollen wir hier?«

»Da wir vorne nicht mehr rauskommen, bleibt uns nichts anderes übrig, als nach einem anderen Ausgang zu suchen.« Abermals schaute Artus sich um. Noch immer gab es keine Verfolger, was ihn seine Flucht unterbrechen ließ. »Schaut in die angrenzenden Räume! Vielleicht gibt es dort eine Ausweichmöglichkeit.«

Er selbst riß die Tür auf, vor der er stand. Der Raum, in den er schaute, erinnerte an ein Labor. Er war nicht besonders groß, dafür mit allerlei Gerätschaften gefüllt, über deren Zweck sich nur spekulieren ließ. Dafür wirkten sie nicht so improvisiert und zusammengeschustert wie die meisten Handlungsroboter. Bei der Einrichtung handelte es sich um neuwertige Hochtechnologie, die wirkte, als sei sie erst gestern installiert worden. Leider war sie ihm völlig unbekannt.

Es war nichts darunter, was ihm vertraut vorkam.

Arbeiteten hier die Handlungsroboter? Wenn nicht sie, wer dann? Und – was taten sie? Wozu diente der Raum?

Viele Fragen, auf die es keine Antwort gab. Artus blieb auch nicht die Zeit, sich länger mit diesem Problem zu beschäftigen. Es gab auch keinen zweiten Ausgang. Er stieß die Tür zu und teilte den Cyborgs seine Entdeckung mit. Sie deckte sich mit dem, was seine Begleiter in den anderen Räumen vorgefunden hatten. Auch wenn es keine konkreten Hinweise gab, hatten alle den Eindruck, es mit so etwas wie Labors zu tun zu haben.

»Irgendwie habe ich ein mieses Gefühl«, erklärte Tony George. »Das sieht aus, als würden hier biologische Experimente durchgeführt.«

»Von Robotern?« Siem schüttelte ungläubig den Kopf. »Auf Eins gibt es nur Roboter. Hier leben keine natürlichen Wesen. Es gibt keine organischen Komponenten, mit denen die Schrottbots experimentieren können.«

»Mannomann«, würgte Grinnus hervor. »Bei der Vorstellung dreht sich mir der Magen um.«

Dabei waren biologische Experimente nicht zwangsläufig negativ. Trotzdem konnte auch Artus ein gewisses Unbehagen nicht verdrängen. Denn unwillkürlich drängten sich ihm die Erlebnisse der CHARR und ihrer Besatzung beim Zusammentreffen mit den Oktos auf. Die Experimente der Bakal mit anderen Lebewesen waren nicht nur menschenverachtend, sondern geradezu pervers gewesen.*

Kaum anzunehmen, daß wir auf Eins auf die Schöpfer der Nogk treffen, dachte Artus. Von denen ging keine Gefahr mehr aus. Dafür gab es aber vielleicht noch eine andere, nicht nur die zunächst offensichtliche durch das Robotervolk.

Die Gruppe hastete weiter. Der Gang schien endlos, ohne daß

---

* Siehe FORSCHUNGSRAUMER CHARR Band 3: »Gigant im All«

es eine Verzweigung gab. Artus blieb nichts anderes übrig, als die Tatsache zu ignorieren, daß sie wie die Ratten in der Falle saßen, wenn gleichzeitig Roboter von vorn und hinten auftauchten. Dann blieb ihnen nur noch, sich in einem der flankierenden Räume zu verschanzen oder mit ihren Raketen eine Feuerhölle zu entfachen.

»Wo bleiben die nur?« fragte Siem. »Es ist doch verdächtig, daß sie uns nicht verfolgen. Vielleicht laufen wir aus eigenem Antrieb genau dorthin, wo sie uns haben wollen.«

Auch für Artus blieb das Vorgehen der Roboter ein Rätsel. Er an deren Stelle hätte alles darangesetzt, die Eindringlinge dingfest zu machen. Verzweifelt suchte er nach einem Aspekt, den er möglicherweise übersah, doch es gab keinen. Keinen zumindest, den er nach aktuellem Informationsstand erkennen konnte.

Sporadisch schauten die Cyborgs in weitere Räume, ohne neue Erkenntnisse zu erlangen. Die Ausstattung der Labors schien in Massenfertigung geschehen zu sehen. Ein ums andere Mal sprangen die Cyborgs enttäuscht in den Korridor zurück.

Bis einer von ihnen einen überraschten Schrei ausstieß.

*

Der Raum sah so aus wie alle anderen zuvor auch. Grinnus stand im Türrahmen und wollte die Tür bereits wieder schließen, als ihm ein Detail ins Auge stach, das er zuvor nirgends wahrgenommen hatte. Neugierig geworden, verzögerte er seinen Rückzug.

Mit einem kurzen Blick vergewisserte er sich, daß weiterhin keine Gefahr durch verfolgende Roboter bestand. Der Gang hinter ihnen war leer. Artus stand draußen und wechselte ein paar Worte mit Brack.

Grinnus gab sich einen Ruck und trat in den Raum. Die Aufbauten, die er sah, wirkten martialisch auf ihn. Unwillkürlich erwartete er Lachen von frischem Blut. Auch wenn er im Zweiten System von seinem Programmgehirn gesteuert wurde, kamen dank aktivierter Rückkopplungsphase Gefühle auf. Er verzichtete darauf, sie zu unterbrechen, um das Programmgehirn notfalls überstimmen zu können, falls es sich als notwendig erwies. Im Gegensatz zu ein paar seiner Cyborgkollegen hielt er diese noch nicht lange bestehende Option für einen enormen Fortschritt.

Nur gelegentlich brachte sie, wie im vorliegenden Fall, störende Nebengeräusche mit sich. Grinnus verdrängte die archaische Anwandlung. Wo sollte an diesem Ort Blut herkommen?

Aufmerksam sah er sich um. Auf einem Tisch war ein chromblitzendes Gestänge aufgebaut. In langen Reihen von Aufhängungen waren Röhrchen gelagert, die eine deutliche Assoziation erweckten. Sie glichen irdischen Reagenzgläsern wie ein Ei dem anderen und enthielten Gewebeproben.

Sofort kehrte der Gedanke an die biologischen Experimente zurück. Woher stammten diese Proben? Oder besser: von wem oder was? War jemand ebenso dreist gewesen wie sie und in diese Anlage eingedrungen? Vielleicht hatte er seine Tollkühnheit mit dem Leben bezahlt und war seziert worden. Diesen seelenlosen Maschinen mit ihrer zutiefst abwertenden Bezeichnung für biologisches Leben traute Grinnus alles zu.

Die Proben waren der Beweis dafür, daß die Labors genutzt wurden. Sie wirkten frisch, lagerten also noch nicht lange hier.

Da ihm der Aufbau den Blick auf den rückwärtigen Teil des Raumes verwehrte, ging er um den Tisch herum. Auf einem Schränkchen standen verschiedene Gläser. Bis auf das größte waren sie leer. Grinnus kniff die Augen zusammen und betrachtete das darin enthaltene Objekt.

Als er es erkannte, stieß er einen überraschten Schrei aus.

*

Artus und Henk Brack fuhren gleichzeitig herum.

»Das kam von dort.« Artus deutete zu einer bestimmten Tür, die halb geöffnet war.

»Das war Grinnus' Stimme«, fügte Brack alarmiert hinzu.

Mit raschen Schritten liefen sie zu dem Raum, aus dem der Schrei gekommen war. Halb verdeckt von einem Tisch mit zahlreichen Aufbauten stand der junge Cyborg da und bewegte sich nicht. Erst als er das Eintreffen seiner Kameraden bemerkte, drehte er sich schwerfällig um.

»Was ist passiert?« Blitzschnell verschaffte sich Artus einen Überblick. Er hatte er mit einem Gegner gerechnet, doch es gab keinen.

Grinnus hob einen Arm und zeigte zu einem großen Glas. »Ein Herz«, sagte er tonlos. »Es sieht menschlich aus.«

Auf den ersten Blick stimmte Artus dieser Beobachtung zu. »Das besagt nichts. Zweifellos gibt es andere humanoide Völker in der Galaxis, die ähnliche Herzen haben wie die Menschen. Die Tel zum Beispiel haben sogar zwei Stück davon, Form und Aufbau gleichen sich jedoch.«

»Das ändert nichts daran, daß die Roboter es besitzen. Auf jeden Fall stammt es von einem einst lebenden Wesen.«

Diese wenig angenehme Ahnung hatte Artus ebenfalls. Er beugte sich nach vorn und spielte mit dem Gedanken, das Glas an sich zu nehmen, als ein fremder Hauch seinen Geist streifte. Kerzengerade schnellte er in die Höhe.

»Artus?« fragte Brack.

Er hatte einen Kommunikationsfetzen der Roboter erhascht. Er war zu knapp, um ihm einen bestimmten Inhalt zuzuordnen, doch Artus war sicher, daß es um ihn und die Cyborgs ging. Als er sich konzentrierte, schnappte er weitere Fragmente auf. Noch gelang es ihm nicht, sie zu einem Ganzen zusammenzusetzen.

»Artus, alles in Ordnung?«

»Wir müssen weg. Die Roboter machen mobil gegen uns.«

»Dann nichts wie raus hier«, zischte Brack. »Anscheinend bleibt uns nichts anderes übrig, als noch tiefer in den Berg vorzudringen. Los jetzt, Grinnus! Nicht einschlafen.«

Sein Kamerad löste sich aus seiner Erstarrung und sprang um den Tisch herum Richtung Ausgang. Im Vorbeilaufen griff er ein paar der Gewebeproben und verstaute sie in einer Tasche seines Anzugs. Die Reagenzgläser waren nicht aus Glas, sondern aus einem stabileren Material.

»Das gibt es doch nicht.« Brack schaute den Korridor entlang. Kein einziger Roboter war zu sehen. »Bist du sicher, daß du dich nicht getäuscht hast?«

»Sollte ich zu dem Schluß kommen, werde ich es dich wissen lassen«, antwortete Artus kurz angebunden und lief los. Er wunderte sich selbst. Führten die Roboter etwas anderes im Schilde? Das Feuer in der Schleuse mußte längst unter Kontrolle sein. Selbst wenn nicht, waren dort mehr als genug Handlungsroboter versammelt, daß sich zumindest ein Teil von ihnen den Eindringlingen widmen konnte. Daß sie es nicht taten, hatte einen bestimmten Grund.

Auf eine gewisse Weise fühlte sich Artus blind und taub. Angestrengt stemmte er sich gegen diesen Eindruck. Tatsächlich drangen immer mehr Kommunikationsfragmente auf ihn ein, je mehr er sich darauf konzentrierte.

Nein, er hatte sich nicht geirrt, das wurde ihm in den nächsten Minuten klar.

Die Cyborgs verzichteten darauf, weitere Räume zu erkunden, solange Artus keine Entwarnung gab. Schließlich mündete der Korridor übergangslos in eine metallische Kammer.

»Ich habe den Eindruck, die Roboter führen uns an der Nase herum«, beschwerte sich Alsan.

Die Gruppe hielt inne und sah sich um. Gegenüberliegend setzte sich der Gang ins Ungewisse fort. Eine Verzweigung gab es nicht, daher ergab auch die Kammer keinen ersichtlichen Sinn.

Artus war anderer Meinung und hielt inne. »Sie führen uns keineswegs an der Nase herum.«

»Woher willst du das wissen?« Brack blieb neben ihm stehen. »Ich denke, die Roboter benutzen To-Richtfunk. Dann kannst du ihre Kommunikation nicht mitverfolgen.«

Zumindest waren sie bisher davon ausgegangen. Artus konnte es sich selbst nicht erklären, doch mittlerweile hatte er einiges aufgeschnappt. Gerade jetzt war er in der Lage, sowohl die elektronischen Unterhaltungen einiger Handlungsroboter untereinander als auch die Kommunikation mit ihren Großrechnern zu verfolgen.

»Sie benutzen tatsächlich To-Richtfunk«, erklärte er. »Aber in dieser Anlage gibt es etwas, das den Richtfunk streut. Ich kann es weder lokalisieren noch definieren. Es ist schade, daß ihr nicht über meine Sinne verfügt, dann würdet ihr es ebenfalls empfangen und verstehen, was ich meine.«

»Es reicht, wenn du uns deine Erkenntnisse mitteilst, statt lange um den heißen Brei herumzureden.«

Artus wandte seinen stählernen Kopf in Richtung von Joe Siem. »Du mußt nicht ungeduldig werden. Es gibt keinen Grund für eine weitere kopflose Flucht. Ich habe die ersten Bruchstücke falsch interpretiert, doch nun sehe ich klar. Die Handlungsroboter verfolgen uns nicht, weil sie uns nicht einschätzen können.«

Die Gesichter der Cyborgs drückten Ratlosigkeit aus.

»Wir haben ihnen ein wenig eingeheizt«, überlegte George. »Aber deshalb werden sie doch keine Angst vor uns haben. Wenn sie konsequent vorgehen und uns einkesseln, haben wir auf Dauer selbst mit unseren vereinten Fähigkeiten keine Chance gegen sie.«

»Genau um diese Fähigkeiten geht es. Durch die Multifunktionsanzüge wissen sie nicht, mit wem sie es zu tun haben. Sie können die MFA nicht einordnen. Sie haben zwar optische Aufnahmen davon erhalten, aber das hilft ihnen auch nicht weiter. Eure Kampfkraft deutet eher auf andere Roboter als auf ›Biomüll‹ hin. Zudem unterdrücken die Anzüge eure Infrarot- und Bioimpulse.«

»Müssen wir uns jetzt geehrt fühlen?«

»Wohl kaum. Darum geht es auch nicht, sondern um den Vorteil, den wir deswegen immer noch haben. Immerhin sind sie klug genug zu schließen, daß wir und die Attentäter, die die Datenbank gesprengt und Quadratwurzel getötet haben, dieselben Gegner sind.«

»Quadratwurzel?« echote Yello verständnislos.

»Der Großrechner, der über der Datenbank abgestürzt und explodiert ist.«

»Dich haben sie auch gesehen.«

»Und sie haben mich erkannt«, mußte Artus zähneknirschend zugeben. »Darüber herrscht helle Aufregung, weil sie mich ebenso für tot gehalten haben wie Vektor, der mich mit sich in den Untergang reißen wollte. Pustekuchen! Darüber sind sie gleichermaßen verwirrt wie enttäuscht. Sie machen sich Sorgen darüber, ob ich mich wieder mit den Terranern verbündet habe oder ob ihr andere, ihnen unbekannte Roboter seid.«

»Wir sollten sie so lange wie möglich in ihrem Irrglauben lassen«, schlug Grinnus vor. »Andererseits dürfen wir die Gefahr für dich nicht unterschätzen. Da du die Roboter hinters Licht geführt hast, werden sie alles daran setzen, dich zu vernichten.«

»Nicht unbedingt. Da sie mich für einen allseits verachteten Verräter halten, trauen sie mir auch zu, erneut die Fronten zu wechseln.«

Brack schüttelte verständnislos den Kopf. »Trotzdem ergibt diese ganze Sache für mich keinen Sinn. Warum kommen sie nicht, um die Unklarheiten zu beseitigen? Rein informell hängen sie doch ebenso in der Luft wie wir. Mit einem massiven Vorstoß würden sie Klarheit erlangen, woran sie sind. Vergeßt nicht, daß wir hier mehr oder weniger mitten in ihrem Herzen operieren. Deshalb begreife ich auch nicht, weshalb wir mit endlosen Reden unsere Zeit vergeuden, statt uns wieder auf den Weg zu machen.«

Artus blickte die Männer der Reihe nach an.

»Sie verschonen uns aus einem einzigen Grund«, erklärte er. »Die Roboter haben Angst um ihr Heiligtum.«

*

Heiligtum?

Unausgesprochen stand die Frage im Raum. Natürlich warteten die Cyborgs auf eine Erklärung, was Artus damit meinte. Er hatte den Begriff gerade eben erst empfangen und wollte fortfahren. Die Kommunikation der Roboter machte ihm einen Strich durch die Rechnung, denn schlagartig veränderte sich die Lage abermals.

Die verschiedenen Großrechner stritten miteinander. Sie vertraten unterschiedliche Standpunkte, wie man die Eindringlinge am besten aus dem Heiligtum vertreiben konnte, ohne es zu gefährden. Dessen Sicherheit besaß oberste Priorität.

Da war der Begriff erneut!

Das Heiligtum! Angestrengt versuchte Artus Informationen darüber zu erlangen, was es damit auf sich hatte. Was war das Heiligtum? Und was machte es in den Augen der Rechner so heilig? Wenn er sich umsah, war da ausschließlich kalte, nüchterne Materie, der nicht einmal eine vollkommen durchgedrehte Maschine Verehrung entgegenbringen konnte. In ihm wuchs die Überzeugung, daß etwas in diesem Berg verborgen war, was seine sämtlichen Fragen erklären konnte. Schon die bloße Existenz dieser Anlage war ein Hinweis. Wie die gesamte Planetenoberfläche von Eins zeigte, lebten die Roboter in den riesigen Gebäuden. Sie gruben sich nicht wie die Maulwürfe in die Erde.

Koordinierter Zangenangriff!

Ein Schauer lief durch Artus' Schaltkreise. In die Auseinandersetzung der Großrechner mischte sich eine andere Ebene ein, die bisher geschwiegen hatte. Sie war diffus und verschwommen und kam ihm doch seltsam vertraut vor, so als hätte er bereits mit ihr zu tun gehabt. Im Gegensatz zu den Rechnern, die er allein aufgrund der Kommunikation auseinanderhalten konnte, gelang es ihm jedoch nicht, sie festzulegen.

Einer der Großrechner protestierte gegen den Angriffsbefehl. Er war überzeugt davon, daß das Heiligtum durch einen Großangriff in Gefahr gebracht wurde. Das durfte auf keinen Fall geschehen. Andere Rechner teilten seine Bedenken und unterstützten ihn. Abermals stritten die Maschinen, ohne zu einem Konsens zu finden.

Das kann nicht geschehen, weil die Fremden und der Verräter nichts über die Anlage und den Angriffsplan wissen.

Das war wieder die neue Ebene. Artus beschloß, sie als die Befehlsinstanz zu bezeichnen. Die Vertrautheit war auch bei ihrer zweiten Äußerung wieder da. Waren sie sich auf irgendeine Weise schon einmal begegnet? Es gab keine Möglichkeit, das definitiv zu klären, erkannte Artus. Ihm blieb nichts anderes übrig, als sich auf seine Gefühle zu verlassen.

Die sagten ihm noch etwas anderes. Der Funkspruch troff auf einer elektronischen Ebene von Überheblichkeit. Würde sich die Befehlsinstanz gegenüber den Großrechnern so verhalten? Er konnte sich des Eindrucks nicht erwehren, daß er selbst der eigentliche Adressat der Behauptung gewesen war. *Sollte* er die Übermittlung verstehen? Machte ihm die Befehlsinstanz etwas vor? Spielte sie mit ihm, oder hatte sie keine Ahnung, daß er ihre elektronische Stimme vernehmen konnte?

Er kam sich vor wie eine Figur in einem Spiel, in dem er nicht agieren, sondern lediglich reagieren konnte – wobei eine einzige Fehlreaktion zu einem Desaster zu werden vermochte. Schließlich konnte die Befehlsinstanz ihn und die Cyborgs durch geschickt lancierte Fehlinformation in eine ausgeklügelte Falle locken.

Keine drei Sekunden waren vergangen, seit zum ersten Mal das Heiligtum erwähnt worden war. Die elektronische Kommunikation lief nun mal um ein Vielfaches schneller ab als ihr verbales Pendant. Artus wandte sich wieder an die Cyborgs, bevor sie überhaupt merkten, daß seine Aufmerksamkeit nicht mehr dem Gespräch mit ihnen galt.

Rasch berichtete er ihnen, was er auf stumme Weise erfahren hatte.

»Das heißt, du kennst die Stoßrichtung der Handlungsroboter?«

»Ich kenne die Stoßrichtung und den Angriffsplan – und sehe darin eine Gefahr für uns alle.«

»Du glaubst wirklich an eine Falle?« Brack hatte seine Zweifel. »Das klingt beinahe ein bißchen paranoid. Ich kann mir nicht vorstellen, daß irgendein Rechner dir gezielt eine derartige Mitteilung unterschiebt. Statt dessen sollten wir froh sein, daß du darauf gestoßen bist.«

»Jemand, der Lebewesen als Biomüll bezeichnet, ist meiner Meinung nach generell überheblich«, schlug Yello in die selbe Kerbe. »Anfälligkeit gegen Fehler ist damit vorprogrammiert.«

»Ihr plädiert also dafür, daß wir mein erlangtes Wissen nutzen?«

»Eine einfachere Methode, die Roboter zu umgehen, gibt es nicht. Diese Chance dürfen wir uns nicht entgehen lassen, bevor es den Schrottbots gelingt, uns wirklich festzusetzen. Dann bleibt das nämlich nur eine Frage der Zeit.«

Die übrigen Cyborgs stimmten ihrem Wortführer zu. Sie waren sich einig, daß der Zufall ihnen in die Hände spielte.

Schließlich gab sich Artus geschlagen. Vielleicht sah er wirklich zu schwarz, denn außer Vermutungen und Andeutungen hatte er nichts, was er in die Waagschale werfen konnte. Schon gar keine stichhaltigen Argumente für die Programmgehirne der Cyborgs.

»Machen wir uns also auf den Weg.«

Die Cyborgs setzten sich in Bewegung, um dem weiteren Verlauf des Korridors auf der anderen Seite der Metallkammer zu folgen.

Als Artus die Männer zurückhielt, erkannten sie, daß die Kammer längst nicht so sinnlos war, wie sie schien. Zumindest diese Erkenntnis hatte er zweifelsfrei aus den Informationsbruchstücken extrahiert.

Mit sicheren Griffen entfernte er eine Klappe, die zuvor nicht zu sehen gewesen war. In die Wand eingelassene Sprossen waren dahinter in einem schmalen Schacht zu sehen. Sie führten in die Tiefe.

»Voraus laufen wir direkt in die Falle. Daher schlage ich diesen Weg vor, meine Herren.«

Während die Cyborgs sich noch verwundert ansahen, kletterte Artus bereits in die entstandene Öffnung.

*

Der Schacht war eben breit genug, um einen Mann passieren zu lassen. Offenbar handelte es sich um einen Notstieg, den aber aufgrund ihrer teilweise eigenwilligen Bauart längst nicht alle Handlungsroboter hätten benutzen können. Im diffusen Schein schwacher Lampen führte er zehn Meter tief, bis die Kletterer einen weiteren Ausstieg erreichten. Wie bereits zuvor öffnete Artus eine Klappe, durch die er und die Cyborgs ins Freie gelangten.

»Ich empfange wieder ein paar Bruchstücke«, sagte er. »Die Roboter nähern sich vom vorderen Hangar her. Sie wollen uns in die Enge treiben.«

»Solange sie nur vermuten können, wo wir stecken, sind wir im Vorteil.«

»Das ändert sich, wenn wir auf die ersten Handlungsroboter treffen. Dann kennen alle unseren Standort.«

Artus und die Cyborgs verharrten vor dem Ausstieg und sicherten in beide Richtungen. Der Gang entfernte sich schnurgerade und verschwand nach einer Weile in der Dunkelheit.

»Rechts und links sieht es gleich aus«, bemerkte Alsan wenig begeistert. »Welche Richtung nehmen wir?«

»Berechtigte Frage.« Zwar hatte sich Artus bereits entschieden, doch er konnte nicht über die Cyborgs bestimmen. »Vorschläge?«

»Wenn ich mich nicht täusche, geht es dort noch tiefer in den Berg hinein. Ich bezweifele inzwischen, daß wir dort einen zweiten Ausgang finden.« Brack deutete nach links. »Dann geht es in dieser Richtung also hinaus. Allerdings müssen wir damit rechnen, daß die Schrottbots nach unserem kleinen Feuerwerk die Schleuse immer noch besetzt halten.«

»Das tun sie. Ich habe die gleiche Überlegung angestellt«, bestätigte Artus. »Auch wenn es uns gelingt, unseren Jägern für eine Weile aus dem Weg zu gehen, kommen wir am Portal nicht raus. Daher können wir auch weitergehen und versuchen herauszufinden, was es mit diesem ominösen Heiligtum auf sich hat. Andere Meinungen?«

Es gab keine. Artus' Argumentation war für die Cyborgs nachvollziehbar. Sie hätten ebenso entschieden, auch wenn sie sich damit quasi in seine Hände begaben. Aufgrund seiner Fähigkeit, bei einem weiteren Erkundungsvorstoß das Vorgehen der Handlungsroboter zumindest partiell abzuhören, verließen sie sich auf ihn. Ihr Vertrauen war eine Genugtuung angesichts des Umstands, daß ihm manche Menschen wegen seines vorgetäuschten Überlaufens zum *Volk* nach wie vor mißtrauten.

»Wo vermutest du das Heiligtum?« fragte Siem.

»Es kann nur dort hinten liegen. Sonst würden die Schrottbots nicht einen solchen Aufstand machen. Ich verlasse mich auf meine elektronische Nase.«

»Ich sehe überhaupt keine Nase.« Grinsend setzte sich Brack

mit erhobenem Kombistrahler an die Spitze der Gruppe. Artus und die Menschen blieben dicht zusammen. Der Roboter instruierte sie jedesmal, wenn eine Abzweigung kam. Wie sich schnell herausstellte, war der kürzeste Weg häufig nicht der beste, weil sie dann auf Gegner gestoßen wären. Mehrmals legten sie Umwege ein, die sie davor bewahrten, entdeckt zu werden.

»Die Roboter laufen beinahe Amok. Das werden immer mehr«, stellte Artus fest. »Sie ziehen ihr Netz allmählich zusammen.« Dabei registrierte er längst nicht alle Maschinen, die auf der Jagd nach ihnen waren. Einige von ihnen verhielten sich so still, daß er keine Chance hatte, sie zu lokalisieren. Früher oder später würden sie ihnen zwangsläufig begegnen.

Das unterirdische System aus kleinen, versteckten Gängen war weitverzweigt. Dabei benutzten sie ohnehin nur die, die als Ausweichmöglichkeiten dienten. Die normalen Wege waren von ihren Jägern bereits weitgehend besetzt.

»Rechts hincin!« stieß Artus plötzlich aus, als die Gruppe eine Kreuzung passierte. »Sie haben Lunte gerochen und nähern sich von vorn.«

Die Cyborgs sprangen in den seitlichen Gang, der rechtwinklig fortführte, und liefen los. Fünfzig Meter weiter gab es eine weitere Abzweigung, die die Gruppe auf ihren ursprünglichen Weg zurückbrachte. Zwei weitere schmale Gänge verschwanden bereits nach mehreren Metern in der Dunkelheit. Nur eine rote Notleuchte glomm in unbestimmter Ferne. Sie flackerte unruhig und bewegte sich wie ein Glühwürmchen durch die Nacht. Notleuchten pflegten sich normalerweise nicht zu bewegen!

Artus erkannte seinen Irrtum im Bruchteil einer Sekunde.

Keine unbestimmte Entfernung, sondern allenfalls ein paar Meter.

Keine rote Notleuchte, sondern eine unscheinbare Kontrollleuchte, die der Schrottbot zu tarnen vergessen hatte.

Artus sparte sich den Warnruf an seine Begleiter. Er zog den Abzug des Multikarabiners durch und jagte eine Salve Nadelstrahlen in die Dunkelheit.

*

Aus dem Gang rasende Energiestrahlen warfen schlaglichtartige Bilder. Sieben oder acht Schrottbots, von denen zwei beim ersten Feuerschlag ausgeschaltet wurden, waren wie im Schein eines Stroboskops zu erkennen. Ihre verbauten Körper wirkten dadurch noch grotesker, als sie es ohnehin schon waren, und bildeten ein aberwitziges Ballett.

Mit einer Schnelligkeit, die der von Artus in nichts nachstand, warfen sich die Cyborgs seitlich in Deckung und schossen gleichzeitig. Mehrere rosarote Lanzen tauchten den eben noch dunklen Gang in einen unheimlichen Schein, in dem sich die bizarren Metallangreifer bewegten.

Sekundenlang nur, dann waren sie fast komplett ausgeschaltet. Artus hatte nicht einmal die Zeit gefunden, seine Begleiter davor zu warnen, in dem engen Labyrinth keine Raks abzufeuern. Zum Glück hatten die Cyborgs von sich aus auf diese selbstmörderische Munitionswahl verzichtet.

»Einer türmt!« schrie Yello.

Artus dachte nicht daran, den verbliebenen Roboter entkommen zu lassen. Mit einem gutplazierten Feuerstoß schickte er ihn in den Maschinenhimmel.

»Ich habe ihre Annäherung nicht bemerkt«, versetzte er, verärgert über sich selbst. »So mußte es ja kommen. Das hätte uns beinahe den Kopf gekostet.«

»Ist doch nicht deine Schuld«, versuchte ihn Tony George zu trösten. »Im richtigen Augenblick hast du sie ja doch noch entdeckt. Mich wundert nur, daß einer von denen versucht hat, zu fliehen. Haben die etwa auch Angst um ihre maschinelle Existenz?«

Artus gab sich keine Schuld. Er befürchtete nur, daß es zu weiteren Konfrontationen kam, die er nicht voraussah. Kommentarlos setzte er den Weg fort, unablässig die empfangene bruchstückhafte Kommunikation auswertend. Wieso der To-Richtfunk innerhalb des Bergs gestreut wurde, konnte er sich immer noch nicht erklären. Ein ganz bestimmter, vermutlich physikalischer Umstand mußte dafür verantwortlich sein. Ein

Kraftfeld schied aus. Das hätten seinen Sensoren angemessen. Trotzdem war Artus sicher, daß die Lösung nicht weit davon entfernt lag.

Nach dem Zusammenstoß mit den Handlungsrobotern intensivierte sich die elektronische Verständigung der Großrechner. Wie Artus es erwartet hatte, hatten die zerstörten Roboter noch eine Meldung abgesetzt, wo die Eindringlinge waren. Damit gab es keinen Zweifel mehr darüber, wohin sie unterwegs waren. Die Stoßrichtung führte genau zum Heiligtum, was die Hektik der Rechner noch weiter steigerte.

Unablässig informierte er die Cyborgs über seine neuen Kenntnisse. »Die Großrechner geraten geradezu in Panik, weil sie unsere Stoßrichtung kennen«, analysierte er die ausgetauschten Funknachrichten. »Und sie haben Angst vor unseren Waffen, die sie als zu stark einschätzen. Es klingt beinahe so, als verfügten sie über nichts Vergleichbares.«

»Dann sind wir gleich doppelt im Vorteil«, folgerte Brack. »Wir sind ihnen waffentechnisch überlegen und können zudem ihr Heiligtum als Druckmittel benutzen, wenn sie solche Angst darum haben.«

»Erhältst du Hinweise, um was es sich dabei handelt?« fragte Grinnus und tastete nachdenklich nach den eingesteckten Gewebeproben. Vielleicht gab es da einen Zusammenhang.

»Leider nicht. Darüber schweigen die Roboter sich aus. Es hat beinahe den Anschein, als wäre es ein Tabu, Sinn und Zweck des Heiligtums zu konkretisieren.«

»Was ist mit dieser Befehlsinstanz, wie du sie nennst? Hat sie sich noch einmal gemeldet?«

»Soweit ich das erkennen kann, befindet sie sich in ständigem Konflikt mit den Großrechnern, was uns betrifft.« Wieder fragte sich Artus nach der Natur der Befehlsinstanz. Wieso nur kam sie ihm so bekannt vor? Der Eindruck wurde bestätigt, als er einen weiteren Spruch von ihr an die Großrechner empfing.

Großangelegter Hinterhalt am Eingang zum Heiligtum.

»Dein Fehler«, murmelte Artus. »Du solltest lernen, dich besser abzuschirmen. Oder es sollte dir gelingen, den Streufaktor in der Anlage zu unterbinden.«

Er empfand keine Schadenfreude, dennoch hätte er zu gern gefunkt, daß er über die Pläne der Instanz informiert war. Zumal die Großrechner diesmal zustimmten und ihre Handlungsroboter entsprechend instruierten. Er unterdrückte den Impuls und informierte die Cyborgs.

»Außerdem beginnen sie damit, die Nebengänge an den strategisch wichtigen Stellen zu besetzen.«

»Damit sind unsere Pläne hinfällig«, vermutete Brack, wobei er sich hastig umsah.

Artus war anderer Meinung. »Noch bleibt uns eine andere Ausweichmöglichkeit. Es gibt Belüftungseinrichtungen. Die Roboter können unmöglich sämtliche Schächte der Klimaanlage überwachen.«

»Ich frage mich, ob ein ungewisser Erfolg den von uns betriebenen Aufwand rechtfertigt«, mischte sich Alsan ein. »Vielleicht ist dieses Heiligtum für uns völlig uninteressant. Ich käme mir ziemlich dämlich vor, wenn wir am Ende feststellten, daß die Roboter dort eine stählerne Gottheit anbeten.«

Der Einwand ließ sich nicht von der Hand weisen. Eine unbestimmte Ahnung sagte Artus aber, daß es nicht so war. Eigentlich kannte er keine Eingebungen wie die Menschen, doch in diesem Fall war er beinahe sicher, daß eine faustdicke Überraschung auf die Eindringlinge wartete. Beim Heiligtum handelte es sich um keinen mythisch verklärten Rückzugsort der Roboter. Trotz seiner mit einem gewissen theologischen Inhalt belegten Bezeichnung stand es für etwas ganz anderes, das wesentlich weltlicher war, als es aus der Ferne klang.

»Es steht euch frei umzukehren«, entschied er sich und schaute Brack an. »Bei dieser Mission bist du der Anführer deiner Kameraden. Ich werde euch jedoch nicht begleiten. Du kannst mich ruhig einen Narren nennen, doch ich bin sicher, daß wir in dieser Anlage einem Geheimnis auf der Spur sind, das wichtig für die Menschheit ist. Ich werde es ergründen.«

»Nicht so voreilig.« In Bracks Gesicht zeichnete sich ein verbindliches Lächeln ab. »Wenn wir dich für einen Narren hielten, wären wir nicht mit dir bis hierher vorgedrungen. Statt also hier Wurzeln zu schlagen, solltest du uns diese Luftschächte zeigen, bevor die Schrottbots doch noch auf die Idee kommen, sie ebenfalls zu besetzen.«

»Danke«, sagte Artus nur.

Er machte sich auf dem kürzesten Weg zum nächsten Einstieg in die Schächte. Sie waren eng, doch wie er vorausgesagt hatte, gab es dort keine Roboter, die sich der Gruppe in den Weg stellten. So kamen sie rasch voran, bis Artus einen Arm hob und flüsternd eine Warnung ausstieß.

»Leise sein. Wir sind jetzt genau über dem Hinterhalt, den die Maschinen uns stellen.«

Er hielt den Multikarabiner schußbereit. Wenn sie in ihrer eingeengten Lage entdeckt wurden, saßen sie wirklich in der Falle. Dann war ein Entkommen nur noch möglich, indem sie ein kleines Inferno mit Nadelstrahlen und Raketen entfachten, um sich einen Fluchtweg freizusprengen.

Nichts geschah. Beinahe lautlos überwanden sie dic Sperre, ohne daß die wartenden Roboter etwas davon mitbekamen.

Irgendwann hielt Artus an der Spitze der Gruppe inne. Mit vorsichtigen Bewegungen öffnete er eine Luke, um keinen Lärm zu machen. Es war gleichgültig. Niemand hielt sich in der Nähe auf.

Er ließ sich durch die Öffnung fallen, gefolgt von den Cyborgs.

Sie standen am Rand einer riesigen Halle.

Kein einziger Roboter war in ihr, dafür vieltausendfaches Leben.

15.

Die Halle war an die zweihundert Meter lang und bestimmt fünfzig Meter breit. Schwaches Licht wurde von in die Decke eingelassenen Leuchtplatten erzeugt. Es tauchte die Einrichtung in einen milden Schein, der etwas Tröstliches an sich hatte.

Was die Cyborgs sahen, war hingegen alles andere als das. Vielmehr bedeutete es brutale, kalte Realität. Fassungslos betrachteten sie die Regale, die sich an den Wänden reihten. Auch die Halle selbst war mit unendlichen Reihen von Stellagen durchzogen. Mannlange Quader waren darauf gelagert, so weit das Auge reichte.

»Das sehen wir uns aus der Nähe an.«

Artus lief zur Stirnseite einer der Reihen. Ihm entging nicht die zögerliche Reaktion seiner Begleiter. Etwas ähnliches wie das, was sich vor ihnen ausbreitete, hatte noch keiner von ihnen gesehen. Die drei jungen Cyborgs schon gar nicht. Er konnte ihnen ihr Entsetzen geradezu ansehen. Siem war bleich geworden.

Artus konnte ihnen ihre Reaktion nicht verdenken. Auch er selbst war schockiert.

»Sarkophage.« Grinnus' Stimme drohte zu versagen. »So etwas gibt es doch gar nicht. Wie kommen die alle hierher?«

In den flüssigkeitsgefüllten Quadern lagen Menschen. Sie waren nackt, ihre Augen geschlossen. Kein Muskel bewegte sich in ihren Gesichtern oder an ihren Körpern.

»Sind sie tot?« fragte Joe Siem.

Artus schüttelte in menschlicher Manier den Kopf und deutete auf die Schläuche, die mit den Menschen verbunden waren. »Darüber werden sie ernährt und beatmet.«

»Aber wozu? Und wer sind diese Leute?«

Das fragte sich Artus auch. Er dachte an das Herz, das Grinnus entdeckt hatte. Seine anfänglichen Zweifel waren hinfortgewischt. Nun zweifelte er kaum noch daran, daß es sich um ein menschliches Herz gehandelt hatte. Er bedauerte, es entgegen seiner anfänglichen Absicht nicht mitgenommen zu haben. Dafür besaßen sie zumindest die Gewebeproben, die Grinnus eingesteckt hatte. Vielleicht ließen sich bei deren Untersuchung Rückschlüsse ziehen.

»Ich weiß es nicht«, gestand er. Eine alte Frau lag in dem Quader, vor dem er stand. Er versuchte, irgendeine Auffälligkeit in ihrem Gesicht zu entdecken, doch es war ein ganz normales Gesicht. Wäre ihm die Frau auf der Erde begegnet, sie wäre ihm nicht weiter aufgefallen.

Er wandte sich von dem Sarkophag ab. Beinahe mechanisch, ohne darüber nachzudenken, setzte er sich in Bewegung und kontrollierte die nächsten Quader. Sie unterschieden sich nicht voneinander. Ausnahmslos waren sie zwcicinhalb Meter lang und maßen in der Breite und der Höhe jeweils einen Meter. Mit den Regalen, die als Sockel dienten, waren sie fest verbunden. Dort war jeweils in der Mitte eine Schalttafel integriert.

Auch die Menschen in der Nährflüssigkeit hatten etwas gemeinsam.

»Sie sind alle alt«, kam ihm Brack zuvor. »Das ist doch kein Zufall. Was machen diese perversen Roboter mit den alten Leuten?«

Abermals fühlte sich Artus an die Experimente der Oktos erinnert. Immerhin schienen an den Menschen keine medizinischen Versuche durchgeführt worden zu sein. Jedenfalls nicht auf den ersten Blick. Freiwillig lagen sie aber bestimmt nicht in diesen Sarkophagen.

Mit seinen Sensoren suchte er nach Überwachungseinrichtungen. Zu seiner Erleichterung war die Halle frei davon. Es gab weder Kameras noch andere Einrichtungen. Solange kein Roboter hereinkam, blieb ihre Anwesenheit unbemerkt.

»Diese verdammten Roboter«, zischte George. »Wir sollten sie alle in die Luft sprengen.«

Brack stand vor einem der Kästen und musterte die Schalttafel, die in Hüfthöhe angebracht war. Verschiedene Anzeigen waren zu sehen, die so fremdartig waren, daß er nichts damit anfangen konnte.

»Nicht so voreilig, Tony«, versuchte er seinen jungen Kollegen zu beruhigen. »Artus, wir sind uns doch einig, daß es sich bei dieser Halle um das Heiligtum der Roboter handelt?«

»Zweifellos.«

»Und was befindet sich in diesem Heiligtum? Nur die Menschen. Es ist vielleicht gewagt, aber man könnte daraus schließen, daß die Bewußtlosen so etwas wie Heilige für die Maschinen darstellen.«

»Tausende und Abertausende, die man wie in einem Museum ausstellt?« empörte sich Yello. »Außerdem widerspricht diese Bezeichnung dem Sprachduktus der Roboter. Dauernd reden sie von Biomüll, wenn es um lebende Wesen geht, aber in diesem Fall soll es genau andersherum sein? Das paßt doch nicht zusammen.«

Eher Zoo als Museum, dachte Artus, der Yellos Meinung teilte.

Bracks Spekulation hielt er ebenfalls für etwas weit hergeholt, allerdings gab es auch kein Argument, das dagegensprach. Auch gab es keinen Hinweis darauf, in welchem Zustand die Menschen in die Sarkophage gelegt worden waren. Gegen ihren Willen bei bester körperlicher Gesundheit? Oder etwa, um sie am Leben zu erhalten, weil sie eine Krankheit hatten, die man ihnen nicht ansah? Selbst in dem Fall war äußerst zweifelhaft, ob man ihnen einen Gefallen mit dieser Behandlung tat. Artus kannte den unbedingten und uneingeschränkten Drang der Menschen nach Freiheit und Selbstbestimmung. Beides wurde hier hochgradig unterdrückt.

Die Überlegungen waren müßig. Viel wichtiger war, wie die Menschen auf diese Welt gelangt waren. Die bisherige Meinung, auf ganz Eins existierten ausschließlich Roboter, mußte man jedenfalls korrigieren.

Die Cyborgs schwärmten aus und liefen durch ein paar andere Gänge.

Überall bot sich ihnen das gleiche Bild. Regungslose Menschen, die künstlich beatmet und ernährt wurden. Sie alle waren offensichtlich am Leben. Und noch etwas bestätigte sich.

»Es sind ältere Menschen«, sprach Brack die Erkenntnis aus. »Ausnahmslos. Nicht einer, der jünger ist als schätzungsweise Mitte Fünfzig bis Sechzig. Ich sehe nur eine Möglichkeit, an weitere Informationen zu kommen.« Er legte eine Hand auf eine der Schaltplatten, zog sie aber sofort wieder zurück.

Artus konnte sich denken, worauf der Wortführer der Cyborgs hinauswollte. »Von den Menschen können wir nur etwas erfahren, wenn wir einen von ihnen aufwecken.« Nachdenklich betrachtete er die Schalttafeln. »Davon rate ich dringend ab. Ich wage nicht, die Sarkophage abzuschalten. Ich könnte höchstens ein wenig probieren, ohne das nötige Wissen über diese Anlage zu besitzen. Das Risiko, die Menschen durch unsachgemäße Handhabung umzubringen, ist mir zu groß.«

»Vielleicht wäre den Menschen das lieber, als in diesem Zustand zu vegetieren«, entrüstete sich George. »Ich meine, *mir* wäre das wahrscheinlich lieber.«

»Willst du das verantworten?« fragte Artus barsch. »Ich lasse jedenfalls meine Finger von den Instrumenten, solange ich sie nicht sicher bedienen kann.«

George senkte den Kopf. Trotz des Anzugs war sein wütendes Zittern nicht zu übersehen. »Entschuldige, Artus. Du hast recht. Glaubst du, sie nehmen ihren Zustand wahr?«

»Es gibt nicht die geringsten körperlichen Aktivitäten. Ich glaube nicht.«

»Ihre Körper könnten gelähmt sein und ausschließlich ihr Geist aktiv.«

Artus hielt das nicht für ausgeschlossen, doch das wollte er George nicht gestehen. Auch so verstörte der Anblick den jungen Cyborg. Wenn der Verstand der Eingeschlossenen wirklich aktiv war und sie sich ihres Zustands bewußt waren, konnte das dramatische Folgen haben. Es gab keinen Hinweis, wie lange die Menschen bereits in den Sarkophagen lagen. Irgendwann mußte zwangsläufig der Wahnsinn einsetzen.

Daher hoffte er inständig, daß sie bewußtlos waren.

In diesem Moment empfing Artus wieder die Handlungsroboter, die inzwischen in Kompaniestärke rings um die Halle aufmarschiert waren und sie in alle Richtungen absicherten. Zu ihrem völligen Unverständnis hatten sie jede Spur der Eindringlinge verloren, wollten aber um jeden Preis verhindern, daß sie dem Heiligtum zu nahe kamen. Mit jeder ungewiß verstreichenden Minute wurden sie unruhiger.

Artus sah das drohende Verhängnis auf sich und die Cyborgs zukommen. »Uns bleibt keine Zeit mehr. Sie kommen gleich, um nachzusehen, ob hier alles in Ordnung ist.«

»Dann erwischen sie uns. Noch einmal entkommen wir ihnen nicht ohne Geballer. Und dazu bin ich hier drin nicht bereit.«

Das war Artus ebenfalls nicht. Er sah nur noch eine Möglichkeit. »Die Bombe«, wandte er sich an die Cyborgs. »Baut sie zusammen.«

Brack sah ihn erschrocken an. »Was hast du vor?«

»Pokern.«

*

Wir haben eine Bombe, die wir zünden, wenn ihr uns keinen freien Abzug gewährt. Artus hielt den montierten Fusionssprengsatz im Arm. *Denkt an eure zerstörte Datenbank und den Tod von Quadratwurzel.*

Die Cyborgs kauerten mit erhobenen Karabinern in Artus' Nähe. Sie bekamen seinen Funkspruch an die Roboter nicht mit, waren aber über sein Vorgehen informiert.

»Was sagen sie?« fragte Yello.

»Draußen herrscht das blanke Entsetzen. Die Maschinen sind völlig verwirrt, daß wir uns aus ihrem Heiligtum melden. Sie haben uns überall vermutet, nur nicht hier. Sie sind viel zu verwirrt, um eine vernünftige Antwort zu geben. Ich glaube, ich muß ihnen ein wenig Beine machen.«

Bevor Artus den Robotern ein Ultimatum stellen konnte, drang ein Geräusch an seine Ohren. Seine Optiken registrierten eine Bewegung an der Kopfseite der Halle. Die Cyborgs fuhren herum und brachten ihre Waffen in Anschlag.

Zischend öffnete sich ein mehrere Meter breites Schott. Es

war der Haupteingang zu der Halle, den die Eindringlinge zuvor umgangen hatten.

»Sie kommen!« stieß Brack aus. »Wir müssen versuchen, sie von den Sarkophagen fernzuhalten.«

Artus hielt das für ein aussichtsloses Unterfangen. Wenn er eine Katastrophe vermeiden wollte, durfte es erst gar nicht zu einer Schießerei kommen.

»Nicht schießen!« Mit schnellen Schritten begab er sich in die Schußbahn der Cyborgs. Wenn auch nur ein Feuerstoß fiel, war das Verhängnis nicht mehr aufzuhalten. »Sie greifen nicht an. Sie lassen uns gehen.«

»Daran glaube ich nicht.«

»Ich empfange ihre Kommunikation zweifelsfrei. Sie sind in völliger Panik, weil sie Angst haben, daß ich meine Drohung wahrmache, die Bombe zu zünden. Die trauen mir jede Schlechtigkeit zu. Die Handlungsroboter haben eindeutige Anweisungen von den Großrechnern erhalten, sich passiv zu verhalten. Sie dürfen sich auf keine Kämpfe mit uns einlassen.«

Die Cyborgs ließen die Mündungen der Karabiner keinen Deut sinken. Jenseits des Tores zeichneten sich zahlreiche Bewegungen ab. Eine unüberschaubare Schar kleiner Maschinen wuselte draußen herum. Wieder zeigte sich die ganze Vielfalt der Handlungsroboter. So viele, wie sich von ihnen sehen ließen, so viele unterschiedliche Typen waren es auch. Artus vermutete, daß es auf dem gesamten Planeten nur Unikate gab. Damit waren sie beinahe individueller als die auf ihre Individualität so großen Wert legenden Menschen.

Genau wie ich, dachte Artus. In dieser Hinsicht stellte er wirklich keine Ausnahme dar.

»Verschwindet!« schrie Brack, ohne zu wissen, ob die Roboter ihn überhaupt verstanden. »Ich will keinen einzigen von euch sehen, wenn wir herauskommen.«

»Sie haben es geschluckt.« Ohne zu zögern ging Artus zum Ausgang.

Totmannschaltung, schickte er an die Adresse der Handlungsroboter hinterher. *Ihr könnt uns also nicht mit einem plötzlichen Feuerschlag ausschalten. Sobald ich den Finger von dieser Ta-*

ste löse, explodiert der Sprengsatz. Im Umkreis von mehreren hundert Metern wird alles vollständig zerstört, auch euer Heiligtum.

Geht! Die elektronische Antwort war gesättigt mit Angst. *Geht und kehrt nicht mehr zurück!*

Es war Geplänkel, das wußte Artus. Im Augenblick waren sie sicher. Auf Dauer würden die Großrechner sie aber nicht entkommen lassen. Irgendwo draußen würden sie gegen die Eindringlinge zuschlagen lassen. Er verdrängte den Gedanken. Darum konnte er sich kümmern, wenn es soweit war.

Wieder teilten sich die Cyborgs in zwei Gruppen auf. Zu beiden Seiten des offenstehenden Schotts bezogen sie Stellung. Auf ein Zeichen Bracks hin sprangen sie nach draußen, Artus in der Mitte zwischen sich – und blieben überrascht stehen.

»Sie sind weg.«

Nicht ein Roboter war zu sehen. Sie hatten sich zurückgezogen, doch zweifellos hielten sie sich in der Nähe auf.

»Auch wenn wir sie nicht sehen, werden sie von nun an ständig in unserer Nähe sein. Um so weniger Zeit sollten wir verlieren.«

Artus lief als erster los, die Cyborgs folgten ihm. Ihm entging nicht, daß es zwischen den Robotern immer noch Streitigkeiten gab. Die unbekannte Befehlsinstanz war dagegen, die Eindringlinge abziehen zu lassen. Vehement forderte sie einen Angriff. Zum Glück hörten die Großrechner in ihrer Angst und Panik nicht auf sie.

Noch nicht, doch das konnte sich jederzeit ändern.

Das Heiligtum mußte wirklich eine unschätzbare Bedeutung für sie haben. Auf welche Art auch immer, Artus fühlte sich verpflichtet, die in den Sarkophagen eingeschlossenen Menschen aus dieser Maschinenhölle zu befreien. Er war überzeugt, daß sowohl Jakob Jensby an Bord der ROBERT als auch die Mitglieder der Schwarzen Garde ihm vorbehaltlos zustimmen würden. Ren Dhark sowieso, auch wenn er derzeit nicht in der Nähe war. Der ehemalige Commander der Planeten überließ keinen einzigen Menschen seinem Schicksal, und Tausende schon gar nicht.

Artus und die Cyborgs hasteten durch diverse Korridore. Auch ohne seine Verbindung zu den Maschinen hätten sie den Weg mit den Peileinrichtungen der Multifunktionsanzüge gefunden. Ausnahmslos lagen die Gänge verlassen vor ihnen. Die Roboter verzichteten weitgehend auf Funkkontakt. Inzwischen hatten sie kapiert, daß Artus in der Lage war, zumindest einen Teil davon mitzuhören. Trotzdem drang der eine oder andere Impuls durch und gab ihm wertvolle Hinweise.

Sie lassen nicht locker.

Sinnend betrachtete Artus die Bombe. Natürlich hatte sie keine Totmannschaltung, sondern einen Zeitzünder. Außerdem konnte er sie mechanisch zünden. Allerdings würde dann nicht nur ein Teil der Anlage hochgehen, auch für ihn und seine Begleiter bedeutete die Explosion das sofortige Ende.

Und im Hintergrund tönte immer noch die Befehlsinstanz. Ihr Drängen verstärkte sich.

Es verhallte, ohne eine Wirkung zu erzielen.

Artus und die Cyborgs kamen ungehindert voran. Nach einer Weile zeichnete sich vor ihnen ein Durchgang ab. Dahinter lag die große Eingangshalle, durch die sie den Berg betreten hatten. Die Männer beschleunigten ihre Schritte und spähten in die Halle hinaus. Brack warf sich nach vorn und rollte sich ab, um möglichen Angreifern kein Ziel zu bieten. Ungläubig kam er wieder auf die Beine.

»Sauber!«

Auch Artus hatte bis zuletzt befürchtet, in der Halle von den Handlungsrobotern der Großrechner erwartet zu werden. Sie waren nicht da, doch aufgegeben hatten sie bestimmt nicht. Was also führten sie im Schilde?

Mißtrauisch taxierte er die Trümmer des zerstörten Gleiters. Niemand hatte sich die Mühe gemacht, sie wegzuräumen. Sie boten keine ausreichende Deckung, so daß sich keine Roboter dahinter verstecken konnten.

Brack gab Alsan einen Wink und deutete zur gegenüberliegenden Seite der Halle. Alsan verstand auch ohne Worte. Er nickte und lief in gebückter Haltung los. Noch lagen die beiden Portale zwischen ihnen und der Freiheit. Doch selbst dahinter waren sie noch lange nicht in Sicherheit. Trotz ihrer überlegenen körperlichen Fähigkeiten würde ihnen draußen keine Flucht gelingen. Außerhalb des Berges gab es für die Roboter kein Halten mehr. Da war es ihnen gleichgültig, ob die Fusionsbombe explodierte oder nicht, weil sie keine Gefahr mehr für das Heiligtum darstellte.

Demnach blieb nur eine Lösung. Die Garde mußte die Einsatztruppe heraushauen.

Darum kümmerte sich Artus. Er gab einen Funkspruch an den Absetzer mit einem gerafften Lagebericht durch. »Ihr müßt uns hier abholen!« drängte er Buck, der in der Leitung war. »Allein schaffen wir es vermutlich nicht mehr zu verschwinden. Die Roboter werden uns mit Mann und Maus jagen. Auch wenn wir eine Menge von ihnen zerstören, kriegen sie uns.«

»Wir beeilen uns«, versprach der Leutnant. »Haltet die Köpfe unten, bis wir da sind.«

Als Artus die Verbindung beendete, begriff er, daß er einen Fehler gemacht hatte. Die Funkbotschaft der Befehlsinstanz machte es ihm schmerzlich deutlich.

Angriff! trieb sie die Roboter wütend an. *Es droht keine Gefahr, denn die Eindringlinge bluffen nur. Das sind Menschen, und die würden hier niemals eine Bombe zünden, wo ihresgleichen in der Nähe sind.*

»Die Roboter kommen!« rief Artus den Cyborgs zu.

Das Versteckspiel hatte ein Ende.

*

Sie quollen aus den offenen Durchgängen, zum Glück nur am Boden und nicht auf den drei Galerien. Sonst hätte man im dicksten Kreuzfeuer gestanden. Außerdem hatte ein Angreifer, der von oben kam, immer einen enormen strategischen Vorteil. Doch diese Option hatten die Roboter zum Glück nicht gezogen.

Einmal mehr mußte Artus den Cyborgs für ihre Reaktionsschnelligkeit und die physische Umsetzung Respekt zollen.

Alle sechs handelten wie ein Mann. Nur dank seiner hochgezüchteten Optiken und Sensoren bekam er überhaupt mit, was sich in Sekundenschnelle ereignete. Das kleine Schott im Innenportal fuhr zur Seite, und Alsan sprang durch die entstandene Öffnung.

Gleichzeitig fuhr er herum und nahm die Angreifer unter Feuer. Mit einem langgezogenen Feuerstoß erwischte er gleich mehrere Roboter und sorgte sekundenlang für Verwirrung, weil die Trümmer einen der Durchgänge versperrten.

Die winzige Spanne reichte aus, den anderen Cyborgs den Weg zu bahnen. Sie brauchten sich nicht einmal mit Worten zu verständigen. Nacheinander sprangen sie durch das offenstehende kleine Schott. Das große diente ihnen als Deckung.

Brack und Yello bestrichen das Außenschott mit Duststrahlen, während ihre Kameraden die Roboter mit Nadel belegten. Die olivgrünen Strahlen verwandelten das Außenschott, wo sie auftrafen, in amorphen Staub. Sofort drang Stickstoff in die Schleuse ein und strömte weiter in die Halle.

Lautes Heulen erklang, als automatische Sicherheitsvorrichtungen ansprangen. Sicherheitsschotts wurden aktiviert und verschlossen sämtliche Durchgänge, die von der Halle aus wegführten.

Mit einem beiläufigen Blick vergewisserte sich Artus, daß das auch für die Durchgänge auf den drei Galerien galt.

Die Roboter waren vom Nachschub abgeschlossen. Außerdem hatten sie keine Rückzugsmöglichkeit mehr. Auch Deckung gab es nicht. Binnen Sekunden war ein wildes Feuergefecht im Gange, als die sechs Cyborgs sich auf die Maschinen konzentrierten. Ein Schrottbot nach dem anderen fiel aus. Schnell zeigte sich, daß sie keine Erfahrung in einer solchen Situation hatten und den kompromißlos handelnden Cyborgs hoffnungslos unterlegen waren.

Ein zweiter Fehler war, daß sie Artus außer acht ließen. Sie bemerkten ihn erst, als sie zusätzlich von der Flanke beschossen wurden. Sofort kam Bewegung in ihre Reihen. Mehrere Maschinen widmeten ihm ihre Aufmerksamkeit. Ein paar Energielanzen kamen Artus gefährlich nahe, doch er war viel schneller als seine Gegner. Außerdem hatte er den Eindruck, daß sie davor zurückschreckten, ihn direkt zu treffen, weil er immer noch die Bombe im Arm trug. Seine Last hinderte ihn aber nicht daran, gleichzeitig seinen Karabiner zu bedienen.

Mit rasenden Bewegungen jagte er durch die Halle, tauchte hinter den Trümmern des Gleiters unter und war im nächsten Moment auf der anderen Seite.

Umständlich versuchten sich die Handlungsroboter auf die veränderte Situation einzustellen, was die Cyborgs gnadenlos ausnutzten.

Die meisten Maschinen verwandelten sich in Energie, nur gelegentlich kam es zu Explosionen.

»Köpfe unten lassen!« schrie Brack gegen das Chaos an, als ein paar Trümmerstücke wie Granatsplitter durch die Luft sausten. »Artus, komm endlich da weg!«

Das ließ sich der Roboter nicht zweimal sagen. Er hatte den Cyborgs die nötigen Sekunden verschafft, nun wurde die Lage für ihn langsam brenzlig. Von zwei Seiten versuchten ihn seine Gegner zu erwischen, doch erneut waren sie zu langsam auf ihren Rädern und Rollen. Hakenschlagend rannte er zwischen ihnen hindurch, schaltete zwei mit gezielten Schüssen aus und rannte einen über den Haufen, bevor der richtig begriff, wie ihm geschah.

Inzwischen war die Anzahl der Maschinen auf die Hälfte reduziert. Fragmente lagen wahllos verstreut in der Halle.

Mit einem weiten Satz sprang Artus durch das kleine Schott. Aus jetzt sicherer Deckung schielte er kurz zu den Durchgängen hinüber und verschaffte sich einen Überblick. Die Schotts bewegten sich kein Stück, stellte er zufrieden fest. Mit weiteren Robotern war nicht zu rechnen.

»Wir müssen auch die restlichen erwischen«, trieb er die Cyborgs an, die ohnehin nicht daran dachten, das Feuer einzustellen. In sicherer Entfernung stellte er den Sprengsatz in der Schleuse ab.

»Warum öffnen sie die Schotts nicht wieder, um Nachschub zu schicken?« fragte Grinnus.

»Dafür kann es nur einen Grund geben. Sie haben Angst, die gelagerten Menschen durch den eingedrungenen Stickstoff zu gefährden.«

»Höchst verantwortungsbewußt«, entgegnete Brack zynisch. »Damit sammeln sie bei mir aber trotzdem keine Pluspunkte.«

Er warf sich zur Seite, als sich drei Energiestrahlen in die Deckung vor ihm bohrten. Da sie endlich begriffen, daß sie die Menschen nicht treffen konnten, änderten die Maschinen ihre Taktik. Mit konzentriertem Beschuß schmolzen sie Löcher in das große Innenschott.

»Allmählich wird es ziemlich heiß«, schnaufte Siem. Während er die Worte aussprach, erlegte er zwei weitere Gegner. »Wenn die noch ein paar Löcher brennen, kriegen sie uns ins Visier.«

Allzu viele Handlungsroboter waren mittlerweile aber nicht mehr übrig. Zielsicher schalteten die Cyborgs weitere aus. Artus bereitete sich darauf vor, die Kämpfe innerhalb weniger Minuten zu beenden.

Da löste sich vor ihm ein mehrere Quadratmeter großer Ausschnitt des Schotts auf.

*

»Schwarzstrahlen!« stieß Henk Brack ungläubig aus.

Denn das war unmöglich. Wie sollten die Roboter in den Besitz dieser Handfeuerwaffen gekommen sein? Doch die Fakten ließen sich nicht leugnen, die Anzeichen sprachen eine deutliche Sprache. Nur Schwarzstrahlen zeigten die charakteristische Wirkung, die nun eintrat.

Schwarzer, kristalliner Staub rieselte zu Boden, wo eben noch Metall gewesen war. Eine Assoziation raste durch Artus' Verstand, eine Erinnerung an einen Feind aus der Vergangenheit, der eigentlich längst befriedet war.

Er kam nicht dazu, den Gedanken zu Ende zu denken. Fremde Impulse streiften ihn. Wieder war es nur seinen speziellen Sinnen möglich, sie wahrzunehmen. Ruckartig hob er den Kopf.

Gestalten auf der oberen Galerie!

Von dort waren die Schüsse gekommen. Von dort kamen auch die Impulse. Sie stammten von den unbekannten Machthabern, die hier allem Anschein nach die Fäden zogen. Unbekannt? Artus war sich gar nicht mehr so sicher, auch wenn er nach wie vor nicht wußte, mit wem sie es zu tun hatten. Da waren immer noch diese Anflüge von Vertrautheit, die er ein paar Mal verspürt hatte.

Er ignorierte die verbliebenen Roboter, darauf vertrauend, daß sich die Cyborgs darum kümmerten. Die rosaroten Strahlen aus ihren Karabinern schienen ihm kaum real, die Handlungsroboter der Großrechner nur noch Marginalien. Seine Sinne waren auf die wahren Feinde gerichtet.

Mit eiskalter Präzision jagte er eine Salve Raketen aus seinem Karabiner. Sirrend rasten sie in die Brüstung der oberen Galerie und rissen sie auseinander. Gestein und zerfetztes Metall spritzten davon und behinderten die Sicht. Trotzdem sah Artus hinter dem entstandenen Loch die Befehlshaber davonstieben.

Er erhaschte nur einen kurzen Blick, doch der reichte aus, ihn gleichermaßen zu verunsichern wie zu überraschen. Was er sah, waren Roboter der Kontrollinstanz, nicht viel mehr als die anderen Handlungsroboter. Wieso konnten die den anderen Maschinen Befehle erteilen?

Artus hatte gehofft, mit der Entdeckung der Befehlshaber eine Antwort zu erhalten. Statt dessen wurde das Rätsel immer größer, die Hintergründe immer undurchschaubarer.

Nur zufällig registrierte er, daß Brack wie versteinert dastand und nach oben starrte. Grenzenlose Überraschung zeichnete sich in seinem Gesicht ab. Was war bloß in den Cyborg gefahren?

Wie sollte Artus auch ahnen, daß Brack die Gestalten auf der Galerie ebenfalls kurz gesehen hatte? Sehr undeutlich noch dazu, denn diese Wesen bekam man nie anders als undeutlich zu Gesicht.

Das lag an dem Halbraumfeld, mit dem sie sich umgaben.

Denn die Gestalten waren Grakos.

16.

Das kann nicht sein! durchzuckte es Henk Brack. *Was könnten Grakos hier zu suchen haben?*

Inzwischen war nichts mehr von ihnen zu sehen. Der Beschuß der Cyborgs hatte sie vertrieben und schließlich die gesamte Galerie zerstört.

Ein Feuerwerk spuckte aus den Mündungen der Multikarabiner. Abwechselnd wurden Nadelstrahlen oder Raketen verschossen, um die angreifenden Roboter auf Distanz zu halten. In rascher Folge platzten die letzten noch funktionsfähigen mechanischen Angreifer auseinander.

»Los, raus jetzt!« rief Rog Alsan, der inzwischen das kleine Schott geöffnet hatte. »Buck wird uns gleich aufsammeln – und da sollten wir ihn nicht warten lassen!«

Der Absetzer hatte die Nachricht über Funk erhalten, und es war nur eine Frage von Augenblicken, bis das weder durch Hypertaster noch Radar zu ortende Landungsraumschiff auftauchte.

Artus folgte Rog Alsan bereits durch die Schleuse ins Freie, während Henk Brack und Mick Grinnus noch ihre letzten Raketen abfeuerten. Die Vorhalle verwandelte sich in eine Explosionshölle. Der Boden war übersät mit Fragmenten der zerstörten Handlungsroboter.

Jes Yello, Joe Siem und Tony George folgten Artus und Rog Alsan.

Draußen senkte sich bereits der Absetzer nieder. Sanft setzte er auf dem Boden auf. Die Außenschleuse öffnete sich.

Jetzt ging es um jede Sekunde.

Artus stieg als erster ein, dann folgten nacheinander die Cyborgs.

Brack und Grinnus waren die letzten, die endlich aus dem Heiligtum heraus ins Freie stolperten.

So rasch wie möglich passierten auch sie die Einstiegsluke des Absetzers.

Nachdem sie die Schleuse hinter sich hatten, konnten sie endlich die Helme ihrer Multifunktionsanzüge öffnen.

Leutnant Kurt Buck, der an der Steuerkonsole saß, drängte zur Eile.

»Die Fusionsbombe hätten wir angesichts der vielen tausend Menschen, die sich im Inneren der Anlage befanden, ohnehin nicht zünden können«, meinte Henk Brack.

»Ein bißchen unwohl ist mir trotzdem dabei, sie zurückzulassen!« meldete sich Mick Grinnus zu Wort.

Brack grinste. »Glaubst du etwa, das Ding könnte einfach so hochgehen? Das halte ich für ausgeschlossen«, meinte er.

Grinnus faßte gegenüber den Gardisten im Absetzer das Geschehen kurz zusammen und berichtete in knappen Worten von den menschlichen Schläfern, die sie entdeckt hatten, und der Fusionsbombe, mit deren Hilfe sie sich den Fluchtweg erzwungen hatten.

Ihm war dabei anzumerken, wie sehr ihn der Anblick der ungezählten Sarkophage erschüttert hatte.

Was wollten die Roboter mit diesen dem äußeren Anschein nach stark gealterten Gefangenen anfangen?

Und warum bewahrten sie die Menschen ausgerechnet an einem Ort auf, den sie als ihr Heiligtum bezeichneten?

Fragen, auf die es im Moment wohl keine sicheren Antworten gab.

»Glücklicherweise scheinen die Roboter nur sehr rudimentäre Vorstellungen darüber zu besitzen, nach welchen Kriterien Menschen sich für eine Handlungsweise entscheiden«, erklärte Artus etwas gestelzt. »Sonst hätte die andere Seite doch gleich wissen müssen, daß wir nur bluffen und den Tod so vieler Unschuldiger nicht in Kauf nehmen würden. Wie sie dann reagierten, nachdem sie den Bluff erkannt hatten, haben wir ja alle miterlebt...«

Tony George deutete auf seinen Multikarabiner und meinte:

»Ich finde, wir haben uns ganz gut geschlagen, wenn man bedenkt, daß es unser erster scharfer Einsatz war!«

»Nicht übertreiben!« wandte Mick Grinnus ein. »Wir sind mit dem Leben davongekommen und haben dabei eine Menge Roboterschrott hinterlassen. Mir wäre es allerdings lieber gewesen, wir hätten etwas für die Menschen in den Sarkophagen tun können.«

Kurt Buck blickte auf die Anzeigen auf seinem Schaltpult. Da blinkte etwas auf. Buck nahm ein paar Schaltungen vor.

»Mehrere Raumschiffe der Roboter sind im Anflug«, meldete Sam Uitveeren, der die Orterdaten ablas.

»War ja zu erwarten!« murmelte Buck grimmig vor sich hin.

Der Leutnant startete den Absetzer und schaltete den nicht anmeßbaren Magnetfeldantrieb auf maximale Beschleunigung.

Das mit perfekter Tarntechnik versehene Raumschiff schoß in die Höhe, direkt durch eine Formation entgegenkommender, zur Landung ansetzender Roboterschiffe hindurch. Mindestens ein Dutzend Einheiten waren es, und es erforderte das ganze Können des Piloten, um keine Kollision zu verursachen.

Der Absetzer war dabei nur über optische Systeme einschließlich der Infrarotsicht zu orten, was eine geringe Distanz voraussetzte.

Einige der Robotereinheiten bremsten ihren Flug ab, drehten und setzten dem flüchtenden terranischen Raumer hinterher.

Doch zu diesem Zeitpunkt befand sich der Absetzer bereits außerhalb der Atmosphäre des Planeten Eins und war im Dunkel des Alls untergetaucht.

Auch im Orbit wurden jetzt Schiffe der Roboter alarmiert.

Auf den Ortungsanzeigen des Absetzers waren ihre Bewegungen zu erkennen, die man durchaus als charakteristisch für eine Suchaktion bezeichnen konnte.

Sie stochern nur im Nebel herum, dachte Kurt Buck zufrieden. *Etwas anderes bleibt ihnen wohl auch gar nicht übrig. Wenn sie uns tatsächlich finden sollten, hätte das mehr mit Zufall als mit sonst irgend etwas zu tun!*

Der Absetzer ging jetzt auf Schleichflug.

Überall im System begannen sich weitere Roboterschiffe in

Bewegung zu setzen. Aber ihre Suche wirkte nur wie ein zielloses Umherirren.

»Falls wir nicht großes Pech haben und zufällig von einem gegnerischen Infrarotsensor ins Visier genommen werden, dann müßten wir eigentlich das Schlimmste hinter uns haben«, war Kurt Buck recht zuversichtlich.

Er lehnte sich in seinem Schalensitz zurück.

Bis der Absetzer an den Rand des Systems geschlichen war, von wo aus das Schiff mit Hilfe des »Time«-Effekt-Antriebs zur in der Nähe wartenden ROBERT springen würde, konnte er nicht viel mehr tun als abzuwarten und darauf zu achten, daß keinerlei verräterische Emissionen die Tarnung verdarben.

Der Gardist, der beim letzten Einsatz getötet worden und von seinen Kameraden mitgenommen worden war, saß angeschnallt in einem Sitz. In Star City würde er ein würdiges Begräbnis bekommen.

Die Schwarze Garde hielt ihr Wort. Sie ließ niemanden zurück.

Nachdem sich die erste Anspannung gelöst hatte und klar wurde, daß die Roboterflotte nicht den Hauch einer Ahnung hatte, wo sie nach dem Absetzer suchen sollte, berichtete Brack von seinen Beobachtungen – und löste damit sofort eine Kontroverse aus.

»Mein Gott, ich habe es so klar vor mir gesehen… das waren Grakos!« stieß er hervor.

»Grakos, die man deutlich sehen kann, das ist ja wohl ein Widerspruch in sich!« belehrte ihn Artus und spielte damit auf das Halbraumfeld an, das die insektoiden Grakos einschloß und dafür sorgte, daß sie sehr unscharf zu sehen waren.

»Ich bin mir aber sicher!« beharrte Henk Brack. »Schließlich habe ich Augen im Kopf und weiß, was ich gesehen habe! Außerdem sind Schwarzstrahler benutzt worden – und wer außer den Grakos pflegt damit zu kämpfen?«

»Ich habe etwas anderes wahrgenommen«, widersprach Artus. »Nämlich ziemlich eigenartige Roboter, die zu der Kontrollinstanz gehörten. Sie konnten Befehle geben, das habe ich deutlich registrieren können.«

»Dann solltest du dir vielleicht mal die Optik polieren lassen!«

»Meine Optik wird sicherlich weniger durch subjektive Verzerrungen beeinträchtigt, als das beim Auge eines Menschen der Fall ist!« gab Artus zurück. »Selbst wenn es sich um einen Cyborg handelt!«

»Vergiß nicht unser Zweites System und das Programmhirn!« belehrte ihn Brack.

»Wo du das schon ansprichst – ich würde angesichts der Tatsache, daß hier offensichtlich völlig irrige Wahrnehmungen vorliegen, eine gründliche Systemüberprüfung empfehlen.«

»Und die Schwarzstrahlen? Die mußt du doch auch bemerkt haben, Artus!« argumentierte Henk Brack.

»Ich habe den Funkverkehr der Kontrollroboter registriert«, erklärte daraufhin Artus.

Ein paarmal ging das hin und her, ohne daß einer der beiden neue Argumente beitragen konnte.

Henk Brack bestand darauf, daß er einen schattenhaften, von seinem wabernden Halbraumfeld beinahe verborgenen Grako wahrgenommen hatte, und Artus bestritt, daß dies überhaupt möglich gewesen sei.

Schließlich schwiegen sie.

Der Streit führte zu nichts.

Jeder von ihnen schien tatsächlich etwas völlig anderes wahrgenommen zu haben.

Aber Artus beschäftigte dieses Problem noch während des gesamten Rückflugs.

Wieso hatten die Roboter der Kontrollinstanz, die er gesehen hatte, eigentlich einen so merkwürdigen Eindruck auf ihn gemacht?

An bizarre Formen war er schließlich gewöhnt – und daß Roboter im allgemeinen nicht in erster Linie nach irgendwelchen ästhetischen Prinzipien, sondern nach Zweckmäßigkeit konstruiert waren, lag auf der Hand.

Was ist anders an ihnen gewesen? fragte er sich. *Und weswegen konnten wir im Inneren der Anlage To-Richtfunk mithören?*

Je länger Artus darüber nachdachte, desto mehr drängte sich

eine Erklärung auf, die im Zusammenhang mit dem typischen Halbraumfeld stand, das die Grakos zu umgeben pflegte.

Hat sich Henk Brack vielleicht doch nicht geirrt und tatsächlich Grakos gesehen? Aber wieso hatte ich dann einen ganz anderen Eindruck? Das alles ergibt doch keinen Sinn!

Artus wollte Brack noch einmal darauf ansprechen, aber inzwischen hatte sich der Diskussionsschwerpunkt unter den anderen Insassen des Absetzers deutlich verschoben.

Schließlich hatte der Aufenthalt von Artus und seiner Gruppe innerhalb des Berges noch eine Reihe weiterer, geradezu drängender Fragen aufgeworfen, von denen bisher noch nicht eine einzige hatte zufriedenstellend beantwortet werden können.

»Hat irgend jemand schon eine plausible Erklärung für die Anwesenheit menschlicher Gefangener im Heiligtum dieser Roboter?« ließ sich Mick Grinnus vernehmen. »Ich spreche natürlich von den Schläfern – oder wie immer man sie nennen mag – in den Sarkophagen!«

Tony George stimmte zu. »Ja, das ist völlig widersprüchlich! Einerseits bezeichnen uns diese Roboter als Biomüll – andererseits ist ihr sogenanntes Heiligtum angefüllt mit diesem Biomüll, wenn man mal in der Terminologie unserer Gegner bleiben will! Das ist doch so, als würde man auf der Erde Kirchen und Moscheen als Müllhalden mißbrauchen!«

»Genau genommen sind es *Menschen* – und kein Biomüll«, gab Rog Alsan zu bedenken, der damit ziemlich deutlich durchblicken ließ, daß es ihm nicht gefiel, wie bedenkenlos Tony George die Terminologie des Gegners übernahm. »*Alte* Menschen, um ganz exakt zu sein. Denn das war tatsächlich ein auffälliges Merkmal aller, die dort auf perverse Weise *eingelegt* waren.«

»Zu dumm, daß wir keine Zeit hatten, das näher zu untersuchen«, schaltete sich Artus wieder in diese Diskussion ein. Die Frage, ob das Mithören des To-Richtfunks möglicherweise tatsächlich durch das Halbraumfeld eines Grakos ermöglicht worden war oder nicht, erschien ihm plötzlich nicht mehr ganz so vorrangig zu sein.

Endlich erreichte der Absetzer den Rand des Systems.

Für eine gefahrlose Anwendung des »Time«-Effekts war es notwendig, daß man sich außerhalb des Magnetfelds einer Sonne befand.

Dann konnte man mit diesem aus der Frühzeit der terranischen Überlichtraumfahrt stammenden und von Kurt Buck entscheidend weiterentwickelten Antriebssystem Sprünge von bis zu 1,7 Lichtjahren hinter sich bringen. Im Gegensatz zu einer Transition kam es nicht zu Erschütterungen im Raum-Zeitgefüge.

Der Absetzer flog so gut wie unsichtbar für jeden Feind.

*

Die ROBERT, ein Ikosaederraumer der TERENCE-Klasse und damit eines der modernsten Schiffe aus der Flotte von Eden, befand sich an den vereinbarten Rendezvouskoordinaten.

Jakob Jensby, der Kommandant, lehnte sich in seinem Schalensitz im zentralen Leitstand des Raumers zurück, während Pilot Josh Laudrup gerade einen Statusbericht abgab.

»Wir befinden uns im Schleichflug«, erklärte er. »Die Abweichung von den Rendezvouskoordinaten ist minimal. Falls der Absetzer es also geschafft hat, von Eins zu entkommen, müßte es für sie keine Schwierigkeit sein, uns hier zu finden.«

Jensby schmunzelte.

»Für sie ist es sicherlich kein Problem, die ROBERT zu finden. Aber umgekehrt könnte es leicht sein, daß wir den Absetzer übersehen.« Er wandte sich an Luca Tardelli, den für Ortung und Funk zuständigen Offizier im Leitstand der ROBERT. »Intensivieren Sie also die Abtastung mit den optischen Sensoren…«

»Nicht mehr nötig, Kapitän«, erklärte Tardelli. »Die Infrarotsensoren haben hier etwas entdeckt, das mit über sechzigprozentiger Wahrscheinlichkeit unser Absetzer ist!«

»Dann haben sie es geschafft!« rief Jensby. Erleichterung schwang in seinen Worten mit. »Auf die Berichte dieser Mission darf man gespannt sein«, fügte er schließlich noch hinzu.

Luca Tardelli ließ seine Finger mit geradezu traumwandlerischer Sicherheit über den Hyperkalkulatorzugang des Kommunikationssystems gleiten.

»Ein To-Funkspruch kommt herein«, meldete er. »Es ist der Absetzer!«

»Schalten Sie Funkphase frei, Tardelli!«

»Jawohl!«

Auf dem Hauptbildschirm erschien das Gesicht von Leutnant Kurt Buck.

»Wir kommen zurück!« kündigte er an.

Jensby grinste zufrieden über das ganze Gesicht.

»Willkommen an Bord!« sagte er.

*

Der Absetzer flog in seinen Hangar an Bord der ROBERT, die an vereinbarter Position ausgeharrt hatte.

Sofort nachdem der Landeraumer im Dienst der Schwarzen Garde an Bord war, führte die ROBERT eine erste Transition durch, um so schnell wie möglich zurück zur Erde zu gelangen.

Noch während des Fluges machte sich Mick Grinnus daran, die aus dem Heiligtum der Roboter mitgenommene Gewebeprobe zu untersuchen.

»Nun, schon etwas herausgefunden?« fragte Artus, der es kaum abwarten konnte, das Ergebnis der Untersuchung zu erfahren.

Eigentlich konnte es sich ja nur um eine letzte Bestätigung dafür handeln, daß die gealterten Schläfer in den Sarkophagen tatsächlich Menschen waren – woher die auch immer stammen mochten.

Mick Grinnus schüttelte den Kopf und tippte auf der Tastatur eines Handsuprasensors herum.

Aber wie man die Sache auch drehte und wendete, da blieb immer ein Problem…

»Ich verstehe das nicht«, bekannte er und ließ Artus einen Blick auf die vorläufigen Ergebnisse der Gewebeuntersuchung werfen, die auf dem Anzeigefeld des Suprasensors dargestellt wurden. »Die in der Gewebeprobe enthaltene DNS ist zwar menschenähnlich – aber mit Sicherheit nicht der genetische Code der Gattung Homo sapiens! Die Unterschiede sind einfach zu signifikant.«

»Ich denke, wir müssen da noch einmal genauere Tests durchführen, sobald wir auf der Erde gelandet sind«, erklärte Artus. Dem starren »Gesicht« des Roboters vermochte man die Verwunderung natürlich nicht anzusehen, doch wer ihn gut genug kannte, der konnte schon bemerken, daß auch er mit einem völlig anderen Ergebnis gerechnet hatte.

*

Der Rückflug zur Erde verlief ohne Zwischenfälle.

Noch während des Fluges betraute Oberstleutnant MacCormack die besten unter seinen Gardisten damit, Grinnus' Testergebnisse zu überprüfen, um eventuell in der Sache noch etwas weiterzukommen.

»Schließlich geht es hier doch nur um eine einfache Gewebeanalyse – das müßte doch zu schaffen sein«, polterte MacCormack.

Aber alle Anstrengungen, die darauf abzielten, widerspruchsfreie Ergebnisse zu bekommen, waren vergebens.

Die ROBERT landete schließlich auf dem kleinen Raumhafen von Star City, der auf dem Reißbrett geschaffenen Stadt der Schwarzen Garde in den jetzt verregneten Bergen oberhalb von Alamo Gordo.

Oberstleutnant Kenneth MacCormack mußte nach seiner Ankunft gleich Generalmajor Christopher Farnham, dem Kommandanten dieser Elitetruppe, Rede und Antwort stehen. Farnham verlangte einen ausführlichen Bericht über jede Einzelheit des letzten Einsatzes.

Schließlich kam MacCormack auch auf die aus dem Heiligtum der Roboter mitgenommene Gewebeprobe zu sprechen. »Was kann so schwierig daran sein, dieses Gewebe genetisch zu bestimmen?« fragte er kopfschüttelnd.

»Tatsache ist erstens, daß sich schon ein paar sehr gute Leute vergebens daran versucht haben, und zweitens, daß nach den bisherigen Ergebnissen nun definitiv feststeht, daß die Probe keine menschliche DNS enthält, dem menschlichen Erbgut allerdings sehr ähnlich ist.«

»Aber diese Gefangenen, von denen Sie sprachen – das waren doch Menschen!«

»Dem äußeren Anschein nach erschien es den Cyborgs, die sie gesehen haben, so. Aber bedenken Sie, daß die Tel auch wie Menschen aussehen, sich aber genetisch völlig von uns unterscheiden. Aber hier besteht eindeutig eine Verwandtschaft zum Homo sapiens.«

»Glauben Sie, daß die Roboter vielleicht Experimente an gefangenen Menschen durchgeführt haben, die eine Veränderung des genetischen Codes nach sich gezogen haben könnten?«

»Sie glauben, daß die Schläfer irgendwelche Schimären oder Hybridwesen sind?« Farnham hob die Augenbrauen, wodurch sich die Narbe auf seiner linken Gesichtshälfte auf eigentümliche Weise verzog.

MacCormack zuckte die Achseln. »Wie Sie wissen, bin ich kein Biologe und wahrscheinlich die am wenigsten geeignete Person in Star City, um zu diesem Punkt irgendeine Hypothese zu formulieren.«

MacCormack war studierter Historiker, was er aber so gut wie nie zu erwähnen pflegte.

»Wie auch immer«, gab Farnham zurück. »Ich denke, hier in Star City werden wir schon ein paar Spezialisten finden, die die Nuß knacken werden, meinen Sie nicht auch?«

»In der Tat, Sir.«

*

Unmittelbar nachdem die Unterredung zwischen Generalmajor Farnham und Oberst MacCormack beendet war, rief MacCormack Kurt Buck zu sich.

Buck – den manche auch neidvoll das *Wunderkind der Schwarzen Garde* nannten, weil er es so schnell vom Fähnrich zum Leutnant geschafft und mit seiner bahnbrechenden Weiterentwicklung des »Time«-Effekt-Antriebs und der Konstruktion der neuen Absetzer schon jetzt Taktik und Vorgehensweise der Elitetruppe der terranischen Raumstreitkräfte wie kein zweiter revolutioniert hatte – erschien überraschend fit und ausgeruht in MacCormacks Büro und salutierte.

»Stehen Sie bequem, Leutnant«, sagte der Oberst.

»Danke, Sir«, gab Leutnant Buck zurück.

Er schien trotz der hinter ihm liegenden Strapazen nur so vor Energie zu sprühen, was MacCormack mit Erleichterung zur Kenntnis nahm.

Schließlich wurde jetzt jemand mit dem Fingerspitzengefühl und der verbissenen Hartnäckigkeit eines Kurt Buck dringend gebraucht. Zwar war Buck kein Biologe oder Biochemiker – aber bei molekularbiologischen Untersuchungen war der Umgang mit dem Suprasensor ohnehin die entscheidende Größe. Für die Interpretation der Daten konnte man schließlich Leute vom Fach hinzuziehen.

»Es geht um die Gewebeprobe, bei der wir immer noch nicht wissen, mit welcher Spezies wir es hier eigentlich zu tun haben. Stellen Sie sich ein Team nach Ihrem Belieben zusammen und versuchen Sie, das Rätsel zu lösen. Diese Sache hat absolute Priorität. Wir müssen wissen, was die Cyborgs da mitgebracht haben.«

»Jawohl, Sir!« bestätigte Buck.

Diese Anweisung war für ihn nicht wirklich überraschend gekommen.

Seitdem er an Bord der ROBERT die Tests von Mick Grinnus eigenhändig überprüft und erkannt hatte, daß die Ergebnisse, die er selbst erzielte, kaum weniger rätselhaft waren als die von Grinnus, hatte ihm die Sache keine Ruhe mehr gelassen.

Er mußte einfach wissen, welcher Spezies jener Schläfer angehörte, von dem die Probe stammte.

Zu dumm, daß nicht mehr für sie getan werden konnte, ging es dem Leutnant der Schwarzen Garde durch den Kopf.

Aber in Anbetracht der Umstände war das nicht möglich gewesen. Jedes noch so vorsichtige Vorgehen in diese Richtung hätte zweifellos das Leben der Schläfer massiv gefährdet – wobei sich natürlich die Frage aufdrängte, inwiefern ihre jetzige

Existenz überhaupt noch mit dem Begriff *Leben* in Zusammenhang gebracht werden konnte.

MacCormack nickte Buck aufmunternd zu.

»Also, auf geht's! An die Arbeit! Ich weiß, daß Sie nach diesem Einsatz eigentlich etwas Erholung verdient hätten, aber so robust wie ich Sie einschätze, packen Sie das mit links, Leutnant!«

17.

Es war ungewöhnlich kühl in den Straßen von Djakarta. Ein kalter Regenguß war soeben niedergegangen, und jetzt dampften die Straßen.

Ömer Giray, einer der besten Agenten der GSO, hatte den Schauer unter der Markise eines Straßencafés abgewartet und dabei vorgeblich in einer Ausgabe der Djakarta Times geblättert, einem Lokalblatt von Terra-Press.

Über Ohrhörer und ein Mikrophon am Kragen war er mit einem Dutzend an diesem Einsatz beteiligten Agenten über Funk verbunden.

Giray hatte die Einsatzleitung, und im Moment warteten alle auf sein Signal, um Mustafa Aitmanow, ein ranghohes Mitglied der islamistischen Terrororganisation »Helden des Dschihad«, gefangenzunehmen.

Der türkischstämmige GSO-Agent Ömer Giray war ein mittelgroßer Mann mit sportlicher Figur. Sein langes schwarzes Haar trug er als Pferdeschwanz.

Nachdem er bei einem Aufstand vor fünf Jahren schwer verletzt worden war, hatte man ihm ein künstliches Auge implantiert, mit dem er einerseits im erweiterten Spektralbereich sehen und andererseits einen bis auf ungefähr einen Meter wirksamen Schockstrahl verschießen konnte – ein wirkungsvolles Mittel, um einen Gegner schnell und völlig überraschend auszuschalten.

Giray galt zwar als potentieller Kandidat zur Aufnahme in das Cyborg-Programm, aber nachdem ihm sein künstliches Auge eingepflanzt worden war, hatte er es anfangs rundherum abgelehnt, sich weitere Implantate einsetzen zu lassen – im Gegensatz zu vielen anderen, die sich nichts sehnlicher wünschten, als endlich in das Cyborg-Programm im Brana-Tal aufgenommen zu werden.

Für Giray galt das allerdings nicht.

Über die Gründe sprach er jedoch mit niemandem, obwohl er schon oft danach gefragt worden war – so auch von seinem Kollegen Bran Makano, mit dem er gegenwärtig eng zusammenarbeitete und mit dem ihn inzwischen eine kollegiale Freundschaft verband. Aber was die Ablehnung weiterer Implantate betraf, so betrachtete Ömer Giray das einfach als eine persönliche Angelegenheit.

Ganz konsequent war er dabei allerdings nicht, denn mittlerweile saß hinter seinem linken Ohr dicht unter der Haut ein Datenspeicher, der Bilder seines künstlichen Auges festhalten und bei Bedarf drahtlos weitergeben konnte.

Im Moment war Giray federführend mit der Bekämpfung von radikalen islamistischen Gruppen beschäftigt, die in letzter Zeit immer mehr von sich reden machten. I

nsbesondere galt das für die sogenannten »Helden des Dschihad«, eine Organisation, die von einem gewissen Achmed bin Muhsa angeführt wurde.

Mustafa Aitmanow, der Mann, der jetzt ins Visier von Ömer Giray und seinen Kollegen von der GSO geraten war, gehörte zum engsten Kreis um den fanatischen Anführer der HD.

Aitmanow war usbekischer Abstammung und vertrat noch wesentlich militantere Positionen als Muhsa. Viele Aktionen der HD hatten wahrscheinlich unter dem operativen Kommando Aitmanows gestanden, der über ein erhebliches taktisches und organisatorisches Geschick verfügte, so daß seine Verhaftung mit Sicherheit ein schwerer Schlag gegen die Gesamtorganisation war.

Auf der anderen Seite der schmalen Straße befand sich ebenfalls ein Straßencafé. Dort saß ein Mann mit Vollbart, etwa Mitte Dreißig und damit um gut zehn Jahre älter, als es ansonsten dem Altersdurchschnitt der »Helden des Dschihad« entsprach.

Das war Aitmanow.

Er hatte sein Gesicht chirurgisch verändern lassen, so daß es bei einem Abgleich seiner telemetrischen Daten nicht sofort identifiziert werde konnte.

Auf seine Spur war die GSO nur gekommen, weil es ihr gelungen war, Agenten in die Reihen der Islamisten zu schleusen. Einer dieser Agenten hatte es geschafft, Aitmanow zu identifizieren.

Sechs Leibwächter waren um den Mann herum plaziert. Nicht alle waren gleich als Begleiter des Islamisten zu erkennen. Das Café auf der anderen Straßenseite hatte erst mit Meßgeräten eingehend abgetastet werden müssen. So wußten Ömer Giray und seine Leute immerhin, wer unter den vermeintlichen Gästen Waffenträger und höchstwahrscheinlich Kampfgefährte des religiösen Eiferers war.

»Alles klar, wir können losschlagen«, meldete sich Bran Makano über Funk. Er war der lokale Einsatzleiter der GSO in Djakarta. Aber diese Operation war so wichtig, daß auch Boutros Tuban, der GSO-Bereichsleiter für die Region Indonesien, in die Operation mit einbezogen worden war.

»Zugriff!« befahl Giray, während sich seine rechte Hand bereits um den Griff des Paralysators legte, den er bis dahin verdeckt unter der Kleidung getragen hatte.

Dann ging alles blitzschnell.

Giray riß seine Waffe hervor, zielte auf Aitmanow und feuerte sofort. Der Paralysatorstrahl traf den Terroristen. Dessen Begleiter rissen ebenfalls ihre Waffen heraus. Überwiegend Paralysatoren, aber es waren auch zwei Blaster darunter. Die GSO-Agenten stürzten aus ihren Verstecken hervor oder lüfteten ihre Tarnung als harmlose Passanten oder Cafégäste. Von allen Seiten wurde die Gruppe der Islamisten unter Paralysefeuer genommen.

Das ging so schnell, daß die meisten gar nicht mehr dazu kamen, das Feuer zu erwidern.

Ein ziemlich ungezielter Blasterschuß streifte den Roboterkellner und ließ ihn verschmoren, ehe der Schütze ebenfalls paralysiert wurde, die Waffe fallenließ und zu Boden sank.

Innerhalb von wenigen Sekunden war alles vorbei. Nur einen der GSO-Agenten hatten die Paralysestrahlen eines Islamisten getroffen. Er bekam sofort ein Gegenmittel gespritzt, aber für die nächste Woche hatte er mit Sicherheit noch so große Muskelschmerzen, daß er kaum dienstfähig sein würde.

Ein Gleiter, der in der Nähe gewartet hatte, schwebte zwischen den Häuserfronten heran und landete schließlich am Ort des Geschehens. Das Außenschott öffnete sich. GSO-Bereichsleiter Tuban stieg als erster aus. Er hatte die Operation über Minikameras mitverfolgt, deren Einsatz in erster Linie dazu diente, die Verhaftung zu dokumentieren und die beteiligten Beamten rechtlich abzusichern.

»Gute Arbeit!« lobte Tuban in Girays Richtung. »Für die HD dürften diese Verhaftungen einen heftigen Schlag ins Kontor bedeuten.«

»Noch haben wir nicht gewonnen«, erwiderte Ömer Giray ziemlich skeptisch und versuchte damit die Euphorie zu bremsen. Der Kampf gegen die Terroristen würde auch ein Zukunft ein schwieriges Geschäft bleiben.

Die Frage war, ob der Kampf gegen Achmed bin Muhsas Organisation überhaupt gewonnen werden konnte. Giray hegte einige Zweifel daran. Jedenfalls war er überzeugt davon, daß polizeiliche und geheimdienstliche Mittel hier nicht mehr ausreichten.

*

Mustafa Aitmanow hatte ein Gegenmittel injiziert bekommen, nachdem man ihn in die GSO-Zentrale von Djakarta gebracht hatte. Er erwachte stöhnend aus seiner Paralyse. Die Nachwirkungen würden sich noch tagelang bei ihm bemerkbar machen, was aber nicht bedeutete, daß er deswegen vernehmungsunfähig gewesen wäre.

Außer Ömer Giray waren noch Bran Makano und GSO-Bereichsleiter Tuban anwesend. Das Verhör eines der wichtigsten Köpfe der HD wollte er sich nicht entgehen lassen, obwohl es eigentlich nicht zu den Aufgaben eines Bereichsleiters gehörte, Gefangene zu befragen.

»Es gibt eine Reihe von juristischen Vorwürfen gegen Sie,

Aitmanow«, begann Ömer Giray die Befragung. »Allen voran natürlich den begründeten Verdacht, daß Sie Mitglied einer kriminellen Vereinigung sind. Aber das sind Dinge, mit denen sich die Staatsanwaltschaft auseinandersetzen muß. Uns geht es um etwas anderes.«

Mustafa Aitmanow erhob sich von der Liege, auf der er bis jetzt gelegen hatte. Er setzte sich stöhnend auf und rieb sich die Oberarm- und Nackenmuskeln.

»Sie können mich fragen, was Sie wollen – Antworten bekommen Sie von mir nicht!« erklärte er. »Allah ist auf unserer Seite und wird Sie eines Tages für das strafen, was Sie seinen Dienern antun. Denken Sie immer daran...«

»Es wäre günstig für Sie, wenn Sie mit uns kooperieren«, mischte sich nun Tuban ein. »Ich habe nachher eine Besprechung mit dem Staatsanwalt, und natürlich steht dann die Frage im Raum, ob man vielleicht...«

»Ich will keine Absprache oder etwas ähnliches!« rief Mustafa Aitmanow mit großer Vehemenz. »Ich weiß, daß ihr Knechte einer gottlosen Regierung die Diener des Allmächtigen und Barmherzigen in Versuchung zu führen versucht. Aber euer Gesetz ist nichts als Menschenwerk. Es hat keinen Bestand und findet keinerlei Gnade vor Gott, dem einzigen Richter, dessen Urteil ich zu akzeptieren bereit bin! Also werde ich mich diesem gottlosen Gesetz auch nicht unterwerfen. Dasselbe gilt für seine willfährigen Handlanger!«

Giray biß sich auf die Lippen.

Am liebsten hätte er Tuban aus dem Raum gewiesen.

Es ist immer dasselbe, wenn sich Leute in eine Befragung einmischen, die keine Ahnung davon haben! ging es ihm ärgerlich durch den Kopf. Giray wußte natürlich, daß man einem Mann wie Mustafa Aitmanow nicht mit dem Angebot kommen konnte, als Kronzeuge gegen seine Glaubensbrüder aufzutreten. Das wäre so massiv gegen seine Ehre und seine Überzeugungen gewesen, daß es einfach undenkbar für ihn gewesen wäre, davon Gebrauch zu machen.

Selbst wenn das die Konsequenz gehabt hätte, zu einer sehr hohen Strafe verurteilt zu werden.

Trotzdem war es manchmal möglich, auch dem Anhänger einer sehr fanatischen Organisation interessante Informationen abzuringen. Die Voraussetzung war natürlich, daß man mit ihm eine geeignete Gesprächsbasis fand.

»Sie wissen, daß wir eigentlich in erster Linie hinter Achmed bin Muhsa her sind«, sagte Giray an den Gefangenen gerichtet. »Ich erwarte nicht, daß Sie mir jetzt seinen Aufenthaltsort nennen...«

»Den wüßte ich im Moment auch gar nicht!« unterbrach der Gefangene ihn. »Unsere Organisation beruht auf dem Prinzip, daß jeder nur das weiß, was er wissen muß«, fuhr Mustafa Aitmanow fort. »Nicht mehr, aber auch nicht weniger!«

Girays Blick blieb an Aitmanows Bauch haften. Vielleicht war es der Instinkt für die Gefahr, der ihn dazu bewog, die Infrarotsicht seines künstlichen Auges zu benutzen. Vielleicht auch die Tatsache, daß Aitmanow nicht ein bißchen geschockt über seine Gefangennahme war und Giray das einfach verdächtig erschien.

Eher das Gegenteil schien der Fall zu sein.

Er machte den Eindruck, seine Rolle regelrecht zu genießen.

Und jetzt das hier! durchfuhr es Giray. *Eine Wärmequelle, die da nicht hingehört und auf eine Weise pulsiert, die äußerst eigenartig ist!*

»Was ist, wollen Sie mich nicht weiter befragen, Mr. Giray?« fragte Aitmanow mit einem fast provozierend euphorischen Lächeln um die Lippen. In seinen Augen blitzte es.

Woher kennt er mich? fragte sich der GSO-Agent.

»Vorsicht!« rief Giray im nächsten Augenblick. »Dieser Mann trägt ein Implantat! Ich nehme an, es handelt sich um eine Bombe!«

Aitmanow machte eine Bewegung nach vorn. Giray paralysierte ihn sofort. Er sank in sich zusammen.

Ömer nahm einen Handsuprasensor.

»Gehen Sie raus!« befahl er den anderen. »Es reicht, wenn einer bei dieser Sache in die Luft fliegt.«

Tuban zögerte zunächst. Giray blickte auf und rief: »Na, los, worauf warten Sie?«

Augenblicke später war Giray allein im Raum. Er versuchte mit Hilfe des Handsuprasensors eine Frequenz zu finden, auf der er das Implantat erreichen konnte.

Mit fieberhafter Eile glitten seine Finger über die Tastatur. Endlich schaffte er es, in das interne Rechnersystem des Implantats zu gelangen.

Es handelte sich tatsächlich um einen Sprengsatz, der stark genug war, das gesamte GSO-Hauptquartier in die Luft gehen zu lassen.

Er reagierte auf die Körperfunktionen von Mustafa Aitmanow, wie Giray schließlich feststellte.

In dem Moment, als er aus der Paralyse erwacht war, hatte sich ein Zeitzünder aktiviert. Deswegen war das Implantat auch bei der Verhaftung für Giray mit Hilfe seines künstlichen Auges noch nicht sichtbar gewesen.

Kalter Schweiß stand auf Girays Stirn, ehe es ihm schließlich gelang, den Sprengsatz zu entschärfen. Er ging auf Nummer sicher und deaktivierte das Rechnersystem des Implantats völlig, indem er den dazugehörigen Datenspeicher löschte.

Jetzt wirst du niemanden mehr mit in den Tod reißen können! dachte der Agent erleichtert.

*

»Das war knapp, Ömer«, meinte Bran Makano bei der späteren Besprechung, nachdem Mustafa Aitmanow inzwischen in den Kliniktrakt eines Hochsicherheitsgefängnisses verlegt worden war.

»Er wollte die GSO-Zentrale von Djakarta ausschalten und war dafür auch bereit, sein eigenes Leben zu opfern«, stellte Giray fest und schüttelte dabei nachdenklich den Kopf. »Achmed bin Muhsa verherrlicht das Märtyrertum. Wenn er seinen Leuten einen Befehl gibt, dann führen sie ihn auch unter allen nur erdenklichen Opfern aus.«

»Verstehe ich das richtig?« fragte Tuban sichtlich gereizt. »Diese HD-Terroristen haben uns einen fetten Braten vor die Nase gehalten, damit wir zugreifen?«

Giray nickte. »Aitmanow war der Köder für uns, und um ein Haar hätten wir uns daran verschluckt.«

»Er hat dich mit deinem Namen angeredet, obwohl du ihm nie vorgestellt worden bist, Ömer«, gab Makano zu bedenken.

Giray nickte leicht. »Muhsas Leute scheinen sehr gut informiert zu sein«, stellte er düster fest.

»Es könnte sein, daß er dich ganz gezielt ausschalten wollte, Ömer. Aber ich fürchte, Aitmanow wird uns zu diesem Themenkomplex nichts sagen.«

*

Die Wolkendecke hing tief über Djakarta. Der 230 Stockwerke hohe Sukarno-Tower ragte weit über die grauen, wabernden Nebelschwaden hinaus. Hier schien eigentlich immer die Sonne, und von dem ungewöhnlich kühlen Wetter, das gegenwärtig selbst in Äquatornähe herrschte, bekam man in den klimatisierten Räumen nichts mit.

Ganz oben in diesem erst vor drei Jahren vollendeten Wolkenkratzer residierte Jaffar El-Zia, der Präsident der Bank of Asia.

El-Zia war ein Mann mit schütteren grauen Haaren und harten Gesichtszügen. Wie in Stein gemeißelt wirkte dieses Gesicht. Vor drei Jahren war sein Sohn Abdul ums Leben gekommen. Seitdem, so konnte man es aus der Umgebung des Bankiers hören, war er hart wie Granit geworden. Ein Mann, der kalt und abweisend wirkte. Sein Sohn Abdul El-Zia war Rekrut bei der Schwarzen Garde gewesen. Bei Gefechten mit Tel-Rebellen auf der Hinterwäldlerkolonie Eldorado, dem dritten Planeten des Boulanger-Systems, war er tödlich getroffen worden.* Dieser Schlag hatte Jaffar El-Zia verändert. Er war seitdem verschlossen und in sich gekehrt. Abdul hatte zu den größten Hoffnungen berechtigt, und obgleich seine Eltern es lieber gesehen hätten,

---

* Siehe REN DHARK-Sonderband 25: »Jagd nach dem ›Time‹-Effekt«

wenn auch er eine Karriere in der Finanzwelt angestrebt hätte, hatten sie sich doch damit abgefunden, daß er einen anderen Weg gewählt hatte.

Einen Weg, den Jaffar und Jarmila El-Zia schließlich verstanden und unterstützt hatten.

Abdul war es wichtig gewesen, einen Dienst für die Allgemeinheit zu leisten. Er hatte etwas Bedeutendes vollbringen wollen. Finanzieller Erfolg hatte dabei ebensowenig im Vordergrund gestanden wie das Schielen nach einer schnellen Karriere.

Anfangs hatte sein Vater Jaffar diesen Idealismus als Schwärmerei abgelehnt, später konnte er ihn zumindest akzeptieren.

Nur seinen Tod, den hatten Jaffar El-Zia und seine Frau auch Jahre später noch nicht verwunden.

Und jetzt dasselbe noch einmal mit Ismael! durchfuhr es Jaffar bitter. *Derselbe Idealismus, dieselbe Verachtung der bürgerlichen Sicherheit und des Reichtums. Nur daß Ismael sich einer Sache angeschlossen hat, die falsch und inhuman ist!*

Ismael, der zweite Sohn des Vorstandsvorsitzenden der Bank of Asia, war von Anfang an das Sorgenkind gewesen. Eine Stoffwechselerkrankung hatte dafür gesorgt, daß seine Haare ausgefallen waren und er daher schon als junger Mann vollkommen kahlköpfig war.

Seit einiger Zeit trug er dafür allerdings einen Vollbart – so wie es die extremen Islamisten propagierten, deren Lehren sich Ismael zum Schrecken seiner Eltern angeschlossen hatte. Die Ideen von Achmed bin Muhsa, dem Anführer einer radikalen Organisation mit der Bezeichnung »Helden des Dschihad«, hatten ihn sein Leben komplett ändern und zu einem religiösen Untergrundkämpfer gegen die »gottlose« terranische Regierung werden lassen. Vor diesem Hintergrund war alles andere für ihn völlig unwichtig geworden. Der Kampf gegen die »dem schrankenlosen Materialismus verfallene terranische Regierung« hatte fortan sein Leben komplett bestimmt. Sein Studium der Ökonomie und Rechtswissenschaften in Harvard hatte er aufgegeben. Für seinen Vater, der sich vom kleinen Angestellten ganz nach oben gearbeitet hatte und der abgesehen von der Beachtung einiger Traditionen keinerlei religiöse Bindung mehr verspürte, war das natürlich vollkommen unverständlich gewesen. Er empfand das so, als würde Ismael sein Leben und all die Chancen, die darin lagen, einfach wegwerfen.

Ismaels Mutter bedrückte in erster Linie die Vorstellung, daß ihr Sohn zu einem Mörder werden könnte, der bereit war, im Auftrag einer kompromißlos intoleranten Organisation all diejenigen zu töten, die von Achmed bin Muhsa als Ungläubige oder – noch schlimmer! – als Abtrünnige gebrandmarkt worden waren.

Was, wenn wir – dein Vater und ich – eines Tages auf dieser Liste landen sollten? überlegte Jarmila stumm. *Wärst du dann bereit, eine Fatwa auch an uns zu vollstrecken?*

Jarmila hätte sich niemals getraut, diese Frage laut und offen zu stellen. *Warum eigentlich nicht? Fürchtest du, daß die Antwort ja wäre?*

Monatelang hatten Jaffar El-Zia und seine Frau Jarmila jetzt schon nichts mehr von ihrem zweiten Sohn gehört. Er war untergetaucht, hatte sein Leben offenbar vollständig dem Dienst in dieser extremistischen Organisation geweiht, die den Heiligen Krieg gegen die Ungläubigen propagierte und auch vor Terror und Mord nicht zurückschreckte.

Ismael wurde inzwischen sowohl von der lokalen Polizei als auch von der GSO gesucht.

Und jetzt war er plötzlich wie aus dem Nichts aufgetaucht und stand vor seinem Vater. Wie er die Sicherheitstechnik überwunden hatte, mit der die Residenz des Vorstandsvorsitzenden der Bank of Asia gegen ungebetene Gäste gesichert wurde, war Jaffar völlig schleierhaft.

Offenbar verfügte Ismael inzwischen über ein paar Fähigkeiten, die man ihm ganz gewiß nicht in Harvard oder einem der teuren Internate, auf denen er zuvor gewesen war, beigebracht hatte.

Was immer er auch getan haben mag, Ismael ist und bleibt mein Sohn! rief Jaffar sich ins Gedächtnis. *Mag er sich auch noch so sehr von mir entfremdet haben.*

»Na, was zieht dich her?« fragte Jaffar eine deutliche Spur

schärfer, als er zunächst beabsichtigt hatte. »Ich nehme an, es ist lediglich das Geld, das dir mal wieder ausgegangen ist...«

Ismael ließ sich auf der Couch nieder. »Mir persönlich bedeutet Geld nichts«, behauptete er.

»Das wäre das allerneuste!« höhnte Jaffar.

»Ich lebe ganz für die Sache des Islam«, erwiderte Ismael sehr ernst. Seine Körperhaltung straffte sich dabei. Er war sehr groß. Ein regelrechter Hüne, der seinen auch nicht gerade kleinen Vater noch um einen Kopf überragte. »Für einen materialistischen Heuchler mag das ja schwer verständlich sein«, fuhr er fort. »Aber so ist es nun mal. Jetzt brauche ich allerdings deine Hilfe...«

»Laß mich raten! Die Polizei oder die GSO sind hinter dir her?« mischte sich Jarmila, seine Mutter, besorgt ein. »Wir haben schon einen Sohn verloren, weil er sich unbedingt als Kämpfer hervortun wollte! Ich möchte nicht auch noch meinen zweiten Sohn sterben sehen!« Jarmila trat auf Ismael zu und berührte ihn leicht am Oberarm. »Komm zurück! Und zwar endgültig. Dein Vater wird schon eine Möglichkeit finden, wie er deinen Kopf juristisch aus der Schlinge ziehen kann. Wenn du nicht gerade eine Bombe gelegt oder jemanden umgebracht hast...«

»Wer sagt dir, daß ich das nicht schon getan habe, Mutter?« unterbrach Ismael sie.

Jarmila schluckte.

Sie war einige Jahre jünger als ihr Mann. Das dunkle Haar trug sie offen bis über die Schultern. Ihr enganliegendes Kleid zeichnete die ansehnlichen Kurven ihres Körpers durchaus detailgetreu nach.

Für eine Frau von Ende Vierzig hatte sie sich gut gehalten, aber in den Augen ihres Sohnes war ihr Auftreten schamlos – so wie er es auch nicht billigen konnte, daß sein Vater eine Bank leitete, die Zinsen nahm.

Ein Praxis, die der Prophet eigentlich verboten hatte. Viele Moslems störten sich daran heute jedoch nicht mehr. Es gab zwar immer noch islamische Banken, die für Kredite anstatt Zinsen eine Bearbeitungsgebühr kassierten, die dann zufälligerweise genau den am Markt gerade üblichen Zinsen entsprachen, aber wer global auf dem Kreditmarkt vertreten sein wollte, konnte sich keine Rücksicht auf religiöse Vorschriften leisten. Und die Bank of Asia war nicht nur global tätig, sondern legte auch einen besonderen Schwerpunkt auf die Kolonien. Es gab Zweigniederlassungen auf Babylon und Blue Star. Eine Kursausrichtung, die insbesondere auf Jaffar El-Zias Aktivitäten als Vorstandsvorsitzender zurückzuführen war.

»Ich brauche tatsächlich etwas Geld«, sagte Ismael.

Jaffar verzog das Gesicht zur Karikatur eines Lächelns. Die makellos weißen Zähne blitzten dabei.

»Dachte ich es mir doch«, meinte er.

»Es würde auch dir gut anstehen, das Almosengebot zu erfüllen«, erwiderte Ismael.

Jaffar lag eine Erwiderung auf der Zunge, aber seine Frau war in der Zwischenzeit neben ihn getreten. Sie berührte ihn leicht am Unterarm und bedeutete ihm damit, besser nicht noch weiter Öl ins Feuer zu gießen und damit die ohnehin ziemlich brüchige Verbindung zwischen ihnen vielleicht endgültig zu zerstören.

Die Gräben zwischen ihnen waren schon tief genug. Da war es nicht nötig, die Gegensätze auch noch zu betonen.

»Laß ihn ausreden, Jaffar«, sagte Jarmila sanft und sehr beherrscht, obwohl ihr anzumerken war, wie schwer ihr das fiel. Denn auch sie mißbilligte den Weg, den Ismael eingeschlagen hatte, zutiefst. Dabei war ihre eigene Bindung an den Glauben ihrer Vorfahren viel stärker, als das bei ihrem Mann der Fall war. Ihr Widerwillen wandte sich in erster Linie gegen die rabiaten Methoden, mit der Gruppen wie die HD vorgingen. Ganze Stadtviertel standen unter ihrer Herrschaft – und das, obwohl der indonesische Islam traditionell eine tolerante Linie verfolgte und eigentlich weder mit dem von dogmatischer Starre geprägten Glauben, wie er von den Sunniten der arabischen Halbinsel ausgeübt wurde, noch mit der in Persien beheimateten Schia verglichen werden konnte, die von jeher das Märtyrertum verherrlicht hatte.

Aber die meisten Aktivisten der HD waren arabischer oder pakistanischer Herkunft. Für sie war Djakarta einfach gegenwärtig der beste Ort, um unterzutauchen und aus dem Verborgenen heraus aktiv zu werden. Und je weltlicher und glaubensferner viele Moslems hier inzwischen lebten, desto radikaler wurde die Gegenbewegung von vorwiegend jungen Leuten, die die Idee einer religiösen Erweckung, wie Achmed bin Muhsa sie vertrat, als den einzig wahren Weg für die Zukunft betrachteten.

Es war eine stille, grausame Herrschaft, die Muhsas Leute inzwischen über ganze Viertel ausübten.

Ein schleichender Prozeß war das gewesen, der erst in letzter Zeit einer breiteren Öffentlichkeit zu Bewußtsein gekommen war.

Wer sich gegen die Islamisten wandte, mußte damit rechnen, dafür hart bestraft zu werden. Eine Fatwa war schnell ausgesprochen. Und es gab genug eifernde »Glaubenskrieger«, die bereit waren, den religiösen Richterspruch mit aller Konsequenz in die Tat umzusetzen.

»Ich brauche eine Kreditkarte, die auf einen ganz bestimmten Namen ausgestellt werden muß. Ich kann mich nirgendwo mehr bewegen und mußte daher meine Identität ändern«, erklärte Ismael. Er holte einen Ausweis hervor, der mit Ismaels Foto, seinen Fingerabdrücken und einer Aufnahme der Iris ausgestattet war. Der Name, der dort verzeichnet war, lautete Ismael Johnson. »Ein englischer Name wirkt unauffälliger«, meinte er dazu, als sich sein Vater stirnrunzelnd das Dokument ansah.

»Ich sollte das nicht tun«, meinte er düster.

»Ach, hör auf! Deine Skrupel sind völlig unangebracht«, erwiderte Ismael kühl. Er verschränkte die Arme vor der Brust.

»Soll ich mich an den Verbrechen mitschuldig machen, die ihr begeht?« fragte Jaffar aufgebracht. »Euren intoleranten Kreuzzug für den angeblich einzig wahren Glauben kann ich nicht billigen, und das weißt du!«

»Sag nicht Kreuzzug zu dem, was wir tun«, sagte Ismael. »Alles, nur nicht dieses Wort! Aber die Tatsache, daß du es so siehst, zeigt mir, daß du inzwischen tatsächlich ein wahrhaft Abtrünniger geworden bist...«

»Was geschieht, wenn ich dir nicht helfe?« fragte Jaffar.

»Dann werde ich früher oder später verhaftet. Die GSO verfolgt jede elektronische Spur, die ich hinterlasse.«

Jaffar atmete tief durch. »Gut«, sagte er. »Ich werde dir helfen. Weil du mein Sohn bist und ich hoffe, daß du noch einmal zurück auf den richtigen Weg findest.«

Das hoffe ich umgekehrt auch! dachte Ismael El-Zia alias Johnson. Nur daß die Wege, die jeder von ihnen jeweils als den richtigen erkannt hatte, in diametral entgegengesetzte Richtungen führten.

Die beiden Männer wechselten einen längeren Blick. *Was kommt nun?* dachte Ismael. *Die alte Geschichte, daß mein Großvater, der sich vom pakistanischen Gastarbeiter in Dubai hocharbeitete, um seinem Sohn eine Banklehre zu ermöglichen, sich im Grabe umdrehen würde, wenn er noch hätte miterleben müssen, daß aus seinem Enkel ein Terrorist geworden ist?*

Aber Jaffar verkniff sich das.

18.

Der Mann hatte einen dunklen Teint, trug einen Vollbart und war kahlköpfig. Eine Überwachungskamera vor dem Sukarno-Tower in Djakarta nahm ihn auf. Das Bild wurde in die geheime GSO-Einsatzzentrale von Djakarta übertragen, die in einer im Kolonialstil der Niederländer gehaltenen Villa eingerichtet worden war. Die Adresse lautete 455 Java Boulevard. Außen prangte ein Schild, das die Villa als Sitz einer Anwaltskanzlei auswies.

Der kahlköpfige Mann, dessen Bild auf dem in die Wand eingelassen Bildschirm im Besprechungszimmer von Bran Makano, dem lokalen GSO-Chef von Djakarta, zu sehen war, blickte sich etwas hektisch um, so als fürchtete er, beobachtet zu werden. Vor dem Sukarno-Tower – benannt im Gedenken an einen indonesischen Staatschef des 20. Jahrhunderts – warteten eine ganze Reihe von Gleitertaxis.

Ismael Johnson nahm nicht das erste dieser Taxis, sondern das dritte.

»Es ist gleichgültig, welches er wählt«, erklärte Bran Makano. »Wir haben sie alle mit Sendern präparieren lassen, so daß wir sie verfolgen können.«

Ismael stieg ein.

Der Gleiter raste davon und verschwand zwischen den Häuserschluchten der Metropole Djakarta. Auf einem Nebenschirm wurde eine aktuelle Satellitenaufnahme des Stadtgebiets im Infrarotmodus gezeigt, so daß der bedeckte Himmel nicht störte. Eine Markierung machte deutlich, wo sich Ismaels Taxi gerade befand.

Bran Makano wandte sich an Ömer Giray. »Warum nehmen wir den Kerl jetzt nicht einfach fest, Ömer?« fragte Makano.

»Hast du vielleicht Angst davor, daß sein Vater ein Rudel von Anwälten in Bewegung setzt, sobald wir ihn anfassen?«

»Nein, das ist es nicht.«

»Da kann ich dich beruhigen, Ömer. El-Zia kann froh sein, wenn er nicht selbst wegen Unterstützung einer kriminellen Vereinigung drankommt!«

Bran Makano, auf Java geboren und seit dem fünften Lebensjahr in Djakarta aufgewachsen, kannte diese Stadt trotz ihrer Größe wie seine Westentasche. Sie war sein Revier. Hier kannte er sich aus und wußte, wo er welche Informationen bekommen konnte. Wie ein Fisch im Wasser konnte er sich hier bewegen, und auf diese Weise war es der GSO auch bereits gelungen, in ihrer Abwehr der radikalen Islamisten bedeutende Fortschritte zu erzielen. Es hatte einige spektakuläre Festnahmen gegeben wie jüngst die Verhaftung von Mustafa Aitmanow. Außerdem waren mehrere Anschläge verhindert worden.

Anschläge, die in erster Linie die Bevölkerung Djakartas hätten einschüchtern sollen, denn die Furcht war ein ganz wesentlicher Faktor, der von der HD als Waffe eingesetzt wurde.

Allerdings reichte die Furcht vor Gott ihnen wohl nicht aus, um die Gläubigen für ihre Ziele zu gewinnen, die letztlich in einem Exodus aller Rechtgläubigen von der Erde und der Errichtung eines von der Scharia geprägten Gottesstaates auf einem erdähnlichen Planeten bestanden.

»Ismael El-Zia – oder Ismael Johnson, wie er sich seit neuestem nennt – könnte uns zu den Entscheidungsträgern der HD führen«, war Ömer Giray überzeugt. »Wir dürfen ihn jetzt auf keinen Fall verhaften.«

»Es läge genug gegen ihn vor, damit die Kollegen von Polizei und Staatsanwaltschaft tätig werden könnten.«

»El-Zia ist doch nur ein kleines Rädchen in einer großen Maschinerie. Wir müssen an diejenigen heran, die an den Hebeln der Macht sitzen, Bran!«

»Die Gefahr besteht, daß Ismael El-Zia uns durch die Lappen geht! Die letzten drei Monate wußten wir nicht, wo er sich befindet, und wenn er jetzt nicht die Hilfe seines Vaters benötigt hätte…«

»Wir haben die Aussage eines Bekannten, dem gegenüber er damit geprahlt hat, regelmäßig mit Achmed bin Muhsa zusammenzutreffen und quasi zu seinem engeren Kreis zu gehören«, erinnerte Giray den GSO-Chef von Djakarta.

»Dieser Bekannte ist ein Drogenhändler, der alles Mögliche gesagt hätte, um mit der Justiz einen Deal machen zu können«, blieb Bran Makano skeptisch. »Außerdem – wer sagt dir, daß es nicht nur Prahlerei war, was unser Freund da von sich gegeben hat?«

Auf der Infrarotansicht war jetzt zu sehen, wie das Gleitertaxi durch die verwinkelten Straßen der Innenstadt schwebte. Der Kurs wirkte dabei etwas verworren. Offensichtlich hatte Ismael El-Zia den Fahrer angewiesen, ein paar Umwege zu machen, weil der HD-Aktivist sichergehen wollte, nicht verfolgt zu werden.

Das Taxi bog in die Sam-Dhark-Avenue ein, von der die Islamisten seit längerem lautstark forderten, man solle sie in »Straße der seligen Märtyrer« umbenennen.

Dort stieg er vor dem Haus Nummer 432 aus.

Das Bezahlen des Taxis mit einer auf den Namen Ismael Johnson ausgestellten Kreditkarte wurde auch in der geheimen GSO-Zentrale im Java-Boulevard sofort registriert.

Außerdem gab es an der Ecke zum Platz der Befreiung, wo ein Denkmal in Form einer abstrakten Skulptur an die Kriege gegen Japaner und Holländer erinnerte, eine Überwachungskamera, die Ismael El-Zia gut ins Visier bekam.

Sein Gesicht ließ sich von der GSO-Zentrale so vergrößern, daß man es sogar durch ein Vergleichsprogramm zur telemetrischen Identifikation hätte schicken können.

El-Zia ging auf das Haus mit der Nummer 432 zu. Es handelte sich um einen mehrstöckigen funktionalen Bau und gehörte dem Unternehmer Praman Nantrakat, einem Sympathisanten der HD. Er war Inhaber mehrerer Zeitungen, besaß einen TV-Sender und einen Online-Nachrichtendienst.

Auf der Treppe, die zum Gebäudeeingang hinaufführte, kam ihm eine Frau entgegen.

Sie trug ein Kopftuch.

Ihr Gesicht war allerdings durch den gegebenen Kamerawinkel beim besten Willen nicht zu sehen.

Die Frau blieb stehen. Ismael El-Zia wechselte ein paar Worte mit ihr. Anschließend berührte er flüchtig ihre Hand.

»Vergrößern!« forderte Giray. »Diese Einstellung bitte näher heranholen!«

Bran Makanos Finger glitten über eine Suprasensortastatur. Die Einstellung wurde tatsächlich größer, dafür aber auch grobkörniger. Einzelne Pixel traten bereits deutlich hervor. Die Bildqualität einfacher Überwachungskameras lag eben weit unterhalb jener Systeme, die der GSO zur Verfügung standen.

»Da ist etwas übergeben worden«, war Giray überzeugt.

»Das kann man unterschiedlich interpretieren!« meinte hingegen Makano.

»Ich tippe auf einen Datenträger«, beharrte Giray. »Bran, das ergibt sonst überhaupt keinen Sinn! Ein strenggläubiger Moslem würde einer Frau mit Kopftuch niemals einfach so die Hand geben!«

»Auch wieder wahr«, gab Makano zu.

»Ich will wissen, wer die Frau ist«, sagte Giray. »Mit Hilfe des telemetrischen Vergleichs finden wir sie vielleicht.«

*

»Danke«, sagte die Frau, deren Haar mit einem Kopftuch bedeckt war.

Sie zog ihre Hand blitzschnell zurück und ließ den münzgroßen Gegenstand in ihrer Kleidung verschwinden.

»Der Datenträger ist so programmiert, daß er sich selbst vernichtet«, raunte Ismael El-Zia ihr zu.

Die Frau nickte leicht.

»Wie immer!« murmelte sie.

»So ist es.«

Er musterte sie einige Augenblicke lang.

»Wo bist du jetzt stationiert?« fragte er schließlich.

»Ich trete morgen mein Kommando auf der TSINGTAU an.«

»Was ist das für ein Schiff?«

»Einer der neuen Ovoid-Ringraumer. Aber eigentlich sollte ich dir das gar nicht sagen.«

Ismael El-Zia lächelte und ging auf die Erwiderung der Frau gar nicht erst ein. »Gut zu wissen, daß diejenigen, die getreu zum Wort des Propheten stehen, in allen Positionen zu finden sind. Ob nun in der Flotte, bei der Polizei oder GSO.«

»Ich bin überzeugt davon, daß wir uns bald wiedersehen«, sagte die Frau. »Der große Tag der Entscheidung steht bevor. Und wenn wir erst die Erde verlassen haben und unsere eigene Welt besiedeln, wird ein neues Zeitalter beginnen, Ismael!«

Sie ging weiter. Er drehte sich kurz noch einmal nach ihr um.

Dabei zog sie ihr Kopftuch vor das Gesicht. Heute war ihr letzter Urlaubstag, ab morgen hatte sie wieder Dienst auf einem Raumschiff der Terranischen Flotte. Einen Dienst, den sie haßte – schließlich diente sie damit der gottlosen und materialistischen Regierung Terras.

Aber sie hatte trotzdem nicht den Dienst quittiert, obwohl dies eigentlich konsequent gewesen wäre, nachdem die Worte Achmed bin Muhsas ihr die Augen geöffnet hatten. Sie hielt auf ihrem Posten aus, weil man ihr klargemacht hatte, daß sie dort ihrem Glauben am besten dienen konnte.

In gewisser Weise empfand sie sich als Märtyrerin.

Irgendwann, wenn der große Tag kam, würde sie wie eine »Heldin des Dschihad« handeln müssen. Sie war bereit. Jederzeit und zu allem, was von ihr verlangt wurde, denn der große Plan rechtfertigte jedes Mittel und jedes Opfer.

Inschallah, dachte die Frau.

*

Praman Nantrakat, der Besitzer des Hauses Nummer 432 an der Straße der Befreiung, bat Ismael El-Zia in sein Büro und bot ihm einen Platz an.

Das Büro war von äußerster Schlichtheit geprägt. Die einzige Extravaganz, die Praman Nantrakat sich leistete, war eine Medienwand, in der auf einer riesigen, in einzelne Fenster eingeteilte Bildschirmfläche alle medialen Erzeugnisse seines Unternehmens zu sehen waren. Die Online-Ausgaben seiner Zeitungen, die stündlich aktualisiert wurden, ebenso wie die aktuellen Programme seiner TV-Sender und seines Online-Nachrichtendienstes, dessen Meldungen von vielen weiteren Publikationen zitiert wurden.

Praman Nantrakat wußte sehr genau, daß sein Unternehmen im Vergleich mit Intermedia oder Terra-Press nur ein winziger Fisch in einem Haifischbecken war. Keines der von ihm vertriebenen Medien war im übrigen bisher durch eine besonders tendenziöse Berichterstattung oder gar Propaganda aufgefallen. Natürlich achtete Praman Nantrakat als strenggläubiger Moslem darauf, daß keinerlei Inhalte dargeboten wurden, an denen ein Rechtgläubiger in irgendeiner Form hätte Anstoß nehmen können. Aber um sein kleines, aber feines Medienimperium für allzu plumpe Propaganda zu nutzen, dazu war Praman Nantrakat einfach zu klug. Er wußte, daß dies die Menschen eher abstieß. Und er wußte auch, daß er sich wie alle anderen Angehörigen der »Helden des Dschihad« für den Tag des letzten Gefechts bereithalten mußte. An jenem Tag, wenn ihn der entsprechende Befehl Achmed bin Muhsas erreichte, würde er seine Medien in den Dienst des großen Plans stellen, der den Exodus aller Rechtgläubigen vorsah.

»Es ist ziemlich gewagt, daß du immer noch als Kurier fungierst, Ismael«, sagte Praman Nantrakat. »Sag unserem verehrten Oberhaupt Achmed bin Muhsa, daß er in Zukunft besser jemand anderen schicken soll, um seine Befehle zu verbreiten!«

Ismael runzelte die Stirn.

Was soll diese plötzliche Furcht? fragte er sich. Hatte Praman Nantrakat die Sicherheit des Rechtgläubigen verlassen?

»Du warst doch sonst nicht so ängstlich«, erwiderte Ismael leicht irritiert. »Außerdem würde es großes Aufsehen erregen, wenn du unter dem Vorwurf, eine Terrororganisation zu unterstützen, festgenommen würdest! Schließlich bist du der einzige, der ein Medienpaket anbietet, bei dem sich islamische Eltern sicher sein können, daß es ohne Bedenken von ihren Kindern konsumiert werden kann! Ich glaube kaum, daß es im Moment in unserer gottlosen Regierung irgend jemanden gibt, der ein Interesse daran hätte, die Lage durch eine unbedachte Aktion zu verkomplizieren!«

»Das mag mich für den Moment schützen, aber...«

Ismael El-Zia beugte sich vor. Eine tiefe Furche bildete sich auf seiner Stirn. Der junge Mann mit dem kahlen Kopf wirkte jetzt wirklich erbost.

»Wo ist deine Glaubenszuversicht geblieben, Praman?« Er machte eine weit ausholende Geste. »Bedeutet dir das alles hier, dieses Haus, dein Medienunternehmen, dein Reichtum, vielleicht doch mehr, als du deinen Glaubensbrüdern bisher offenbart hast? Laß es dir gesagt sein: Allah hat es dir gegeben, und Allah nimmt es dir auch wieder!«

»Das weiß ich, Ismael! Und ich brauche von einem jungen Kerl wie dir ganz gewiß keine theologische Unterweisung! Ich habe den Koran in der Madrasa von Kairo studiert, während du dir in Harvard die Lehren des dekadenten Materialismus hast eintrichtern lassen!«

»Du hast noch nicht wirklich verinnerlicht, daß der Untergang der Erde unmittelbar bevorsteht, Praman«, meinte Ismael. »Irgendwie scheinst du zu glauben, daß man sich da irgendwie noch ein Hintertürchen offenlassen könnte. Aber ich sage dir eins: Wenn der Tag X kommt, wird alles anders werden. Was auf der Erde war, wirst du hinter dir lassen. Es gibt dann kein Zurück mehr, nur die Aussicht auf eine paradiesische Zukunft. Die Erde werden wir mit all ihren Problemen zurücklassen. Sie wird irgendwann nicht mehr sein als eine blasse Erinnerung...«

Ismael atmete tief durch. Es hielt ihn nicht mehr auf seinem Platz. Er stand auf, ging ein paar Schritte hin und her. Dabei streifte sein Blick den in die Wand eingelassenen Riesenbildschirm und die verwirrende Vielfalt dessen, was in den einzelnen Fenstern gezeigt wurde.

Schließlich sagte er: »Unsere Kampagne tritt jetzt sehr bald in ihre entscheidende Phase...«

Eine Schiebetür öffnete sich. Ein junger Mann trat ein. Er trug eine schlichte Kombination, und der Vollbart war exakt auf zwei Zentimeter rasiert.

»Sir, ich sollte Sie daran erinnern, daß Sie zur Produktionskonferenz erwartet werden.«

»Jetzt nicht, Noureddine!« sagte Praman Nantrakat ziemlich unwirsch.

»Sir, Sie hatten ausdrücklich darauf bestanden, bei jeder Produktionskonferenz zugegen zu sein...«

»Richten Sie den anderen Teilnehmern aus, daß ich etwas später komme«, setzte Nantrakat schließlich hinzu.

Noureddine deutete eine Verbeugung an und verließ den Raum.

Ismael El-Zia wartete, bis sich die Tür hinter Noureddine geschlossen hatte.

»Noureddine Villier – dieser Halbalgerier ist also immer noch dein Berater«, stellte Ismael fest.

»Er ist gut.«

»Ich würde ihm nicht trauen, Praman.«

»Wieso?«

»Glaube mir einfach... und dann wäre da noch etwas anderes.«

»Was?«

»Ich wäre dir dankbar, wenn ich deine private Transmitterstation benutzen könnte.«

Mißtrauen keimte in Praman Nantrakat auf.

»Bist du verfolgt worden?«

»Ich gehe gerne auf Nummer sicher«, war die ziemlich unbefriedigende Antwort.

*

Bran Makano war ziemlich sauer, als sich herausstellte, daß Ismael El-Zia das Haus mit der Nummer 432 nicht mehr verließ. Statt dessen registrierte man über Satellit die Energiesignatur eines Transmitters. Da zur gleichen Zeit in der zentralen Transmitterstation von Djakarta ein Signal mit derselben Signatur empfangen wurde, lag es nahe, daß Ismael El-Zia dorthin verschwunden war. Vielleicht ahnte er, daß er unter Beobachtung stand.

Makano hatte sofort einige seiner Leute zur Transmitterstation beordert. Die von den Überwachungskameras aufgezeichneten Bilder waren umgehend zur telemetrischen Auswertung gegeben worden.

Ohne Erfolg.

Ismael El-Zia war ebensowenig in der zentralen Transmitterstation von Djakarta angekommen wie sein Alter Ego Ismael Johnson.

Eine genauere Überprüfung ergab, daß zur gleichen Zeit ein zweites Transmittersignal von Praman Nantrakats Haus ausgegangen war. Der Transfer zur Zentralstation hatte offenbar nur der Tarnung gedient. Wohin Ismael El-Zia nun verschwunden war, konnte nicht mehr festgestellt werden.

»Wir hätten ihn festnehmen sollen«, fühlte sich Makano bestätigt. »Jetzt ist es doch reine Glücksache, wenn wir ihn in den nächsten sechs Monaten noch mal irgendwo auftreiben können. Und zu Achmed bin Muhsa hat er uns auch nicht geführt!«

Ömer Giray atmete tief durch.

»Den Versuch war es wert!« meinte er.

*

Am Abend schlenderte Ömer Giray über den Boulevard Seratat. Es handelte sich um eine überdachte Einkaufspassage, die direkt am Strand entlangführte. Fußgängerförderbänder sorgten dafür, daß man sich zwischendurch ausruhen konnte und dabei trotzdem vom Fleck kam.

Der Boulevard Seratat war einer jener Bereiche in Djakarta, der für die Islamisten ein Symbol der Dekadenz und des moralischen Niedergangs waren. Hier gab es Luxus pur. Teure Boutiquen überall, und für die Masse unerschwinglicher Schmuck beherrschte die Schaufenster. Es hatte hier bereits mehrere Anschläge der HD gegeben, was dazu geführt hatte, daß der Umsatz am Boulevard Seratat sich innerhalb der letzten Monate nahezu halbiert hatte.

Allerdings herrschte immer noch genug Betrieb, um hier unauffällig einen Informanten zu treffen.

Girays Armbandvipho meldete sich mit einem Summton. Ömer nahm das Gespräch an. Auf dem Minibildschirm erschien Bran Makanos Gesicht. Der Indonesier kam sofort zur Sache.

»Wir bekommen gerade eine Meldung der Polizei von Singapur herein«, sagte er. »Danach sind aus dem dortigen Arsenal mehrere Kisten mit Schallschockgranaten gestohlen worden. Einer der Täter konnte ermittelt werden. Es handelt sich um einen malaiischen Moslem, der möglicherweise Kontakte zur HD unterhält.«

»Hast du dir die Vernehmungsprotokolle über das Datennetz senden lassen?«

»Ja.«

»Wir sollten sie aufmerksam lesen. Vielleicht ist da irgend etwas drin, das uns weiterbringen könnte!«

»Da kümmern sich bereits zwei Kollegen drum«, versicherte Bran Makano. »Viel wichtiger ist die Frage, wo die Granaten geblieben sind!«

Giray nickte knapp. »Die ganze Aktion paßt für mich aber ins Bild«, meinte er. »Ich kann mir nur noch keinen Reim darauf machen, aber irgend etwas haben die vor. Die Schallschockgranaten werden die sich nicht umsonst besorgt haben!«

»Die hiesige Polizei ist darauf angespitzt, Augen und Ohren offenzuhalten, ob diese Granaten irgendwo in der Hehlerszene wieder auftauchen...«

»Damit würde ich nicht unbedingt rechnen«, meinte Giray. »Von den Dingern werden wir wohl erst wieder hören, wenn die selbsternannten Helden des Dschihad sie eingesetzt haben – bei welcher Aktion auch immer! Giray Ende.«

Schallschockgranaten waren Waffen, die eigentlich für den Einsatz gegen randalierende Massen entwickelt worden waren. Bisher allerdings waren sie noch nie in einem scharfen Einsatz verwendet worden.

Welche randalierenden Massen könnte die HD in Schach halten wollen? fragte sich Ömer und hatte das untrügliche Gefühl, gerade gedanklich auf dem Holzweg zu sein.

»Giray!« sprach ihn plötzlich eine Männerstimme von hinten an.

Der GSO-Agent wirbelte herum und blickte in das Gesicht eines jungen Mannes, dessen Vollbart mit bewundernswerter Exaktheit auf eine Länge von zwei Zentimetern geschnitten war.

Das war Noureddine Villier, der Informant, mit dem Giray sich auf dem Boulevard Seratat hatte treffen wollen.

»Es gibt interessante Neuigkeiten«, berichtete Noureddine Villier, der als Vertrauter von Praman Nantrakat galt.

»Ich höre«, sagte Giray.

»Achmed bin Muhsa plant in Kürze eine Kampagne, und Nantrakats Medien werden dabei natürlich eine Schlüsselrolle einnehmen.«

»Propaganda ist nicht so gefährlich wie Bomben«, meinte Giray. »Insofern sehe ich dem gelassen entgegen.«

»Sagen Sie das nicht, Giray.«

»Wieso?«

»Ich weiß, worum es in der Kampagne gehen wird. Es heißt, Muhsa wolle dabei die Wahrheit über die derzeitigen Klimakapriolen verkünden. Er kann angeblich schlüssig beweisen, daß die Erde in Kürze untergeht, weil die Kraft der Sonne nachläßt. Wenn Sie mich fragen, hat sich dieser selbsternannte Prophet das nur ausgedacht, um die Menschen dazu zu bewegen, in Raumschiffe zu steigen und ihm auf eine ach so paradiesische Welt der Rechtgläubigen zu folgen...«

Giray war plötzlich wie elektrisiert.

Schön wär's, wenn du recht hättest! durchzuckte es ihn. Die HD kannte also die Wahrheit über die bevorstehende Katastrophe, der die Erde ausgesetzt sein würde.

Und sie plante, dieses Wissen für ihre Zwecke auszunutzen.

Die beängstigenden Folgen lagen auf der Hand und wurden von Muhsas Leuten bewußt einkalkuliert. Ein bevorstehender Weltuntergang... genau das fehlte ihnen noch, um die Massen zu beeindrucken.

»Wie komme ich an Muhsa heran?« fragte Giray. »Können Sie das herausbekommen, Villier?«

»Das könnte ich eventuell... versprechen kann ich natürlich nichts.«

»Logisch.«

»Soweit ich weiß, wechselt Muhsa ständig seinen Aufenthaltsort und hat immer eine Gruppe von bis zu dreißig Wächtern um sich, die fanatischsten unter den ›Helden‹. Sie sind bewaffnet und gut trainiert. Die meisten von ihnen sind so gut in verschiedenen Kampftechniken ausgebildet, daß man diese Männer selbst ebenfalls als Waffen bezeichnen kann.«

»Wir werden uns vorsehen«, versprach Giray.

»Und da ist noch etwas!«

»Was?«

»Wenn Muhsa jetzt verhaftet wird, bringt das überhaupt nichts. Ganz im Gegenteil, plötzlich würden sich viele mit ihm solidarisieren, die normalerweise nicht auf seiner Seite stünden. Und was die Kampagne angeht, die ist so organisiert, daß sie ohne ihn ablaufen kann...«

»Wie auch immer – schicken Sie mir eine Nachricht, wenn Sie eine Spur von Achmed bin Muhsa oder Ismael El-Zia finden«, wies Giray den Informanten an.

Es muß etwas unternommen werden! überlegte der GSO-Agent still. *Und zwar dringend!*

*

Bernd Eylers, seines Zeichens Chef der Galaktischen Sicherheitsorganisation (GSO), wirkte etwas unbeholfen. Er nahm in einem Schalensitz Platz und legte den linken Arm auf den Tisch. Der Geheimdienstchef trug dort eine Unterarmprothese, in der eine Gaswaffe verborgen war.

»Sie haben um diese Unterredung gebeten«, wandte er sich an sein Gegenüber.

Es handelte sich um den GSO-Topagenten Ömer Giray, der sich ebenfalls bereits gesetzt hatte.

»Das stimmt«, sagte Giray.

»Ich habe nicht viel Zeit«, bekannte Eylers. »Also schlage ich vor, wir machen es kurz. Was liegt an?«

Giray lehnte sich zurück.

»Es stehen Unruhen an verschiedenen Orten auf der Erde unmittelbar bevor«, erklärte Giray. »Es wäre eine Beschönigung, zu sagen, daß die Zeiger auf fünf vor zwölf steht. In Wahrheit ist es bereits fünf nach...«

»Wovon sprechen Sie?« fragte Eylers stirnrunzelnd.

»Islamistische Extremisten haben die Wetterdaten der letzten Jahre zusammengetragen. Sie haben genug Material, um die gerade stattfindende Klimakatastrophe anhand von Fakten belegen zu können.«

Eylers runzelte die Stirn, warf einen verstohlenen Blick auf sein Chronometer. So gerne er auch mit Männern wie Ömer Giray ein bißchen plauderte – sein Terminkalender war bis oben hin voll.

Und so mußte der Chef der Galaktischen Sicherheitsorganisation darauf achten, von seinem sehr festgefügten Zeitplan her nicht ins Hintertreffen zu geraten.

»Wenn das alles ist...« murmelte er, nachdem sein Gegenüber auch nach einer längeren Pause des Schweigens zunächst nicht den Anschein machte, daß er überhaupt weitersprechen wollte.

»Das ist nicht der Punkt«, erklärte Giray schließlich in gedämpften Tonfall. »Die Organisation ›Helden des Dschihad‹ – kurz HD genannt – plant eine große Informationskampagne, die vor allem Moslems ansprechen soll. Sie sollen erkennen, was auf der Erde vor sich geht, den offenbar zum Untergang verdammten Blauen Planeten verlassen und sich in einer fernen Weltraumkolonie ansiedeln.«

Der GSO-Chef runzelte erneut die Stirn.

»Um dort einen islamischen Gottesstaat zu errichten?« schloß Eylers.

Giray nickte. »Genau das! Mir persönlich macht es natürlich nicht das geringste aus, wenn diese Splittergruppen geschlossen das Weite suchen und sich meinetwegen sonstwo im All ansiedeln. Aber wenn die Wahrheit über den bevorstehenden Weltuntergang bekannt wird, dann gibt es auf Terra eine Massenpanik, die jede geordnete Evakuierung oder dergleichen unmöglich machen wird. Und die HD wird das natürlich für ihre Zwecke ausnutzen. Die Fakten liegen auf dem Tisch. Die Sonne verliert stetig an Kraft, und daß etwas mit dem Klima nicht stimmt, ahnen ohnehin schon viele.«

»Die GSO hat in letzter Zeit einige schwere Schläge gegen die Haßprediger der HD geführt«, gab Eylers zu bedenken. »Und gerade Sie waren an diesen Aktionen ja recht aktiv beteiligt…«

»Die wichtigsten Köpfe der HD sind uns nach wie vor immer wieder entwischt«, gab Ömer Giray zu bedenken. »Vermutlich sind sie in ihrem gut funktionierenden Netzwerk innerhalb der Riesenmetropole Djakarta untergetaucht.« Er hob die Schultern. Eine Geste der Hilflosigkeit. »Ich gebe es ungern zu, aber für eine Bedrohung dieses Ausmaßes ist die GSO einfach nicht gerüstet. Das Netzwerk der HD ist uns in entscheidenden Punkten immer wieder ein paar Schritte voraus.«

»Wir können uns von diesen selbsternannten Glaubenskriegern doch nicht auf der Nase herumtanzen lassen«, knurrte Eylers.

Giray zuckte mit den Achseln. »Im Moment, so fürchte ich, haben die selbsternannten Helden sämtliche Trümpfe in der Hand. Und wenn das von ihnen provozierte Chaos erst einmal ausgebrochen ist, werden sie ihr Ziel erreichen, da können wir sicher sein! Der nahe Weltuntergang wird die Gläubigen scharenweise in die Arme von Achmed bin Muhsa treiben.«

Je mehr Bernd Eylers darüber nachdachte, desto klarer wurde ihm, daß die Analyse seines Topagenten die Tatsachen genau auf den Punkt brachte. *Es nützt nichts, die Lage schönzureden!* meldete sich eine mahnende Stimme in Eylers' Hinterkopf. *Terra bewegt sich auf einen Abgrund zu. Wenn jetzt das allgemeine Chaos ausbricht, stürzen wir alle miteinander ab…*

»Ich danke Ihnen für Ihre Einschätzung der Lage«, sagte Eylers laut.

»Und was werden Sie tun?« hakte Giray nach, der sich offenbar mit dieser allgemeinen und eher beschwichtigenden Antwort nicht zufrieden geben wollte.

»Ich werde mit Trawisheim reden«, versprach Eylers.

»Sehen Sie zu, daß er den Ernst der Lage begreift!« forderte Giray.

Eylers hob die Schultern und machte dabei ein ziemlich ratloses Gesicht.

»Wunder vollbringen kann ich auch nicht«, lautete die leicht resignative Antwort, mit der er Ömer Giray entließ.

*

Bernd Eylers erreichte das Regierungsgebäude in Alamo Gordo per Transmitter.

Er wollte zu Henner Trawisheim, dem terranischen Regierungschef und Commander der Planeten. Die Lage war ernst, und es mußten alle Kräfte gebündelt werden, um das zu verhindern, was die HD im Schilde führte.

Nora Welby, die Sekretärin des Regierungschefs, versuchte Eylers abzuwimmeln.

»Tut mir leid, Sie können jetzt nicht zum Chef.«

»Es ist wichtig – und was immer er jetzt zu erledigen hat, *dafür* wird er sich Zeit nehmen. Dessen bin ich mir ganz sicher.«

Nora Welby atmete tief durch.

»Sie haben ja keine Ahnung...«

»Dann klären Sie mich doch bitte auf!« Eylers versuchte ein Lächeln. »Sagen Sie ihm wenigstens, daß ich ihn unbedingt sprechen muß...«

»Im Moment darf Trawisheim nicht gestört werden. Er befindet sich in einer...« Sie machte ein unbestimmtes Gesicht und zögerte, ehe sie schließlich fortfuhr, »...*Konferenz*.«

»Was für eine Konferenz?« Eylers runzelte die Stirn.

Angesichts der aktuellen Lage war es verwunderlich, daß man ihn, den Chef der GSO, zu einer Konferenz nicht hinzugebeten hatte – schließlich war davon auszugehen, daß so gut wie alles, was im Moment innerhalb des Regierungsgebäudes verhandelt wurde, mit der Zuspitzung der aktuellen Krise zu tun hatte.

Da auf die Stellungnahme des wahrscheinlich bestinformierten Mannes auf Terra zu verzichten, empfand Eylers gelinde gesagt als eigenartig.

»Ich darf nicht darüber sprechen«, sagte Nora Welby.

»Zum Teufel mit Ihrer Verschwiegenheit! Ich glaube, Trawisheim würde gerne wissen wollen, was ich ihm zu sagen habe!«

Nora Welby schien nachdenklich geworden zu sein. Sie musterte Eylers einige Augenblicke lang. »Wie gesagt, es geht nicht. Trawisheim hat gerade eine geheime Unterredung mit…«

»Wallis?« schloß Eylers.

Es war ein Schuß ins Blaue, aber mit wem sonst hätte Trawisheim angesichts dieser Lage ein Geheimtreffen abhalten sollen?

Nora Welby hob die Augenbrauen.

»Wo Sie es jetzt bereits gesagt haben…«

»… wollen Sie nicht widersprechen!« beendete Eylers ihren Satz.

»Erwarten Sie jetzt wirklich, daß ich das kommentiere?«

»Eigentlich nicht. Aber es wäre wirklich sehr dringend, den Commander den Planeten darüber zu informieren, daß ich mit ihm sprechen will!«

»Na gut… weil Sie es sind und ich weiß, daß zwischen Ihnen und dem Regierungschef ein absolutes Vertrauensverhältnis besteht!«

Nora Welby aktivierte eine Interkomverbindung in Trawisheims Büro.

Das Gesicht des ersten Cyborgs auf geistiger Basis, dessen Memory-Implantat ihm einen theoretischen IQ von 276 verlieh, erschien auf dem Schirm.

Mit regungslosem Gesicht hörte sich Trawisheim an, was seine Sekretärin ihm zu sagen hatte.

»Es ist wirklich dringend!« rief Eylers aus dem Hintergrund.

»Dann kommen Sie herein und setzen sich zu uns!« schlug Trawisheim vor.

Eylers und Nora Welby tauschten einen überraschten Blick.

Die Interkomverbindung wurde unterbrochen.

»Ich würde sagen, Sie tun am besten, was der Chef gesagt hat – bevor er es sich noch anders überlegt«, meinte die Sekretärin.

Das ließ sich Eylers nicht zweimal sagen. Er passierte die Tür zu Trawisheims Büro. Es war sehr weiträumig und betont sachlich und nüchtern gehalten.

In der Raummitte befand sich ein Konferenztisch. Außerdem gab es noch einen sehr funktionell gestalteten Schreibtisch mit Suprasensor und eine Sitzgruppe.

Gegenüber dem Schreibtisch nahm ein großer Bildschirm fast die Hälfte der Wand ein. Im Moment war er deaktiviert.

Sparsamkeit, Effizienz und Bescheidenheit – das waren die Attribute, die man unwillkürlich mit diesem Raum verband, sobald man sich vergegenwärtigte, daß es sich hier um das Machtzentrum der Erde und ihrer Kolonien handelte. Ein aufstrebendes kleines Sternenreich, das von einem Amtssitz aus geführt wurde, der auf jeglichen Protz oder die Zurschaustellung von Insignien der Macht verzichtete. Man war eher an die Zentrale eines mittelständischen Unternehmens erinnert als an das Machtzentrum der Menschheit.

Aber Trawisheim pflegte diesen Gestus der Bescheidenheit ganz bewußt.

Er hatte nie die Absicht gehabt, sich im Glanz der Öffentlichkeit zu sonnen. Vielmehr war er überzeugt davon, daß es auch die Wähler langfristig eher honorierten, wenn jemand gewissenhaft und effektiv seine Arbeit tat.

Und in dieser Hinsicht konnte man Henner Trawisheim tatsächlich nichts Negatives nachsagen.

Trawisheim erhob sich von seinem Platz und kam auf Eylers zu.

Er begrüßte den vertrauten GSO-Chef freundlich und bot ihm einen Platz und etwas zu trinken an. Letzteres lehnte Eylers jedoch dankend ab.

Der Mann, der auf der anderen Seite des Konferenztischs saß, machte einen ziemlich mißmutigen Eindruck.

Terence Wallis, Besitzer von Wallis Industries und Gründer seines eigenen und inzwischen auch von der terranischen Regierung anerkannten Staates auf dem Planeten Eden, lehnte sich zurück, nippte an seinem Drink und schlug die Beine übereinander.

Eylers begrüßte den großen Mann mit dem schütteren dunkelblonden Haar, das im Nacken zu einem Pferdeschwanz zusammengefaßt war, nur mit einem knappen Nicken.

Er fühlt sich angepißt, weil Trawisheim mich zu diesem geheimen Vieraugengespräch hinzugebeten hat! war Eylers sofort klar. *Aber jetzt ist einfach nicht die Zeit, um auf persönliche*

Eitelkeiten Rücksicht zu nehmen! Es geht schließlich um das Schicksal der Menschheit. Und zu der zählt sich ja wohl auch ein Terence Wallis noch, wie ich hoffe!

Außerdem mußte Wallis eigentlich wissen, daß Trawisheim dem Chef der GSO absolutes Vertrauen schenkte, was auch bedeutete, daß er den Inhalt derartiger Geheimtreffen anschließend sofort mit Eylers besprach.

»Mr. Wallis hat uns gerade angeboten, die Raumschiffswerften auf Eden bis an den Rand ihrer Kapazitätsgrenze hochzufahren und Schiffe zu bauen, mit denen wir die Erdbevölkerung evakuieren können, sobald die klimatischen Verhältnisse unerträglich werden.«

»Wir haben auf Terra selbst eine Ringraumerwerft«, gab Eylers zu bedenken.

Trawisheim lächelte flüchtig. »Genau das versuche ich Mr. Wallis gerade zu erläutern. Wichtiger als Schiffe sind für uns ausgebildete Besatzungen, die sie fliegen können.« Trawisheim wandte sich nun wieder direkt an den Großindustriellen. »Vielleicht könnte Terra von Ihnen ja das entsprechende Personal mieten. Wir würden auf der Erde natürlich vor allem die großen Ikosaederraumer fertigen, und die brauchen unglücklicherweise nun einmal erheblich mehr Personal als die bisherigen Raumer.«

»Sie übersehen da etwas«, sagte Wallis kühl. »Nur Eden darf Ikosaederschiffe mit W-Technologie bauen. Es sei denn, Terra würde es in Kauf nehmen, unsere Patente zu verletzen.«

Eylers grollte innerlich.

Wie konnte Terence Wallis angesichts der Lage, in der sich die Erdbevölkerung in Kürze befinden würde, nur an Patente und deren eventuelle Verletzung denken?

Hier ging es schließlich um das Schicksal eines ganzen Planeten und seiner Bevölkerung.

Einer Bevölkerung, die im übrigen immer noch den Großteil der Menschheit ausmachte.

Es ist nicht zu fassen! dachte Eylers. *Nicht einmal in dieser Notsituation ist Wallis gewillt, seinen ausgeprägten Erwerbssinn mal etwas zurückzustellen und wichtigeren Zielen unter-*

zuordnen! So etwas wie ein Interesse der Allgemeinheit scheint für ihn nicht weiter zu zählen!

Doch in diesem Punkt tat Eylers dem Industriellen unrecht, wie sich schon bald zeigte.

»Ich mache Ihnen ein besonderes Angebot«, ließ Wallis nun endlich die Katze aus dem Sack und wandte sich direkt an Trawisheim. Der Industrielle beugte sich vor. Sein Blick fixierte den Cyborg regelrecht und schien jede Regung zu registrieren, die sich im Antlitz des Gegenübers zeigte, während der Industrielle sein Angebot unterbreitete. »Meine Werften könnten eintausend 600-Meter-Ikosaederraumer herstellen. Die Raumschiffe, die mir in diesem Zusammenhang vorschweben, hätten eine Außenwandung aus nur zwanzig Zentimeter dickem Carborit und wären unbewaffnet. Man könnte leicht hunderttausend Menschen an Bord einer derartigen Einheit nehmen und mit jeweils 360 Flügen pro Einheit die gesamte Erdbevölkerung nach Babylon evakuieren. Diese Schiffe würde ich – vorerst ohne Bezahlung – samt Mannschaften zur Verfügung stellen.«

»Ein großzügiges Angebot«, meinte Trawisheim. »Aber schließlich haben wir nun mal auf der Erde ebenfalls eine Ringraumerwerft, und ich sehe nicht ein, weshalb...«

»Falls Terra seine Kampfflotte in der Dimension aufrüstet, wie Sie es vorhin angedeutet haben, würde Eden sofort mit eigener Aufrüstung reagieren!« erwiderte Terence Wallis hart.

Das ist also der kritische Punkt! wurde es Bernd Eylers klar. *Wallis glaubt offenbar an die Gefahr, daß Terra eines Tages auf den Gedanken kommen könnte, das gerade erst gegründete Staatsgebilde der Vereinigten Systeme von Eden und Achmed einfach wieder zu annektieren.*

Vielleicht war Trawisheim niemand, der eine solche Politik vertreten würde.

Aber wer konnte schon ahnen, welche Auswirkungen die augenblickliche, von den Roboter-Aggressoren verursachte Manipulation der Sonne letztlich auch auf das politische Leben haben konnte? Am Ende wurden vielleicht Personen in hohe Ämter hineingespült, die weitaus weniger Skrupel als Trawisheim hatten.

Davor schien sichWallis absichern zu wollen.

»Ich werde Terra einen Kredit einräumen, der erst abgezahlt werden muß, wenn entweder die Erde außer Gefahr ist oder der neue Staat auf Babylon funktioniert«, fuhr Wallis fort.

»Ein wirklich bedenkenswertes Angebot«, sagte Trawisheim, der sich wohl auch fragte, ob er überhaupt eine andere Wahl hatte, als darauf einzugehen. »Ich würde gerne einen Teil der Evakuierten nach Eden bringen lassen«, fuhr der regierende Commander der Planeten fort. »Das würde den Aufbau auf Babylon wesentlich erleichtern.«

Aber in diesem Punkt war Wallis klar auf Abwehr eingestellt.

»Nein, das kommt nicht in Frage.«

»Wieso nicht? Ich dachte, ich hätte da ein paar Sätze von Ihnen im Ohr, wonach wir alle zur Menschheit zählen – die Bewohner von Terra und Eden gleichermaßen.«

»Trotzdem. Auf Babylon besteht notfalls die Möglichkeit, die gesamte Erdbevölkerung dauerhaft anzusiedeln. Abgesehen von ein paar organisatorischen Schwierigkeiten gibt es da keine wirklich tiefgreifenden Hindernisse, Mr. Trawisheim.« Was diesen Punkt anging, so hatte Wallis offenbar nicht vor, auch nur einen Millimeter nachzugeben. Der eigentliche Grund für seine harte Haltung in dieser Frage offenbarte sich dann wenig später, als er nach kurzer Pause fortfuhr: »Es gibt mehr Menschen, die nach Eden übersiedeln wollen, als mein Staat gegenwärtig verkraften könnte. Ich bin daher in der glücklichen Lage, mir aussuchen zu können, wen ich nach Eden hole und wen nicht! Die Auswahlkriterien richten sich einzig und allein nach den Interessen von Wallis Industries – und dieses Recht möchte ich mir nicht nehmen lassen, Mr. Trawisheim.«

Groll war bei den letzten Sätzen des Großindustriellen in Bernd Eylers aufgekeimt. Was bildete dieser Mann sich eigentlich ein, der sich darin zu gefallen schien, Gott zu spielen und Menschen nach Belieben in seinen Garten Eden einzulassen oder daraus zu verstoßen?

Erst biß sich Eylers auf die Lippen, aber dann platzte es doch aus ihm heraus.

»Sie handeln wie ein Diktator!« stellte er grimmig fest.

Ein dünnes Lächeln erschien im Gesicht des Großindustriellen und Staatsgründers der Vereinigten Systeme von Eden und Achmed. »Sie irren sich, Mr. Eylers!« sagte er, und sein Tonfall erinnerte dabei an klirrendes Eis. »Wenn ich ein Diktator wäre, müßte ich die Mittel haben, um auf die Bewohner Edens irgendeinen Zwang auszuüben! Aber das liegt mir mehr als fern! Jeder, der nach Eden kommt, macht dies freiwillig. Er kann jederzeit wieder gehen. Niemand legt ihm Steine in den Weg. Allerdings ist – wie sich inzwischen auch zu Ihnen herumgesprochen haben dürfte – der Andrang sehr groß. Es wollen viel mehr Menschen Bürger von Eden werden, als aufgenommen werden können.«

Eine tiefe Furche hatte sich auf seiner Stirn gebildet. Er wandte sich an Trawisheim. »Was ist? Sind wir uns einig?«

Der Commander der Planeten nickte zögernd.

»Gut – leiten wir alles in die Wege, damit die Evakuierung beginnen kann, falls wir nicht doch noch eine andere Möglichkeit finden, die Gefahr abzuwenden, die der Erde droht!«

»Was in jedem Fall natürlich die bessere Alternative wäre!« ergänzte Wallis.

Eylers meldete sich noch einmal zu Wort, während sich Wallis zufrieden zurücklehnte. Schließlich hatte Trawisheim mehr oder minder zu hundert Prozent auf seine Linie einschwenken müssen, weil er schlicht und ergreifend keine Alternative hatte.

»Jede Evakuierung«, so erklärte Eylers, »kann allenfalls eine vorläufige Rettung bringen.« Er wandte den Blick von Trawisheim ab und richtete ihn auf Wallis. »Das sollte man auch auf Eden bedenken«, fügte er noch hinzu.

»Keine Sorge«, erwiderte der Großindustrielle etwas pikiert. »Diesen Faktor werde ich immer im Auge behalten.«

»Wir wissen bis heute nicht, wie die Roboter-Aggressoren es geschafft haben, unsere Sonne dahingehend zu manipulieren, daß offenbar Energie und Masse von ihr abgezogen und nach Proxima Centauri transferiert werden«, fuhr Eylers fort. »Das bedeutet nicht mehr aber auch nicht weniger, als daß die Klimakatastrophe, vor der die Erde jetzt steht, sich schon sehr bald irgendwo anders ereignen könnte. Ob nun auf Babylon, Blue Star – oder Eden!«

Wallis' Gesichtsausdruck wurde sehr ernst.

»Wenn wir auch sonst heute ein paar Meinungsverschiedenheiten hatten, Mr. Eylers, aber in diesem Punkt muß ich Ihnen leider voll und ganz zustimmen. In diesem Zusammenhang wird eine gute Kooperation zwischen Eden und Terra wohl unerläßlich sein.«

Wie schön, das aus berufenem Munde zu hören! dachte Eylers voller Sarkasmus, aber er verkniff es sich, das laut zu äußern. *Diese Zurückhaltung ist mein Beitrag zur Kooperation!*

Statt dessen sagte er: »Wir müssen davon ausgehen, daß unsere Gegner jederzeit wieder in der Lage sind, eine Sonne auf ähnliche Weise zu manipulieren wie Sol. Evakuierungsmaßnahmen können daher auf jeden Fall nur eine vorübergehende Lösung sein.«

*

Im Anschluß berichtete Eylers von der Gefahr, die in der Riesenmetropole Djakarta durch die Aktivitäten der islamistischen HD drohte.

»Wenn die Wahrheit über die derzeitige Lage zu diesem Zeitpunkt bereits bekannt wird – so wie es die HD beabsichtigt –, dann wird es keine geordnete Evakuierung oder dergleichen geben«, glaubte Eylers. »Das kann ich Ihnen prophezeien!«

Trawisheim nickte entschieden.

»Da gebe ich Ihnen voll und ganz recht.«

»Und – haben Sie auch eine Lösung für dieses Problem?« erkundigte sich Wallis.

»Selbst wenn es uns gelingen könnte, Achmed bin Muhsa oder einige andere Führungspersönlichkeiten der ›Helden des Dschihad‹ in Gewahrsam zu nehmen, würde uns das wohl kaum etwas nutzen. Ich nehme an, die Islamisten sind gut genug organisiert, um eine derartige Kampagne trotzdem durchführen zu können.« Er wandte sich an Eylers. »Oder schätze ich das falsch ein?«

Der GSO-Chef schüttelte den Kopf.

»Nein. Zumal der Märtyrereffekt, der dann eintreten würde, nicht unterschätzt werden darf. Diese Gruppe ist im übrigen sehr dezentral organisiert. Kleine Zellen bekommen zwar von Achmed bin Muhsa ihre Anweisungen, arbeiten aber weitgehend in eigener Regie, so daß es trotz all unserer Erfolge kaum möglich sein dürfte, wirklich kurzfristig einen entscheidenden Schlag gegen diese Gruppe zu führen.«

Trawisheim erhob sich von seinem Platz. Er ging ein paar Schritte in dem weiträumigen Büro auf und ab. Schließlich erklärte er: »Ich werde fünf von unseren neuen Ovoid-Raumern nach Djakarta schicken. Sie sollen auffällig tief über der Stadt kreisen, bevor sie auf dem Raumhafen landen.«

Wallis verzog das Gesicht.

»Glauben Sie wirklich, daß Sie Achmed bin Muhsa damit zu beeindrucken vermögen?« meinte er skeptisch. »Ich glaube, da werden Sie schon größere Geschütze auffahren müssen als ein paar Raumschiffe, die zwar gewaltig aussehen, aber über einer dicht besiedelten Metropole doch letztlich zur Untätigkeit verurteilt sind.«

»Nicht unbedingt«, erwiderte Trawisheim.

»Worauf wollen Sie hinaus?« wunderte sich Wallis.

Aber der amtierende Commander der Planeten antwortete zunächst nicht. Er wirkte nachdenklich, schien hin und her zu wägen, ehe er sich schließlich an Eylers wandte.

»Sprechen Sie mit Ömer Giray«, sagte Trawisheim entschlossen. »Er soll seine Kontakte zu den radikalen Islamisten spielen lassen und ihnen klarmachen, daß wir notfalls die gesamte Stadt durch Beschuß mit Strich-Punkt-Strahlen im wahrsten Sinn des Wortes lahmlegen werden, wenn die HD ihre Pläne wahrmachen sollte!«

Bevor Eylers etwas erwidern konnte, hatte Wallis das Wort ergriffen.

»Ach – ich muß mich einen Diktator schimpfen lassen, aber sind diese Maßnahmen nicht tatsächlich als diktatorisch zu bezeichnen?«

»Extreme Situationen erfordern manchmal extreme Maßnahmen«, erwiderte Trawisheim ärgerlich. »Möglicherweise gelingt es Giray ja, die HD zur Vernunft zu bringen.«

»Ob wir damit rechnen sollten, ist meiner Ansicht nach fraglich«, meinte Eylers. »Aber einen Versuch ist es sicherlich wert.«

»Auf jeden Fall muß verhindert werden, daß sich das Wissen über die bevorstehende Katastrophe schon jetzt verbreitet, sonst sehe ich schwarz«, bekannte Trawisheim.

Wallis atmete tief durch und erhob sich nun ebenfalls. Er wandte sich kopfschüttelnd Eylers zu. »Eine ganze Stadt mit Strich-Punkt-Beschuß betäuben... Was hätten Sie wohl gesagt, wenn ich es gewesen wäre, der diesen Vorschlag gemacht hätte, Mr. Eylers?«

*

Die Besatzung der TSINGTAU bestand zur Zeit nur aus sechs Personen. Brett Malkiades war der Kommandant des Ovoid-Ringraumers. An der Konsole des Piloten hatte Amye Shivaa platzgenommen. Die Frau hatte früher auf der berühmten POINT OF als Flashpilotin gedient und war so etwas wie der heimliche Star an Bord.

Zusammen mit vier anderen Ringraumern hatte die TSINGTAU den Befehl bekommen, lediglich mit einer Notbesatzung bemannt nach Djakarta aufzubrechen. Der Weltraumhüpfer vom Raumhafen Cent Field bis zur ehemaligen Hauptstadt Indonesiens war ein Katzensprung. Aber die Dringlichkeit, mit der dieser Befehl versehen war, machte deutlich, daß eine äußerst brisante Situation vorlag.

Kapitän Brett Malkiades war über die Hintergründe allerdings nicht informiert worden. Er wußte lediglich, daß sein Schiff gemeinsam mit den anderen Raumschiffen aus neuster Produktion vor der Landung ausgiebig über der Stadt Djakarta kreisen sollte. Er selbst konnte sich denken, daß da vermutlich ein vager Zusammenhang mit den Aktivitäten von extremistischen islamischen Organisationen wie den sogenannten »Helden des Dschihad« bestand.

Mehr als eine offiziell unbestätigte Ahnung war das aber nicht.

Offenbar wollte die terranische Regierung hier im wahrsten Sinne des Wortes Flagge zeigen und die Anhänger Achmed bin Muhsas einschüchtern.

Dan Magnus, der diensthabende Funker, meldete: »Kurz nach unserem Abflug wurde zusammen mit der Meldung an den Raumhafen ein Signal übertragen, das vom Bordrechner nicht identifiziert werden konnte.«

»Das klingt nach einer getarnten Übertragung!« meinte der Kapitän der TSINGTAU sofort und erhob sich von einem Sitz.

»Oder um eine Fehlfunktion.«

Amye Shivaa spürte, wie sich ihre Körperhaltung versteifte. Äußerlich versuchte sie, die Ruhe zu bewahren. Dan Magnus war ein hervorragender Funktechniker. *Ich hätte wissen müssen, daß er es sofort bemerkt!* ging es ihr durch den Kopf. Andererseits hatte sie keinc andere Wahl gehabt, als ihre Nachricht während des Flugs zu übertragen.

Die Notbesatzung der TSINGTAU war sehr eilig zusammengerufen worden.

Das Ziel der Mission hatte Kapitän Malkiades erst eröffnet, nachdem sich die Brückenbesatzung bereits an ihren Schaltpulten im Leitstand der TSINGTAU eingefunden hatte.

»Lassen sich aus diesem getarnten Signal irgendwelche Inhalte entschlüsseln?« wollte Brett Malkiades wissen.

Dan Magnus schüttelte den Kopf, während er ein paar Schaltungen vornahm. »Entweder es handelt sich um eine sehr gut steganographisch verschlüsselte Nachricht – oder um Datenmüll, der durch eine Fehlfunktion übertragen wurde. Der Bordrechner gibt die Wahrscheinlichkeit mit 76 Prozent zugunsten von letzterer Möglichkeit an. Soll ich das Oberkommando darüber informieren?«

»Probieren Sie zuvor folgendes: Senden Sie zu Testzwecken die Meldung an die Raumkontrolle von Cent Field noch einmal. Wenn dann die gleiche Fehlfunktion auftritt, wissen wir, daß es eigentlich nur eine Fehlfunktion sein kann!«

»In Ordnung, Sir.«

Amye Shivaa schlug das Herz bis zum Hals.

Einige Augenblicke vergingen, dann kam die Erlösung. »Scheint tatsächlich eine Fehlfunktion zu sein«, bestätigte der diensthabende Funker. »Das gleiche Signal wurde noch einmal mit übertragen. Ich werde nach unserer Landung das Kommunikationssystem auf Fehler untersuchen.«

»Tun Sie das, Magnus.«

Ein verhaltenes Lächeln erschien auf Amye Shivaas Gesicht, während sie die TSINGTAU zusammen mit ihren Schwesterschiffen auf die Riesenmetropole Djakarta zusteuerte. *Meine Fähigkeiten als Programmiererin scheinen besser zu sein, als ich dachte!* überlegte sie.

*

»Die Sache ist außerordentlich heikel«, erklärte Bernd Eylers dem Agenten Ömer Giray. Nach der Unterredung mit Wallis und Trawisheim hatte er den Mann noch einmal in sein Büro gebeten, um ihn über das Gespräch zu unterrichten.

»Eine ganze Stadt mit Strich-Punkt-Strahlen zu beschießen ist tatsächlich eine radikale Maßnahme – aber angesichts der drohenden Gefahr kann ich Trawisheims Entscheidung verstehen«, meinte Giray.

»Wir hoffen natürlich, daß wir diese Option nicht umsetzen müssen«, sagte Eylers. »Nicht einmal die Kommandanten der Ovoidraumer wissen derzeit von diesem Plan. Aber es bleibt uns wohl keine andere Möglichkeit, um Muhsa von seinem Weg abzubringen.«

»Es ist ein Vabanquespiel«, gab Giray zu bedenken.

Eylers zuckte die Achseln. »Sagen Sie das Trawisheim, nicht mir. Aber wenn wir die Hände in den Schoß legen und einfach nur zuschauen, was sich da in Djakarta zusammenbraut, kann das noch verheerender sein.«

Giray nickte.

Die Ansicht des GSO-Chefs teilte er in diesem Punkt.

Dennoch…

Für einen Moment lang drängten sich ihm die Bilder von

Millionen Bewohnern der Riesenmetropole Djakarta auf, die bewußtlos niedersanken, wo sie gerade standen, weil die Ringraumer die Stadt flächendeckend unter Strich-Punkt-Beschuß nahmen.

Es kann sein, daß dieser Plan ein Rohrkrepierer wird! überlegte Giray.

Was würden Milliarden Moslems auf Terra davon halten, wenn eine ganze Stadt betäubt wurde, nur um ein paar Fanatiker auszuschalten? *Vielleicht würden wir den selbsternannten »Helden des Dschihad« sogar damit noch in die Hände spielen!*

Girays Vipho begann zu summen. Eine besonders geschützte und verschlüsselte Datenübertragung wurde angekündigt.

Das Gesicht von Bran Makano erschien auf dem Minibildschirm.

»Wir haben die Spur von Ismael El-Zia wiederaufnehmen können«, berichtete er. »Er hält sich in einer Kampfsportschule in der Nähe einer Moschee auf, die uns seit langem als Treffpunkt von Islamisten bekannt ist.«

»Das klingt gut«, sagte Giray.

»Kollegen von uns gelang es, durch Richtmikrophone ein Gespräch zwischen El-Zia und ein paar anderen, noch nicht vollständig identifizierten Männern abzuhören. Der Inhalt läßt sich so interpretieren, daß Achmed bin Muhsa sich zur Zeit ebenfalls in der Moschee aufhält. Da fühlt er sich offenbar sicher, weil er nicht glaubt, daß wir dort eine Razzia durchführen könnten.«

Muhsas Schlußfolgerung war durchaus logisch, wie Giray anerkennen mußte. Schließlich hätte eine derartige Aktion wahrscheinlich wiederum viele Gläubige in die Arme der HD getrieben und zu der Überzeugung gebracht, daß ihr Glauben auf Terra nicht respektiert wurde.

»Zu der Annahme, daß Achmed bin Muhsa sich derzeit tatsächlich in der Moschee aufhält, paßt die Tatsache, daß Ismael El-Zia und andere Männer aus der Kampfschule sehr häufig in die Moschee gehen – und zwar auch außerhalb der Gebetszeiten. Darüber hinaus bereitet uns eine verschlüsselte Funkbotschaft Kopfzerbrechen.«

»Konnte diese Botschaft verfolgt werden?«

»Nein, sie wurde über mehrere Relais in der ganzen Stadt geschickt. Die letzte Station war der Raumhafen von Djakarta, aber ob das wirklich der Zielpunkt war, ist fraglich.«

»War eine Entschlüsselung möglich?«

»Bislang nicht. Aber es gibt Hinweise darauf, daß eine Codierung verwendet wurde, die dem bei der Terranischen Flotte gebräuchlichen Verfahren sehr ähnlich ist.« Bran Makano zuckte die Achseln. »Wir gehen der Sache nach. Aber was ist mit Achmed bin Muhsa und der Moschee? Ich schlage einen sofortigen Zugriff vor.«

»Kein Zugriff!« widersprach Giray vehement. »Ziehen Sie Ihre Leute aus der Umgebung zurück. Und zwar sofort.«

Bran Makano war irritiert.

»Das kann nicht Ihr Ernst sein, Ömer!«

»Das ist es aber. Ich befinde mich hier gerade im Büro von Bernd Eylers. Sie können ja gerne persönlich mit ihm sprechen. Aber Finger weg von der Moschee.«

19.

Als Ömer Giray in Djakarta die Transmitterstation verließ, nieselte es. Das feuchte Waschküchenwetter war nicht ungewöhnlich für Indonesien – wohl aber die vergleichsweise kühlen fünfzehn Grad Celsius, die doch erheblich unter den langjährigen Durchschnittswerten lagen.

Giray wußte, daß es bei seiner Mission auf jede Sekunde ankam. Ein Gleiter der GSO wartete vor der Transmitterstation auf ihn.

Giray stieg ein.

An der Steuerkonsole des Gleiters saß Ibrahim Fernandez, ein GSO-Agent, den Giray von anderen Einsätzen in Djakarta inzwischen gut kannte.

Jemand, auf den man sich verlassen konnte – und das war in diesem Fall wichtig.

»Wo soll es hingehen, Ömer?« fragte Fernandez.

»Zur Imam-Ali-Moschee!«

Der Gleiter setzte sich in Bewegung.

Die Imam-Ali-Moschee war die größte der Stadt. Sie war im Jahre 2010 fertiggestellt worden und seitdem mit ihrer gewaltigen blauen Kuppel eines der auffälligsten Bauwerke von Djakarta.

Traditionell war in Indonesien stets ein gemäßigter Islam gepredigt worden, was auch für die Imam-Ali-Moschee galt. Erst nach und nach hatten hier religiöse Eiferer die Oberhand gewonnen und die bis dahin gepflegte tolerante Auslegung des Korans verdrängt.

Während des Überflugs über die Häuserschluchten der Metropole waren die Ovoid-Ringraumer zu sehen, die ungewöhnlich tief über der Stadt kreisten. Vom Gleiter aus war zu erkennen, daß überall in den Straßen Menschen zusammenliefen und zu den Schiffen hinaufdeuteten. Offenbar herrschten große Verwunderung und Unsicherheit darüber, was dieses Manöver der Flotte zu bedeuten hatte.

»Die sind hier überall das Gesprächsthema Nummer eins!« berichtete Ibrahim Fernandez. »Ob in den Cafés oder den Straßen oder in den Garküchen. Diese Raumschiffe schweben da jetzt schon mehrere Stunden lang über den Dächern Djakartas, obwohl kein Grund dazu besteht.«

»Na, dann erfüllt unsere Demonstration ja ihren Zweck«, meinte Giray, der natürlich ebenso wie Ibrahim Fernandez in den Plan und die Rolle, die die Raumschiffe darin spielten, eingeweiht war.

Eine ganze Stadt notfalls betäuben – da hatte auch Ömer Giray, dieser mit allen Wassern gewaschene Spezialagent der Galaktischen Sicherheitsorganisation erst einmal schlucken müssen.

Aber wahrscheinlich hatte Trawisheim recht.

Diese extreme Situation erforderte extreme Maßnahmen.

Giray hoffte nur, daß sie nicht zur Anwendung kommen mußten.

Aber das hing zumindest zum Teil auch von ihm selbst und dem Erfolg seiner Vorgehensweise ab.

Die Flugbahn des Gleiters senkte sich und führte durch die Schattenzone zwischen zwei quaderförmigen Wolkenkratzern.

Dahinter erhob sich die gigantische Kuppel der Imam-Ali-Moschee, deren ornamentale Pracht jeden anderen Bau in Djakarta weit in den Schatten stellte. Die blaue Kuppel wirkte wie ein gewaltiges Auge, das in den Himmel blickte. *Ain ed-Din* hatte die Moschee daher ursprünglich auch heißen sollen, was auf Arabisch sowohl *Auge* als auch *Quelle des Glaubens* bedeutete.

Der jetzige Name war in einer bizarren Koalition zwischen islamistischen Eiferern und indonesischen Lokalpatrioten entstanden, die trotz der Tatsache, daß Arabisch nach wie vor die Kultsprache des Islam war und eine Übersetzung des Korans in Angloter einer Verfälschung des Wortes gleichkam, eine arabische Bezeichnung ablehnten. So trug die Imam-Ali-Moschee heute den Namen eines schiitischen Heiligen. Ein früher Hinweis darauf, welche Theologie hier vertreten wurde. Zwar gehörte kaum einer der in der Moschee tätigen Geistlichen selbst der schiitischen Glaubensrichtung an, die in Djakarta auch gar keine Basis gehabt hätte. Aber die in der *Schia* übliche Verherrlichung des Märtyrertums war hier von Anfang an stark gepflegt worden, so daß sich ein Kristallisationspunkt für spätere, weitaus radikalere Gruppen wie Achmed bin Muhsas HD gebildet hatte.

Das Licht der Sonne spiegelte sich im hellen Blau der Kuppel. Die auftreffenden Lichtreflexe blinkten wie Juwelen.

»Ein Wegweiser für den heimkehrenden Gläubigen« sollte die Moschee sein. Und in der Tat konnte man die Lichtreflexe ihres Daches bei gutem Wetter bereits beim Anflug aus dem Weltraum sehen – den Signalen eines antiken Leuchtturms der Prä-Weltraum-Ära ähnlich.

Der Gleiter landete vor dem Hauptportal der Moschee.

»Warte hier auf mich«, sagte Giray zu Ibrahim Fernandez und stieg aus.

Zur gleichen Zeit begannen die bis dahin über den Dächern Djakartas kreisenden Ovoid-Ringraumer mit ihrem Landeanflug auf den am Rande der Stadt gelegenen Raumhafen.

Giray passierte das äußere Tor, das ihn in den Innenhof der Moschee führte, durch den man zum eigentlichen Portal gelangen konnte. Hier konnte man – wie es für jeden Gläubigen vor dem Betreten der Moschee Vorschrift war – seine Schuhe ausziehen und die Füße waschen. Die Schuhe wurden in einem vorgelagerten Pavillon abgestellt.

Ömer Giray folgte dem Beispiel anderer Besucher der Moschee, die um diese Zeit hier ihre Gebete verrichten wollten. Während der GSO-Agent seine Schuhe zu denen von schätzungsweise zweihundert anderen stellte, bemerkte er die mißtrauischen Blicke einiger junger Männer, die sich von den anderen Gläubigen vor allem durch die Muskelmasse unterschieden, die sie sich antrainiert hatten. Die meisten von ihnen trugen ihre weiten Hemden über der Hose.

Hier und da glaubte Ömer Giray sehen zu können, wie sich eine Waffe gegen den dünnen Stoff abdrückte.

Die Gesichter der jungen Männer wurden zumeist von dunklen Vollbärten verdeckt.

Giray ging auf die Gruppe zu, nachdem er seine Schuhe zu den anderen gestellt hatte, und sprach sie an.

»Ich möchte zu Achmed bin Muhsa gebracht werden«, erklärte er.

»Tut mir leid, Sie sind hier an der falschen Adresse«, knurrte einer der Männer.

»Nein, das glaube ich kaum!«

»Hier ist nur willkommen, wer seine Gebete zu Allah senden möchte. Aber nicht jemand wie Sie...!«

Die Männer schienen überrascht. Gemurmel entstand unter ihnen.

Schließlich trat einer von ihnen vor.

Er war der größte in dieser Gruppe, ein muskelbepackter Hüne mit Vollbart.

Allerdings war sein Kopf vollkommen kahl.

»Wir kennen niemanden, der Achmed bin Muhsa heißt«, erklärte er.

Giray verzog das Gesicht zu einem dünnen Lächeln.

»Dafür kenne ich Sie, Ismael. Ich darf Sie doch so nennen, oder? Was Ihren Nachnahmen betrifft, weiß ich nämlich nicht so genau, ob ich Sie derzeit El-Zia oder Johnson nennen soll.«

Giray hatte den Sohn des Vorstandsvorsitzenden der Bank of Asia natürlich sofort wiedererkannt.

Der Kahlköpfige erstarrte.

Jeder Muskel und jede Sehne seines durchtrainierten Körpers war gespannt.

Die anderen Männer wirkten plötzlich alarmiert. Sie bildeten einen Halbkreis um den GSO-Agenten.

»Schalten wir ihn aus!« sagte jemand.

Aber Ismael El-Zia hob die Hand und widersprach. »Nein, ich will erst Klarheit darüber, was das für ein Kerl ist und woher er so viel weiß!«

»Ich weiß zum Beispiel, daß Achmed bin Muhsa hier, in der

Moschee ist«, erklärte Giray. »Und Sie würden uns beiden viel Ärger ersparen, wenn Sie mich jetzt einfach zu ihm brächten.«

»Was machen wir jetzt mit ihm?« fragte einer der anderen Männer.

Giray holte seinen GSO-Ausweis hervor und hielt ihm dem Kahlkopf unter die Nase. »Ich will wirklich nur mit Muhsa reden«, erklärte Giray in einem Tonfall, der Entschlossenheit signalisierte.

Der GSO-Agent trat einen Schritt näher an den Hünen heran, der sich offenbar nicht so recht schlüssig darüber war, wie er reagieren sollte.

Daher warf er einen kurzen, fast hilfesuchenden Blick zu den anderen aus seiner Gruppe.

Aber die schwiegen und warteten ab.

Laut genug, so daß alle es mitbekamen, sagte Giray: »Ich könnte diese Moschee auch stürmen lassen. Wenn Ihnen das wirklich lieber ist...«

»Warten Sie einen Moment«, sagte der riesenhafte Kahlkopf. Er wechselte mit den anderen Männern ein paar Worte, die Giray nicht verstand.

Einer der Kerle machte sich auf den Weg. Er verschwand im Inneren der Moschee.

»Was wollen Sie von Achmed bin Muhsa?« fragte der Kahlkopf.

»Das möchte ich ihm schon gerne selbst sagen«, erwiderte der GSO-Spezialist kühl.

Ismael El-Zia verzog das Gesicht.

Wenig später kehrte der Mann, der im Inneren der Moschee verschwunden war, zurück. Er nahm den Kahlkopf zur Seite. Sie sprachen so leise miteinander, daß Giray nicht ein einziges Wort verstehen konnte.

Schließlich sagte El-Zia: »In Ordnung, Achmed bin Muhsa ist bereit, mit Ihnen zu sprechen.«

»Na, wunderbar!«

»Aber zuerst müssen wir Sie nach Waffen durchsuchen«, verlangte der Kahlkopf.

Ömer Giray zuckte mit den Achseln und hob anschließend die

Hände. Zu diesem Rendezvous hatte er natürlich weder Waffen noch irgendwelche Abhörtechnik mitgenommen.

»Das können Sie ruhig tun«, erklärte er. »Sie werden nichts finden!«

Die Männer durchsuchten Giray ziemlich und waren dabei nicht gerade zimperlich. Dann nahmen ihn zwei der Kerle in die Mitte, packten ihn bei den Armen und führten ihn in die Moschee.

*

Giray wurde von den jungen Männern in einen der kleineren Gebetsräume der Imam-Ali-Moschee gebracht.

Ein Mann saß dort in sich versunken und mit geschlossenen Augen.

Giray erkannte ihn sofort.

Ich hätte nicht gedacht, daß es so leicht sein würde, zum Kopf der HD vorzudringen! dachte Giray. Aber nach den letzten Erkenntnissen, die seine Kollegen um Bran Makano gesammelt hatten, war es mehr als wahrscheinlich gewesen, den Anführer der Terroristen hier anzutreffen.

Achmed bin Muhsa war die absolute Autorität dieser überwiegend aus sehr jungen Männern bestehenden Gruppe, deren Mitglieder dazu bereit waren, notfalls selbst ihr eigenes Leben für »die Sache des Glaubens« zu opfern.

Muhsa war ein kleiner, eher unscheinbarer Mann Ende Sechzig, der in der persönlichen Begegnung überraschend wenig Charisma ausstrahlte. Für den Umgang mit den Massen galt das jedoch nicht. Er wußte die Medien geschickt für sich zu benutzen. Kleiner Einsatz – maximaler Effekt. Eine taktische Devise, die er verinnerlicht hatte, wie man an sämtlichen Aktionen der HD ablesen konnte. Der graue Vollbart reichte Muhsa bis zum Ende des Brustbeins.

Der Blick seiner Augen war sehr intensiv und hatte beinahe etwas Stechendes, während die Art und Weise, in der er seine Stimme benutzte, den geschulten Redner und Prediger verriet, der jede Nuance sehr genau zu setzen wußte.

Muhsa hatte gerade sein Gebeteverrichtet. Jetzt kniete er immer noch auf dem Boden und war offensichtlich tief in Gedanken versunken.

Schließlich öffnete er die Augen, erhob sich und unterzog Giray einer eingehenden Musterung.

»Er ist unbewaffnet«, sagte der Kahlköpfige Ismael El-Zia, der sich neben Giray postiert hatte.

Muhsa steckte Giray die Hände entgegen. Die Unterarme waren sehr dünn und knochig. Die Adern traten hervor.

»Rufen Sie Ihr Rollkommando ruhig her und lassen Sie mich festnehmen!« sagte Muhsa.

»Deswegen bin ich nicht hier!« widersprach Giray.

»Die Helden des Dschihad werden auch ohne mich ihren Kampf fortsetzen«, fuhr bin Muhsa fort. »Wenn ich nicht mehr bin, werden andere Märtyrer an meine Stelle treten. Dessen können Sie gewiß sein!«

»Das ist mir bewußt«, sagte Giray ruhig und sachlich. »Und der terranischen Regierung ebenfalls. Genau das ist auch der Grund dafür, daß ich das Gespräch mit Ihnen suche.«

Ein verhaltenes Lächeln huschte über das von Falten durchfurchte Gesicht des geistigen Anführers der HD.

»Wir erfüllen den Willen Gottes«, erwiderte Muhsa. »Darüber kann man nicht diskutieren.«

»Abraham Lincoln hat vor der Schlacht von Gettysburg gesagt, daß er Gott nicht um den Sieg bitten wolle, denn er wüßte ja nicht, ob die Union tatsächlich auf seiner Seite kämpfe. Es überrascht mich, daß Sie sich so sicher sind, was den Willen Gottes angeht!«

»Lincoln war ein Christ«, erinnerte ihn Muhsa. »Ihr Name klingt türkisch. Ich nehme an, daß auch Sie islamische Wurzeln haben.«

»Das ist richtig.«

»Allerdings ist es bezeichnend, daß Sie einen christlichen Puritaner wie Lincoln zitieren, der seinen Glauben offenbar schon damals verloren hatte. So wie Sie den Ihren, Giray. Sonst würden Sie nicht dem westlichen Relativismus das Wort reden. Es gibt schwarz oder weiß, ja oder nein. Keine Zwischentöne, kein

Grau, kein Vielleicht. Allah will, daß wir uns entscheiden. Für ihn oder gegen ihn.«

»Und was ist mit denen, die sich anders entscheiden, als es Ihrer Auslegung entspricht?« hakte Giray nach.

»Gegen die führen wir den Dschihad.«

»Die Kalifen von Cordoba und Bagdad waren, was die religiöse Toleranz angeht, bereits sehr viel weiter als Sie, Mr. Muhsa.«

»Und wohin hat die Toleranz immer geführt? Zu einer Verunsicherung der Gläubigen und zur Vermischung von Religionen. Zum Götzendienst!«

Achmed bin Muhsa schüttelte entschieden den Kopf. »Noch ist es nicht zu spät, Mr. Giray. Auch Sie können noch umkehren und auf die richtige Seite wechseln. Ich weiß, daß Sie dies ganz tief in Ihrem Inneren wollen!«

»Da irren Sie sich.«

»Schließen Sie sich uns an!«

»Mr. Muhsa, ich bin gekommen...«

»Es ist Gottes Wille, daß die Gläubigen die Erde verlassen und sich eine eigene Welt suchen, auf der die Scharia herrscht und nach den Geboten des Korans gelebt wird«, unterbrach Muhsa den GSO-Agenten. Er deutete in die Höhe und fuhr nach einer kurzen Pause fort: »Ich weiß, daß die Ringraumer, die unnötig lange über Djakarta kreisten, nur zu dem Zweck hierher beordert wurden, um uns einzuschüchtern. Aber damit werden Sie keinen Erfolg haben...«

»Ich appelliere an Ihre Vernunft, Mr. Muhsa«, erklärte Giray ruhig. »Wir kennen Ihre Pläne sehr viel genauer, als Sie denken.«

»Die Möglichkeit, daß unsere Reihen mit Spitzeln durchsetzt sind, haben wir durchaus in unsere Planungen mit einbezogen«, gab Muhsa zurück. »Seien Sie dessen gewiß!«

»Ich möchte nicht lange um den heißen Brei herumreden«, sagte Giray nun, und sein Tonfall wurde etwas schärfer. »Sie wollen versuchen, die Öffentlichkeit in Panik zu versetzen, indem sie eine Medienkampagne starten, in der von einem bevorstehenden Weltuntergang die Rede ist.«

»Wir werden nur dafür sorgen, daß die Menschen die Wahrheit erfahren! Daß nämlich ihre Tage auf der Erde gezählt sind und sie ohnehin diesen Planeten verlassen muß!«

Der alte Mann ballte die Hände zu Fäusten. In seinen Augen blitzte es grimmig.

»Es wird das Chaos ausbrechen!« wandte Giray ein. »Eine geordnete Evakuierung der Erde wird kaum noch möglich sein, wenn erst einmal ein Ansturm auf jedes verfügbare Raumfahrzeug einsetzt, die Raumhäfen durch verängstigte Bürger verstopft werden und niemand mehr seine Arbeit verrichtet! Ich appelliere an Sie, Ihre geplante ›Aufklärungskampagne‹ zu unterlassen!«

»Es tut mir leid.« Achmed bin Muhsa hob die Hände, so als wäre er machtlos und völlig ohne jede Möglichkeit, die Entwicklung zu beeinflussen. »Die Wahrheit läßt sich nicht unterdrücken. Sie wird sich ihren Weg bahnen, Mr. Giray.«

»Es ist die Frage, wann dies geschieht«, gab Giray zu bedenken.

»Das schwache Argument eines Mannes, der die Desinformationspolitik dieser gottlosen Regierung zu verteidigen versucht, weil sie ihm seinen Sold bezahlt. Im Grunde Ihres Herzens wissen Sie doch, daß es Unsinn ist, was Sie da reden, Giray! Es kann doch nicht richtig sein, die Menschheit weiterhin über ihr künftiges Schicksal im unklaren zu lassen.«

»Aber der Zeitpunkt, an dem die Menschheit die Wahrheit erfährt, kann entscheidend sein!«

»Entscheidend? Wofür?«

»Dafür, daß keine Panik ausbricht und alle notwendigen Maßnahmen in Ruhe durchgeführt werden können.«

»Für Gläubige besteht kein Anlaß, in Panik zu verfallen. Sie wissen sich unter dem Schutz Allahs. Und diejenigen, die nicht glauben und der Angst verfallen werden, sollten vielleicht einmal in sich gehen und überlegen, ob sie sich auf dem richtigen Weg befinden... Wie ich schon einmal andeutete: Das Bekenntnis zum Islam steht schließlich jedermann offen!«

»Die Sache ist ganz einfach«, sagte Giray. »Wenn Sie Ihre Kampagne anzetteln und damit beginnen, die Bevölkerung in

Panik zu versetzen, stehen die Ringraumer bereit, um notfalls die gesamte Stadt mit Strich-Punkt-Strahlen zu beschießen.«

Muhsa schien für einen Augenblick überrascht.

»Sie wollen tatsächlich eine ganze Stadt betäuben?« fragte er kopfschüttelnd. »Das glaube ich nicht!«

»Sie sollten nicht darauf setzen, daß ich bluffe«, erwiderte Giray. »Und noch etwas sollten Sie in Ihre Überlegungen mit einbeziehen: Wenn der Strich-Punkt-Beschuß erfolgt ist, werden GSO-Agenten das gesamte Stadtgebiet nach Ihren Leuten absuchen und sie einsammeln. Bislang hatten sie in der Metropole Djakarta so etwas wie ein unübersichtliches Rückzugsgebiet, wo sie und ihre zweifelhafte Organisation sich verkriechen konnten. Aber damit wäre es dann vorbei. Von diesem Schlag würde sich Ihre Organisation so schnell nicht erholen – da kann der Glaubenseifer noch so groß sein. Und Ihren geplanten Exodus könnten Sie dann auch auf unabsehbare Zeit erst einmal vergessen!«

Muhsa wirkte einen Moment lang nachdenklich.

Dann trat er auf Giray zu. Seine Linke berührte ihn leicht an der Schulter. »Kommen Sie, wir wollen in Ruhe über alles reden.«

»Sagten Sie nicht, daß es nur ein Ja oder Nein, Schwarz oder Weiß gäbe?« fragte Giray etwas spöttisch. »Ich will eine Antwort von Ihnen – je nachdem, wie diese ausfällt, werden die Konsequenzen aussehen.«

Ein beinahe sanftes Lächeln spielte nun um die Lippen des Anführers der HD.

»Ich möchte Ihnen etwas zeigen, Giray!« kündigte er an.

*

Muhsa führte Giray in den großen Gebetsraum der Moschee. Im Augenblick befanden sich kaum Gläubige dort – abgesehen von einer etwa dreißigköpfigen Gruppe junger, vollbärtiger Männer. Einige von ihnen erkannte Giray wieder. Sie hatten zu den Männern gehört, die sich draußen im Vorhof um den Kahlköpfigen geschart hatten.

Allerdings trugen sie ihre Waffen hier ganz offen. Die meisten von ihnen waren mit Paralysatoren ausgerüstet. Hier und da waren auch Blaster zu sehen.

In der Mitte des Raums fiel Giray ein Apparat auf.

Er bestand aus einem Metallgestell, in dem sich sechs basketballgroße Kugeln befanden. Weitere dieser Kugeln lagen in mehreren Kästen, die von den bärtigen Glaubenskämpfern bereits geöffnet worden waren.

Giray wußte sofort, worum es sich dabei handelte. Es waren hochwirksame, für den Einsatz gegen randalierende Massen entwickelte Schallschockgranaten, die wahrscheinlich aus den in Singapur geraubten Beständen stammten.

Langsam fügte sich das Puzzle zusammen, aber Giray war sich bewußt, daß da noch ein paar entscheidende Teile fehlten.

»Was haben Sie vor?« fragte der GSO-Agent.

»Warten Sie ab!« forderte Muhsa. Er blickte auf das Chronometer an seinem Armband. Offenbar erwartete er, daß genau zu diesem Zeitpunkt etwas ganz Bestimmtes geschah.

Giray schluckte.

Was für ein Spiel treibt dieser Kerl?

Eine Lichterscheinung fesselte auf einmal Girays Blick.

Durch die blaue Kuppel, die die Moschee überspannte, sank ein Flash herab. Das Intervallfeld war aktiviert, so daß das zylinderförmige zweisitzige Raumschiff imstande war, feste Materie zu durchdringen.

Der Flash sank auf den Boden, setzte dort mit seinen sechs Auslegern sanft auf. Das Intervallum wurde deaktiviert. Die Ausstiegsluke öffnete sich.

Eine Frau von Mitte Vierzig war die einzige Insassin.

Ömer Giray erkannte sie sofort.

Es handelte sich um Amye Shivaa, die ehedem als Flashpilotin auf der POINT OF gedient hatte.

Einige der bärtigen Männer faßten jetzt die Apparatur mit den Schallschockbomben und hievten sie ins Innere des Flash. Das Metallgestell paßte nur ganz knapp durch die enge Einstiegsluke des Flash. Aber die Männer schienen das geübt zu haben. Jeder Handgriff saß.

Währenddessen band sich Amye Shivaa ein Kopftuch um. Eine demonstrative Geste, die wohl auch den Umstand relativieren sollte, daß sie nach wie vor die Kombination der Terranischen Flotte trug – jener Flotte, die für die »Helden des Dschihad« ja nichts weiter war als eine Handlangertruppe der gottlosen Regierung von Henner Trawisheim.

Giray sah das zufriedene Lächeln im Gesicht von Achmed bin Muhsa. Es erfüllte ihn wohl mit Befriedigung, daß die marsgeborene Amye Shivaa zurück zum Glauben ihrer Vorfahren gefunden hatte und jetzt eine aktive Kämpferin in den Reihen der HD war.

Eine Wandlung, mit der Muhsa bei mir besser nicht rechnen sollte! dachte Giray.

Shivaa aktivierte das Intervallum – allerdings ohne dabei die Einstiegsluke zu schließen. Der Flash hob ab und verschwand durch die massiven Außenmauern der Moschee.

»Jetzt will ich Ihnen gerne meinen Plan erläutern, Mr. Giray«, sagte Achmed bin Muhsa ausgesprochen zufrieden. »Ich weiß nicht, inwiefern Sie mit der Dame bekannt sind, die Sie gerade als Pilotin des Flash bewundern konnten.«

»Amye Shivaa, geboren auf dem Mars. Sie war Flashpilotin auf der POINT OF, und ich hatte eigentlich gedacht, daß sie noch immer im aktiven Flottendienst ist.«

»Das ist sie auch, wie ich Ihnen versichern kann«, erwiderte Muhsa mit einem listigen Grinsen. »Sie ist auf der TSINGTAU stationiert – einem der fünf Ovoid-Ringraumer, die so auffällig über unserer Stadt gekreist sind.«

Giray begann es zu dämmern, daß die HD der GSO und der terranischen Regierung offenbar doch einen Schritt voraus war…

Muhsa fuhr fort: »Es gibt Milliarden rechtgläubige Moslems auf der Erde – auch in der Terranischen Flotte. Letzteres kann eigentlich nur Narren überraschen.«

»Es ist die Frage, ob es wirklich die *rechtgläubigen* Moslems sind, die sich fanatischen Organisationen wie der Ihren anschließen«, erwiderte Giray.

Muhsa lächelte nachsichtig.

»Eine Frage der theologischen Einschätzung. Aber ich weiß nicht, ob ein Abtrünniger wie Sie das wirklich beurteilen kann...«

Ein Abtrünniger! dachte Giray. *So sieht er mich also!* In den Augen der strenggläubigen Moslems war ein Abtrünniger weitaus schlimmer als ein Ungläubiger.

»Ich wurde als Moslem geboren«, erinnerte Giray ihn.

»Vielleicht wurden Sie als ein solcher geboren – aber spätestens jetzt, da Sie sich gegen uns stellen, verraten Sie damit Ihren Glauben, Giray. Und zur Umkehr sind Sie nicht bereit, wie Sie mehrfach betont haben. In der Vergangenheit haben Sie der Sache Allahs so manchen Schlag zugefügt. Ihr oberster Herr ist nicht der, dessen Prophet Mohammed ist! Was Sie persönlich glauben, ist mir gleichgültig – aber ich frage mich natürlich, was dazu führte, daß jemand wie Sie zu einem willfährigen Befehlsempfänger des Bösen werden konnte. Nehmen Sie sich ein Beispiel an Amye Shivaa! Sie hat auf den richtigen Weg zurückgefunden – obwohl sie doch nur eine Frau ist.«

»Was hat das denn damit zu tun?«

Achmed bin Muhsa hob die Schultern. »Im Koran wird die Frau als ›Legerin des Brennholzes‹ bezeichnet. Sie schürt durch ihre Sündhaftigkeit das Höllenfeuer des Mannes. Sie sollten öfter im *Buch der Bücher* lesen, Giray.«

Der GSO-Agent atmete tief durch. Es hatte nur wenig Sinn, mit Achmed bin Muhsa über diese Dinge zu diskutieren. Von seiner einseitigen Auslegung des Korans würde sich dieser radikale Anführer ohnehin nicht abbringen lassen.

Er war ein Mann, der glaubte, die absolute Wahrheit gefunden zu haben.

Gott war auf seiner Seite, so glaubte er, und das erstickte jeden gesunden Selbstzweifel schon im Ansatz.

»Was haben Sie mit den Schallschockgranaten vor?« hakte Giray nach und verließ damit bewußt das Terrain, von dem Achmed bin Muhsa glaubte, daß es seine ganz persönliche, von Gott gegebene Domäne sei.

»Shivaas Flash fliegt auf einem vorprogrammierten Kurs«, erläuterte Muhsa bereitwillig. »Durch die Mitarbeit dieser exzellenten Flashpilotin wissen wir, daß sich auf jedem der Ringraumer gegenwärtig nur eine Notbesatzung von sechs Mann befindet, die gerade ausreicht, um Schiffe dieser Größenordnung zu manövrieren. Shivaas Flash wird also im Intervallflug nacheinander die Zentralen aller fünf Ringschiffe durchfliegen. Eine Automatik sorgt jeweils für den Auswurf einer Schallschockbombe. Die Brückenbesatzungen aller fünf Schiffe werden für mindestens zwei Minuten komplett ausgeschaltet sein. 100 Sekunden reichen aus, damit Shivaa in jede der Zentralen zumindest einen unserer bewaffneten Kämpfer bringen kann, die dann das Kommando übernehmen.«

Ein tollkühner Kaperplan, das mußte Giray zugeben.

Und das Schlimme war, daß er funktionieren würde!

*

Augenblicke später erschien der Flash erneut in der Moschee. Die bärtigen Glaubenskrieger hoben die Apparatur aus dem zweisitzigen Beiboot.

Einer von ihnen setzte sich zu Amye Shivaa in den Flash, der daraufhin sofort startete.

Exakt acht Sekunden später tauchte der Flash erneut auf. Diesmal war das Beiboot offensichtlich einen Bogen geflogen und hatte dabei einen Kurs genommen, der vom Raumhafen aus unter den Straßen der Stadt verlaufen war. Jetzt tauchte der Flash wie ein U-Boot aus dem mit Marmormosaiken besetzten Boden der Moschee auf.

Ein weiterer Glaubenskrieger sprang hinzu. Als er Rücken an Rücken zu Amye Shivaa im Flash Platz nahm, hatte er den Paralysator bereits in der Hand. Der Grund dafür, daß die »Helden des Dschihad« offenbar nicht daran dachten, Blasterfeuer zur Durchsetzung ihrer Ziele einzusetzen, hatte weniger mit der Rücksicht auf menschliches Leben zu tun als vielmehr damit, daß man unter keinen Umständen die Ringraumer beschädigen wollte.

Ömer Giray überlegte fieberhaft, was er tun konnte.

Er dachte daran, den Schockstrahl seines Kunstauges einzusetzen. Aber die Reichweite, innerhalb der diese Waffe wirksam war, beschränkte sich auf etwa einen Meter. Die Glaubenskrieger konnten ihn mit ihren Waffen aus der Distanz sofort ausschalten.

Aus den Augenwinkeln heraus bemerkte Ömer Giray, daß einer der Bärtigen in seiner Nähe den Paralysator offen trug. Die Waffe war an einer Magnethalterung am Gürtel befestigt.

Giray reagierte blitzschnell.

Er wirbelte herum, entriß dem Kerl die Waffe und feuerte sie sofort ab. Der Paralysestrahl ließ den Bärtigen zu Boden sinken.

Ein weiterer Terrorist griff unter sein weites Hemd, um ebenfalls eine Waffe hervorzureißen, doch ehe er auch nur deren Griff berührt hatte, war er bereits von Girays nächstem Paralyseschuß erfaßt worden und sank wie ein gefällter Baum zu Boden. Mit einem dumpfen Geräusch schlug er auf.

Mit der Waffe in der Hand duckte sich Giray, während ein Paralysatorschuß dicht über ihn hinwegzischte.

Giray feuerte erneut.

Aber schon einen Sekundenbruchteil später erfaßten ihn gleich von mehreren Seiten Paralysestrahlen. Der GSO-Agent erstarrte förmlich.

Seine Muskeln gehorchten ihm nicht mehr. Der Paralysator entfiel seiner rechten Hand, und er sank zu Boden. Regungslos blieb er dort liegen.

Bewußtlosigkeit senkte sich wie ein dunkles Tuch über ihn.

Um ihn herum war nur noch Schwärze.

*

Das Erwachen war schmerzhaft.

Das erste, was Ömer Giray wahrnahm, war ein ungeheuer grelles Licht. Es dauerte einige Augenblicke, ehe er begriff, daß es sich um eine ganz gewöhnliche Deckenbeleuchtung handelte.

Jemand beugte sich über ihn.

»Wie geht es dir, Ömer?«

»Der Schädel brummt, die Muskulatur tut weh…« Giray versuchte sich zu bewegen und verzog dabei das Gesicht. Die typischen Auswirkungen einer Betäubung mit einem Paralysator machten sich jetzt bemerkbar, und Giray konnte sicher sein, davon auch in den nächsten Tagen noch etwas zu spüren.

Der Mann, der sich über ihn gebeugt hatte, war Ibrahim Fernandez. Neben ihm stand Bran Makano.

»Wir haben Ihnen ein Gegenmittel gegeben, Ömer«, sagte Makano. »Ich hoffe, die Folgen der Paralyse halten sich in Grenzen...«

»Es geht.«

»Ein paar bärtige Männer haben dich aus der Moschee getragen und in den Gleiter gelegt«, berichtete Ibrahim Fernandez. »Sie behaupteten, dir wäre schlecht geworden...«

»Diese Hunde!« knurrte Giray, für den jetzt natürlich auf der Hand lag, wo er sich befand: in der GSO-Zentrale von Djakarta nämlich.

»... aber hier haben wir sofort festgestellt, was wirklich los war!« ergänzte Bran Makano. »Du bist paralysiert worden. Über die Folgen brauche ich dir ja wohl nicht viel zu sagen. Du hast ein Gegenmittel bekommen, und ich hoffe, du bist bald wieder voll auf dem Damm.«

Eine Woche Schmerzen und Übelkeit – damit mußte man nach einer Paralyse durchaus rechnen.

Na großartig! dachte Ömer Giray grimmig.

Aber das alles war jetzt von zweitrangiger Bedeutung.

»Die Ringraumer!« stieß der GSO-Agent hervor. »Muhsas Leute haben einen Flash in ihrem Besitz und wollen mit Hilfe von Schallschockbomben die Besatzungen der fünf auf dem Raumhafen von Djakarta gelandeten Ringraumer außer Gefecht setzen und...«

Es ist zu spät! wurde es Ömer Giray klar.

Bran Makanos Armbandvipho meldete sich mit einem Summton.

Makano nahm das Gespräch an.

»Was gibt es?« erkundigte sich der GSO-Chef von Djakarta.

»Achmed bin Muhsa spricht gerade live auf Intermedia!« erklärte einer der GSO-Offiziere, die in der Zentrale von Djakarta Dienst taten. »Das sollten Sie sich ansehen, Sir!«

Makano atmete tief durch.

Er aktivierte einen in die Wand eingelassenen Bildschirm.

Das bärtige Gesicht des fanatischen Anführers der sogenannten Helden des Dschihad erschien.

»Das Ende des menschlichen Lebens auf der Erde ist nahe! Die Klimakapriolen der letzten Zeit sind kein Zufall, sondern nur Vorboten einer allgemeinen Katastrophe, die den gesamten Planeten erfassen und jedes menschliche Leben auf der Erde unmöglich machen wird. Allah straft die gottlose Weltregierung damit, und alle orientierungslosen Seelen sollten jetzt erkennen, wohin der wahre Weg führt! Jeder, der sich zu Allah bekennt, sollte mir folgen. Dort draußen im All warten genug paradiesische Welten auf uns, auf denen sich die Rechtgläubigen ansiedeln und nach den Gesetzen leben können, die der Prophet Mohammed von Gott empfangen hat!«

»Die Ringraumer auf dem Raumhafen von Djakarta befinden sich unter Kontrolle von Muhsas Männern«, sagte Giray resigniert. »Aber ich fürchte, die Verschwörung dieses Achmed bin Muhsa zieht noch viel weiterer Kreise...«

Giray versuchte aufzustehen und ließ sich daran auch von Ibrahim Fernandez nicht hindern. Gleichgültig, wie schlecht es ihm in den nächsten Tagen auch gehen mochte – jetzt galt es die Zähne zusammenzubeißen.

Mit ohnmächtiger Wut sah Ömer zu, wie Achmed bin Muhsa seine flammende, von Fanatismus und Glaubenseifer geprägte Rede hielt. Zweifellos würde er damit den Nerv von vielen treffen.

20.

Ein kalter Wind schlug Ren Dhark und Amy Stewart entgegen, als sie die Botschaft der Vereinigten Systeme von Eden und Achmed verließen und ins Freie traten. Amy schlug den Kragen ihrer Jacke hoch. Dhark rief über sein Armbandvipho ein Gleitertaxi.

Die beiden hatten soeben eine Besprechung mit Terence Wallis hinter sich, so daß sie nun auf dem neuesten Stand waren, was die Vorbereitungen einer eventuellen Evakuierung der Erdbevölkerung anging.

Sie schlenderten ein Stück die Straße entlang.

Schneeregen wurde ihnen dabei von dem eisigen und für die klimatischen Verhältnisse von Alamo Gordo eigentlich völlig untypischen Wind in die Gesichter geweht. Aber in diesem Augenblick empfand Dhark diese Kälte eher als erfrischend. *Das hilft einem wenigstens, wieder einen klaren Kopf zu bekommen – nach allem, was wir gerade gehört haben!* überlegte er.

»Ich kann es immer noch nicht fassen, daß jetzt wirklich ernst gemacht werden soll mit der Evakuierung der Erdbevölkerung«, meinte Dhark.

»Bleibt der Menschheit denn überhaupt eine andere Wahl?« fragte Amy zweifelnd.

Dhark zuckte die Achseln. »Ich glaube nicht, daß eine Evakuierung wirklich die Lösung des Problems bedeutet«, war er überzeugt. »Solange wir nicht wirklich wissen, wie die Roboter es schaffen, unsere Sonne so zu manipulieren, daß ihre Energie nach Proxima Centauri transferiert wird, werden wir auch nicht in der Lage sein, uns gegen die Aggression dieser Maschinen zur Wehr zu setzen.«

»Trotzdem – im Moment ist eine Evakuierung die einzige

Möglichkeit, um die auf der Erde lebenden Menschen aus der unmittelbaren Gefahr herauszubringen«, stellte Amy Stewart fest.

Plötzlich tauchte ein Gleiter aus einer Gebäudeschlucht auf.

»Das wird unser Taxi sein«, meinte Amy.

»Und wo ist dann bitteschön die entsprechende Kennung?« fragte Dhark.

In den nächsten Augenblicken tauchten weitere Gleiter auf. Nacheinander setzten sie auf dem Boden auf. Dabei wurden Dhark und Amy förmlich eingekreist.

Die Außenschotts glitten zur Seite. Bewaffnete Männer mit dunklem Teint und Vollbärten sprangen heraus und nahmen die beiden unter Paralysatorfeuer.

Dhark wurde sofort getroffen.

Er wurde von den Paralysestrahlen erfaßt, taumelte zu Boden und blieb regungslos liegen.

Amy schaltete augenblicklich ins Zweite System. Das Programmhirn übernahm nun die Kontrolle über den weiblichen Cyborg. Ihr Reaktionsvermögen und ihre Kampfkraft waren dadurch um ein Vielfaches erhöht.

Amy sank ebenfalls zu Boden und blieb regungslos liegen.

Das Programmhirn hatte blitzschnell abgewogen und entschieden, daß jeder Widerstand nur dafür sorgen konnte, daß Dhark in Gefahr geriet.

Also stellte sich Amy einfach bewußtlos.

Die Angreifer liefen herbei. Jeweils vier Mann griffen nach einem der schlaff auf dem Asphalt liegenden Körper.

Inzwischen waren die in der Botschaft von Eden diensttuenden Wachen alarmiert worden. Mit dem Paralysator in der Hand rannten die ersten von ihnen durch das Eingangsportal ins Freie und eröffneten das Feuer.

Dhark und Amy waren inzwischen ziemlich grob in einen der Gleiter verfrachtet worden.

Die Entführer nahmen währenddessen die Botschaftswachen massiv unter Beschuß.

»Los, weg hier!« rief einer der Bärtigen.

»Allah-u-akbar!« ließ sich ein anderer vernehmen.

Mehrere von ihnen sanken von Paralysestrahlen getroffen zu Boden, ehe die Gleiter wieder abhoben und mit maximalen Beschleunigungswerten davonflogen.

*

»Wartung aller Systeme erfolgreich abgeschlossen«, meldete Hen Falluta, seines Zeichens Erster Offizier der POINT OF.

Im Augenblick war Dan Riker lediglich mit einer Art Notbesatzung an Bord von Ren Dharks Raumschiff, das sich auf einem der Landefelder des Raumhafens Cent Field bei Alamo Gordo befand. Es wurden ein paar kleine Wartungsarbeiten durchgeführt.

Zu dem an Bord befindlichen Teil der Mannschaft gehörte auch Dans Frau Anja. Die Chefmathematikerin führte mit Hilfe des Checkmasters ein paar Berechnungen durch, die den fortschreitenden Energieverlust der Sonne simulierten.

Die Ergebnisse waren schockierend.

Aber man mußte den Tatsachen ins Auge sehen, fand Anja.

»Wir wären jetzt startklar«, meinte Falluta.

»Danke«, nickte Riker, der ehemalige Chef der Terranischen Flotte, und sah einen Augenblick lang von den Anzeigen seines eigenen Schaltpultes auf.

Die in der Mitte der Zentrale schwebende Bildkugel zeigte eine Außenansicht von Cent Field.

Das Wetter war in den letzten Stunden noch schlechter geworden, als es in den vergangenen Tagen ohnehin schon gewesen war. Schneeregen pladderte jetzt vom tiefgrauen Himmel. Ein eisiger Wind pfiff zwischen den auf Cent Field stationierten Schiffen.

Die meisten Besatzungsmitglieder waren im Moment auf Landgang, darunter neben dem Kommandanten selbst, der sich zu einer wichtigen Unterredung mit seinem Gönner Terence Wallis hatte einfinden müssen, auch sämtliche Cyborgs sowie fast alle Wissenschaftler und Spezialisten, die ansonsten an Bord ihren Dienst taten. So zum Beispiel die Fremdtechnikexperten Arc Doorn und Chris Shanton.

Elis Yogan, der gerade diensthabende Kommunikationsoffizier, meldete sich aus der Funk-Z bei Riker.

»Sir, ich bekomme da eine ziemlich seltsame Meldung herein. Scheint sehr dringend zu sein.«

»Dann schalten Sie die Phase frei, Yogan!« wies Riker den Funker an.

Ein kleiner Nebenbildschirm wurde aktiviert.

Darauf erschien das ebenmäßige Gesicht eines Mannes, der die Uniform der Raumhafenpolizei trug.

»Hier Major Lon Davis, Raumhafenpolizei. Mehrere Gleiter kommen in sehr schnellem Flug auf Sie zu!«

»Ich habe sie auf den Ortungsanzeigen!« meldete Tino Grappa. Der Ortungsoffizier der POINT OF brach die Neujustierung der Ortungssysteme, mit der er sich in den letzten zwei Stunden beschäftigt hatte, augenblicklich ab.

Auf der Bildkugel war bereits zu sehen, wie die Gleiter herannahten. Sie fuhren einen Zickzackkurs und wurden von mehreren Polizeifahrzeugen verfolgt, die Strahlschüsse auf sie abfeuerten.

»Verdammt, was ist da los?« ließ sich Hen Falluta vernehmen, während er kopfschüttelnd auf die Bildkugel starrte.

»Ich schließe sämtliche Schleusen!« kündigte Dan Riker an, während er hektisch ein paar Schaltungen vornahm.

In diesem Augenblick lenkte ihn eine Lichterscheinung ab.

Einen Sekundenbruchteil nur brauchte Riker, um zu erkennen, daß es sich um den Brennkreis eines Flash handelte.

Das Beiboot war mit eingeschaltetem Intervallum durch die Wand geschwebt und bremste jetzt ab. Die Einstiegsluke war offen, wie Riker verwundert feststellte.

Noch überraschender war, daß Dan Riker die Pilotin sehr gut kannte. Es war niemand anderes als Amye Shivaa, die lange Jahre auf der POINT OF ihren Dienst verrichtet hatte. Sie hatte sich seit ihrem Ausscheiden aus der Mannschaft kaum verändert.

Nur das Kopftuch war damals noch nicht Bestandteil ihrer Kleidung gewesen.

Die Flashpilotin deaktivierte das Intervallum.

Eine Kugel wurde aus dem Inneren des Flash ausgeworfen und rollte ein Stück über den Boden.

Im nächsten Augenblick wurde das Intervallfeld wieder eingeschaltet, da sich die Pilotin nicht selbst mit der Schallschockbombe außer Gefecht setzen wollte.

Das war das letzte, woran sich Riker später noch erinnern sollte. Alles drehte sich vor seinen Augen, und er spürte gleichzeitig einen ungeheuren Druck auf den Ohren. Im nächsten Moment umgab ihn nur noch Schwärze. Er schien ins Bodenlose zu fallen.

*

Amye Shivaa stieg aus der Ausstiegsluke ihres Flash. In der Rechten hielt sie einen Paralysator.

Sie schwenkte die Waffe herum, aber offenbar hatte die kugelförmige Schallschockgranate ganze Arbeit geleistet.

Sämtliche gerade auf der Brücke diensttuenden Offiziere waren sofort ausgeschaltet worden. Dan Riker lag regungslos auf dem Boden, seine Frau Anja ebenso. Hen Falluta hing in seinem Schalensitz. Tino Grappa hatte gerade noch zwei Schritte in Richtung Wand geschafft, ehe die Wirkung der Granate auch ihn niederstreckte. Seine Absicht lag für Amye Shivaas auf der Hand. Fallutas Ziel war der Transmitter gewesen.

Ein weiterer Flash stieg jetzt aus dem Boden des zentralen Leitstandes der POINT OF empor.

Ein dritter folgte.

Es handelte sich um Beutestücke aus den gekaperten Ovoid-Ringraumern. Dank der Gedankensteuerung, über die ein Flash manövriert wurde, konnte er praktisch von jedem geflogen werden, ohne daß dazu eine Pilotenausbildung erforderlich war.

Die beiden Flash waren jeweils mit zwei Männern besetzt, die der HD angehörten. Mit dem Paralysator in der Hand stiegen sie aus ihren Maschinen.

Amye Shivaa trat an ein Schaltpult. Die Finger ihrer linken Hand glitten rasch über ein paar Knöpfe.

Die Ortung registrierte, daß zur selben Zeit weitere mit Glaubenskriegern bemannte Flash auf verschiedenen anderen Decks der POINT OF landeten.

Die Tür zur Zentrale öffnete sich.

Mike Doraner, einer der Flashpiloten an Bord, trat ein. Er stutzte. Gleich drei Terroristen schossen ihre Paralysatoren auf ihn ab. Doraner wurde von den Strahlen erfaßt und sank zu Boden, wo er regungslos liegenblieb.

»Der Großteil der Mannschaft scheint nicht an Bord zu sein, wenn ich mir den gegenwärtigen Belegungsstatus der Kabinen ansehe«, meinte Amye Shivaa. »Aber wo immer sich Widerstand zeigt, muß er sofort gebrochen werden.«

»Allah-u-akbar!« rief einer der bärtigen Glaubenskrieger, während er über den bewußtlosen Mike Doraner hinwegstieg.

In der Bildkugel war währenddessen zu sehen, was draußen auf dem Landefeld von Cent Field geschah.

Die Gleiter waren gelandet. Bewaffnete Terroristen sprangen heraus.

Der erste Verfolgergleiter war bereits nahe herangekommen, als einer der Dschihadisten mit einem Blaster auf die Antigravprojektoren an der Unterseite zielte. Der Energiestrahl fraß sich durch die Schutzverkleidung. Der Gleiter kam ins Trudeln und krachte schließlich ziemlich unsanft zu Boden. Er rutschte noch ein Stück über ein benachbartes Landefeld und kam erst kurz vor einem weiteren Ringraumer zum Stillstand.

Die Insassen öffneten das Außenschott und wurden sofort mit Paralysatorbeschuß empfangen. Der Reihe nach sanken sie getroffen auf den Asphalt.

Die beiden nächsten Gleiter der Raumhafenpolizei landeten in gebührendem Abstand. Die seitlichen Außenschotts wurden jeweils so ausgerichtet, daß sie sich auf der der POINT OF abgewandten Seite befanden.

Die schwerbewaffneten Beamten der Raumhafenpolizei gingen in Stellung.

Paralysatorschüsse wurden auf beiden Seiten abgegeben.

Einige der Glaubenskrieger gingen zu Boden. Aber auch Angehörige der Sicherheitskräfte wurden getroffen.

Amye Shivaa beobachtete das Geschehen über die Bildkugel.

Ihr Armbandvipho summte. Sie drückte auf einen der Knöpfe und nahm das Gespräch damit an.

»Was gibt es?« fragte sie.

Einer der Bärtigen meldete sich. Sein Gesicht war auf dem Minibildschirm des Gerätes zu sehen.

»Die Schleusen müssen wieder geöffnet werden!« rief er fast beschwörend. »Hast du gehört, Amye?«

Die ehemalige Flashpilotin der POINT OF nahm ein paar weitere Schaltungen vor, während draußen das Gefecht weiterging.

Die Glaubenskrieger hielten ihre Gegner mit Dauerbeschuß in Schach, während einige von ihnen zwei Bewußtlose durch die inzwischen wieder vollständig geöffneten Außenschleusen an Bord der POINT OF brachten.

Dann machten auch sie sich auf den Weg und flohen ins Innere des Ringraumers.

Auf dem Raumhafen von Cent Field wimmelte es inzwischen nur so von Sicherheitskräften. Eine Spezialeinheit zur Geiselbefreiung war eingetroffen und bereitete sich auf ihren Einsatz vor.

Aber es war bereits zu spät.

Amye Shivaa hatte längst den Pilotensitz der POINT OF übernommen.

Sie startete die Maschinen. Ein dumpfes Rumoren ließ den Boden unter ihren Füßen erzittern. Jeder Handgriff mußte sitzen. An den anderen Schaltpulten machten sich ihre Komplizen zu schaffen.

Einer der Männer aus den Gleitern eilte auf die Brücke.

»Alles läuftt nach Plan!« rief er. »Wir haben die Kontrolle über den an Bord befindlichen Teil der Besatzung!«

»Okay«, murmelte Amye Shivaa. »Was ist mit Dhark?«

»Befindet sich zusammen mit seiner Begleiterin in seinem Quartier unter Bewachung. Beide sind paralysiert.«

Amyes Züge entspannten sich etwas.

Wer hätte geglaubt, daß es so leicht sein würde? dachte sie zufrieden.

*

Riker erwachte aus seiner kurzen, durch die Schallschockgranate verursachten Bewußtlosigkeit. Er erhob sich. Sofort trat einer der Kaperer auf ihn zu und hielt ihm die Mündung seines Paralysators entgegen.

»Keine unbedachte Bewegung!« wies ihn der Mann an. »Andernfalls werden Sie sofort in Paralyse versetzt – und Sie wissen ja wohl, wie lange und nachhaltig man dann außer Gefecht ist!«

Riker blickte sich um.

Die anderen Mitglieder der Brückenbesatzung, die sich zum Zeitpunkt des Flash-Überfalls in der Zentrale der POINT OF befunden hatten und durch die Schallschockgranate ausgeschaltet worden waren, erholten sich ebenfalls nach und nach. Rikers erster Blick galt natürlich seiner Frau Anja, die mühsam wieder auf die Beine kam. Helfen durfte Riker ihr nicht, wie man ihm unmißverständlich mit vorgehaltenem Paralysator klarmachte.

Hen Falluta und Tino Grappa kamen nach ein paar Augenblicken ebenfalls wieder zu sich.

Nur Mike Doraner, der durch einen Paralysatorschuß niedergestreckt worden war, lag noch immer reglos am Boden. Niemand kümmerte sich um ihn.

Das Schiff hob unterdessen von seinem Landefeld auf Cent Field ab.

»Achtung, hier kommt eine Warnmeldung der Raumhafenpolizei!« rief einer der Islamisten, der die Funk-Z übernommen hatte.

Wie die anderen Kaperer hatte er einen Vollbart, überragte seine Kumpane jedoch um Haupteslänge und war auffallend muskulös.

Allerdings war sein Kopf vollkommen kahl. Auf den ersten Blick ließ ihn das älter erscheinen, aber wenn man genau hinsah, konnte man sehen, daß er dem recht jugendlichen Altersdurchschnitt der Terrorgruppe vollkommen entsprach.

»Soll ich die Phase freischalten?« vergewisserte sich der Kahlköpfige noch einmal, als er von der ziemlich beschäftigt wirkenden Amye Shivaa nicht sofort eine Rückmeldung erhielt.

»Nein. Kontaktversuche zunächst ignorieren!« wies Shivaa ihn an.

»Ganz wie du meinst, Amye.«

»Im Moment können die uns ohnehin nichts. Nicht einmal ein Offizier der Raumhafenpolizei kann so dumm sein und ernsthaft in Erwägung ziehen, die POINT OF jetzt zu beschießen. Einen Abschuß über der Innenstadt von Alamo Gordo wird niemand riskieren!«

»Inschallah«, sagte Ismael El-Zia. Für ihn war es das erste Mal, daß er sich in der Zentrale eines Raumschiffs befand.

Amye Shivaa! – Warum nur? ging es Riker durch den Kopf. Das ehemalige Besatzungsmitglied der POINT OF war intensiv mit der Schiffssteuerung beschäftigt und würdigte ihn daher keines Blickes.

Checkmaster! versuchte Ren Dharks Stellvertreter unbemerkt Kontakt zu dem Bordrechner der POINT OF aufzunehmen.

Amye Shivaa wandte sich ausgerechnet jetzt zu ihm herum, fast so, als ob sie es bemerkt hätte.

»Versuchen Sie keine Tricks, Riker!« riet ihm die kopftuchtragende Frau. »Sie haben ja wohl gerade mitbekommen, daß wir Dhark in unserer Gewalt haben. Es wäre also höchst unklug, wenn Sie glauben, daß Sie auch nur den Hauch einer Chance hätten, irgendwelchen Widerstand zu leisten.«

»Im Angesicht all der Waffenmündungen, die in meine Richtung zeigen, hätte ich daran auch nicht im Traum gedacht«, erklärte Riker kühl.

In diesem Augenblick kam eine Warnung über den Flottenkanal herein.

Das System war so geschaltet, daß die Warnung sofort über die akustische Ausgabe zu hören war.

»Achtung! Wie soeben bekannt wurde, ist es mutmaßlichen Mitgliedern der islamistischen Terrorgruppe ›Helden des Dschihad‹ gelungen, auf dem Raumhafen von Djakarta fünf brandneue Ovoid-Ringraumer der Terranischen Flotte unter ihre Kontrolle zu bringen...«

Jetzt ergibt das ganze langsam einen Sinn! überlegte Riker, während die POINT OF längst hoch über Alamo Gordo schwebte und in der Bildkugel nur noch eine Fernansicht der Stadt zu sehen war.

Riker trat mit dem Checkmaster in einen stillen Gedankenaustausch. Aber er vermied es, dabei Befehle zu geben, deren Auswirkungen sich sofort auf den Anzeigen von Amye Shivaa zeigen würden.

Welchen Kurs fliegen wir? erkundigte sich Riker.

Unser Ziel ist Djakarta! gab ihm der Bordrechner bereitwillig Auskunft.

Welch eine Überraschung! dachte Riker sarkastisch.

*

»Warum tun Sie das, Amye?« fragte Riker, während sich die POINT OF bereits Djakarta näherte. Die Stadt lag gegenwärtig unter einer Glocke aus grauem Dunst. Aber die Ortungssysteme des Ringraumers hatten damit keinerlei Probleme. In einer schematischen Darstellung waren auf einem Nebenbildschirm die Positionen der fünf gekaperten Schiffe auf dem Hauptlandefeld des Raumhafens zu sehen.

Genau dort würde die POINT OF landen.

Amye Shivaa gab Riker zunächst keine Antwort, und so hakte Dharks Stellvertreter noch einmal nach. »Sie haben doch selbst jahrelang an Bord dieses Schiffes gedient, als es noch Teil der Terranischen Flotte war, und sind mit den Männern und Frauen bekannt, die Sie jetzt durch Ihre bewaffneten Schergen in Schach halten lassen! Ich frage mich, wie Sie das mit Ihrem Gewissen vereinbaren können!«

Riker schien einen wunden Punkt berührt zu haben.

Sie drehte sich um und sah Dan Riker einen Augenblick lang nachdenklich an. Schließlich sagte sie: »Die westliche Zivilisation hat die Erde lange beherrscht. Aber sie wird jetzt mit ihr untergehen und damit auch ihre Vorherrschaft innerhalb der Menschheit verlieren – und das ist gut so.«

»Das sind doch nur leere Phrasen!« widersprach Dan Riker.

»Keineswegs«, entgegnete Shivaa.

»Meiner Frage sind Sie jedenfalls ausgewichen«, stellte Riker fest. »Wie kann sich jemand wie Sie vor den Karren dieser Fanatiker spannen lassen?«

»Ich habe mich nicht vor irgendeinen Karren spannen lassen, Riker!« widersprach Amye Shivaa jetzt mit größerer Vehemenz, als Dan es erwartet hatte. »Als ich an Bord der POINT OF diente, bin ich niemals wirklich ernstgenommen worden. Weder als Frau noch was meinen Glauben betraf. Das haben doch alle nur als eine Art bizarrer Folklore betrachtet, anstatt darin das zu sehen, was es für mich und jeden anderen Moslem ist: Die Fähigkeit zum Glauben unterscheidet den Menschen nämlich vom Tier, das keinerlei Vorstellung über seinen Platz im Universum und seine Bestimmung hat.«

Sie atmete tief durch. »Die Lehren Achmed bin Muhsas haben mir die Augen geöffnet und mir klargemacht, das ich ein Teil der *Umma* bin, der Gemeinschaft aller Gläubigen. Die Zukunft gehört dem Islam – nicht den gottlosen Materialisten, die uns derzeit beherrschen!«

Die POINT OF sank durch die dichte Wolkendecke hinab.

Der Blick auf das Raumhafengelände wurde jetzt frei. Deutlich waren die großen Ringraumer zu erkennen, die sich inzwischen in der Gewalt von Muhsas Leuten befanden.

»Eine Warnung der Raumhafenpolizei von Djakarta kommt gerade herein«, meldete der kahlköpfige Ismael. »Wir erhalten keine Landeerlaubnis.«

»Ignorieren!« befahl Amye Shivaa. Ein Lächeln überflog ihr Gesicht. »Ich glaube im übrigen kaum, daß die lokalen Kräfte der Raumhafenpolizei die Lage überhaupt noch unter Kontrolle haben.«

Auf dem Hauptlandefeld hatten sich Tausende von Menschen versammelt. Die Anzeige der Bildkugel wurde leicht verändert, so daß man Einzelheiten erkennen konnte. Die Menschen bildeten lange Schlangen vor den Einstiegsschleusen der Ovoid-Ringraumer.

Sie trugen das Nötigste an Gepäck bei sich und waren offenbar entschlossen, die Erde zu verlassen. Die Worte Achmed bin Muhsas, die über die Medien gegangen waren, hatten anscheinend einen nachhaltigen Eindruck gemacht.

Sanft setzte die POINT OF auf dem Landefeld auf. Auf der Bildkugel war zu sehen, wie Tausende von Anhängern der HD lauthals jubelten. Ein weiteres Schiff war gekommen, um sie in das von Achmed bin Muhsa versprochene Paradies zu bringen – so interpretierten sie das Geschehen.

Jetzt! dachte Riker.

Wenn es eine Möglichkeit gab, den »Helden« des Dschihad in die Parade zu fahren, so war sie in diesem Moment gekommen. Das Schiff war gelandet. Die Aufmerksamkeit aller war durch das Geschehen auf dem Landefeld abgelenkt.

Dan Riker gab einen konzentrierten, unmißverständlichen Gedankenbefehl an den Checkmaster.

Kontrolle über alle Systeme an mich übertragen! Startfunktionen blockieren!

Die Antwort des Checkmasters erreichte Riker schon gar nicht mehr.

Ihm wurde schwarz vor Augen. Alles schien sich zu drehen, und er hatte das Gefühl, in einen unsagbar tiefen, dunklen Schlund zu stürzen.

21.

Kurt Buck ging ein letztes Mal die Konfiguration des Suprasensorsystems durch, das für die Auswertung der Probenanalyse zuständig war.

Der Leutnant im Dienst der Schwarzen Garde schüttelte verständnislos den Kopf.

»Ich verstehe das nicht«, bekannte er.

Seit der Rückkehr aus dem Heimatsystem der Roboter arbeitete Buck nun schon an nichts anderem als an der Auswertung der von den Cyborgs im sogenannten »Heiligtum« von Eins gesicherten Gewebeprobe der Gefangenen.

Aber die Resultate wollten einfach keinen Sinn ergeben.

Und das, obwohl in Bucks Gruppe die besten Absolventen der Akademie zusammengefaßt worden waren.

Buck hatte zwar die Gesamtleitung, aber er selbst war als Nichtbiologe lediglich bei der Konfiguration der für detaillierte biochemische Untersuchungen notwendigen Rechnerkapazität federführend.

Ansonsten spielte in diesem Team vor allem ein junger Gardist namens Dragan Lindström eine entscheidende Rolle. Lindström war noch nicht lange bei der Garde, war aber bereits dabei, sich seinen ersten akademischen Grad zu erwerben.

Er hatte ein neuartiges Analyseverfahren für organische Proben aller Art entwickelt, mit dem er im Bereich Analysetechnik zu promovieren gedachte.

Eigentlich hätte dies die Feuertaufe für dieses neuartige und in seiner Genauigkeit geradezu revolutionäre Verfahren sein sollen.

Aber ein Erfolg stellte sich nicht ein.

Lindström wirkte regelrecht verzweifelt, und Kurt Buck war

an so manch schlaflose Nacht in jener Zeit erinnert, als er selbst nach einem Weg gesucht hatte, den alten, äußerst unsicheren »Time«-Effekt-Antrieb so zu verbessern, daß er für den Gebrauch in den neuartigen Absetzern der Garde verwendbar wurde.

»Ich verstehe das nicht, wir bekommen auch mit Ihrer Methode nur die gleichen unklaren Ergebnisse, die bereits Grinnus während des Rückfluges ermitteln konnte!« stieß Kurt Buck hervor.

»Vielleicht ist meine Methode eben doch nicht so genial, wie ich selbst es gedacht habe«, meinte Lindström ziemlich niedergeschlagen. Er fuhr sich mit der Hand über das Gesicht und schüttelte stumm den Kopf. Irgend etwas mußte es da doch geben, das alle übersehen hatten, die bisher mit der Probe beschäftigt gewesen waren.

»Ihre Methode ist in Ordnung, Fähnrich«, sagte Kurt Buck und brachte damit seine feste Überzeugung zum Ausdruck. »Professor McKinley hätte Sie andernfalls wohl kaum dazu aufgefordert, dieses Verfahren als Dissertation einzureichen.«

»Die größten Kapazitäten können sich irren«, gab der ehrgeizige Fähnrich zu bedenken.

Er atmete tief durch und fügte mit einem verzweifelten Blick auf die dreidimensionale Ergebnisprojektion hinzu: »Hier paßt einfach nichts zusammen!«

Die Projektion veranschaulichte die Struktur des genetischen Codes, der aus der Probe isoliert worden war.

Einer der anderen Gardisten, die an der Probenbestimmung arbeiteten, trat näher.

Es handelte sich um Ron Dales, mit dem Buck vor drei Jahren an einem gemeinsamen Einsatz auf Eldorado, dem dritten Planeten des Boulanger-Systems, teilgenommen hatte.

Damals war der erste von Buck entwickelte Prototyp der neuen Absetzer unter der Bezeichnung TIME JUMPER ZERO getestet worden.

Allerdings war der Einsatz keineswegs nach Plan verlaufen, denn anstatt ein bloßes Manöver durchführen zu können, war der Zug unter dem Kommando von Feldwebel Kaunas in Gefechte mit Tel-Rebellen verwickelt worden, die den Planeten auf der Suche nach Tofirit heimgesucht hatten.

Dales war damals als ausgesprochen sicherer Schütze mit geradezu legendärer Treffersicherheit hervorgetreten.

Was eine Lösung der Probleme betraf, die die Auswertung der Proben von Eins mit sich brachten, stocherte er allerdings genauso im Nebel wie der gesamte Rest der Mannschaft.

Drei Jahre waren seit dem ziemlich blutigen Einsatz im Boulanger-System vergangen.

Inzwischen hatte Dales sein Offizierspatent in der Tasche und außerdem einen akademischen Grad in Biochemie erworben. In Bucks Gruppe war er einer der wichtigsten Köpfe.

»Es gibt zweifelsfrei einen Bereich, der identisch mit dem menschlichen Genom ist«, sagte Dales, der ebenso wie Buck den Rang eines Leutnants bekleidete. »Die Frage ist nach wie vor, ob wir es mit einer Probe zu tun haben, die manipuliert wurde. Es wäre ja möglich, daß an den im Heiligtum der Roboter gefangenen Menschen irgendwelche biochemischen Experimente durchgeführt wurden, die ihre Erbsubstanz verändert haben…«

»Wir drehen uns im Kreis«, sagte Lindström. »Mit welchem Ziel sollten solche Manipulationen durchgeführt worden sein?«

»Vielleicht zur Einschleusung von Agenten«, meinte Buck.

Lindström schüttelte abermals den Kopf.

»Reichlich spekulativ«, fand er. »Wir haben es mit Robotern zu tun. Daß die ein biochemisches Wissen besitzen, das für derartige Manipulationen vonnöten ist, halte ich für sehr unwahrscheinlich.«

Buck zuckte die Achseln und verschränke die Arme vor der Brust. »Wieso nicht? Sie haben sich scheinbar sehr intensiv mit ihren Gegnern – also unserer Spezies – auseinandergesetzt.«

»Ich habe inzwischen eine Analyse der Mitochondrien angefertigt«, eröffnete Dales. »Mal sehen, ob der Suprasensor-Abgleich der Daten irgendwelche Gemeinsamkeiten ergibt.«

Die Mitochondrien waren so etwas wie der sich im Laufe der Generationen anhäufende Datenmüll des Erbmaterials, DNS-Fragmente, denen die Forschung bisher keinerlei Funktion hatte zuordnen können und die nur über die mütterliche Linie weitervererbt wurden.

Da die Mutationen der Mitochondrien sehr regelmäßig auftraten, konnten sie als eine Art genetische Uhr verwendet werden, mit deren Hilfe sich unter anderem das Alter einer Probe bestimmen ließ.

Buck zuckte die Achseln.

»Schaden kann es nicht«, meinte er.

*

Etwas später hörte Buck, wie Ron Dales, der vor dem Suprasensor saß, laut fluchte.

»Verdammter Mist!« schimpfte er und nahm dann einen Schluck aus seinem dampfenden Kaffeebecher.

Ein gutes Dutzend leerer Becher stapelten sich bereits auf dem Labortisch. Dales war angesichts der enormen Arbeitsbelastung, unter der die Gruppe stand, nicht dazu gekommen, sie wegzuräumen.

»Was ist los?« fragte Buck.

»Ein falscher Tastendruck, und jetzt habe ich einen Mitochondrienabgleich mit sämtlichen verzeichneten irdischen Spezies...«

»Wollten Sie das nicht?«

»Ja, aber ich wollte eigentlich nur einen Abgleich mit den zur Zeit auf der Erde lebenden Arten. Das sind viele Millionen Profile! Aber jetzt habe ich aus Versehen die falsche Option angeklickt...«

Buck runzelte die Stirn.

»Und was bedeutet das jetzt?«

»Daß wir warten müssen, bis sich das Programm nicht nur durch die heute lebenden Arten wühlt, sondern auch einen Vergleich mit sämtlichen in den Archiven gespeicherten fossilen Proben durchgeführt hat, was natürlich wesentlich länger dauert.«

»Dann hauen Sie sich am besten erst einmal aufs Ohr, Leutnant!« meinte Buck.

Aber daran dachte Dales nicht im Traum.

Eine halbe Stunde später lag der Abgleich vor. Dales, der zuvor noch Mühe gehabt hatte, die Augen offenzuhalten, war plötzlich hellwach und wirkte wie elektrisiert.

»Ein Treffer!« rief er.

Die anderen unterbrachen ihre Arbeiten und versammelten sich um Dales' Suprasensor-Monitor.

Das Ergebnis überraschte alle.

Die Mitochondrien stimmten mit einer inzwischen ausgestorbenen Primatenart überein.

»Unsere Tests und Abfragen konnten nur widersprüchliche Ergebnisse bringen«, wurde es Dales plötzlich klar. »Ich glaube, wir haben einfach zu sehr die Übereinstimmungen mit dem menschlichen Erbgut gesucht!«

»Wovon sprechen Sie?« wollte Lindström wissen.

Dales' Finger glitten über die Eingabetastatur des Suprasensors.

Er startete eine weitere Vergleichsabfrage – diesmal aber nicht mit den Mitochondrien, sondern mit der aus der Probe gewonnenen Kern-DNS. »Wir sind davon ausgegangen, daß die Cyborgs im Heiligtum auf menschliche Gefangene gestoßen sind, deren DNS vielleicht irgendwie manipuliert wurde – aber das ist offenbar nicht der Fall!« murmelte Dales. »Die Mitochondrienanalyse zeigt, daß wir wohl gemeinsame Vorfahren haben – und der Verdacht einer künstlichen Manipulation des Erbguts erhärtet sich auch! Da gibt es nämlich sehr abrupte Veränderungen, die man zeitlich einordnen kann. So rund fünfzigtausend Jahre muß das her sein!«

Dales drückte einen Knopf.

Der Abgleich lief.

Langsam dämmerte es auch Buck, was das Ergebnis sein würde.

Schließlich gab es ein humanoides Volk, das von irdischen Primaten abstammte, die von den Worgun genetischen Manipulationen unterzogen worden waren.

Ein Volk, das vor 48 000 Jahren die Erde verlassen hatte.

Der Abgleich war beendet.

Am Ergebnis konnte nicht der Hauch eines Zweifels bestehen. Der Übereinstimmungsgrad der Vergleichsproben lag bei nahezu hundert Prozent.

»Die Gefangenen im Heiligtum von Planet Eins sind Salter«, stellte Ron Dales fest.

REN DHARK im Überblick

Mittlerweile umfaßt die REN DHARK-Saga 98 Buchtitel: 16 Bücher mit der überarbeiteten Heftreihe, 32 mit der offiziellen Fortsetzung im DRAKHON- und BITWAR-Zyklus, 28 Sonderbände, jeweils sechs Ausgaben der abgeschlossenen Reihen FORSCHUNGSRAUMER CHARR, STERNENDSCHUNGEL GALAXIS und DER MYSTERIOUS, drei Spezialbände sowie ein umfangreiches Lexikon zur Serie. Der nun folgende Überblick soll Neueinsteigern helfen, die Bücher in chronologisch korrekter Reihenfolge zu lesen.

Erster Zyklus:

2051: Handlungsabschnitt HOPE/INVASION

Band 1:	Sternendschungel Galaxis (1966 /1994)
Band 2:	Das Rätsel des Ringraumers (1966 /1995)
Band 3:	Zielpunkt Terra (1966, 1967 /1995)
Band 4:	Todeszone T-XXX (1967 /1996)
Band 5:	Die Hüter des Alls (1967 /1996)
Sonderband 4:	Hexenkessel Erde (1999)
Sonderband 7:	Der Verräter (2000)
Sonderband 1:	Die Legende der Nogk (1997 und Platinum 2004)

2052: Handlungsabschnitt G'LOORN

Band 6:	Botschaft aus dem Gestern (1996)
Band 7:	Im Zentrum der Galaxis (1997)
Band 8:	Die Meister des Chaos (1997)
Sonderband 2:	Gestrandet auf Bittan (1998)
Sonderband 3:	Wächter der Mysterious (1998)

2056: Handlungsabschnitt DIE SUCHE NACH DEN MYSTERIOUS

Band 9:	Das Nor-ex greift an (1967 /1997)
Band 10:	Gehetzte Cyborgs (1967, 1968 /1997)
Sonderband 12:	Die Schwarze Garde (2001)
Band 11:	Wunder des blauen Planeten (1968 /1998)

Band 12: Die Sternenbrücke (1968 /1998)
Band 13: Durchbruch nach Erron-3 (1968 /1999)
Sonderband 8: Der schwarze Götze (2000)
Band 14: Sterbende Sterne (1968, 1969 /1999)
Sonderband 5: Der Todesbefehl (1999)
Sonderband 6: Countdown zur Apokalypse (2000)
Band 15: Das Echo des Alls (1969 /1999)
Band 16: Die Straße zu den Sternen (1969 /2000)

Zweiter Zyklus:

2057/58: DRAKHON-Zyklus

2057: Handlungsabschnitt DIE GALAKTISCHE KATASTROPHE

Band 1: Das Geheimnis der Mysterious (2000)
Band 2: Die galaktische Katastrophe (2000)
Sonderband 10: Ex (2000)
Sonderband 9: Erron 2 – Welt im Nichts (2000)
Band 3: Der letzte seines Volkes (2000)
Band 4: Die Herren von Drakhon (2000)
Band 5: Kampf um IKO 1 (2001)
Sonderband 11: Türme des Todes (2001)
Band 6: Sonne ohne Namen (2001)
Band 7: Schatten über Babylon (2001)
Band 8: Herkunft unbekannt (2001)
Sonderband 13: Dreizehn (2001)
Sonderband 14: Krisensektor Munros Stern (2001)
Band 9: Das Sternenversteck (2001)
Band 10: Fluchtpunkt M 53 (2002)
Band 11: Grako-Alarm (2002)
Sonderband 16: Schattenraumer 986 (2002)
Band 12: Helfer aus dem Dunkel (2002)
Sonderband 17: Jagd auf die Rebellen (2002)

2058: Handlungsabschnitt EXPEDITION NACH ORN

Band 13: Cyborg-Krise (2002)
Band 14: Weiter denn je (2002)
Sonderband 18: Rebell der Mysterious (2002)

Sonderband 19:	Im Dschungel von Grah (2003)
Band 15:	Welt der Goldenen (2002)
Band 16:	Die Verdammten (2003)
Band 17:	Terra Nostra (2003)
Sonderband 20:	Das Nano-Imperium (2003)
Band 18:	Verlorenes Volk (2003)
Band 19:	Heerzug der Heimatlosen (2003)
Sonderband 21:	Geheimnis der Vergangenheit (2003)
Band 20:	Im Zentrum der Macht (2003)
Band 21:	Unheimliche Welt (2003)
Band 22:	Die Sage der Goldenen (2004)
Sonderband 22:	Gisol-Trilogie 1: Der Jäger (2003)
Sonderband 23:	Gisol-Trilogie 2: Der Rächer (2004)
Sonderband 24:	Gisol-Trilogie 3: Der Schlächter (2004)
Band 23:	Margun und Sola (2004)
Band 24:	Die geheimen Herrscher (2004)
Sonderband 15:	Die Kolonie (2002; Kurzgeschichten aus verschiedenen Zeiträumen des Serienkosmos)
Sonderband 25:	Jagd nach dem »Time«-Effekt (2002)
FORSCHUNGSRAUMER CHARR	(sechsteiliger, abgeschlossener Mini-Zyklus, 2004)
Sonderband 26:	Wächter und Mensch (2004)
STERNENDSCHUNGEL GALAXIS	(sechsteiliger, abgeschlossener Mini-Zyklus, dessen Handlung zwischen Drakhon- und Bitwar-Zyklus spielt, 2005)
Sonderband 28:	Sternenkreisel (2005)

Dritter Zyklus:

2062: BITWAR-Zyklus

Band 1:	Großangriff auf Grah (2004)
Band 2:	Nach dem Inferno (2004)
Band 3:	Die Spur des Tel (2004)
Band 4:	Die Sonne stirbt (2005)
Band 5:	Die goldene Hölle (2005)
Sonderband 27:	Nogk in Gefahr (2005)
DER MYSTERIOUS	(sechsteiliger, abgeschlossener Mini-Zyklus, 2005)
Band 6:	Das Judas-Komplott (2005)

Band 7:	Proxima Centauri (2005)
Band 8:	Erwachende Welt (2005)

Einzelromane ohne Handlungsbindung an die Serie, welche ca. sieben bis acht Jahre nach dem Ende des ersten Zyklus in einem »alternativen« RD-Universum spielen:

Spezialband 1:	Sternen-Saga / Dursttod über Terra (2001)
Spezialband 2:	Zwischen gestern und morgen / Echo aus dem Weltraum (2002)
Spezialband 3:	Als die Sterne weinten / Sterbende Zukunft (2003)